Tous Continents

Le Potager

Projet dirigé par Marie-Noëlle Gagnon, éditrice

Conception graphique : Nathalie Caron
Mise en pages : Marquis Interscript
Révision linguistique : Sylvie Martin
En couverture : photomontage à partir des images
    de Mooredesigns / shutterstock.com et adehoidar / shutterstock.com
Illustrations intérieures : Valérie Fortin

Québec Amérique
7240, rue Saint-Hubert
Montréal (Québec) Canada H2R 2N1
Téléphone : 514 499-3000, télécopieur : 514 499-3010

Nous reconnaissons l'aide financière du gouvernement du Canada par l'entremise du Fonds du livre du Canada pour nos activités d'édition.

Nous remercions le Conseil des arts du Canada de son soutien. L'an dernier, le Conseil a investi 157 millions de dollars pour mettre de l'art dans la vie des Canadiennes et des Canadiens de tout le pays.

Nous tenons également à remercier la SODEC pour son appui financier. Gouvernement du Québec – Programme de crédit d'impôt pour l'édition de livres – Gestion SODEC.

Catalogage avant publication de Bibliothèque et Archives nationales du Québec et Bibliothèque et Archives Canada

Fortin, Marilyne
Le potager
(Tous continents)
ISBN 978-2-7644-3350-8 (Version imprimée)
ISBN 978-2-7644-3351-5 (PDF)
ISBN 978-2-7644-3352-2 (ePub)
I. Titre. II. Collection : Tous continents.
PS8611.O777P67 2017   C843'6   C2017-941099-7
PS9611.O777P67 2017

Dépôt légal, Bibliothèque et Archives nationales du Québec, 2017
Dépôt légal, Bibliothèque et Archives du Canada, 2017

Imprimé au Canada

MARILYNE FORTIN

Le Potager

roman

Illustrations par Valérie Fortin

Québec Amérique

À William, Félix et leur papa.
À ma famille.

Pourquoi faut-il que tout ce que j'aime sur terre soit menacé? Ce qui m'effraie bien plus que la guerre, c'est le monde de demain. Tous ces villages détruits, toutes ces familles dispersées. [...] Je nous voudrais tous réunis autour d'une table blanche.

Lettres à sa mère, Antoine de Saint-Exupéry

So show me family
All the blood that I will bleed
I don't know where I belong
I don't know where I went wrong
But I can write a song

Ho Hey, The Lumineers

Prologue

L'invention de l'écriture est l'une des plus grandes
révolutions de l'humanité. C'est avec son apparition que
s'achève l'époque préhistorique et que débute l'Histoire.
Aboutissement d'une lente maturation étalée sur des
milliers d'années, pictogrammes, idéogrammes et
alphabets de différentes natures se sont succédé afin
de traduire le mieux possible toutes les subtilités de
l'oralité. En mesure d'écrire, l'humain laisse désormais
des traces concrètes de sa pensée et des événements
qui ponctuent son existence. Le langage humain, sous
forme écrite, devient mémoire commune.

Septembre, la rentrée

Depuis des semaines, entre deux mauvaises nouvelles, la télé et la radio enchaînaient les pubs de fournitures scolaires, toutes plus criardes les unes que les autres. Heureusement, ça cesserait rapidement dès le retour en classe. À l'extérieur flottait une odeur de fin de vacances : un mélange de verge d'or, d'humus, de crème solaire, d'asphalte chauffé et de livres neufs. Les grillons stridulaient du matin au soir, chant du cygne des chaleurs de l'été. Avec un peu de chance, même lorsqu'ils se seraient tus, des beaux jours, on en verrait encore pendant quelques semaines, et ce, malgré la venue imminente des gelées. Au Nord, l'automne était souvent frais, mais savait être ensoleillé.

Caroline était arrivée tôt ce matin-là. Elle n'avait presque rien mangé, elle était fébrile. Elle avait été la première à garer sa voiture dans le stationnement du collège, la première à s'engouffrer dans les corridors sombres et silencieux, la première à respirer ce parfum caractéristique des bâtiments désertés depuis trop longtemps. « Il faudra ouvrir les fenêtres dans la classe », nota-t-elle intérieurement.

Pour commencer, elle passa à son bureau, y laissa ses effets personnels. Pendant qu'elle cherchait les exemplaires de son plan de cours, elle s'aperçut que ses mains tremblaient. « Du calme, respire », s'ordonna-t-elle.

En se rendant à son local, elle remarqua que les corridors s'animaient peu à peu. Les étudiants faisaient claquer les portes métalliques de leurs cases, bavardaient entre eux. Elle aspira une grande goulée d'air et expira doucement par ses lèvres entrouvertes, alors qu'elle déverrouillait la porte de sa classe. Sur le bureau jouxtant le grand tableau noir, elle déposa la chemise qui contenait ses documents, puis contempla les tables vides devant elle, satisfaite de les trouver ainsi.

Caroline était d'un naturel anxieux. Elle avait eu de véritables ennuis avec la gestion de ses émotions tout au long de son adolescence, enchaînant, pour son plus grand malheur, maux de ventre, crises d'hyperventilation, nausées et urticaire, au point où, pendant un moment, elle s'en était trouvée sérieusement handicapée. Contre toute attente, graduellement et par elle-même, Caroline avait réussi à vaincre la bête. Ce démon ancien laissait néanmoins deviner son ombre en des moments de grand stress comme celui-ci. Qu'à cela ne tienne, Caroline, bien ancrée dans sa trentaine, était désormais outillée pour y faire face : la bête resterait dans sa tanière cette année encore.

Les étudiants arrivèrent un à un. Certains affichaient un air détaché ou détendu, d'autres semblaient aussi nerveux qu'elle. En le constatant, Caroline se sentit moins seule. C'était le but de la manœuvre. Les voir entrer ainsi, au compte-gouttes, lui permettait de prendre quelques instants pour lire ces visages neufs, pour tâter rapidement le pouls du groupe à partir des individus.

Caroline salua tous les étudiants à mesure qu'ils passaient la porte et observa la classe se remplir tranquillement. C'était tellement moins intimidant de cette façon ! L'enseignante ne pouvait s'imaginer arriver dans son local, le premier matin, et faire son entrée devant une classe pleine à craquer, remplie d'yeux évaluateurs, scrutateurs. Le jugement à son égard, elle le savait pourtant bien, était inévitable. Tout allait rapidement y passer : ses vêtements, ses cheveux, les traits de son visage, la forme de son corps, le timbre de sa voix, sa façon de bouger, de parler, de rire, tout. Heureusement, cette année, elle ne se pointait pas avec un feu sauvage au coin de la bouche. Pour la confiance, ça aidait. Tout comme le fait d'affronter à l'unité les membres du tribunal de l'inquisition scolaire qui se présentaient à tour de rôle devant elle.

La salle était presque pleine. Encore quelques minutes et elle pourrait commencer. Elle respira un bon coup, accrocha un sourire à ses lèvres puis activa inconsciemment son mécanisme de défense le plus aguerri : son armure d'enseignante. Calme, posée, drôle, sûre d'elle, en classe et parfois même en société, elle devenait cette personne fabuleuse, qu'elle ne reconnaissait pas toujours, mais qui, il fallait bien l'admettre, lui rendait de fiers services en lui permettant de vivre une vie d'adulte relativement épanouissante.

Les étudiants silencieux et attentifs, assis devant elle, ne se trouvaient pas tous là de gaieté de cœur. Le cours d'histoire occidentale était obligatoire, l'intérêt pour la matière, optionnel. Qu'importe, Caroline avait l'intention de gagner un à un ces étudiants dubitatifs et, à en croire sa réputation, elle y parvenait la plupart du temps.

Il faut dire qu'elle aimait son travail. Les étudiants d'abord, même les plus récalcitrants, et aussi sa matière. Dès son entrée à l'université, l'étude de l'histoire l'avait passionnée. Les heures passées dans le silence épais de la bibliothèque, à lire des textes oubliés, à contempler des gravures démodées, avaient eu un effet bénéfique sur elle. À la veille de ses examens ou des supervisions de stage, elle avait pris l'habitude de reproduire, de mémoire, ces images venues d'un lointain passé. Tout d'abord rempli de traits incertains, le carnet qu'elle s'était mise à trimbaler partout était devenu le témoin de ses progrès artistiques et émotionnels. Munie de cet objet banal, elle pouvait en tout lieu et en tout moment s'offrir ce petit rituel bienfaiteur qui la replongeait dans le calme et la sérénité de la sombre bibliothèque de la faculté des sciences humaines. Le carnet avait accompagné Caroline tout au long de ses études et l'avait aussi soutenue au début de sa carrière. Depuis les dernières années, elle ne l'avait pas ouvert souvent, mais le conservait toujours à portée de main. Néanmoins, elle ne s'était pas sevrée du mystérieux effet apaisant que l'iconographie ancienne avait sur elle. Elle l'avait plutôt intégrée à sa pédagogie par le biais d'une ribambelle de diapositives PowerPoint, à partir desquelles elle basait ses exposés quotidiens. Dans le noir de sa classe, deux heures par jour, du lundi au vendredi, elle se gavait de ces images qui la fascinaient toujours autant, en parlait avec tellement d'enthousiasme que ça en devenait contagieux. L'histoire de l'humanité était pour elle un roman inachevé qu'elle avait illustré pour combler les désirs visuels des apprenants qu'on lui avait confiés. De ce grand et mystérieux livre, elle était aussi la narratrice, l'analyste.

À la fin de la session, ces étudiants, comme les autres avant eux, auraient une meilleure connaissance de leur histoire, de leurs ancêtres, même les plus lointains. Ils pourraient nommer des éléments de rupture et de continuité entre le présent et le passé. Ils comprendraient les fondements de leur culture.

Lorsqu'elle songeait à son travail en ces termes, Caroline se sentait investie d'une mission de superhéros.

Après avoir expliqué son plan de cours dans les moindres détails, formulé clairement ses objectifs et précisé les dates d'examen, Caroline tira les rideaux de la classe, mit son projecteur en fonction et abaissa l'interrupteur des lumières. Dans l'obscurité, une image apparut : une grosse pierre lisse, gravée de petits symboles en pointe, indéchiffrables. Caroline sentit son diaphragme se détendre. Elle commençait toujours avec cette image, car c'est avec l'apparition de l'écriture cunéiforme qu'on écrivait, 3 200 ans avant Jésus-Christ, les premières pages de l'histoire occidentale.

Il était une fois…

Chapitre 1

Dans la mythologie grecque antique, on attribue la création des dieux et des monstres à Gaïa. Honorée depuis la préhistoire, elle est considérée comme la mère de toute chose, du meilleur comme du pire : c'est elle qui a engendré le vivant sous toutes ses formes et sa fécondité est vénérée.

Encore aujourd'hui, cette déesse ancienne et toute-puissante fait parler d'elle. Son nom est associé à une théorie liée aux changements climatiques. James Lovelock, un scientifique britannique, nomme «Gaïa» son hypothèse qui veut que la Terre soit un superorganisme, un système efficace capable de s'autoréguler afin de maintenir son équilibre grâce à divers mécanismes biologiques, géologiques et écologiques.

Antagoniste de Gaïa, Hadès est quant à lui le maître des enfers, celui qui règne sur les morts et que les hommes craignent.

27 mars

Du noir aurait été plus convenable, mieux assorti, en tout cas, à la réelle tristesse de l'événement. Les couleurs festives, les ballons, les guirlandes et les serviettes de table bariolées n'étaient peut-être pas, finalement, une si bonne idée. En voyant la salle à manger joliment décorée à la lumière du matin, Caroline éprouva un malaise. Elle stoppa son élan au beau milieu de l'escalier.

Qu'est-ce qu'il leur avait pris ?

Elle se souvenait que Samuel et elle en avaient discuté longuement, qu'il avait été extrêmement pénible et émotif d'aborder ce sujet délicat. Assurément, le déni aurait été plus facile, mais ensemble ils avaient pris une décision. Elle devait maintenant s'y tenir. De toute façon, les enfants étaient bien trop enthousiastes pour faire marche arrière. Ils parlaient de cette fête depuis des jours, impossible de tout annuler sans s'attirer cris et protestations. Mais à la vérité, il y aurait sans doute tout de même des cris et des protestations. Cul-de-sac dans toutes les directions. Caroline respira profondément et poursuivit son avancée avec l'entrain du bourreau qui, contre son gré et en toute conscience, marche vers l'exécution d'un innocent. De deux innocents, en fait. Lorsqu'elle laissa paraître le bout du nez entre la cuisine et le salon, Thomas, son fils aîné, délaissa momentanément *Dora l'exploratrice* pour accrocher son regard. Caroline se composa à la hâte un sourire de circonstance et entra en scène avec l'impression désagréable qu'elle n'avait pas mémorisé son texte.

Tadam ! Applaudissons tous l'hypocrite du jour, votre cruelle et néanmoins aimante… maman !

Saluant au passage Samuel et Joseph qui, tabliers aux hanches, s'affairaient devant la cuisinière, Caroline alla sans tarder s'asseoir près de son fils, qui regardait la télévision. Mieux valait être à côté que devant ce petit futé. Autrement, il la percerait à jour. En moins de deux, il remarquerait cette lueur mélancolique au fond de son regard, puis il la questionnerait de sa petite voix innocente, « est-ce que tu es triste, maman ? », et elle ne lui résisterait pas. Elle passerait aux aveux, en pleurnichant par-dessus le marché, et gâcherait la fête, ruinerait le plan de « l'expérience positive » que Samuel et elle avaient concocté avec tant de créativité et de psychologie à cinq sous.

De bonne humeur, Thomas glissa son petit corps chaud en direction de sa mère et se tortilla à ses côtés jusqu'à ce qu'il trouve une position confortable, sans jamais quitter des yeux son émission favorite. Lorsque le garçon cessa de s'agiter, Hadès, le colosse obscur qui surveillait l'évolution de la situation depuis le tapis, s'approcha de sa démarche de fauve et vint, d'un bond, s'étendre sur les genoux de Thomas. Habitué à cette présence, l'enfant plongea machinalement les doigts dans la fourrure soyeuse qui s'étalait lascivement devant lui. Caroline serra les dents, envahie par la culpabilité.

L'énorme chat se mit à ronronner. Suffisamment fort pour faire de la compétition à *Dora*. Fermant ses yeux verts avec délice, il s'étira de tout son long et commença à pétrir la cuisse de Caroline, qui le repoussa doucement. Caroline aimait les chats, mais depuis qu'elle avait remarqué qu'ils s'activaient de la sorte sur les surfaces molles uniquement, elle s'offusquait qu'ils cherchent à lui piétiner les cuisses ou le ventre.

Oui, bon, ça va, j'ai compris. Pour les kilos en trop, je suis au courant, tu sauras !

— Laisse-le faire, maman. C'est sa fête aujourd'hui !

Thomas avait levé les yeux vers elle et il la grondait gentiment, les sourcils froncés sous son chapeau de fête posé de guingois.

— Tu as raison, céda-t-elle.

Caroline, qui n'avait plus la force de sourire, déposa un baiser sur la tête de son fils et entreprit de gratter les oreilles d'Hadès afin de se faire pardonner par ses deux compagnons de sofa. Lui feraient-ils cette grâce ou cet épisode demeurerait-il un traumatisme qu'ils emporteraient avec eux dans la tombe ? Mentalement, la pauvre mère s'excusait déjà pour ce qu'elle s'apprêtait à faire. Son cœur se serra à cette pensée, son souffle s'accéléra, mais elle devait se contenir. La journée s'annonçait pénible.

— C'est aussi la fête de Gaïa, hein, maman ?

— Oui. C'est leur fête à tous les deux, répondit Caroline d'une voix étouffée.

— Alors elle aussi, on devrait la flatter !

Fier de cette idée qu'il avait énoncée sur le ton de l'évidence, Thomas appela aussitôt Gaïa, la chatte blanche qui, en dépit de son nom, était loin d'avoir une apparence divine, et l'attira dans son giron avec l'engageante promesse d'un peu de chaleur et de caresses énergiques. Caroline fut stupéfaite. La vieille chatte était d'un naturel solitaire, elle n'obéissait en général qu'à elle-même et voilà qu'elle réclamait soudainement sa part d'affection. C'était le bouquet ! Caroline contempla son fils enfoui sous la couverture et cette masse de félins extatiques, s'émouvant de constater combien Thomas était heureux en ce moment précis. Désintéressé de la télé, une main posée sur chaque chat, il promenait sa petite tête châtaine entre l'un et l'autre, prodiguant à chacun des mots doux pour souligner cette journée qu'il savait si spéciale.

Caroline qui, depuis son réveil, avait des doutes, des réticences même, s'avoua presque vaincue. Pourquoi s'entêtait-elle dans cette sombre avenue ? Son travail de mère ne consistait-il pas à rendre ses enfants heureux ? Elle n'était pas dupe. Thomas aurait tellement de peine, et elle aussi, par la même occasion. Il ne comprendrait pas et elle s'en voudrait. Pourquoi cette épreuve en plus de toutes les autres ? Se donner des airs de fête ne tromperait personne : cette mascarade était inutile, maintenant elle en était persuadée. Alors qu'elle se voyait déjà tout annuler, plaider auprès de Samuel pour un *statu quo* qu'elle savait néanmoins impossible, son menton se mit à trembler. Caroline ravala avec peine, tenta de calmer son cœur emballé à l'aide de quelques respirations contrôlées et songea au carnet dans le tiroir de sa commode.

Elle ne voulait pas pleurer devant les enfants ni avoir à gérer une crise d'angoisse. Pas maintenant. Il fallait penser à autre chose, au plus vite.

Couchée, la bête !

— C'est prêt ! Venez manger les bonnes crêpes de papa et bébé Jo !

Avec l'impatience de ses quatre ans et demi, Thomas repoussa vivement la couverture et s'échappa de son cocon douillet sans égard pour sa mère. Les chats, visiblement outrés d'être aussi brusquement délaissés, retournèrent au plancher. Quelle insulte ! On avait osé les déranger !

— J'arrive ! hurla le garçon comme s'il était en pleine forêt.

Se ruant à la table, il n'était pas encore assis qu'il exigeait déjà d'une voix forte qu'on le laisse lui-même étaler le sirop d'érable sur ses crêpes et réclama un verre de lait du même souffle. Samuel installa bébé Jo dans son siège d'appoint, lui donna son assiette, géra les exigences de Thomas et se tourna vers Caroline, qui tentait d'écraser furtivement une larme ayant perlé sans permission entre ses cils.

— Ils vont s'en remettre. On va bien faire ça, tu vas voir. Ils seront même contents, si ça se trouve ! En fait, regarde, ils sont déjà contents ! La fête, les crêpes, les chapeaux… Il n'y a personne de malheureux à cette table.

Samuel, bien qu'occupé, avait vu ce qui avait heureusement échappé à Thomas un instant auparavant. Il n'aimait pas voir sa femme pleurer et il tentait de la rassurer, même si, comme elle, il n'avait plus la conviction de la veille.

— Je ne suis plus certaine qu'on fait la bonne chose, Sam, osa Caroline à voix basse.

— On n'a pas le choix, tu le sais bien. Allez, viens manger. Et souris, c'est la fête !

— Oui, maman ! Souris, c'est la fête, ajouta Thomas, un grand sourire aux lèvres et le menton dégoulinant de sirop doré.

— C'est la fête ! dit encore en riant le petit Joseph, qui prenait plaisir à répéter chaque mot prononcé par son grand frère.

Caroline saisit la main tendue de Samuel, essuya discrètement ses yeux avec la manche de son pyjama et, affichant de nouveau son sourire emprunté, elle se joignit aux célébrations. Devant la bonne humeur de ses trois hommes, elle parvint même à y mettre un peu de cœur, du moins, jusqu'à ce que le repas se termine et que vienne le temps de la cérémonie des adieux.

Depuis des mois, en raison de l'épidémie, plusieurs boutiques et supermarchés avaient dû fermer leurs portes. Les gouvernements avaient rapidement limité l'accès aux lieux publics et l'approvisionnement en denrées de toutes sortes était devenu de plus en plus difficile. Certaines grandes chaînes avaient décidé de liquider toutes leurs marchandises et de mettre la clé dans la porte en attendant des jours meilleurs, admettant que cela soit encore possible. À la suite de décrets ministériels, les supermarchés restés ouverts s'étaient peu à peu convertis en centres de distribution alimentaire, qu'on désignait avec le sigle «CDA». Toutefois, les CDA n'étaient pas des supermarchés. On y trouvait l'essentiel et un peu plus, mais il ne fallait pas s'attendre à ce qu'il y ait de tout. La disponibilité des produits variait selon les arrivages. Tout était compté, la moindre réserve était devenue impossible, ou presque, dépendamment des soldes. Le gouvernement tentait d'assurer la survie de tous les citoyens en gérant l'approvisionnement des familles de façon rigoureuse, comme au temps de la guerre. Les camions de transport qui franchissaient les douanes étaient de plus en plus rares et les prix, que l'État essayait de contrôler, gonflaient parfois illégalement jusqu'à en être ridicules. La sécurité renforcée aux frontières était à blâmer, de même que les restrictions sévères sur l'essence, sans compter la mauvaise foi des distributeurs. Au CDA près de chez elle, Caroline avait déjà vu deux petites portions d'agneau local marquées à cinquante-huit dollars, au crayon-feutre. Et la viande était de couleur marron-pas-frais! Sur le coup, elle avait ri et relaté cette aberration sur Facebook, car c'était à l'époque où elle pouvait encore le faire. Une demi-journée plus tard, ses amis de partout à travers la province renchérissaient avec des histoires semblables. Ça avait été la dernière fois que Caroline avait vu de l'agneau dans un CDA, mais cela l'avait laissée complètement indifférente : elle n'avait jamais aimé l'agneau de toute façon.

Pour tout dire, Caroline n'était pas forte sur les croquettes pour chat non plus, pourtant, la dernière fois qu'elle en avait obtenu dans un CDA, elle avait été dévastée. Elle s'était retrouvée avec un minuscule sac de croquettes à saveur de poulet entre les mains, en plus de deux boîtes de conserve microscopiques qui promettaient « un festin des mers » au chat affamé qui parviendrait à en déchiffrer l'étiquette. Le commis avait eu la délicatesse de lui dire d'en profiter, qu'ils n'en distribueraient plus, que la nourriture pour les animaux n'était plus considérée comme étant de « première nécessité ». Depuis ce jour, comme promis, plus rien. Nulle part. Les deux CDA qu'elle pouvait fréquenter sans prendre la voiture avaient définitivement cessé la distribution de nourriture pour animaux. On lui avait conseillé d'aller chez un vétérinaire, ce qu'elle avait fait, en vain. Toutes les réserves de nourriture étaient épuisées là aussi. La pénurie ayant plus tard été confirmée avec fracas et indignation sur Internet, Caroline avait alors commencé à couper les rations de croquettes et à servir des restes de table à ses deux chats. Douillets et routiniers jusqu'au plus profond de leur estomac, Gaïa et Hadès, depuis, levaient fréquemment le nez sur ce que leur servait leur maîtresse. De flamboyante façon, ils lui signifiaient aussi leur désapprobation face à ce régime en vomissant au pied de son lit, ce qui mettait Samuel en rage, lui qui posait invariablement les pieds dedans au moment d'aller dormir. Il se mettait alors à tempêter contre les pauvres félins, à défaut de pouvoir le faire contre tout ce qui clochait désormais dans leur existence.

Caroline avait gardé les petites boîtes de conserve en prévision de ce jour. De ce jour que Sam et elle avaient maladroitement voulu transformer en fête, mais qui n'en avait que l'apparence. Ce jour où Gaïa et Hadès devraient retourner à la nature, même s'ils habitaient en banlieue, près du pont qui menait à la grande ville. Ce jour redouté, c'était aujourd'hui. C'était maintenant.

Les crêpes n'étaient plus qu'un souvenir. Avant de commencer à nettoyer et ranger la vaisselle, Samuel proposa de donner le dernier repas aux chats, ce que les enfants acceptèrent d'emblée. En voyant son mari disposer le contenu des deux «festins des mers» dans les gamelles, Caroline remarqua que Samuel avait l'air las et sérieux, qu'il ne répondait pas aux questions et au babillage incessant des garçons, assis à même le comptoir. Elle s'alarma de le voir ainsi faiblir. Comme le disait naguère le Dr Phil sur une chaîne américaine, «*This situation needs a hero*», et si Samuel ne parvenait plus à jouer ce rôle, pas question qu'elle s'y substitue. Impossible. Elle se voyait déjà flancher, n'aimait pas cette idée, tentait de la repousser. C'était lui, son mari, qui devait mener la barque, avancer contre vents et marées. «Ô Capitaine, mon Capitaine», Caroline sentait qu'elle pouvait suivre, soutenir Samuel, mais pas l'entraîner à sa suite. Elle était trop incertaine de vouloir prendre la direction qu'ils s'étaient pourtant clairement fixée quelques jours auparavant.

Heureusement, Samuel sembla reprendre courage. Joseph, comprenant très bien le sens du mot «fête» du haut de ses deux ans et quelques poussières, réclama des bougies sur les petits gâteaux gluants posés devant lui. Ne faisant ni une ni deux, Samuel sortit deux bougies du tiroir devant lui et les piqua en plein centre des masses brunâtres et odorantes.

— Attends, papa, avant de les allumer, il faut aller chercher les chats! On va leur chanter *Bonne Fête*!

Thomas n'avait pas fini sa phrase, qu'il descendait déjà du petit escabeau, tout excité, partant sans attendre à la recherche des jubilaires. Caroline décida de le suivre, car le pauvre n'avait aucune chance de remplir seul la mission qu'il s'était donnée. De nature, les chats viennent lorsqu'ils ne sont pas attendus, mais fuient lorsqu'on souhaite leur compagnie, et l'enfant manquait d'expérience dans l'art de la traque féline. Bientôt rejoints par le petit Joseph, qui ne supportait pas d'être laissé derrière, la mère et les enfants trouvèrent donc Hadès sur la couverture, au salon, en train de somnoler devant *Jake et les pirates* et finirent par débusquer Gaïa, tapie au fond d'une garde-robe au sous-sol. Quand les invités d'honneur furent rassemblés à la cuisine, on entama doucement le *Bonne Fête* de circonstance, en tentant de ne pas les effrayer. Thomas et Jo se chargèrent de souffler les bougies à la place des chats et tout le monde se recula finalement pour laisser les fêtés profiter de leur ultime gâterie.

— Après leur déjeuner, ça sera l'heure de laisser partir Gaïa et Hadès, vous vous souvenez, les garçons ? demanda Samuel en s'agenouillant auprès de ses fils.

— Ça va être comme dans l'histoire des *Trois Petits Cochons*, hein, papa ? questionna Thomas, qui connaissait pourtant la réponse.

— Oui, nos minous sont maintenant assez grands pour se construire eux-mêmes une maison. Tout à l'heure, on ouvrira la porte, on leur dira au revoir, puis ils s'en iront.

— Sauf que le méchant loup va pas les manger, par exemple ! voulut confirmer Thomas, un peu inquiet.

— Non, tu le sais, on te l'a bien expliqué l'autre jour. Des loups, ici, il n'y en a pas, rassura Samuel, une main posée sur l'épaule de son aîné.

Caroline, assise à la table, un peu à l'écart, regardait la scène avec émotion. Ses deux fils, maintenant sérieux, silencieux, observaient les chats ingurgiter leur bouillie avec attention. Leurs mines concentrées laissaient croire qu'ils comprenaient bien la gravité du moment.

— Est-ce que maman va pleurer ? demanda soudainement bébé Jo, inquiet, en se retournant vers son père, qui sembla étonné par cette question.

— Dans ton livre, la maman cochon pleure quand ses petits partent de la maison, hein, mon trésor ?

— Oui.

— Eh bien… je pense que…

Samuel avait bien cerné la source de la question, mais la réponse semblait maintenant lui donner du fil à retordre. Il aurait aimé dire à son fils que non, sa maman à lui ne pleurerait pas, puisque c'était jour de fête, mais en jetant un œil à sa conjointe accoudée à la table, voyant sa mine déconfite et son teint blafard, il fut obligé d'admettre que c'était possible, en effet, que maman pleure, comme dans le conte. Avec une petite moue affligée, Jo se précipita alors vers sa mère, ses bras dodus grands ouverts. Caroline accueillit son fils en le soulevant de terre et le serra contre elle. Chamboulée par cet élan d'empathie impromptu, elle échappa quelques larmes. Joseph s'agrippa à son cou et lui caressa doucement les cheveux de sa petite main. Lorsque son visage plein de sollicitude vint se planter devant le sien, Caroline s'approcha pour lui donner un bisou, mais le petit s'écarta :

— Pleure pas, maman, ordonna-t-il, le regard sérieux, la tête à l'oblique.

Caroline, surprise et quelque peu décontenancée par cette autorité nouvelle, essuya les rigoles sur ses joues. Elle échangea un regard incrédule avec Samuel, qui les observait depuis la cuisine. Oui, elle devait se ressaisir. De toute façon, Jo n'était pas encore satisfait. Il réitéra sa demande encore plus fermement.

— Pleure pas, j'ai dit !

Caroline acquiesça docilement, constatant, un peu honteuse, à quel point ses larmes avaient un effet puissant sur son fils. Elle épongea encore ses yeux, ravala la boule qui lui obstruait la gorge, et s'efforça de sourire. Il fallait garder en tête qu'on était au beau milieu d'une fête. Une fête, bon sang ! La tête d'enterrement, on se la ferait après, toute seule dans la chambre ou dans le bain, pendant la sieste, pas maintenant ! Jo descendit finalement des genoux de sa mère et retourna voir les chats, qui achevaient leur festin. Il s'approcha tranquillement d'Hadès pour lui tapoter le dos. Thomas fit de même avec Gaïa. Un lourd silence s'installa.

Lorsque les petites langues râpeuses eurent terminé de laver l'acier inoxydable des gamelles, les chats se laissèrent encore caresser et, cette fois-ci, toute la famille participa à la séance. Caroline et Samuel se joignant aux enfants, on gratta les oreilles, on embrassa les petites têtes poilues, on décoiffa sans retenue les fourrures savamment entretenues par ces félins méthodiques qui ne craignaient pas de devoir recommencer leur toilette. Les ronrons retentirent bientôt jusqu'au deuxième étage et un nuage de poils volatiles se forma autour de la famille attendrie. Ils étaient tous ensemble pour la dernière fois.

Caroline se rappelait avoir ramené Gaïa de la ferme de son grand-père, alors qu'il vendait ses terres et fermait maison. À cette époque, elle n'avait pas encore d'enfant et cette petite chatte esseulée qui sentait bon le foin de la grange avait trouvé le salut dans ses bras. Il avait fallu beaucoup de temps à Caroline pour apprivoiser cette sauvageonne et, encore aujourd'hui, il restait du fauve à l'état pur en Gaïa. Quoique de nature réservée, elle avait toujours été tolérante avec les enfants, préférant fuir lorsqu'ils dépassaient les bornes plutôt que de leur cracher à la figure ou de leur filer un coup de griffes. Hadès, lui, venait tout droit de l'animalerie. Il n'était encore qu'un vulgaire petit tas de poils noirs, constamment en mode vibration, lorsque Caroline l'avait ramené à la maison à la suite d'un violent coup de foudre, rapidement partagé par Samuel. Qui pouvait ne pas aimer cette grosse masse presque liquide, affublée d'un surplus de pouces? Ce tapis chauffant constamment à la recherche de miettes d'affection avait même l'immense qualité d'endurer les enfants avec leurs caresses particulières. Se faire tirer les oreilles, se faire baver dessus, supporter une grosse tête lui écrasant le dos, cela n'effrayait pas le matou. Il restait en place, solide, disponible, percevant toutes ces attentions comme autant de marques d'amour qu'il se faisait un devoir de ne pas manquer. Concernant leur avenir, Caroline était plus inquiète pour lui que pour Gaïa, mais tous deux allaient terriblement lui manquer. Elle avait l'impression de mettre deux membres de son clan à la porte, de manquer à une promesse implicite qu'elle leur avait faite en les amenant chez elle quelques années auparavant. Ils comptaient sur elle et elle les laissait tomber, voilà ce qu'elle s'apprêtait à faire, l'hypocrite. Ils se foutaient bien, eux, qu'il n'y ait plus d'épiceries, plus de croquettes, plus assez de nourriture pour les êtres humains. Ils ne comprenaient rien à tous ces soucis hors de leur portée. Ils allaient être abandonnés, point final. *Arrangez-vous, maintenant!*

Lorsque Samuel ouvrit la porte-patio, un air de printemps frisquet s'engouffra dans la maison. Gaïa, qu'on avait toujours eu peine à retenir à l'intérieur, n'entendit pas manquer l'occasion et se précipita dehors sans invitation. Hadès, lui, n'avait même pas remarqué la porte ouverte, absorbé qu'il était à recevoir les marques d'affection de Thomas, qui éternisait ses caresses. Samuel, Caroline et Joseph attendaient debout près de la porte et faisaient des au revoir théâtraux à Gaïa, qui était descendue au sol pour brouter quelques brins du nouveau gazon qui pointait entre les dernières plaques de neige.

— Thomas, c'est l'heure. Il faut laisser partir Hadès, maintenant.

Samuel répétait la même phrase pour la troisième fois. Le garçon, resté muet jusque-là, répondit simplement:

— Non.

Les parents éprouvèrent un malaise. On y était. L'explosion redoutée était imminente. Mises à part les quelques larmes de maman, la situation s'était trop bien déroulée jusque-là pour que ça dure. Le cœur de Caroline se mit à lui débattre. La fête tombait à plat. Samuel réitéra sa demande en allant s'agenouiller près de son fils, espérant sans doute l'amadouer.

— Non! Non! Non! Il sera pas capable de se construire une maison! Des cochons qui construisent une maison, ça se peut pas, et des chats non plus! C'est juste dans les films ou dans les livres. Hadès, il en aura plus de maison s'il va dehors. C'est ici sa maison!

Thomas s'était mis à crier et, ce faisant, il avait apeuré le chat, qui s'était soudainement éloigné, les oreilles à l'équerre. Voyant cela, l'enfant en colère se leva pour partir à la poursuite du félin, mais Samuel le retint et fit signe à Caroline de venir le relayer. Furieux de se voir ainsi contraint, Thomas se débattit en pleurant, mais Caroline le maintint fermement. Sans trop s'en rendre compte, elle pleurait elle aussi. Elle tentait d'apaiser son fils, mais elle n'y parvenait pas. Elle était tellement désolée de lui faire vivre cela. Thomas, hystérique, suivait son père du regard, son père qui, pourchassant Hadès dans la maison pendant de trop longues minutes, avait fini par lui mettre la main au collet et le déposait maintenant sans ménagement sur le gazon, auprès de Gaïa l'insouciante. Hadès avait un air affolé, Samuel semblait complètement dépassé, hors de lui. Il détestait que les choses ne se passent pas comme prévu. Si au moins Caroline s'était retenue! Elle avait clairement sapé le moral des troupes. Thomas ne cessait de se démener et de pleurer à grands cris, avec une force qui émiettait le cœur de sa mère, elle qui en avait pourtant maîtrisé, des crises, avec son aîné au tempérament émotif et bouillant. Se laissant elle-même aller à des sanglots qu'elle ne parvenait plus à étouffer, elle ferma les yeux et attendit que Thomas se calme de lui-même, en vain. Au bout d'un moment, elle le libéra. Le petit alla plaquer son front contre la vitre de la porte-patio, que Samuel avait verrouillée, et, y frappant avec les mains, il cria « Bye, Hadès! Bye, Gaïa! » plusieurs fois avant de se laisser choir pour continuer à pleurer toute la tristesse de ce premier deuil, de cette première peine d'amour. Abattu, il retira son chapeau de fête. La mascarade avait assez duré.

Chapitre 2

Installés le long du fleuve Saint-Laurent, les Iroquoiens, à l'arrivée des Européens, cultivaient la terre pour subsister. Pendant la saison chaude, ils faisaient pousser «les trois sœurs»: du maïs, des haricots et des courges. Ces précieux aliments pouvaient servir de monnaie d'échange et permettaient de survivre tout l'hiver.

3 avril

C'était plus fort que lui. Chaque fois qu'il passait devant la fenêtre ou la porte-patio, Thomas le bavard, l'enjoué, suspendait ses jeux, se taisait. Il portait un regard lourd au-delà du verre, dans la rue ou sur le terrain vague, à la recherche de ses chats. Il n'en parlait pas, mais l'expression sur son visage racontait une douleur encore vive. Ses parents, qui, depuis quelques jours, l'observaient avec un mélange de culpabilité et d'inquiétude, durent se rendre à l'évidence : dans les beaux grands yeux bruns de leur fils aîné, une étoile s'était éteinte. Par leur faute. Et la faute à cette maudite épidémie.

Heureusement, le firmament derrière les pupilles de Thomas était encore bien garni. Ses parents pouvaient s'en consoler lorsque le petit s'éloignait des fenêtres.

Comme pour les narguer, les chats revenaient faire leur tour de temps à autre. Caroline, par acquit de conscience, continuait de leur déposer des restes de table dans une écuelle sur le balcon, mais son offrande demeurait plus symbolique qu'autre chose. Samuel s'évertuait à le lui rappeler :

— Ils n'ont jamais voulu en manger du temps qu'ils habitaient avec nous, tu te rappelles ? Tu fais ça pour rien, ma pauvre chérie.

Il avait raison, mais pour elle aussi, c'était difficile de laisser Gaïa et Hadès à eux-mêmes. Presque autant que Thomas, elle se sentait misérable quand son gros matou noir venait miauler devant la porte-patio, ignorant le repas qu'elle avait pourtant laissé à sa disposition.

Chat stupide !

Quand allait-il comprendre qu'il devait se mettre à chasser les souris et à fouiller les poubelles, à l'exemple de Gaïa?

Depuis la «fête», Caroline et Samuel avaient beaucoup réfléchi. La tristesse de cet événement les avait fortement ébranlés. Jusque-là, malgré le rationnement, malgré l'arrêt forcé de travail pour Caroline, la fermeture de la garderie, malgré les informations de plus en plus pessimistes qui leur parvenaient au compte-gouttes, malgré le décès de certains de leurs proches, le couple n'avait pas encore véritablement mesuré la vulnérabilité de la famille face à ce fléau. Leur étrange bulle arc-en-ciel avait éclaté le jour de la fête. Constater que le manque de denrées allait jusqu'à ce point, comprendre que la carence réduisait des membres de leur famille à un état de survie primaire leur ouvrit soudainement les yeux. Et si le même avenir était réservé à leurs enfants?

Samuel et Caroline étaient effrayés d'évoquer cette possibilité.

— Si jamais l'un d'entre nous tombait malade, tu te rends compte? Imagine si l'un d'entre nous mourait?

— J'aime mieux pas.

C'était leur première véritable conversation à ce sujet. Samuel, visiblement mal à l'aise, préférait ne pas envisager le pire. C'était trop douloureux et inutile comme manœuvre, mais Caroline ne pouvait s'empêcher de pousser la réflexion:

— Tu as vu la réaction de Tom? On a «seulement» mis ses chats à la porte. Personne n'est mort… Il ne s'en remettrait pas si c'était l'un d'entre nous qui disparaissait.

— Moi non plus, d'ailleurs. Je ne pouvais pas supporter de le regarder piquer sa crise, l'autre jour. Ça me fendait le cœur, Caro.

— Je sais. Il ne faut pas que ça nous arrive, Sam, tu m'entends? Il faut se protéger. Il faut faire des provisions, tant qu'on peut. Je ne sais pas comment on va y arriver, mais je ne veux pas qu'on manque de nourriture.

— Et il faut surtout qu'on reste en santé. Ce virus-là ne doit jamais entrer dans notre maison. Jamais.

— Comment on peut l'éviter ? Difficile de faire plus attention. On suit toutes les recommandations à la lettre.

— On pourrait encore limiter les sorties. Tu devrais rester à la maison avec les enfants.

— Qu'est-ce que tu veux dire ? Je suis déjà à la maison. Tu ne veux plus qu'on sorte dehors ?

— Je pense que tu devrais éviter d'aller au CDA à partir de maintenant, c'est plutôt ça, mon idée. Moi, je m'expose déjà en sortant pour le travail, je pourrais me charger d'aller faire les courses en même temps.

— Tu penses vraiment que ça peut faire une différence ?

— Je ne sais pas. Il me semble que oui. Pas toi ?

— Peut-être… On peut essayer. Mais promets-moi que tu vas faire tout ce que tu peux pour rester en santé. Que nous ferons l'impossible pour ne manquer de rien.

— Promis. Et toi ?

— Promis aussi.

Avec la ferme intention de la tenir, Caroline et Samuel scellèrent leur promesse en s'endormant dans les bras l'un de l'autre.

En eux, le mode défensif venait de s'activer.

Depuis ce fameux soir, Caroline avait vu le cours de ses pensées se métamorphoser, s'assombrir, et la peur s'infiltrer au creux de son ventre. Elle prenait sa promesse au sérieux, même si elle se sentait les pieds et les poings liés à cause du rationnement. Chaque jour qui passait sans qu'elle puisse imaginer une solution efficace afin d'accumuler de la nourriture lui semblait une journée perdue. Que valait une promesse si on ne trouvait aucun moyen de la tenir ?

La solution se présenta d'elle-même lorsque ce matin-là, après avoir lutté avec ses enfants pour qu'ils enfilent leurs vêtements de printemps, elle sortit en leur compagnie, avec l'intention d'aller marcher un peu. Elle n'allait jamais loin, mais cette petite promenade quotidienne jusqu'au bout de la rue lui faisait du bien. Aujourd'hui, elle avait promis aux garçons qu'ils pourraient sauter dans les flaques d'eau autant qu'ils le voudraient. Il fallait bien se divertir avec les moyens disponibles!

Leur randonnée s'éternisa. Il y avait de nombreuses et très attrayantes petites mares un peu partout dans la rue, et même de fines rigoles, qui couraient se déverser dans les puisards grillagés de part et d'autre de la voie. Au milieu de leur expédition, Caroline eut un doute: et si l'eau des flaques était contaminée par les déchets qui jonchaient la route? Hésitant à laisser ses garçons poursuivre leurs jeux, elle capitula finalement devant leur bonheur et leur entrain, tout en demeurant mal à l'aise. C'était toujours comme ça. C'était insupportable, ce doute, cette menace potentielle et continue d'être contaminés.

On avait bien expliqué, dès le début de la crise, que le virus se transmettait tout d'abord par contact direct avec des liquides biologiques de personnes infectées. Peu susceptible d'avoir à manipuler le sang, l'urine ou le sperme de qui que ce soit d'infecté, Caroline redoutait plutôt les gouttelettes de sécrétion lorsqu'elle se trouvait à proximité d'autres personnes. Elle avait déjà entendu dire qu'à la suite d'un éternuement, des gouttelettes pouvaient être propulsées sur une distance allant jusqu'à deux mètres! Le masque que le gouvernement fournissait à chaque citoyen était donc rivé en permanence sur son visage et sur celui de ses enfants lorsqu'ils sortaient de la maison. Là où cela devenait plus compliqué, c'était lorsque l'on évoquait les risques de contagion par contacts indirects. Aux dires des spécialistes, une personne qui toucherait une surface contaminée par des liquides biologiques de personnes malades et qui, par inadvertance, porterait ensuite ses mains à ses muqueuses s'exposerait au même péril. Même la sueur avait le pouvoir de transporter le virus! Croire qu'un vêtement ou une poignée de porte pouvaient mener à la tombe était difficile, mais Caroline y arrivait. Elle parvenait à se figurer ces sales petites bêtes un peu partout, parfois jusque dans les flaques d'eau de fonte, et cela lui gâchait l'existence ainsi que celle de ses enfants, ou la leur sauvait, c'était difficile de trancher sur cette question. Comme une grande majorité de la population, elle trouvait que cette possibilité de contamination indirecte avait des limites extrêmement floues et cela la rendait incapable de calculer les risques quotidiens de façon rationnelle. C'en était presque devenu une question d'instinct et, pour Caroline, qui était habituée à plus de rigueur scientifique, c'était insoutenable. Quoi qu'il en soit, ses enfants et elle ne sortaient jamais sans leurs gants de latex pour limiter ces risques de contamination indirecte et, dans sa poche, il y avait toujours une bouteille de liquide désinfectant, prête à être dégainée pour la même raison.

Caroline décida finalement que sauter dans les flaques ne constituait pas une menace. Elle laverait tous les vêtements et les bottes dès le retour à la maison. Les garçons avaient leurs gants de chirurgien par-dessus leurs petits gants de tricot légers. Elle leur donna la permission de manipuler des feuilles mortes et des bouts de bois.

Sur les petites rigoles, Joseph et Thomas firent naviguer ces objets dénichés au hasard de leur route, observèrent attentivement les chutes vertigineuses dans les trous sombres et inquiétants des égouts pluviaux sur lesquels ils n'osaient pas poser leurs petits pieds bottés.

Vous êtes bien avisés, mes chéris, songea Caroline, en réprimant un frisson. Le souvenir de George Denbrough, dans son petit imperméable jaune, et de ces paroles prononcées par un clown maléfique, « *We all float down here!* », elle ne pouvait se l'effacer de la mémoire depuis qu'elle avait lu cette scène d'horreur anthologique de Stephen King quelques années auparavant.

La neige fondait à un rythme soutenu depuis quelques jours. D'ici une semaine, si le mercure continuait à se maintenir au-dessus des cinq degrés, comme en ce moment, il ne resterait plus rien des vestiges de l'hiver. Caroline ne pouvait demander mieux.

Au retour, Thomas décida qu'il en avait assez des flaques d'eau. Sa mère et son jeune frère restés derrière, il arriva le premier à la maison pour découvrir un petit paquet sur le perron. Heureux de sa trouvaille et intrigué par ce qui pouvait se cacher à l'intérieur, il songea d'abord à l'ouvrir lui-même. C'était un sac de plastique avec une fermeture à glissière pour mettre des sandwichs, sauf que dedans, on ne trouvait pas de nourriture : plutôt une lettre sur du papier blanc et des petits cartons colorés qui faisaient un drôle de bruit lorsqu'on les secouait.

Thomas essaya de déchiffrer les écritures sur la lettre. Il n'y parvint pas tout à fait, mais décida qu'elle était adressée à «Maman», puisque ça commençait par la lettre «M», qu'il reconnaissait. Il partit au trot rejoindre sa mère pour lui remettre le mystérieux colis.

Caroline l'accueillit avec les yeux ronds et des sourcils réprobateurs :

— Combien de fois, Thomas, je t'ai dit de ne pas toucher aux déchets dans la rue! C'est dangereux, tu peux être malade si…

— C'est pas un déchet, maman, c'est pour toi! C'était devant la porte à la maison. Tu vois, ici, c'est écrit «Ma-man».

Caroline s'approcha, curieuse. Elle s'empara du sac entre son pouce et son index, sortit de sa poche son flacon de désinfectant en vaporisateur et en aspergea généreusement l'objet. Ensuite, elle demanda à Thomas de lui présenter ses mains et répéta son geste. En plus des gants et du masque, le gouvernement fournissait gratuitement ce moyen de défense de première ligne contre le virus et Caroline avait rapidement intégré son utilisation à ses gestes quotidiens. Gel alcoolisé, solution à vaporiser, ces produits distribués à large échelle avaient apparemment fait leurs preuves. Il n'y avait aucun risque à prendre.

Lorsque les gouttelettes sur le sac furent évaporées, elle le retourna pour mieux voir ce qui se trouvait à l'intérieur. Thomas et Joseph, intrigués, la supplièrent de se mettre à leur hauteur. Ils voulaient voir eux aussi le contenu de ce paquet énigmatique.

Au pas de course, Caroline les entraîna jusqu'au perron de la maison, sur lequel elle prit place, Thomas assis à sa gauche et Joseph à sa droite.

— Ici, sur l'enveloppe, c'est écrit : Mansfield (213), lut-elle à voix haute, en désignant les mots avec son doigt.

— C'est le nom de notre rue ?

— Oui, et notre adresse.

— C'est pas écrit «maman», d'abord ?

— Non, mais ça commence de la même façon, par M-A.

Thomas fit une moue. Il avait tellement hâte d'apprendre à lire. Les deux premières lettres ne lui suffisaient pas. Joseph ne fit pas attention à lui et demanda à voir ce qu'il y avait à l'intérieur. Les cartons colorés lui semblaient particulièrement attrayants.

Caroline soupira. Elle hésitait. Encore. Et si c'était contaminé ? Devant l'insistance de ses deux garçons et, faut-il l'admettre, à cause de sa propre curiosité, elle se décida pourtant enfin. Une lettre écrite à la main, elle n'en avait pas reçu depuis des années ! Elle ouvrit donc le sac, vaporisa chaque article, qu'elle laissa méticuleusement sécher, puis déplia la missive. Elle laissa à ses garçons le soin de découvrir la nature des autres objets contenus dans le sac.

— Qu'est-ce que ça dit, ta lettre, maman ? voulut savoir Thomas, au bout de quelques instants.

— C'est une invitation, mon chéri.

— Pour aller où ?

— Nulle part. C'est une voisine qui nous invite à cultiver un grand potager avec elle, cet été. Et vous, qu'est-ce que vous avez trouvé ?

— C'est des enveloppes avec des plantes dessus. On dirait qu'il y a quelque chose à l'intérieur.

— Ce sont des graines. Si on les plante dans la terre du potager, elles vont devenir de belles grosses plantes et nous donner plein de bons légumes.

— Moi, j'aime pas ça, les légumes, grogna Joseph, déçu.

— Moi non plus… Maman ?

— Oui ?

— Qu'est-ce que tu vas lui répondre, à la voisine ?

— Qu'on accepte. Qu'on accepte avec plaisir, mon trésor.

Quand la solution tombait du ciel, mieux valait en profiter.

Chapitre 3

Au Moyen Âge, le seigneur exigeait de ses serfs qu'ils cultivent la terre, et en retour, il leur offrait sa protection contre les brigands.

En politique, de nos jours, le dictateur, aussi appelé despote ou tyran, est un chef qui détient le pouvoir absolu sur sa population.

Le dictateur et le seigneur, bien qu'issus d'époques et de contextes très différents, illustrent bien ce qu'est l'autorité souveraine. Leurs deux formes de régimes s'opposent en tout au concept de la démocratie.

12 mai

La nuit avait été étonnamment chaude. Pour la première fois de l'année, Samuel et Caroline en avaient profité pour dormir avec la fenêtre entrouverte. Au petit matin, des bruits métalliques les tirèrent de leur sommeil.

— Je ne pensais pas que ça commençait si tôt, grogna Samuel, alors que Caroline était déjà en train d'enfiler son vieux jeans.

— Moi non plus, mais je ne veux pas qu'on arrive les derniers. Déjà qu'on n'a pas beaucoup de semis à apporter, il faut au moins être présents à l'heure, sinon on aura l'air de ne pas vouloir s'impliquer.

— Et… est-ce qu'on veut vraiment s'impliquer ?

Caroline envoya son oreiller à la figure de Sam, qui ne broncha pas. Évidemment qu'il fallait s'impliquer ! Samuel avait-il déjà oublié leur promesse ? Diane, une voisine qu'elle n'avait encore jamais rencontrée en personne, leur avait envoyé un message le mois passé, proposant de participer, dès l'arrivée des beaux jours, à la création d'un potager collectif sur le terrain vacant derrière leur maison. Caroline avait tout de suite vu dans ce projet la possibilité de contrer la menace alimentaire qui pesait sur eux. D'ailleurs, l'invitation faite par sa voisine allait clairement en ce sens. Les légumes et les fruits frais étaient de plus en plus difficiles à obtenir dans les CDA et c'était là une magnifique occasion de contourner le problème, du moins pour un temps. Les anciens ne survivaient-ils pas ainsi, en cultivant la terre ? Sans compter que c'était une bonne occasion de rencontrer des gens, chose qu'elle ne faisait plus depuis longtemps… Mais comment s'y prendraient-ils, au fait ? Caroline se questionnait depuis quelques jours. C'était tout de même risqué, les contacts sociaux! *Ce n'est pas pour rien qu'on est tous terrés dans nos maisons depuis des mois!* Elle se sentait nerveuse, mais elle n'avait pas le temps de s'attarder à ses états d'esprit: les garçons avaient entendu du bruit, s'étaient levés, et il valait mieux les mettre en train tout de suite pour commencer la journée.

Caroline et les enfants avaient déjà commencé à déjeuner lorsque Samuel apparut à la cuisine, l'air non frais et encore moins dispos.

— Papa! on dirait que tu t'es peigné avec un pétard! Ha! ha! ha!

Thomas s'esclaffa de sa bonne blague, la bouche pleine de céréales, entraînant Joseph à sa suite et une série de postillons disgracieux sur le bois de la table devant eux. Machinalement, Caroline sortit ses gros yeux et s'empressa de tout essuyer.

Papa fit aussi mine d'être fâché, puis se ravisa d'un clin d'œil complice. Thomas continua à manger, de bonne humeur.

— Avez-vous vu ça, dehors? demanda Samuel en jetant un œil à la fenêtre.

— Oui, il y a des gens qui travaillent, et nous, on va aller les aider, tantôt. On va se faire un beau potager, c'est vrai, hein, maman?

— Oui, c'est vrai.

— Est-ce que ça sera aussi grand que ça? questionna encore Samuel, qui écarquilla les yeux de stupeur en voyant qu'on avait étendu de la terre sur toute la surface du grand terrain.

— Je pense, oui. Mais moi, je ne suis pas trop surprise… Si on a été invités, probablement que tous ceux qui habitent autour du terrain l'ont été aussi. Je ne sais pas si tout le monde s'est montré intéressé, mais quand même, ça m'a l'air d'un projet de grande envergure.

— Attends. Tu veux dire que toute notre rangée de maisons, l'immeuble au bout, sur la rue transversale, et la maison de p'tits vieux derrière, tout le monde là-dedans a été invité?

— Je pense, mais je ne suis pas certaine.

— En tout cas, ça en fait du monde. Il peut bien être grand, ce jardin-là.

— C'est un potager, papa, corrigea Thomas, qui n'avait pas perdu un iota de la conversation.

— Un grand potager! ajouta, plein d'enthousiasme, Joseph, qui venait de terminer de boire son lait et qui avait l'œil alerte d'un mini Indiana Jones prêt à la conquête. Veux aller dehors! ordonna-t-il gaiement en se tortillant sur sa chaise.

Le ciel était couvert, l'air chargé d'humidité. Il faisait délicieusement chaud pour cette époque de l'année. C'était un pur bonheur après l'hiver qu'ils avaient passé. Pendant que les enfants s'amusaient dans leur petit module de jeu en contrebas, Samuel et Caroline surveillaient le début des travaux avec curiosité, du haut de leur balcon, en terminant leur café du bout des lèvres, le pire qu'ils aient bu jusqu'à maintenant: un mélange maison instantané au goût indéfinissable, le seul que l'on pouvait encore trouver dans les CDA. Devant le couple aux papilles insatisfaites, le terrain vacant n'avait déjà plus l'allure de friche qu'on lui connaissait. Contre toute probabilité, malgré les restrictions sévères sur l'essence, une pelle mécanique était venue préparer le sol au cours de la semaine précédente, et la veille, au matin, des camions à benne chargés de terre noire avaient pointé leur gros nez métallique, pour le plus grand bonheur des garçons, qui, depuis la porte-patio, avaient savouré, pendant quelques heures, ce spectacle inusité de machinerie lourde.

L'immense rectangle où allait se trouver le potager était maintenant de niveau, propre, disposé à accueillir les semences et les semis des jardiniers en herbe, qui attendaient le signal pour se mettre au travail. Ceux qui étaient venus finir de retourner la terre à l'aube avaient cessé leurs activités et une rumeur se faisait entendre lorsqu'on y prêtait attention. Caroline regarda autour d'elle et comprit qu'il s'agissait de ses voisins. Comme Samuel et elle, ils étaient nombreux à être sortis à l'heure prévue du rendez-vous et bavardaient tranquillement, chacun chez soi, ne sachant que faire pour le moment, n'osant pas s'avancer les uns vers les autres.

Ces voisins, pour la plupart, ne se connaissaient pas. Certains se croisaient, matin, soir, s'envoyaient la main ou échangeaient des sourires polis, mais là s'arrêtaient les relations de voisinage, en temps normal, dans la banlieue. Sauf qu'aujourd'hui, le temps normal, en banlieue et ailleurs, il n'existait plus. Tout était appelé à changer, depuis la façon de se nourrir, à la manière de se transporter, jusqu'aux conventions sociales. *C'est le début d'un temps nouveau*, comme chantait l'autre, qui ne croyait pas si bien dire.

Soudainement, une silhouette filiforme se profila à l'extrémité du terrain vague et tous se turent pour mieux en surveiller la progression. Samuel et Caroline habitaient au milieu d'une série de neuf maisons en rangée. La femme d'une soixantaine d'années se dirigea tout d'abord dans leur direction. Longue et mince, elle portait un pantalon corsaire de fibre naturelle trop ample, une chemise d'homme élimée et un pendentif exagérément long qui cliquetait à chacun de ses pas. L'ensemble était de couleur terne, mariant des tons de gris et de kaki. Les sandales de cuir qu'elle avait aux pieds semblaient avoir été conçues sous César au temps de l'Empire romain et Caroline se demanda comment cette femme pouvait se déplacer aussi aisément, chaussée de la sorte. Cependant, la plus grande de ses interrogations à propos de la nouvelle venue concernait sa tignasse. Poivre et sel, coupée dans un carré aux contours émoussés, la chevelure de la femme s'élevait de chaque côté de sa tête dans un halo qui défiait tout entendement et que seule l'humidité ambiante ne pouvait expliquer. Caroline songea avec consternation que peut-être les stocks de revitalisant étaient épuisés, puis elle se ravisa. Cette femme n'avait visiblement jamais utilisé de revitalisant de toute son existence.

— C'est qui, elle? demanda Samuel tout bas, en regardant la femme comme si c'était une extraterrestre.

— Ça doit être Diane, celle qui a démarré le projet. Chut! Écoute, elle va parler.

Quand Diane prit la parole, les considérations esthétiques passèrent au second plan pour Caroline, qui s'en voulut aussitôt de s'être montrée aussi superficielle dans ses réflexions. Diane avait une voix forte, mais apaisante, presque envoûtante. Elle s'exprimait avec clarté, avec fermeté. Tout en demeurant à bonne distance de la clôture dans le but d'être vue et entendue de tous, elle passa de maison en maison pour se présenter et livrer ses instructions :

— Le plus important, vous en conviendrez, demeure la sécurité. C'est pourquoi vous devrez porter vos gants et votre masque en tout temps, et vos enfants aussi, s'ils franchissent la palissade pour se rendre au potager. Désolée pour les inconvénients que cela va vous causer, je sais qu'à cet âge-là, ce n'est pas toujours facile. Ce serait aussi une bonne idée d'éviter de vous approcher à moins de deux mètres de quiconque. Évidemment, ce ne sera pas toujours possible, il nous faudra bien interagir, mais évitons les contacts trop rapprochés pour le bien-être de tous, si vous êtes d'accord. Et inutile de vous dire que si vous avez des symptômes, ou qu'un membre de votre famille en présente, vous n'êtes plus autorisés à pénétrer dans le périmètre du potager.

Samuel et Caroline acquiescèrent. Comme tout le monde, ils avaient peur de la contagion et ils se montraient méfiants. Si les mesures de sécurité s'étaient avérées moindres, ils n'auraient pas pris part au projet. Rassurés dans la mesure du possible, ils appelèrent les enfants. Ensemble, ils se désinfectèrent les mains au gel alcoolisé, mirent leurs gants et couvrirent le bas de leur visage des masques jaune pâle fournis par l'État. Habillés de bleu ou de vert, ils auraient passé pour une famille de chirurgiens prêts à se rendre en salle d'op, mais personne ne s'amusa de cette allure, ni les enfants se plaignirent de leurs attributs. C'était, depuis des mois, le même manège chaque fois qu'il fallait mettre le pied à l'extérieur de la maison.

Samuel avait enlevé quelques planches à la palissade qui entourait le minuscule terrain familial, procurant ainsi un accès facile au potager. En franchissant ce passage, les membres de la famille se retrouvèrent les deux pieds dans la terre meuble, au grand plaisir des petits, qui planifiaient déjà fabriquer des châteaux et des gâteaux de boue, équipés de leurs petites chaudières de plastique. Avec leurs parents et tous les voisins, ils commencèrent toutefois par se rendre au centre du vaste espace afin d'y recevoir les instructions pour la mise au travail. Juchée sur un escabeau à trois marches, Diane demanda à ce que l'on se regroupe autour d'elle, ce qui fut naturellement fait en préservant la distance salutaire de deux mètres entre chaque personne. D'un regard rapide, Samuel balaya la petite foule et estima qu'une bonne quarantaine de personnes se trouvaient là, peut-être plus, tout autour de celle qu'il avait déjà mentalement surnommée la Reine-Grano.

Caroline avait apporté trois petites boîtes contenant des semis de choux de Bruxelles. Elle avait prévu en avoir quatre, mais les apprentis jardiniers qu'elle avait sous sa supervision avaient eu la main un peu trop généreuse sur l'arrosage au cours des dernières semaines et cela avait affecté la première performance horticole de la famille, ainsi que l'orgueil de la mère. En regardant autour d'elle, Caroline eut honte de constater que la majorité de ses voisins en avaient apporté bien plus. Penaude, elle alla néanmoins déposer le fruit des efforts de sa tribu auprès de Diane, comme les autres participants, et regagna sa place, fermement résolue à travailler d'arrache-pied au cours de la journée pour démontrer une bonne volonté qui, jugeait-elle, n'avait pas transparu jusque-là.

Diane distribua à tous un plan de l'espace à transformer. Elle attribua à chaque famille un secteur précis et leur donna la responsabilité de l'aménager selon ses directives, insistant pour que tout soit exécuté conformément à ses exigences, parce que, plaida-t-elle, « ce n'est pas tout le monde ici qui a une expérience horticole comme la mienne ». Caroline et Samuel observèrent ensemble le schéma détaillé au centimètre près et commentèrent à voix basse, en se dirigeant vers l'espace qui leur avait été dévolu :

— Elle me fait penser à un gourou. Tu ne trouves pas qu'on devrait l'appeler la Reine-Grano ? Elle a même un petit côté dictateur qui me donne envie de l'envoyer promener quand elle parle. Non, mais tu as vu comment elle se prend au sérieux ? Honnêtement, il ne lui manque que la moustache et le bras raide à 45 degrés.

— Voyons, tu exagères un peu, Sam ! Il faut bien que quelqu'un dirige ! Ce n'est pas facile à organiser, tout ça. Je t'y verrais bien, moi, tu ne ferais sûrement pas mieux. Je pense que ce qui te dérange, c'est que ce soit une hippie qui te dise quoi faire. Tu n'es pas habitué aux dirigeants de la gauche!

— Ce n'est pas une dirigeante, c'est une *freak*, c'est clair! Tu as vu comment elle est habillée, comment elle parle? Elle roule ses «r» comme une mère supérieure, c'est insupportable!

— Moi, je trouve qu'elle est bonne. Elle a pensé à tout, même au compagnonnage! C'est bien préparé et, même si ç'a mal sorti, son affaire «d'expérience horticole», je pense qu'en effet, c'est mieux de s'appuyer sur les connaissances de quelqu'un qui a déjà fait ça. Ça me rassure qu'elle ait l'air aussi solide, ta Reine-Grano. J'ai envie que ça marche, ce potager. Et je ne pense pas que tout le monde aura le pouce vert: on va avoir besoin de conseils.

— C'est certain que ça serait bien si ça fonctionnait, mais je ne pense pas que ça soit indispensable. Tout ce monde-là, qui est ici, devrait mettre son masque, ses gants et retourner travailler pour que l'économie reprenne, c'est comme ça qu'on va s'en sortir. Pas en faisant des jardins.

— Ah oui? Tu dis ça parce que toi, tu travailles encore, mais l'épidémie est loin d'être finie, tu le sais comme moi. Les gens qui restent chez eux, ça limite la propagation.

— Ouais, et ça empêche la société de fonctionner aussi.

Comme chaque fois où ils abordaient ce sujet, le ton monta entre eux. Un homme qui s'était lentement approché mit un terme à leur escarmouche:

— C'est une discussion qu'on a souvent eue, ma femme, Theresa, et moi. Je regrette aujourd'hui d'avoir perdu ce temps précieux avec elle, maintenant qu'elle est sur l'île. Ne faites pas la même bêtise que moi, je vous en prie.

Samuel et Caroline se regardèrent, perplexes.

— Si votre femme est sur l'île, qu'est-ce que vous faites ici? La reine a dit qu'on ne pouvait pas venir si un membre de notre famille était contaminé, rappela Samuel sur un ton cassant.

— La reine, hein ? Ha ! Ha ! C'est un sobriquet bien choisi, je trouve. Pour votre information, ma femme n'est pas malade, elle est infirmière. Elle est sur l'île depuis les fêtes. Ça fait un bail.

L'homme baissa la tête. Caroline sentit que cette absence lui pesait. Voulant rattraper la bourde de Samuel, qui ne s'était pas montré des plus courtois, elle s'avança pour se présenter et serrer la main de l'homme, qui avait probablement le même âge que son père. Voyant ce dernier reculer, elle suspendit son geste, gênée.

— Excusez-moi. Je suis maladroite.

— Et moi, je m'appelle Ruberth Solis. Enchanté de faire votre connaissance, madame maladroite !

Le petit Thomas se tordit de rire en entendant cette blague facile et fut bientôt imité par le reste de sa famille. Caroline se présenta finalement en bonne et due forme, mais à distance, gardant sa main gantée pour elle. Cet homme lui plaisait bien. Il avait un accent coloré et de bonnes manières, il était grand, posé, drôle, mais il y avait de la tristesse dans son regard. Comme il avait été assigné au secteur jouxtant celui de sa famille, Caroline discuta avec lui pendant qu'ils retournaient la terre. Elle apprit qu'il habitait dans un des condos pour retraités derrière chez elle. Il s'y trouvait fin seul depuis que sa femme était partie. Il n'avait pas d'enfant. Depuis janvier, à l'exception de sa femme qu'il avait tous les deux ou trois jours au téléphone, il n'avait parlé à personne d'autre qu'aux commis des CDA et à la pharmacienne, qu'il voyait une fois par mois. Bonjour, merci, bonne fin de journée. La solitude dans toute sa lourdeur.

En l'observant au cours de la matinée, Caroline vit maintes fois le regard de l'homme s'illuminer au-dessus de son masque. Pour sûr, il aimait la présence des enfants, qui l'amusaient beaucoup par leurs gestes et leurs paroles. Il les trouvait vifs, s'étonnait de leurs éclats et semblait s'abreuver de leur énergie inépuisable. S'il n'y avait pas eu toutes ces restrictions, ces mises en garde, Ruberth serait sans doute allé faire des montagnes de boue avec Thomas et Joseph, juste pour le plaisir de leur compagnie bruyante, qui tranchait abruptement avec son quotidien routinier et silencieux. Le sol sous ses pieds n'était pas encore parcouru de racines, mais à l'évidence, grâce à ces bouts de chou, il y avait déjà de la vie dans ce potager ! Rien que pour ça, Ruberth se félicita d'être venu.

Tout à sa corvée, Caroline s'éloigna peu à peu de son voisin, et la conversation s'interrompit d'elle-même. La jeune mère en profita pour savourer pleinement la particularité de ce moment. Elle était là, avec sa famille, les deux mains dans la terre meuble, dans la douceur de l'été naissant, à faire de nouvelles rencontres. Autour d'elle, des familles semblables à la sienne, des hommes, des femmes et des enfants ramant dans la même direction qu'elle, dans le même aveuglement, dans le même espoir de parvenir à la rive intacts. Dans l'odeur de la terre qui la submergeait, elle se demanda combien de ceux qui l'entouraient allaient être encore là pour récolter le fruit de leur labeur à la fin de l'été. Combien d'entre eux allaient pouvoir goûter à ces tomates rouges, à ces carottes sucrées ou à ces cerises de terre fraîchement sorties de leur écrin de papier ? Lesquels verraient ces petites pousses pâles devenir des plants forts et feuillus ? Mystère.

Tant que ce n'est pas l'un d'entre nous qui se retrouve à grignoter les pissenlits par la racine…

Un peu plus loin, de son côté du quadrilatère, Samuel rencontra Farid et Wahida, leurs voisins immédiats, à qui il n'avait jusqu'alors envoyé que de vagues signes de tête lors de leurs rencontres fortuites, certains matins de semaine. Il n'avait jamais osé leur parler. Voyant à leur physionomie qu'ils n'étaient pas nés sur le même continent que lui, il s'était bêtement convaincu qu'ils ne parlaient pas français, et par voie de conséquence, il ne désirait pas entamer de conversation avec eux. Comme lui, ils parlaient peut-être anglais, sûrement même, mais très certainement avec un accent auquel il ne comprendrait rien et il n'entrevoyait pas le malaise qui résulterait de leur rencontre comme une chose plaisante. Bref, il avait même évité de leur dire bonjour ; car qui sait où ça peut vous mener, un bonjour ? De toute façon, le couple ne se montrait pas, lui non plus, très enclin aux rapprochements entre voisins. L'homme esquissait machinalement le même signe de tête désintéressé que Samuel, du genre je-t'ai-vu-mais-on-va-en-rester-là, chaque fois qu'ils se croisaient. La femme, elle, l'ignorait superbement, toujours. Un vrai coup de vent. Et, immanquablement, ça mettait Samuel en rogne. Une snobinarde, une soumise ou une sauvage de première, Samuel ne savait pas dans quelle catégorie la classer, mais toutes lui donnaient de l'urticaire.

Toujours est-il qu'en s'accroupissant au-dessus du sillon destiné à recevoir des graines de laitue frisée, il les aperçut en train de délimiter les zones de leur quadrilatère, à quelques pas de lui. Ils étaient en retard et ils se parlaient dans une langue que Samuel n'avait jamais entendue. En les observant plus attentivement, il remarqua que la femme était jeune et assez séduisante avec ses longs cheveux noirs, du moins autant qu'il pouvait en juger avec le masque qui lui couvrait le visage, comme chacun. Aussi, la chose l'étonna, elle portait des jeans. Il pensait l'avoir vue, dernièrement, avec une robe longue à motifs et portant un voile, mais présentement, il ne restait pas de traces d'un pareil accoutrement. Elle était résolument jolie et… enceinte, comme le fit remarquer Thomas, avec sa voix portante et toute sa délicatesse d'enfant :

— La madame a un gros ventre, hein, papa ?

Avec sa petite pelle de métal, Samuel eut envie de creuser le sillon devant lui jusqu'à se rendre en Australie. La femme, qui, contre toute attente, comprenait le français, lui décocha un regard difficile à interpréter. C'était la première fois qu'elle posait les yeux sur lui et il n'était même pas capable de dire si elle était furieuse ou amusée. Comme introduction formelle, on pouvait difficilement faire pire. Toutes ces années où il avait voulu éviter un malaise entre eux, toutes ces années où il n'avait pas voulu assumer que ça le gênait, de parler à des immigrants qui prient Allah, toutes ces années d'évitement nourries par des préjugés glanés ici et là aboutissaient finalement à ce constat : *it's now or never, brother.* Impossible de continuer à les ignorer sans avoir l'air d'un imbécile xénophobe, parce qu'évidemment, il n'en était pas un, ça non, même s'il aurait volontiers persisté à donner du signe de tête pendant encore une petite décennie, au minimum.

Pendant qu'il réfléchissait, trop lentement, confus, à ce qu'il allait bien pouvoir dire pour excuser la spontanéité de son fils, doutant maintenant que la jeune dame soit effectivement enceinte, bien que cela frôlait l'évidence, Thomas profita du silence pour partager ses observations à la ronde :

— C'est vraiment un gros ventre qu'elle a, la madame. Je pense qu'il est même plus gros que ton ventre à toi, papa ! Lève ton chandail, d'accord ? On va regarder.

Impossible. Ce gamin était impossible ! Il avait trop de verve pour son âge et pas assez de retenue pour aller avec. Alors que Samuel signifiait à son fils que son chandail allait rester en place malgré son insistance, la femme s'avança un peu et s'agenouilla dans la terre, face au père et au fils. Son mari la regarda faire sans broncher, un demi-sourire bien caché derrière son masque.

— Mon ventre gros à cause de bébé à l'intérieur.

La femme avait parlé avec une voix chaude et aimable. Elle avait un terrible accent, mais Samuel constata avec soulagement qu'il comprenait ce qu'elle disait. Aussi, il fut heureux d'apprendre que la femme était réellement enceinte et que son fils ne l'avait pas insultée. Thomas, ayant lui aussi écouté attentivement, fut fier de révéler :

— Je le savais ! Comme maman, quand elle a eu Joseph. Mais papa, lui, c'est pas un bébé qu'il a dans son ventre. C'est juste un gros ventre, parce qu'il mange souvent des collations pas bonnes pour la santé, même quand maman lui dit que c'est pas une bonne idée.

Samuel se sentit rougir. C'est vrai qu'il n'avait plus son physique d'antan et que la trentaine avait fait apparaître chez lui des rondeurs qui le faisaient ressembler de plus en plus à son propre père. S'il ne s'en était pas formalisé jusqu'à maintenant, c'est qu'il jugeait qu'avec sa carrure, il pouvait se permettre de prendre un peu d'expansion sans que cela change rien à sa prestance. Même que ça pouvait l'aider sur le plan professionnel. Selon lui, les signes de l'âge apportaient de la crédibilité aux hommes et c'est avec cet argument qu'il se consolait d'ailleurs de son début de calvitie.

N'ayant plus à songer à de plates excuses pour rattraper les maladresses innocentes de son fils, Samuel se présenta. Le couple fit de même.

Ils étaient originaires de l'Afghanistan ou du Pakistan, ou peut-être même de la Russie, ce n'était pas clair. Cette façon qu'elle avait de malmener ses phrases! Sa syntaxe était encore plus incompréhensible du fait que son mari tentait de corriger tout ce qu'elle disait, avec un temps de retard, en sourdine, comme un écho dissonant. Samuel devait faire un effort pour saisir où ils voulaient en venir. Il n'avait pas l'habitude de ce travail mental lié à la conversation, cela l'énerva rapidement. Pourquoi ne s'exprimaient-ils pas mieux? Apprendre la langue officielle du pays qui nous accueille est la moindre des choses, non? Irrité, il décida que l'heure était venue de changer la couche du petit dernier, s'excusa auprès de ses interlocuteurs, fila, et lorsqu'il revint, il prit soin de s'installer à l'autre extrémité de son quadrilatère, où il fit cette fois la connaissance de Trevor et de Cate.

Catherine, de son vrai nom, avait grandi dans la capitale. Avec ses gants de jardinage parfaitement ajustés et son masque fleuri sorti d'on ne sait où, sa coiffure appliquée et ses lunettes de soleil qui lui faisaient des yeux de mouche *fashionista*, elle avait un air distingué qui tranchait avec ce lieu brun et poussiéreux. Trevor, son conjoint, détonnait aussi dans cet environnement où il semblait avoir été téléporté par erreur. Son petit genre rétro-geek, ses cheveux gominés et son pantalon coloré un brin trop ajusté s'additionnaient à ses gestes gourds pour lui donner l'air d'un poisson hors de l'eau. Il était vraiment d'une beauté trop étudiée pour les lieux, et en le regardant, Samuel se rappela une phrase du célèbre archéologue de Spielberg: «Sa place est dans un musée.» Le Musée des beaux-arts, tiens, avec un verre de bulles à la main, en train de disserter avec ses semblables de la question des racines de l'expressionnisme chez les peintres austro-hongrois de l'entre-deux-guerres. Oui, cet homme et cette femme auraient été à leur place dans un de ces endroits mondains du centre-ville. Au lieu de cela, étant donné les circonstances, ils étaient ici, les deux mains dans la terre, avec leur air cool-et-branché décalé, qui rappelait à Samuel que la vie avait été complètement différente à une autre époque.

À la grande joie de Samuel et de Caroline, ce couple *hipster* s'avéra extrêmement divertissant. Trevor, qui était né à moitié irlandais, avait un accent lorsqu'il racontait ses histoires, mais Samuel, étrangement, ne se formalisait pas de celui-ci. Il écoutait avec plaisir les anecdotes savoureuses qui mettaient en vedette une famille ou des collègues qu'il ne connaissait pas, mais qu'il s'imaginait très bien. Le jeune homme, qui semblait entouré de gens aux névroses aussi multiples que farfelues, était un sacré conteur.

Cate, quant à elle, s'intéressait à tout, posait des questions, émettait des commentaires, riait de bon cœur, se livrait comme si elle connaissait ses voisins depuis dix ans. Caroline passa un bon moment avec elle. Un moment délicieux, pour tout dire, où elle avait enfin l'impression d'échanger avec une amie, comme avant, lorsqu'elle sortait avec les copines et qu'elles papotaient jusqu'aux petites heures de la nuit. Pourtant, Cate et elle, amies, dans la vie d'avant, ça aurait été presque impossible. On n'avait qu'à les regarder pour comprendre : Cate, c'était une star, une femme du monde avec un F majuscule, urbaine, active, dégourdie, ambitieuse, charismatique. Elle travaillait dans le domaine de la publicité, c'était tout dire ! Cate, c'était l'amie fictive de Carrie Bradshaw dans *Sex and the City*. Caroline, elle, même en fantaisie, n'était l'amie de personne au petit écran. Elle n'aurait même pas pu y faire de la figuration !

Elle venait d'un autre monde.

Caroline, c'était une taille 10, ou 12, ou même 14, selon le mois ou l'année ; c'était un visage banal que de petites rides commençaient à sillonner, des cheveux mi-longs perpétuellement tirés dans une queue de cheval, des vêtements caméléons bon marché, parfois sortis d'une autre décennie. Cette enveloppe physique qu'elle qualifiait elle-même sans rancune de « quelconque » était assortie d'une réserve personnelle qui allait parfois au-delà de la discrétion. Si elle voulait faire bonne figure en société, elle devait impérativement revêtir son armure d'enseignante, car dans la réalité, Caroline, c'était une mère de famille tranquille qui ne rêvait pas de voyages ni d'avancement. Elle aimait l'histoire, son mari, ses enfants, le train-train quotidien, qui rassurait son âme anxieuse. Préférant l'ombre au soleil de la société, elle se plaisait surtout dans l'écoute et l'observation, même si elle était capable, de temps en temps, avec son armure, de prendre le plancher, de faire rire, de se raconter. Les étrangers avaient souvent du mal à la saisir, mais ses vraies amies, qui étaient ses semblables, l'adoraient. Intimes depuis longtemps, elles lui connaissaient un sens de l'humour particulier et une vivacité d'esprit qui ne transparaissait pas nécessairement au premier regard. Elles lui manquaient, d'ailleurs, ces copines de toujours. La dernière fois qu'elles s'étaient vues, toutes, remontait à bien longtemps, et même si la situation venait à s'améliorer, ce ne serait plus jamais pareil. De leur groupe de six filles, aux dernières nouvelles, il n'en restait que trois, elle y comprise. Leur sororité divisée par la mort reflétait bien les statistiques nationales : au rythme actuel, une personne sur deux était destinée à y passer. Caroline frissonna en y songeant. Ce couperet infernal, s'abattant sur sa famille, en emporterait au moins deux membres. Lesquels ? C'était une question aussi douloureuse qu'inutile, mais qui revenait sans cesse à la charge comme une fringale au milieu de la nuit. Qu'est-ce qui est le moins épouvantable ? Se faire couper un bras ou une jambe ? Papa ou maman ? Bébé ou grand garçon ? Ces interrogations macabres auxquelles Caroline ne pouvait ni ne voulait répondre, c'était à glacer le sang.

S'apercevant peut-être du nuage noir qui venait de passer au-dessus de la tête de Caroline, Trevor ouvrit sa glacière et en sortit quatre bières à l'étiquette d'une brasserie artisanale de la région. Samuel esquissa un sourire sous son masque. Il s'en serait douté. Même en temps de restrictions, ces joyeux compagnons avaient trouvé le moyen de consommer un produit non seulement de luxe, mais local par-dessus le marché. Où avaient-ils dégoté ça ? Peut-être dans leur réserve personnelle, comme le sirop d'érable chez lui, où il y avait encore deux gallons d'entreposés au sous-sol, alors qu'on n'en trouvait plus de traces depuis longtemps dans les CDA de ce monde.

Trevor tendit une bouteille à Caroline, qui se figea. Elle ne savait pas quoi faire. Elle avait bien envie de partager cette petite douceur avec ses nouveaux amis, mais le risque de contamination la faisait encore hésiter. Qui pouvait lui assurer que Trevor n'avait pas un léger mal de tête en ce moment même ? Qui pouvait certifier que Cate n'avait pas de vagues courbatures au dos ou aux bras ? En fait, elle en avait sûrement, à travailler dans cette position depuis des heures, mais comment avoir l'absolue certitude que ce n'était pas là le début de la maladie ? Auquel cas accepter la bière que ses voisins avaient probablement manipulée sans gants à l'intérieur de leur maison équivalait à s'exposer bêtement au virus. Contamination indirecte. On ne pouvait malheureusement avoir confiance en personne. C'était trop risqué. Il y avait trop à perdre, mais ça s'expliquait toujours mal, malgré l'évidence, comme si on accusait les autres d'être malpropres. On frôlait l'incident diplomatique chaque fois. Caroline déclina l'offre avec regret et Samuel fit de même, gêné.

Brisant ce silence malaisant, Cate explosa :

— Voyons donc, Trevor ! As-tu perdu la tête ? On ne peut plus offrir un *drink* aux gens comme ça ! As-tu pensé si on était contagieux ? Franchement, Sam, Caro, désolée de vous avoir mis dans cette position, vous n'avez pas à vous sentir mal. Allez vous chercher chacun un verre à la maison et revenez, qu'on recommence à zéro.

Samuel obtempéra, même s'il ne savait pas trop ce que signifiait «recommencer à zéro». Il revint avec ses deux longs verres et Cate y versa doucement le liquide ambré, en prenant soin de ne pas les effleurer avec la bouteille inclinée, qu'elle avait, au préalable, désinfectée avec deux lingettes à l'alcool. On donna un jus de pomme en boîte aux garçons, qui, eux aussi, soudainement, réclamaient qu'on étanche leur soif. Les couples, distants de deux mètres très exactement, s'adossèrent ensuite à la clôture pour savourer, le temps d'une pause, ce délice houblonné qui datait, c'était confirmé, du temps où on pouvait encore fréquenter les cafés et les microbrasseries. Les quatre adultes, assis par terre, en profitèrent pour jeter un regard autour d'eux. Ils étaient des fourmis parmi tant d'autres. Presque tous les quadrilatères du terrain étaient occupés. Les familles étaient rares et les enfants, tous plus vieux que Thomas et Joseph. Il y avait des gens seuls, plus âgés, comme Ruberth, et plusieurs couples. Le soleil tentait de percer les nuages et la chaleur était de plus en plus lourde, mais tout le monde travaillait avec cœur. Le potager prenait forme rapidement. Des monticules étaient apparus par ici, des sillons par là. De petites pousses vertes, délicates, menues, fragiles, s'alignaient aux endroits dictés par la Reine-Grano, qui supervisait les travaux consciencieusement. Dans sa tête de prof d'histoire, Caroline trouva des ressemblances entre la scène qui se jouait devant elle et certains tableaux anciens qui montraient la communauté paysanne de l'Ancien Régime aux champs. Sur ces représentations, chacun semblait avoir une tâche bien précise. Tous ces indigents, à divers degrés, réunis pour tenter de combattre la misère et de survivre au prochain hiver. À n'en pas douter, avec cette épidémie, ces restrictions alimentaires de plus en plus sévères, avec les tribulations économiques qui s'ensuivaient et les conflits partout autour du globe, l'époque avait résolument un petit air de déjà-vu. C'était le Moyen Âge au XXIe siècle.

Chapitre 4

Utilisé dès la préhistoire afin de se protéger de la faune, l'art des fortifications a gagné en importance pendant l'âge du bronze, moment à partir duquel l'être humain a été en mesure de faire des réserves et d'accumuler des richesses. La palissade, le rempart ou le mur d'enceinte sont des ouvrages de défense érigés pour faire obstacle aux potentiels attaquants et offrent ainsi une certaine forme de protection contre ceux-ci. Abondamment construites pendant les périodes antique, médiévale et même moderne, des structures semblables sont encore bâties aujourd'hui, mais leur utilité a changé. Désormais, elles font plutôt office de barrières entre les États, comme les murs de Berlin, d'Israël ou celui entre le Mexique et les États-Unis.

22 mai

Samuel avait tout donné. Depuis tôt le matin, il s'échinait à déraciner le gazon en face du module de jeu des enfants avec une mauvaise pelle. Chaque fois, il en enlevait trop, pas assez, ou butait contre une roche. Il n'y avait que ça, de la roche. Une véritable terre de Caïn! La sueur lui coulant en rigoles sur le front, il songeait à sa femme. Chouette créature dans l'ensemble, mais pas toujours facile à suivre. Elle lui avait demandé de dégager le sol de cette façon pour former un rectangle de deux mètres par trois, juste ce qu'ils pouvaient se permettre pour continuer à circuler et pour que les enfants puissent s'amuser à côté. Samuel avait protesté, évidemment. Il ne comprenait absolument rien à ce besoin nouveau et néanmoins impérieux que sa conjointe exprimait avec détermination. Apparemment, il ne lui suffisait pas de participer à un potager collectif, il fallait en plus qu'elle s'en fasse un bien à elle, à l'intérieur des limites de leur minuscule terrain de banlieue. Ils n'avaient pas de rotoculteur, pas de terre noire en réserve, pas de possibilité de s'en procurer, pas de place, et lui, Samuel, n'avait pas le goût de consacrer encore du temps à cette entreprise qui, selon lui, de toute façon, ne servirait probablement à rien, puisqu'aucun légume digne de ce nom ne pousserait dans cette terre stérile, mais ça, sa femme ne voulait pas l'entendre. Il avait tenté de la raisonner en lui assurant que les maraîchers locaux allaient fournir les CDA lorsque viendrait le temps des récoltes, qu'il y aurait du vert et du frais pour tout le monde, puisque l'économie, bien sûr, devait continuer à tourner malgré tout, qu'il était impensable que cette année, subitement, les agriculteurs cessent de faire leur travail. Toutefois, Caroline ne l'entendait pas de la même façon. Elle avait peur qu'il n'y en ait pas pour chaque famille et soutenait que les rations offertes par les CDA ne leur permettraient certainement pas de faire des réserves pour l'hiver d'ensuite. Samuel avait éclaté de rire. « Tu t'inquiètes pour rien, qu'il lui avait dit en la regardant comme une petite fille, d'un air faussement attendri. L'hiver prochain, tout sera certainement rentré dans l'ordre, il ne faut pas exagérer ! » C'est à ce moment précis que la figure de Caroline avait viré au rouge. Cela arrivait rarement. Caroline, habituellement douce, patiente et portée vers le dialogue, cédait de bon cœur ou avec quelques réticences lorsque Samuel lui servait des arguments probants. Cependant, lorsque le visage de sa conjointe s'empourprait, c'est qu'elle ne démordrait pas. Dans ces moments, elle devenait littéralement quelqu'un d'autre. Mister Hyde pouvait aller se rhabiller lorsqu'elle se mettait dans cet état. Et, si on n'y prenait garde, une pareille tête tomatée, ça pouvait durer des jours, avec du poison dans chaque parole et du mépris dégoulinant plein le regard. Samuel savait aussi que cela annonçait indubitablement sa défaite.

— Ah oui ? Et qu'est-ce qui te permet de prédire que tout sera rentré dans l'ordre l'hiver prochain, hein, Nostradamus *junior* ? Ces rumeurs de vaccin ou de traitement miraculeux qu'on entend chaque semaine sans que rien se passe réellement ? Tes contacts privilégiés avec des membres haut placés du gouvernement, peut-être ? À moins que ce soit, oui, c'est sûrement ça, à moins que ce soit ton foutu petit doigt qui nous avait aussi prédit que l'épidémie serait rapidement endiguée, ici dans notre beau pays moderne et organisé, celui-là aussi qui nous avait affirmé que les écoles ne fermeraient pas, que les épiceries resteraient toujours ouvertes et qu'il n'y aurait jamais, au grand jamais de rationnement sur l'essence ? Si c'est lui, en tout cas, qui te convainc aussi facilement que tout sera rentré dans l'ordre dans six mois, tu peux l'envoyer se faire foutre de ma part et lui dire de se trouver d'autres intérêts, parce que les prévisions à long terme, clairement, ce n'est pas sa force. Moi, de toute façon, j'ai d'autres choses à faire que discuter avec un petit prétentieux dans son genre. J'ai une famille à nourrir et donc, je sors faire mon potager.

C'était la veille. Elle était effectivement sortie dehors, en furie, et elle s'était mise à l'ouvrage, seule sous le clair de lune. Samuel l'avait observée de l'intérieur. Pour sûr, elle voulait. Décidée, elle avait tout d'abord marqué le périmètre de son petit potager en devenir avec quatre piquets et une ficelle les reliant entre eux. Elle avait apporté la pelle ronde et sautait dessus à pieds joints pour la faire pénétrer dans le sol. Elle n'avait pas ce qu'il fallait de force, elle n'était pas assez lourde, le sol était trop sec et trop rocheux : le travail, dans ces conditions, s'annonçait colossal. Samuel le savait et Caroline aussi, probablement, sauf qu'au point où elle en était, elle allait mener son projet à terme avec ou sans son mari, énergisée par un mélange efficace de détermination et d'orgueil qui pouvait se sentir malgré la distance et se voir en dépit de l'obscurité.

Piétinant et réfléchissant, seul dans sa cuisine, Samuel était sorti pour l'arrêter, la prier de rentrer, lui promettre que, puisqu'elle le désirait tellement, ce potager miniature, il se chargerait de lui créer l'espace nécessaire le lendemain. Sans faute.

Samuel, comme prévu, avait dû s'avouer vaincu, défait par un tiers de pitié envers sa conjointe dont les efforts se soldaient par peu de résultats, par un tiers de doute (elle avait peut-être raison ?) et par un tiers de crainte que les voisins ne le prennent pour un ingrat, à laisser sa femme travailler aussi dur au beau milieu de la nuit. N'étant pas au fait de toutes ces subtilités dans le processus décisionnel de son mari, Caroline avait cru qu'elle l'avait finalement convaincu et elle était rentrée avec lui. Heureusement, ce matin, son visage avait repris une teinte normale.

Samuel termina sa besogne, sans parvenir à mettre le doigt sur la raison qui avait fait germer une pareille idée dans la tête de sa chère épouse. Il n'allait pas consacrer plus de temps à tenter de comprendre. Caroline avait toujours été d'un naturel inquiet et prévoyant. Ce mini-potager s'inscrivait plutôt dans l'ordre des choses. Il avait tenu sa promesse, c'est ce qui comptait. Complètement éreinté et en nage, il prit une pause avant d'aller ranger ses outils. Près de lui, les enfants flattaient Hadès, venu leur rendre une petite visite surprise. Le pauvre chat avait visiblement maigri, mais avait l'air de s'en tirer.

Au moment de se remettre en train, Samuel grimaça. Son dos fourbu, ses cuisses et ses bras douloureux allaient le faire souffrir encore plus demain quand se réveillerait tout courbaturé. N'ayant pas l'habitude du travail physique, Samuel se fatiguait rapidement. Il était vraiment content d'en avoir fini avec le minipotager.

Il venait de ramasser ses outils et s'apprêtait à aller les ranger au garage lorsqu'il entendit un toussotement derrière lui. Se retournant en direction de la palissade, il s'étonna d'y voir le visage de deux visiteurs dans l'entrebâillement qui facilitait l'accès au grand potager. Le masque qu'ils portaient tous les deux rendit difficile leur identification, mais au moment où les étrangers pénétrèrent dans le périmètre de son terrain, Samuel reconnut la Reine-Grano. Elle était accompagnée d'un homme de forte stature, court sur pattes, mais baraqué, dans le style Rambo. Autant elle avait la chevelure indisciplinée, autant lui l'avait domestiquée de la façon la plus sévère, avec une coupe militaire très courte, très carrée, et gominée par-dessus le marché. Portant un pantalon de sport noir et un t-shirt blanc qui détaillait chaque relief de sa carcasse entraînée à l'extrême, il bombait le torse et se déplaçait en gardant les bras éloignés de son corps : trop de muscles trop développés, voyez-vous. Il sentait l'après-rasage bon marché à plusieurs mètres à la ronde et ses yeux gris perçants semblaient reprocher à Samuel de ne pas en faire autant. En le regardant, Samuel fut tenté de se mettre au garde-à-vous, mais l'envie lui passa rapidement. Il n'était pas du genre à se laisser impressionner par un quadragénaire protéiné ni par une souveraine autoproclamée. Néanmoins curieux, il invita les visiteurs à parler. Diane commença par faire les présentations :

— Samuel, voici Pierrot Lafille…

— Pete, reprit immédiatement le baraqué.

— Monsieur Lafille est…

— Juste Pete, ça va être correct, corrigea encore le nouveau venu.

La Reine-Grano était visiblement mal à l'aise de prononcer ce sobriquet qui lui donnait l'air de connaître son acolyte depuis dix ans, alors qu'elle l'avait rencontré tout récemment, et l'homme, lui, était de toute évidence consterné par le manque de masculinité associé à son nom. Il ne fallait pas être Freud pour comprendre qu'il y avait entre le nom, la taille et les muscles disproportionnés de cet homme un lien puissant. Et c'était sans compter l'attitude.

Diane intégra tant bien que mal le « Pete », familier, mais ô combien plus viril, à son discours et finit par expliquer que des laitues et autres petites pousses avaient subi les assauts de rongeurs malfaisants au cours des derniers jours.

— On pense que c'est une marmotte, mais certains affirment que ce serait peut-être aussi un lièvre. Pour l'instant, on n'est sûrs de rien.

Attendez. Quoi? Pour l'instant? Il y a une enquête en cours?

Samuel, depuis que les deux larrons avaient fait irruption dans sa cour, se retenait pour ne pas éclater de rire. Cet homme, cette femme, cette association improbable, le nom, le malaise et maintenant ça, cette histoire de laitue semblant tourner à l'enquête, ces petites bêtes accusées avec un sérieux de journaliste engagé et des déductions à la Columbo, c'était à se tordre. Cet air grave qu'ils avaient, tous les deux! Samuel avait un plaisir fou à entendre ce discours farfelu et il n'en pouvait plus d'attendre que ce cirque se termine pour aller, enfin, tout raconter à Caroline. Elle rirait aussi, pour sûr. Pourtant, il n'était pas au bout de ses surprises, loin de là. Diane venait de l'inviter à ce qu'elle appelait « une corvée de clôture » et Pete-Protéines avait approuvé d'un air entendu. Amusé, Samuel entendit la voix de Jack Bauer résonner dans sa tête: «*I want you to lock down all the perimeter, Chloe, now! We have to protect the Canadian soil from those fucking groundhogs!*»

— Non, attendez, ce n'est pas sérieux! Vous me faites marcher, là?

Samuel, incapable de réprimer un sourire de dérision, était estomaqué par ce qu'il venait d'entendre. Diane, qui s'attendait à de l'assentiment, fut décontenancée par la réaction de Samuel, qui semblait vouloir protester, peut-être même s'opposer à son projet, enfin, à leur projet, à Pete et elle. Elle tenta de lui expliquer la situation d'une autre façon. Peut-être n'en avait-il pas saisi toute la gravité.

— Oui, nous sommes sérieux. C'est la seule solution possible. Nous ne pouvons pas nous permettre de faire manger nos légumes aussitôt qu'ils sortent de la terre. Nous avons le devoir de les protéger, notre survie en dépend. Et je ne vois pas ce qui vous amuse dans cette situation. Nous allons agir et nous sollicitons votre collaboration. Il va de soi que si cela ne vous intéresse pas, nous allons considérer que tout le projet du potager aussi ne vous intéresse pas et vous pourrez refermer votre palissade. Nous ferons aussi bien sans vous.

Samuel était piégé. Il avait envie de les envoyer promener avec leur corvée de clôture et leur sens du drame, mais il avait en mémoire un souvenir très clair de Caroline et de son visage rougi par la colère. Le potager lui tenait à cœur, c'était évident. Elle ne lui pardonnerait pas de se faire éjecter du projet et il devrait subir sa colère tout l'été. Il en subirait encore probablement des soubresauts à Noël prochain. Ça ne valait pas la peine. À contrecœur, il confirma qu'il serait présent le lendemain. Lorsqu'il retrouva Caroline à l'intérieur, il lui fit le récit de ce qui venait de se passer, mais avec une tournure moins cocasse que ce qu'il avait d'abord prévu. Son envie de rire s'était évaporée. D'hurluberlus inoffensifs, les personnages de son histoire avaient été propulsés au stade de dictateurs paranoïaques. Il était furieux de s'être laissé embobiner de la sorte par de pareils emmerdeurs, mais Caroline ne le dispensa pas de tenir sa parole pour autant. Grosse surprise.

Le lendemain, jour de grisaille, Caroline resta couchée, et les garçons aussi, par miracle. Samuel déjeuna seul en regardant sa tablette. Rien de nouveau. Toujours hors de fonction : YouTube, Facebook, Twitter, Outlook, eBay, Alibaba, YouPorn (ouais… même celui-là…) et tous les autres, qui affichaient depuis plusieurs mois le même message d'erreur. On avait tour à tour attribué cette catastrophe informatique à l'action malfaisante de pirates, puis à l'inefficacité des équipes d'entretien décimées par la maladie, sans jamais être en mesure de savoir de quoi il en retournait très exactement. Quelques-uns affirmaient même que certaines régions du monde étaient tombées dans un chaos total, et que les informations entre les serveurs n'arrivaient plus à être relayées. On avait aussi évoqué l'inquiétante possibilité que le gouvernement ait volontairement coupé l'accès à l'information pour éviter la panique et les rébellions. C'était une hypothèse qui avait du sens, selon Samuel. Jusqu'à maintenant, alors que tout le reste était planté, le gouvernement avait inexplicablement réussi à maintenir un site de nouvelles en activité et chacun se doutait bien que les informations qui y circulaient étaient contrôlées. Quand on avait connu une époque où tout pouvait se savoir à une vitesse qui n'était limitée que par la dextérité de ses pouces, c'était vraiment de la torture que de demeurer dans l'ignorance. La province, le pays, le globe, la ville d'à côté, même, tout semblait maintenant si lointain et tellement inaccessible. Privé d'information, Samuel manquait d'emprise sur sa propre existence, c'est pourquoi, aussi épurée ou factice soit-elle, la page Web du gouvernement, il la consultait quotidiennement. C'était mieux que rien. Samuel passa rapidement la publicité d'intérêt général qui rappelait les directives émises par les autorités pour faire face à la crise. Il connaissait déjà toutes ces mises en garde : demeurer chez soi autant que possible, éviter les contacts sociaux, les voyages dans d'autres villes, porter ses équipements protecteurs (gants, masque), fréquenter les CDA uniquement les jours prescrits afin d'éviter les attroupements, déclarer tout symptôme s'apparentant à la maladie directement au ministère de la Crise ; advenant un décès à domicile, attendre la brigade sanitaire pour disposer des corps d'une manière sécuritaire, éviter de gaspiller la nourriture, l'eau et de circuler en véhicule consommant de l'essence, surveiller ce site pour plus d'informations. Blablabla. Il y avait rarement de nouvelles précisions, mais tout le monde avait, comme Samuel, les yeux rivés sur cette page chaque jour nouveau que le bon Dieu amenait. C'était le dernier lien avec l'ensemble du pays. Même les radios et les télés avaient été forcées de suspendre leurs services… À cause de la maladie ? À la suite d'une intervention des dirigeants du pays ? Impossible de le savoir.

Toutefois, il fallait bien admettre que depuis que les réseaux sociaux et les médias d'information étaient tombés, un calme artificiel semblait s'être emparé de la province. Samuel se rappelait les ondes de panique qui déferlaient régulièrement sur le Web lors de la première vague de propagation du virus en Occident. Une chasse aux sorcières colossale, qui aurait donné le vertige à l'ancien sénateur McCarthy, avait été organisée pour retrouver les occupants d'un vol en provenance d'Afrique qui avait transité par l'Espagne. Les médias traditionnels avaient parlé de cinq personnes infectées à bord de l'avion, puis les médias sociaux avaient amplifié l'affaire. Sur Facebook, on avait publié les photos de tous ceux qui étaient soi-disant sur ce vol, on avait ajouté les photos de leurs parents, de leurs enfants, de leurs amis, des amis de leurs amis, tout cela à partir de comptes plus ou moins sécurisés, et on avait mis le public en garde : ces gens étaient possiblement contaminés. Il fallait les dénoncer aux autorités. En circulant librement, ces inconscients mettaient en jeu la sécurité nationale. Rapidement, des photos de milliers de personnes s'étaient mises à circuler. Des attaques avaient eu lieu contre plusieurs d'entre elles. Aux États-Unis, des dizaines avaient été abattues en pleine rue ou dans la quiétude de leur logis, gloire au deuxième amendement et à l'argumentaire de l'autodéfense. Lorsque cette vague s'était estompée, ça avait été l'heure de la chasse aux terroristes, ceux que l'on avait ensuite désignés, par acclamation électronique, comme étant responsables de la propagation de l'épidémie. Caro avait fait la comparaison avec ce qui se passait jadis, au Colisée de Rome, lorsque l'empereur décidait du sort des esclaves. Deux mille ans plus tard, sur nos écrans, cette fois, c'était le pouce dirigé vers le haut qui signifiait « à mort » ! Les photos étaient alors devenues facultatives : des slogans incendiaires et des vidéos de propagande circulaient allègrement sur tous les réseaux sociaux, relayés par des milliers de clics, spasmes digitaux d'une peur devenue incontrôlable. Vous parliez arabe ou une autre langue aux accents vaguement similaires ? Vous fréquentiez une mosquée ? Vous portiez le voile ? ! Vous cherchiez alors les ennuis. Il y avait encore eu des morts, toutes injustifiées, des pères et des mères de famille, des Sud-Américains au teint basané, des juifs hassidiques, des sikhs, des moines bouddhistes, des ouvriers d'entretien travaillant sur des bâtiments religieux, des collègues de travail à l'air vaguement louche. Tout avait pris une teinte de terrorisme pour le citoyen ignorant qui n'était même plus en mesure de distinguer le sel du poivre tant il avait peur, en supposant qu'il ait déjà été en mesure de voir la différence entre les deux, même en des temps plus calmes...

Bref, ça avait été le chaos total et c'était sans compter toutes les manifestations et les protestations contre le gouvernement, qui ne faisait que piétiner face à cette crise sanitaire et sociale qui étranglait le pays.

Samuel se rappela tout cela et songea que c'était le Facebook d'avant la crise qui lui manquait, celui des vidéos de chats et des recettes de biscuits *rapido presto*, de même, le Twitter de Kim Kardashian, les fesses bombées, le sourire coquin. Le banal du quotidien lui manquait, pas les mises à mort publiques. Tout bien compté, on n'était pas mieux sans les réseaux sociaux qu'avec. Depuis qu'ils avaient disparu, avait-on retrouvé un semblant de paix ou était-ce seulement que l'on n'entendait plus parler des atrocités? Samuel l'ignorait.

Après s'être rassasié de quelques faits divers de peu d'intérêt et des nouveaux chiffres alarmants concernant l'avancée fulgurante de l'épidémie, Samuel éteignit l'appareil. Quelle merde! Tous ces malades et toutes ces mesures de sécurité effarantes embourbaient la société au point où on en était venu à ressembler à un pays du tiers-monde. Et encore, lorsque paraissaient quelques rares nouvelles internationales, la situation semblait pire ailleurs, où des conflits armés avaient éclos des suites de toutes ces instabilités. Ici, heureusement, on n'en était pas encore là, et Samuel tenait à se convaincre que jamais ça n'irait aussi loin. Il pensa à ses enfants. Il les avait conçus dans un monde qu'il aimait qualifier de « normal » et désirait ardemment qu'ils n'aient pas à grandir en sachant leur sécurité constamment menacée. Il ne voulait pas les voir obligés de planter leurs légumes pour survivre… ni d'installer des clôtures antimarmottes.

Pete-Protéines venait d'entrer dans son champ de vision, là, au beau milieu du jardin, derrière la vitre de sa porte-patio. Samuel soupira et se leva. Il ne pouvait pas croire qu'aujourd'hui, au lieu d'aller travailler, comme il s'était résolu à le faire malgré la crise, il allait installer une clôture bidon en compagnie de gens qui, faute d'occupation plus sérieuse, plus lucrative, utilisaient leur énergie à cultiver la panique en plus d'un potager. De vrais moutons apeurés.

Samuel appela à la station d'eau potable de la municipalité et laissa un message sur la boîte vocale indiquant qu'il prenait sa journée, mais qu'il allait bien, ainsi que toute sa famille. Il prit son imperméable dans la garde-robe et sortit rejoindre les autres hommes sous une fine bruine glacée.

Fâché d'être là, Samuel était d'humeur massacrante, aussi, la journée fut-elle longue et pénible. Il s'efforça malgré tout, en certains moments, d'avoir l'air avenant avec ses compagnons d'infortune, mais chaque fois que l'un d'entre eux encensait le leadership, l'initiative ou l'inventivité de Pete-Protéines, il devait se retenir de le frapper. Il pouvait concéder que l'idée du potager, sans être nécessaire, comme le laissait entendre la Reine-Grano, était intéressante, mais une clôture contre des rongeurs capables de creuser des galeries souterraines longues de plusieurs mètres, là, ça dépassait les bornes.

Lorsqu'il comprit que leur clôture serait, en fait, celle qu'ils iraient « emprunter » au parc le plus près, il refusa net d'y aller.

— Plus personne ne fréquente ce parc, argua Pete.

— Tu ne sais pas. Tu n'as pas d'enfant. Nous, on y va avec les garçons.

C'était un mensonge. Caroline refusait qu'ils y aillent depuis un bon bout de temps, au cas où des enfants infectés auraient joué dans le module juste avant et aussi à cause des montagnes de déchets qui s'accumulaient au bas du talus et qui empestaient, près du terrain de baseball, depuis la suspension de la collecte. Foutus cols bleus! Ils avaient arrêté de travailler sous prétexte que leur emploi était à risque. Quel emploi ne l'était pas? Moine copiste, peut-être? Et encore, Umberto Eco avait bien prouvé le contraire. Toujours est-il que Samuel ne concevait pas que l'on tienne pour acquis que la clôture de ce parc était devenue inutile. L'épidémie finirait bien un jour! Et eux, pauvres imbéciles, auraient sur la conscience le saccage, le vandalisme de ce lieu public, où les ballons iraient librement rouler dans la rue sans rencontrer d'obstacles! Quelle honte! Oui, bon, ce n'était pas un argument de taille, c'est vrai que la clôture autour du parc ne servait qu'à en définir les limites, mais l'idée de permettre à quelqu'un comme Pete-Protéines de s'approprier le bien public sans aucune forme de procès répugnait à Samuel. Ce n'était pas... démocratique, ou du moins cela ne correspondait pas aux normes de cette société organisée qu'il voulait préserver. Voler la clôture d'un parc tombé dans la désuétude ou ayant changé de vocation, ce n'était certes pas grand-chose, la preuve étant que chacun savait qu'ils pourraient agir en toute impunité et que personne ne viendrait ni les embêter ni s'y opposer, pas même la police, qui avait des effectifs réduits et bien d'autres chats à fouetter. Le hic, c'est que pour Samuel, c'était le *début* de quelque chose de grave, de malsain. Le début de la fin, peut-être? Sans doute. C'était terrifiant de l'envisager. Sentant qu'il était à deux doigts de s'empoigner avec Pete-Protéines, qui ne comprenait pas ses scrupules, il laissa la bande de malfrats du dimanche s'éloigner avec leurs pinces aux longs manches et s'offrit, à contrecœur, pour préparer le terrain avec Ruberth, qui, sous son masque et sa casquette détrempée, paraissait avoir les mêmes réticences que lui.

Malgré tout le génie qu'on lui prêtait, Pete-Protéines, qui avait prévu une seule journée de travail pour abattre la corvée, se vit dans l'obligation de convoquer ses troupes pour le lendemain. La clôture métallisée était lourde à transporter et les hommes, mal équipés pour la mise en place. Samuel, conscient de ses propres limites et de celles de son groupe, avait rapidement soupçonné un allongement des délais, mais les autres semblaient tomber des nues face à cette nouvelle, comme s'ils croyaient qu'une clôture pouvait s'installer en criant «marmotte». D'autant que le costaud à la cervelle de pois chiche avait pour ambition de superposer les treillis pour en faire une barrière assez haute pour être infranchissable, ce n'était pas une mince affaire pour des amateurs. Samuel n'avait pu s'empêcher d'ironiser en entendant cette idiotie qui outrepassait toutes les autres jusque-là.

— Et j'imagine qu'on va mettre des barbelés tout en haut aussi, pour se prémunir des méchants lièvres volants?

S'il avait vraiment fallu augmenter la protection, lui, l'aurait renforcée vers le bas, sous la terre… On voulait bien se prémunir contre les rongeurs, non?

— Très drôle, avait répondu sévèrement le baraqué détrempé. Les barbelés, c'est une bonne idée par contre, je la retiens. En ce qui concerne les lièvres, sachez que ce n'est pas notre seule préoccupation. Nos semences en sont encore à un stade précoce, mais bientôt, nous aurons une importante réserve de légumes à protéger, car, croyez-moi, elle fera des envieux. Aujourd'hui, les rongeurs sont nos ennemis, demain… la menace sera plus grande.

Samuel et Ruberth échangèrent un regard atterré. La menace ? Plus grande ? Visiblement, il s'attendait à mener une guerre pour des choux-fleurs, cet idiot ! Complètement énervé, Samuel s'apprêtait à proposer aux hommes de remplacer ce prophète de malheur par quelqu'un de plus qualifié, disons… un plant de concombre, lorsque Ruberth lui intima de se calmer et d'écouter. La suite était à se foutre une casserole sur la tête :

— On nous a d'ailleurs signalé que des rôdeurs avaient été aperçus récemment.

— C'est certain qu'un type qui fait une promenade peut avoir l'air de rôder, quand on devient parano.

Samuel n'arrivait plus à se contenir devant tant de bêtises.

— Restez polis, voulez-vous ? Ou allez-vous-en. Ce dont il est question ici est de première importance. Vous et les membres de votre famille en âge de le faire devrez effectuer des tours de garde à l'intérieur de l'enceinte. D'abord pour chasser les rongeurs, plus tard pour sonner l'alarme au cas où on tenterait de nous voler. Bien entendu, nous devrons assurer cette sécurité de jour, mais surtout la nuit. Avec Diane, nous établirons un horaire pour les tours de garde et nous vous en tiendrons informés au cours des prochains jours…

Le protéiné continuait de déblatérer son discours militaire, mais Samuel ne l'entendait plus, complètement abasourdi par ses paroles, mais aussi par l'écoute religieuse de son auditoire. C'est qu'il bénéficiait d'oreilles attentives, ce petit commandant ! Comment cela se pouvait-il ? Quand Samuel s'était moqué des rôdeurs par sa remarque sarcastique, les autres ne l'avaient pas approuvé, n'avaient pas ri de sa blague. Il avait même entendu un soupir agacé et un « chut ! » bien senti, signifiant qu'on ne partageait ni ne tolérait sa dissonance. Pourtant, il était entouré de gens qui paraissaient intelligents, éduqués, capables de penser. Alors quoi ? Quel était leur foutu problème ?

En scrutant avec attention les visages autour de lui, Samuel comprit. Ils avaient peur. Ils avaient peur de mourir, que leurs enfants, leur femme, leurs parents meurent, ils avaient peur de manquer de nourriture, et cet énergumène, avec ses biceps gonflés et ses trapèzes de gorille, offrait par sa seule charpente un gîte où il semblait bon déposer sa tête et ses craintes. Cette assurance que la Reine-Grano et lui dégageaient, ça ne s'achetait pas, ça se vivait, et le voisinage avait l'air d'en redemander. Caroline la première, d'ailleurs, au grand désarroi de son conjoint, lorsqu'il aborda le sujet avec elle le soir venu, alors que les petits venaient de se mettre au lit.

— Je sais, c'est un peu exagéré, ces histoires de clôtures et de barbelés, mais moi, je m'en fous. On va avoir nos légumes, c'est ce qui compte.

— Et les tours de garde ?

— Bien… j'admets que c'est poussé comme demande, mais quand on y pense, c'est quoi, une journée par-ci, une nuit par-là ? On est plein de monde à pouvoir se relayer, notre tour ne va pas revenir très souvent au cours de l'été. Une fois, deux fois, trois, peut-être ? Me semble que ce n'est pas un gros sacrifice.

— Oui, Caro, mais le principe de surveiller, de se cacher derrière des clôtures, de voir les voisins de la rue d'en face comme des rôdeurs, tu ne trouves pas ça surréaliste ?

— Ouais, mais ce n'est pas la seule chose surréaliste qui arrive ces temps-ci. Tout est surréaliste : les écoles fermées, les CDA, mon pain maison pas mangeable, Internet qui ne fonctionne qu'à moitié, l'île en quarantaine, les rubans jaunes un peu partout. La boule que j'ai au creux du ventre en permanence aussi, c'est surréaliste, tu sais. Ça m'empêche de dormir, ça me donne envie de pleurer pour un rien au milieu de la journée, ça m'use, mais toi, tu ne vois rien. On dirait que pour toi, tout est correct, tout va s'arranger bientôt, et ceux qui ne pensent pas comme toi, ce sont des idiots paranoïaques.

— Non, tout n'est pas correct, je le sais, que ça va mal…

— Sauf que tu penses qu'il n'y a rien qu'on puisse faire à notre échelle. On dirait que tu attends que la solution vienne d'elle-même.

— C'est certain que le gouvernement…

— Le gouvernement ? Il ne mettra pas de légumes dans l'assiette de mes enfants. Nous oui, on n'a pas le choix. Si tu peux arrêter de fanfaronner avec monsieur Protéines, on aura au moins une emprise là-dessus à la fin de l'été. Essaie d'oublier les clôtures, les tours de garde, et pense aux légumes. Moi, je me concentre là-dessus.

Quand il l'avait rencontrée, Caroline n'avait pas plu immédiatement à Samuel, ce à quoi il repensait parfois en éprouvant une petite gêne. Sans être laide, elle n'était pas non plus de celles qui donnent des torticolis aux garçons. La côtoyant par amis interposés au cours de leurs études universitaires, dans les 5 à 7 et les soirées dans les bars, il avait toutefois été peu à peu séduit par cette femme aux lèvres bien dessinées et à la poitrine généreuse. Elle n'avait pas toujours confiance en elle et s'appuyait sur lui à son insu. Cela donnait de l'importance à Samuel, le faisait se sentir fort à ses côtés. Il adorait ça. Qui plus est, Caroline était douce, attentionnée, drôle et réfléchie. Il la connaissait depuis plus de dix ans et il l'aimait toujours. Enfin, il croyait bien la connaître, mais en la voyant ce soir, ses mains gantées de jaune plongées dans l'eau savonneuse, la bouche tremblante et le regard dur, il eut des doutes. Son visage, habituellement si posé, menaçait de s'empourprer à nouveau. Deux fois en trois jours ? Vraiment ? Et toujours pour ce foutu potager ? Samuel avait peine à le croire, mais sa femme semblait se métamorphoser devant lui. C'était un agneau à qui il poussait soudainement des griffes et une crinière, et ça, c'était plus surréaliste que tout le reste.

Chapitre 5

De 1340 à 1352, la peste noire a tué entre trente et cinquante pour cent de la population européenne, parfois plus selon les régions. Il a fallu environ trois cents ans pour que la population redevienne aussi nombreuse qu'avant la peste. Les conséquences sur l'économie et la société ont été considérables. Les villes étaient plus durement touchées que les campagnes en raison des conditions sanitaires déplorables et de la promiscuité.

Les médecins qui s'occupaient des pestiférés arboraient des habits reconnaissables entre tous. Ils portaient un masque percé de deux trous et pourvu d'un long bec qu'ils remplissaient d'herbes aromatiques pour se préserver des odeurs et, par le fait même, pensaient-ils, de la maladie. Hélas! Ni leur masque ni leur grande tunique cirée ne pouvaient empêcher les germes de parvenir jusqu'à eux. Beaucoup sont morts dans l'exercice de leurs fonctions.

6 juin, en avant-midi

Comme les nuits étaient encore fraîches, la Reine-Grano avait recommandé à tous les jardiniers en herbe de procéder à l'arrosage des petites pousses tôt le matin. Caroline s'était montrée rébarbative face à cette consigne. Chez elle, lorsqu'elle était jeune, sa grand-mère lui avait plutôt enseigné à arroser le soir, pour prévenir les attaques nocturnes du gel. Ayant rencontré du succès avec cette technique ancestrale, elle n'entendait pas mettre la vie des nouvelles pousses du potager en jeu. Caroline avait donc argumenté avec Diane, qui avait aussitôt rétorqué :

— Ça rendra nos plants vulnérables à la maladie, de les arroser le soir.

— C'est vrai, mais s'ils gèlent, ce sera pire encore. On va tout perdre.

— Je vais réfléchir à ça. En attendant, on peut bien arroser les pousses les plus fragiles le soir aussi, si vous y tenez. Il n'y en a que pour quelques jours de toute façon.

À la vérité, Caroline n'était pas certaine que les méthodes de sa grand-mère soient les meilleures, mais elle avait eu besoin de tester Diane afin de savoir à quel point elle était sûre d'elle. La Reine-Grano avait cédé, Caroline avait senti son hésitation, mais elle savait que l'instigatrice du potager ne pouvait tout de même pas révéler sa faiblesse à la face de son royaume, en avouant ses torts, ou pire, son ignorance. Caroline s'était contentée de cette petite victoire en espérant le mieux pour les plants du potager.

Pour les arrosages matinaux, Caroline n'avait émis aucune objection. Par la force des choses, la maternité l'avait poussée à devenir une lève-tôt et elle avait maintenant l'habitude d'être dans le feu de l'action dès l'aurore ou même avant, durant les sombres mois d'hiver. Elle, qui, avant la naissance des enfants, avait un goût si prononcé pour la grasse matinée, s'étonnait parfois de constater qu'avant 8 heures, elle pouvait avoir déjà terminé deux brassées de lavage, mis une douzaine de muffins au four, rangé la vaisselle du déjeuner et disputé une partie de serpents et échelles avec son plus vieux.

Ce matin, elle était sortie alors que les garçons mangeaient avec leur père. Elle avait profité de la présence de Samuel pour s'esquiver, question de ne pas être obligée, plus tard, d'amener les garçons avec elle. Elle avait tenté l'expérience récemment, mais Joseph concevait le potager comme un immense carré de sable. Dans cette optique, les pousses étaient des brins de gazon qu'il se sentait absolument libre de piétiner, ce qui mettait Caroline en rage, elle qui tenait beaucoup à ses futurs légumes et qui ne souhaitait pas que son fils soit perçu comme le Godzilla des temps modernes, capable d'annihiler toute forme de vie (végétale) se trouvant en travers de sa route. Le plus possible, elle tentait donc de venir arroser le potager seule, ce qui, en fin de compte, ne lui déplaisait pas, elle qui passait désormais vingt-quatre heures sur vingt-quatre et sept jours sur sept en compagnie de sa progéniture.

Elle avait chaussé ses vieilles chaussures de sport, enfilé son chandail à capuchon et elle était sortie dans le calme de l'aube. Le liquide clair, qu'elle prélevait à même un baril d'eau de pluie, était glacé. Elle regardait les gouttelettes tomber de son arrosoir, rouler sur la terre sèche, puis imprégner le sol, qui se fonçait aussitôt. De doux rayons parvenus de l'est lointain caressaient son visage sous un ciel coloré et des oiseaux, invisibles et néanmoins bruyants, égayaient ce début de journée magnifique. Caroline n'était pas seule au potager, d'autres arroseurs l'avaient rejointe, mais chacun évoluait silencieusement sur son propre territoire comme des adeptes de taï-chi asynchrones. Le calme, l'odeur de la terre humide et les gestes répétitifs eurent tôt fait d'entraîner Caroline dans un bénéfique état méditatif. Ils étaient rares, ces instants où elle ne pensait à rien, où son esprit se libérait des inquiétudes qui la taraudaient jour et nuit. «Est-ce que madame Robinson s'occupe bien de piquer la terre autour des navets et des oignons? Est-ce que ce sera un bon été pour notre jardin ? Fera-t-il beau ? Chaud ? La pluie sera-t-elle au rendez-vous ? Qu'est-ce qu'on va manger aujourd'hui ? Que faire si l'un de nous tombe malade ? Allons-nous tenter de nous soigner nous-mêmes, nous rendre à l'hôpital ou appeler aussitôt les autorités ? Sommes-nous bien avisés de demeurer ici, dans la banlieue populeuse, propice à la contamination, mais à proximité des services ? Devrions-nous rejoindre ma famille à la campagne ? Comment se portent mon père, mon frère, ma sœur ? Comment m'assurer que les nouveaux vêtements de Thomas ne sont pas contaminés ? Devrais-je lui acheter à l'avance plusieurs paires de chaussures de différentes pointures ? Vais-je tenir le coup si l'un d'entre nous meurt ? » La liste était interminable. Les questions pragmatiques du quotidien relayaient les hypothèses plus farfelues, sans relâche. Sa pauvre tête n'avait jamais de répit, excepté en ces rares moments de grâce où tout était si paisible, si parfaitement beau que Caroline pouvait presque croire que toute cette horreur n'était qu'un affreux cauchemar. De tout son cœur, elle se prenait à espérer qu'en regagnant son logis, elle découvrirait dans sa cuisine, ô bonheur, ses armoires remplies d'une nourriture qu'elle aurait elle-même choisie. Elle espérait voir son plus vieux descendre l'escalier, habillé pour la garderie, son mari partir en voiture pour le travail, les voisins d'en face faire de même, tous avec cette attitude semblable, non pas de bonheur radieux comme on le verrait dans une comédie musicale, mais celle, rassurante, des matins ordinaires. Ces matins où l'on est parfois tiède à l'idée de se mettre en train, ces matins où l'on baigne, sans s'en rendre compte, dans la certitude que la journée se déroulera comme les autres, qu'elle ne sera ni pire ni meilleure qu'hier et demain. Maintenant, Caroline angoissait constamment, trop consciente que le futur pouvait facilement être bien pire que le présent. La bête était officiellement de retour.

Lorsqu'elle revint à l'intérieur, Caroline fut tentée de jeter un coup d'œil à ses armoires tant ce qu'elle voyait était proche de son fantasme de l'existence ordinaire retrouvée. Samuel, sur son départ, embrassait bébé Jo près de la porte d'entrée et Thomas dévalait l'escalier, vêtu proprement, en criant : « Attends-moi, papa ! Attends-moi ! » En y regardant de plus près, Caroline vit que Samuel s'apprêtait à mettre son casque de vélo au lieu de prendre les clés de la voiture. Finalement, le cauchemar continuait, mais pour la première fois, la mère de famille réalisa qu'il cohabitait étroitement avec la vie ordinaire qu'elle souhaitait tant retrouver et qui, dans les faits, n'avait jamais vraiment disparu. Dehors, les masses étaient diminuées par cette terrible maladie, mais ici, dans ce cocon douillet de banlieue, les membres de sa famille jouissaient d'une immunité provisoire. Oui, leur quotidien avait changé et il était ponctué de désagréments, mais ils pouvaient encore se dire qu'ils en avaient un et qu'ils le partageaient tous ensemble. En cela, ils avaient bien de la chance.

Caroline alla embrasser Samuel. Leur étreinte se prolongea. Elle n'avait pas envie de le laisser partir, et lui appréciait ces moments de proximité qui se faisaient rares. Caroline en profita pour réitérer une demande qu'elle lui faisait parfois :

— Reste. S'il te plaît.

— Caro… Je ne peux pas, tu le sais.

— Tu n'as pas besoin d'y aller si souvent. Avec ton logiciel, tu peux travailler de la maison, non ? J'ai tellement peur que tu tombes malade.

— Je fais ce qu'il faut pour que ça n'arrive pas, ne t'inquiète pas. Je porte ma combinaison et mon masque dès que je quitte mon bureau. En plus, je te l'ai déjà dit, mon logiciel ne me permet pas de tout faire à distance, surtout maintenant que je ne peux plus me fier à Internet. J'ai besoin d'être là, de voir comment ça se passe sur place. Aujourd'hui, par exemple, je vais aller faire des échantillonnages. On a perdu trois techniciens récemment et il faut bien s'assurer que la ville continue d'être alimentée en eau potable.

— Je sais, oui. Mais je serais plus tranquille si on était tous à l'abri.

— C'est impossible, Caro. Même si j'arrête de travailler aujourd'hui, il faudra bien continuer de nous rendre dans les CDA, non ? On ne pourra jamais être complètement à l'abri.

— Tu as raison.

— Il ne faut pas s'empêcher de vivre, ma chérie.

Caroline n'avait rien à ajouter à cela. Samuel et elle en avaient déjà discuté et, malgré tous les arguments rationnels de son mari, elle avait bien du mal à se résoudre à le voir partir sur sa bicyclette quatre matins sur sept. Elle savait qu'en tant que chef d'équipe à l'usine de filtration des eaux, son ingénieur chimiste de mari faisait un travail utile, voire essentiel pour la communauté, principalement en cette époque où, comme ailleurs, les effectifs en personnel compétent et disponible étaient considérablement réduits, sauf que… Elle était une sale petite égoïste, voilà pourquoi elle revenait à la charge avec sa demande aussitôt qu'elle en avait la chance. *Crevez, vous tous qui dépendez de lui, c'est MON mari et je ne veux pas qu'il chope le virus!* Ça pouvait être terriblement chiant d'être raisonnable, mais Caroline en avait l'habitude. Elle relâcha son étreinte autour du cou de Samuel et recula d'un pas.

La nature ayant horreur du vide, Thomas s'empressa de se glisser dans l'espace devenu vacant. Empoignant la main de son père, il déclara :

— J'suis prêt. On peut y aller.

Caroline et Samuel posèrent les yeux sur lui et constatèrent avec surprise qu'il avait profité du moment de leur discussion pour mettre son manteau de printemps, ses petites bottes de caoutchouc et qu'il avait même enfilé son sac à dos.

— Et tu veux aller où, comme ça? questionna Samuel, un peu décontenancé.

— Ben, à la garderie! Tu vois? J'ai mon sac! J'ai même mis ma collation dedans, répliqua Thomas sur le ton de l'évidence.

— Moi aussi veux aller à la garderie! s'écria Joseph, qui n'entendait pas demeurer seul à la maison par une si belle journée.

Le père et la mère échangèrent un regard. Il fallut encore expliquer à Thomas que la garderie était fermée. C'était un garçon intelligent, il avait compris la première fois, mais avait cru aujourd'hui que tout cela était terminé, «vu que ça fait vraiment longtemps que vous m'en aviez parlé», plaida-t-il, terriblement déçu de s'être trompé. En ronchonnant, il laissa tomber son sac et entreprit de retirer son manteau.

— Reste comme ça, mon p'tit cœur, Jo et moi, on va s'habiller aussi et on ira dire au revoir à papa dehors.

Cette banale proposition ne redonna pas le sourire à Thomas, mais elle lui changea certainement les idées. Assis sous le porche à même la dalle de ciment, maman, Thomas et bébé Jo regardèrent papa tirer le vélo du garage, vérifier les pneus, remplir sa petite gourde.

Juste avant le départ officiel, Caroline rappela à son mari qu'il avait un devoir à accomplir ce soir-là. Esquissant une moue dégoûtée, Samuel laissa filer un juron silencieux entre ses lèvres et acquiesça. C'était son soir, ou plutôt sa nuit de garde au potager. Une nuit de garde! Complète! Juste à y penser, Sam sentit son poil se hérisser. Il ne pouvait pas croire que lui, un gars intelligent, pourvu d'une capacité de réflexion acceptable et d'un libre arbitre pouvant être utilisé à bon escient, allait jouer au con, de bonne grâce, au milieu d'un jardin clôturé pendant toute une nuit.

Chassant consciemment cette pensée qui le mettait en rogne et menaçait de gâcher sa journée, il salua sa famille et s'éloigna sur sa bicyclette. Pour l'instant, l'eau potable était sa priorité. Il ne l'avait pas dit à Caroline pour ne pas l'inquiéter, mais son milieu de travail avait été durement touché par l'épidémie. À vue de nez, soixante-dix pour cent des employés avaient été obligés de rester à l'écart parce qu'eux-mêmes ou un membre de leur famille proche étaient contaminés, sans compter ceux qui avaient peur de sortir, tout simplement, et qui avaient préféré abandonner momentanément leur travail. Dans ces conditions, il ne restait plus grand monde pour s'occuper de cette grosse usine dont le fonctionnement était vital, et Samuel, sur un nombre réduit de jours de travail, devait s'acquitter de plusieurs tâches dont il n'avait pas l'habitude. Il avait à cœur de maintenir au mieux les services, même s'il était désormais impossible d'assurer les normes de qualité d'avant. Il ne craignait pas que le virus se propage à l'eau : les spécialistes avaient clairement statué que c'était hautement improbable, mais il fallait tout de même impérativement continuer de la traiter pour prévenir tout le reste, comme en temps normal. Il voyait mal comment les milliers de citoyens qui s'approvisionnaient au système de la ville pourraient composer avec des matières en suspension, des résidus de pesticides ou des agents pathogènes comme les entérovirus et l'*E. coli* en plus du reste. *Si un jour il n'y a plus de bouffe ou si l'électricité flanche, au moins il restera de l'eau potable... pendant un certain temps*, se disait-il.

Par ailleurs, si tous les milieux de travail étaient affectés comme le sien, cela signifiait que la société entière ne comptait plus que sur trente pour cent de sa population active pour fonctionner. Et, malheureusement, trente pour cent de gens actifs n'égalent pas trente pour cent de gens compétents. Dans cette perspective, c'était surprenant qu'il y ait encore des services comme le sien, des CDA et du courant électrique.

Caroline regarda son mari s'éloigner sur sa bicyclette. La dernière fois qu'il avait utilisé la voiture remontait à l'époque où il y avait encore de la neige dans les rues et Caroline se rappelait distinctement cette ultime journée où il avait tenté de faire le plein. Sam était revenu tard le soir, épuisé d'avoir parcouru autant de kilomètres, d'avoir attendu si longtemps et surtout en colère de revenir avec moins d'un quart du réservoir. Ensemble, ils avaient décidé de ne plus mettre d'énergie dans la recherche d'une essence devenue, de toute façon, pratiquement impossible à trouver. Sagement, ils s'étaient dit qu'ils n'utiliseraient leur voiture qu'en cas d'urgence extrême. Depuis ce jour, le véhicule demeurait au garage et la bicyclette avait pris sa place sur la route, un changement d'habitude largement partagé par l'ensemble des banlieusards, victimes de leur dépendance au pétrole.

Caroline avait du mal à comprendre pourquoi le pétrole était tout à coup devenu si rarissime. Bien sûr, les grands pays producteurs avaient été gravement touchés par l'épidémie, et cette industrie, comme les autres, en avait subi les contrecoups. Il y avait eu des conflits par la suite, des conflits armés locaux, puis d'autres impliquant les pays occidentaux, puis des sanctions, des menaces, des récidives, des ripostes, des restrictions, du protectionnisme. Et des problèmes de transport. Ces mots voguaient dans l'esprit de Caroline lorsqu'elle tentait de retrouver l'origine de cette catastrophe, mais elle n'en distinguait plus le fil conducteur, la faute à toutes ces informations édulcorées dont l'analyse était devenue impossible. Il faut dire que la censure s'installait déjà à cette époque et perdurait aujourd'hui, sans que cela soit trop décrié. Le gouvernement voulait juguler la panique collective qui s'installait et la population, semble-t-il, ne souhaitait pas en voir trop de toute façon, pas plus en tout cas que ce qu'elle voyait déjà chaque jour, c'est-à-dire la maladie, la mort, la pauvreté, la misère. *Auparavant, on accueillait les réfugiés dans notre beau pays, mais maintenant, nous avons nos propres camps et nous produisons nos propres réfugiés! C'est fantastique, l'autonomie et le progrès, quand même!*

Le temps se réchauffait doucement et Caroline proposa aux garçons de rester dehors. Elle alla au garage afin de trouver les grosses craies colorées avec lesquelles ils pourraient tous dessiner sur l'asphalte. Pendant qu'elle fouillait dans les boîtes marquées «jouets-été», elle entendit Thomas l'interpeller, au loin.

— Maman! Écoute, on entend l'ambulance!

— Non, c'est la POLICE! corrigea Joseph avec conviction, confiant dans l'étendue de ses connaissances en matière d'identification de sirènes.

Occupée par ses fouilles, Caroline les laissa argumenter jusqu'à ce qu'elle mette la main sur ce qu'elle cherchait et que le bruit annoncé par son aîné se fasse plus présent. Ayant compris qu'il ne s'agissait ni d'une ambulance ni de la police, elle se précipita à l'extérieur et son cœur s'emballa lorsqu'elle constata que les hurlements prenaient leur direction et que ses fils se trouvaient maintenant trop près de la rue.

En quelques enjambées, elle fut à leurs côtés et elle les empoigna au collet pour les faire reculer, juste comme le véhicule d'urgence déboulait devant eux. Le cœur battant, elle entraîna sa progéniture sur le gazon en lui faisant des remontrances inutiles concernant la dangerosité de la circulation routière. *Ça fait des semaines qu'on n'a rien vu d'autre que des bicyclettes rouler devant chez nous. Ils ont oublié ce que ça peut être, une rue passante.* Ensemble, ils observèrent alors l'étrange spectacle de ce que l'on appelait «l'Unité d'intervention sanitaire», qui s'arrêta presque en face de chez eux, au 216.

Le premier camion blanc laissa crier sa sirène jusqu'à ce qu'il soit rejoint par deux autres, en tous points semblables. Lorsque le hurlement cessa, Thomas et Joseph retirèrent les mains de sur leurs oreilles et s'extasièrent devant ce qu'ils voyaient.

— Pourquoi les gros camions viennent ici, maman ?

— Parce qu'ils viennent chercher des gens qui sont très malades et qui ne sont pas capables d'aller à l'hôpital tout seuls.

— Comme une ambulance ?

— Oui… ça ressemble à ça.

Caroline ne pouvait ni ne voulait lui expliquer que, théoriquement, les gens que venait chercher l'UIS étaient soit morts, soit salement infectés par ce virus infernal qu'on ne savait comment traiter. En conséquence, les survivants étaient transportés sur l'île, où, disait-on, ils étaient pris en charge dans des dispensaires de fortune, c'est-à-dire des édifices de bureaux vacants transformés en hôpitaux de brousse. Làbas, on tentait d'en prendre soin autant que possible, mais il y avait peu de personnel soignant et surtout, pas de remède qui soit réellement efficace. Les malades se retrouvaient donc tous à cet endroit pour éviter de contaminer le reste de la population et devaient plutôt compter sur leur propre système immunitaire pour espérer s'en sortir autrement que les pieds devant. L'UIS avait aussi pour mission de sécuriser les zones à haut risque de contamination. Au début de l'épidémie, les employés se faisaient un devoir de tout désinfecter, d'assainir les lieux touchés, mais c'était vite devenu David contre Goliath en raison de tout le boulot que ces gars avaient à abattre dans une journée. Ils faisaient leur possible, mais les pires histoires parlaient de corps qui pourrissaient dans certaines maisons pendant une semaine avant qu'une équipe finisse par être déployée sur les lieux. Évidemment, dans ces cas, il n'y avait guère de survivants et l'Unité se contentait dès lors d'embarquer les dépouilles, de placarder les portes et les fenêtres accessibles de ces demeures et de déterminer, à l'aide d'un ruban jaune, les limites à ne pas franchir autour de ces bâtiments pestiférés.

Caroline se demanda si ses voisins attendaient depuis longtemps, s'il y avait des morts. *Sûrement.*

Étrangement, elle se sentait nerveuse. Ces camions, là, devant elle et ses enfants, on aurait dit qu'ils étaient venus pour les emporter, eux, et personne d'autre. Elle n'aimait pas cette idée, mais elle ne pouvait s'en défaire. *C'est stupide, pense à autre chose.*

Des hommes masqués, habillés de costumes blancs, descendirent des camions et se dirigèrent vers l'arrière de l'un des véhicules. Ils en ouvrirent les portes, puis en sortirent d'autres costumes, jaune criard cette fois. Pendant que cinq des hommes étaient à revêtir ces combinaisons singulières, un sixième marcha en direction de Caroline et des enfants. Un vrai cauchemar. Caroline se sentit défaillir. Ils étaient là pour eux. L'homme s'arrêta à la bordure du terrain et s'adressa à la mère sur un ton cordial:

— Vous avez deux beaux enfants, madame. Mieux vaudrait ne pas rester là, d'autant que vous ne portez pas vos masques…

— Il y a du danger, même si on est à plus de deux mètres?

Caroline n'en revenait pas d'avoir l'air aussi détachée et d'être capable de construire des phrases aussi cohérentes, interrogatives par-dessus le marché. C'était idiot, mais elle avait réellement cru, l'espace d'un instant, qu'il allait lui demander de monter dans le camion. Son côté rationnel fonctionnant apparemment de façon indépendante et simultanée avec son système limbique qui lui ordonnait pourtant de fuir, elle avait posé cette question toute bête, machinalement. Ce n'était pas pour discuter de la consigne puisqu'elle était déjà prête à lever le camp, mais on avait toujours prétendu qu'au-delà de deux mètres, il n'y avait aucun danger, et voilà qu'un spécialiste, ou à tout le moins un habitué de la question, venait à sa porte prétendre tout le contraire. Il fallait savoir.

— Au jour le jour, deux mètres, ça peut aller, j'imagine, mais ici, il va y avoir des doses concentrées. Je suis au courant comme vous de ce que les experts disent, et c'est probablement vrai, mais deux beaux enfants comme ça… moi, je ne prendrais aucun risque.

— OK.

Caroline avait une boule au fond de la gorge. Elle se sentait trahie, comme si on lui avait menti depuis le début, alors qu'il s'agissait de sa santé et de celle de ses enfants. Livide, elle prit Thomas et Joseph par la main puis retourna à l'intérieur.

Les garçons, mécontents, demandèrent à regarder encore les camions. Pour être honnête, malgré son malaise, Caroline aussi souhaitait connaître la suite des événements. *Une véritable écornifleuse. Comme mon grand-père!* Ils se postèrent donc tous à la fenêtre du salon et virent les hommes costumés pénétrer à l'intérieur de la maison avec du matériel. Ils durent forcer la porte avec un bélier, comme dans les films policiers. Personne n'était venu leur ouvrir. Ce n'était pas bon signe.

— On dirait que c'est des Buzz Lightyear! commenta Thomas, qui disait on ne peut plus vrai.

Les hommes vêtus de leur combinaison et de leurs casques volumineux semblaient venir d'une autre galaxie. Caroline songea soudain que ce qui allait sortir de cette maison n'était sans doute pas un spectacle approprié pour ses bambins, qui, de surcroît, poseraient des questions auxquelles elle n'avait pas envie de répondre. Pour les distraire, elle décréta que les messieurs avaient bientôt fini leur travail et elle versa une boîte complète de blocs sur le sol en proposant de fabriquer une tour susceptible de toucher au plafond. Le projet enchanta les deux garçons, qui, aussitôt agenouillés par terre, ne risquaient plus de voir ce qu'elle continuait de surveiller étroitement, assise exactement à la bonne hauteur sur le bout de son fauteuil.

La tour de blocs multicolores venait à peine d'être entamée au moment où Caroline vit l'équipe d'intervention sortir de la demeure en portant un brancard généreusement lesté, le contenu recouvert d'un plastique blanc. Un premier mort. Un homme, de toute évidence. Caroline tenta de se souvenir de la tête de ce voisin qu'elle n'avait aperçu que très rarement. Elle se rappela vaguement un solide gaillard, un t-shirt orange, une chevelure foncée, mais c'était tout.

— Maman! Place des blocs, toi aussi!

Joseph s'impatientait. Pour lui, ce n'était jamais aussi amusant de jouer que lorsque maman participait. Et le petit tyran exigeait une participation active, s'entend.

Caroline empila quelques briques de plastique pendant que les hommes dehors disposaient de leur fardeau. Occupée à jouer les architectes, elle manqua le moment où l'équipe retourna à l'intérieur et, distraite dans ses fonctions de maître de chantier, elle songeait à cette famille éprouvée, peut-être même totalement décimée, de l'autre côté de la rue. Qui étaient-ils? Comment pouvait-elle ne jamais les avoir réellement remarqués? Pourquoi ne pouvait-elle même pas dire si les occupants de cette maison étaient nombreux, jeunes ou vieux? Cette même sensation, ces mêmes réflexions lui étaient venues au premier jour du potager, où elle s'était rendu compte qu'elle ignorait qui habitait dans un rayon de deux cents mètres autour de sa maison, légère exception pour ses voisins immédiats, qu'elle connaissait de vue seulement. Et voilà qu'à un jet de pierre de chez elle, une famille venait de vivre des heures interminables de détresse absolue sans qu'elle en sache rien, sans qu'elle puisse rien faire pour eux. Évidemment, elle savait qu'elle aurait été, de toute façon, impuissante, mais elle éprouvait comme un regret, une pointe de culpabilité. Elle habitait l'une des banlieues les plus populeuses de la province, dans un quartier où les maisons étaient toutes entassées les unes sur les autres, posées sur de minuscules bouts de terrains qui coûtaient «les bras de la tête», comme disait son oncle, et dans cet environnement surpeuplé, on trouvait le moyen de ne pas se voir, de s'ignorer, et on finissait par mourir seul comme perdu au milieu du bois. Cette aberration ne l'avait jamais frappée avant ce moment précis. *Bienvenue en ville, ma vieille!*

En jetant un nouveau coup d'œil à l'extérieur, elle vit que l'on sortait une autre personne, plus menue. Une femme, peut-être une adolescente. Elle n'avait pas le visage couvert, mais on l'avait enveloppée d'un drap. Elle était vivante. On l'engouffra dans un second camion. L'équipe d'intervention retourna à l'intérieur de la demeure infectée. Trois corps furent encore retirés de cet incubateur à virus. Il ne semblait pas y avoir d'autres survivants.

Le véhicule qui transportait la malade démarra le premier, au son de la sirène, qu'on avait activée. Dans un silence macabre, l'autre camion, celui dans lequel on avait déposé les cadavres, effectua son départ quelques instants plus tard. Caroline les regarda partir avec émotion. Plus loin sur la route, les camions prendraient des directions différentes. La survivante irait sur l'île, en quarantaine. Le reste de sa famille, au dépôt, un lieu sordide au nom banal où tous les cadavres pestiférés se retrouvaient entremêlés dans des fosses communes ou brûlés en tas, comme de vieilles branches. Ce départ à la queue leu leu, c'était l'ultime moment de proximité de la survivante avec les personnes qu'elle avait le plus aimées au monde. Caroline s'imagina à sa place et elle sentit les larmes lui monter aux yeux. Au-delà de la maladie, pouvait-on survivre à une telle perte? Elle posa le regard sur ses enfants, qui étaient accourus à la fenêtre au son de la sirène, puis songea au malheur immense d'un enfant survivant, au terrible sort qui l'attendait lorsque sa famille décimée n'existait plus pour veiller sur lui. C'en était trop. Pendant que ses garçons s'extasiaient de voir les deux hommes restants placarder la maison à l'aide de grosses planches de contre-plaqué et de perceuses efficaces, elle pleura en silence à leurs côtés, étouffant ses sanglots et cette impulsion de fuir qui se faisait de plus en plus vive à l'intérieur d'elle.

Dans les moments d'angoisse comme celui-là, elle avait des visions de la maison de sa sœur, à la campagne. Elle s'y voyait, coupée du monde, en sécurité avec sa famille, qui d'ailleurs la réclamait. « Viens donc, lui disait récemment son père au téléphone, lui qui s'inquiétait toujours de son sort. Il y a de la place pour tout le monde ici. »

Il lui arrivait certes de vouloir partir, mais ce n'était pas si simple. Samuel, d'abord, tenait vraiment à son travail. Il aurait pu rester et Caroline partir seule avec les garçons, mais elle ne s'en sentait pas le courage. Se séparer comme ça en pleine tempête, sans savoir s'il était possible de se retrouver un jour, c'était impossible. Elle ne voulait pas le quitter, ne pouvait, en toute conscience, priver les enfants de leur père. Techniquement aussi, c'était compliqué. Il n'y avait plus assez d'essence dans la voiture pour aller jusque chez sa sœur, qui résidait à environ deux cents kilomètres de là, et, selon les dires, certaines routes étaient barricadées par des villageois méfiants qui avaient mis leur village en quarantaine. Même sur l'autoroute, la circulation était perturbée. Faute de remorqueuses, toutes clouées au garage à cause du manque d'essence, les voitures accidentées ou en panne restaient, paraît-il, en travers de la route, abandonnées. Des images apocalyptiques avaient circulé dans les nouvelles quelques mois auparavant et, se souvenant de ce qu'elle avait vu, Caroline craignait de se lancer seule avec ses garçons dans une telle traversée. Pour être honnête, elle avait peur à un point où elle ne concevait pas que cela soit envisageable de partir. Sauf qu'avec ce qu'elle venait de voir, elle songea que rester aussi relevait de la folie. Coincés. Ils étaient coincés avec cette épée de Damoclès qui leur chatouillait le front et ils ne faisaient rien, rien d'autre que d'attendre que le couperet s'abatte.

Devant la fenêtre, absorbée dans ses pensées qui prenaient l'aspect d'un serpent dévorant sa queue, Caroline sentit sa poitrine se rétrécir et son souffle devenir court. Au bout d'un moment, un engourdissement gagna ses doigts et sa bouche s'assécha. Elle reconnut vite les symptômes typiques de son adolescence. *Non! Non! Pas ça en plus! Par pitié, pas encore!* Tentant de ne pas attirer l'attention de ses garçons, elle fila à la salle de bain. Ayant pris soin de bien verrouiller la porte, elle fonça vers l'armoire où, d'une main tremblante, elle fouilla derrière la pile de serviettes. Elle aurait aimé mettre la main sur ses médicaments, mais elle n'en avait plus depuis longtemps. Il fallait désormais s'en remettre aux anciennes méthodes. Elle retira rapidement le sac en papier brun qu'elle avait dissimulé tout au fond. S'affaissant contre le bord de la baignoire, elle se posa par terre, vaguement étourdie.

— Je fais pipi! mentit-elle d'une voix chevrotante à l'un de ses fils venu marteler la porte. Allez jouer, j'arrive bientôt.

Habituée, d'une certaine façon, à ces crises d'angoisse qu'elle subissait à nouveau régulièrement depuis un an sans que personne en sache rien, elle riva le sac de papier à son visage pour calmer les symptômes dus à l'hyperventilation. Fermant les yeux, la nuque appuyée contre la porcelaine froide juste derrière, elle laissa le temps filer avec la nette et frustrante impression que c'était chaque fois son ultime ressort.

Caroline était lasse d'attendre.

Chapitre 6

Dante Alighieri a écrit, au début du XIVe siècle,
La Divine Comédie, un long poème où il décrit en détail
l'enfer, le purgatoire et le paradis sous la forme d'un
récit de voyage. Dans son imaginaire, l'enfer est divisé
en neuf cercles où les pécheurs sont regroupés en
catégories pour y être punis de leurs fautes. Dans le
cinquième cercle, Dante traverse le Styx, un fleuve
infernal aux eaux bourbeuses dans lequel croupissent
et s'entredéchirent les coléreux et les indifférents.
Et par-delà le fleuve, la cité de Dité brûle dans son
brasier éternel les épicuriens et les hérétiques.

6 juin, en soirée

Le soir venu, Samuel n'avait pas encore retiré son léger manteau de toile que les deux garçons se précipitèrent pour l'embrasser. Déposant sa boîte à lunch vide sur le meuble près de la porte, il enleva son masque, ses gants et désinfecta ses mains au gel avant de s'agenouiller pour mieux profiter de cette étreinte attendue, sans laquelle ses retours à la maison n'auraient pas eu la même saveur douce et sucrée. Une fois les doses d'amour dûment prodiguées et reçues, Samuel écouta ses fils lui narrer une histoire incroyable dans laquelle Buzz Lightyear avait débarqué d'une ambulance pour venir faire de la construction chez des voisins malades, avec une grosse perceuse par-dessus le marché. Il ne comprit pas de quoi il s'agissait, mais il fit comme si, et ses garçons retournèrent à leurs occupations le cœur joyeux. Tranquillement, fatigué de sa journée, Samuel mit son manteau dans la garde-robe et y déposa aussi son casque de vélo. Il songea avec nostalgie à la bière froide qu'il avait l'habitude d'aller cueillir dans le frigo du sous-sol. *Faudrait penser à planter du houblon dans le jardin l'an prochain.*

À la cuisine, Caroline était affairée, comme toujours à cette heure. Elle préparait le repas, aidait Thomas avec son pressoir à pâte à modeler qui était coincé et soufflait à Joseph les paroles manquantes d'une chanson de Noël qu'il s'entêtait à fredonner, s'arrêtant régulièrement pour demander à sa mère : « C'est quoi après ? » Samuel s'immisça entre deux strophes et autant de tentatives pour libérer des amas de pâte. Voulant signaler son retour à sa femme qui, excepté un rapide bonjour, n'avait pas fait de cas de lui jusqu'à présent, il s'approcha d'elle pour réclamer sa part d'attention. Caroline l'embrassa distraitement, heureuse de le voir, et poursuivit ses tâches, courant entre les chaudrons fumants et ses garçons la réclamant. À défaut d'une bonne bière, Samuel se versa un verre d'eau fraîche dont il aimait goûter la pureté et, prenant confortablement place sur le banc au bout de l'îlot, il s'informa de la journée.

— C'est quoi cette histoire de Buzz Lightyear ?

— T'as pas vu chez les voisins d'en face ? L'Unité d'intervention sanitaire est venue vider la maison. N'oublie pas mon petit soulier.

— Ah bon ?

— Et les hommes qui sont intervenus portaient des combinaisons, tu sais, avec un casque protecteur vitré… Dehors tu vas avoir si froid. Thomas, mets moins de pâte et peut-être que ça arrêtera de bloquer ! Les garçons trouvaient qu'ils ressemblaient au personnage de *Toy Story*. Il me tarde tant que le jour se lève. Thomas, attends, je vais t'aider, mais je vais juste baisser le feu avant, parce que mon eau bout. Il n'y avait qu'une seule survivante. C'était vraiment bouleversant de voir ça. Referme bien le bouchon, Thomas, sinon elle va sécher, ta pâte à modeler. Et que je t'ai commandés. Et toi, ta journée ?

Samuel exprima à sa femme l'essentiel de ses préoccupations, mais n'entra pas dans les détails. Comme chaque soir lorsqu'il faisait son compte-rendu, il prenait soin de ne rien dire qui pourrait inquiéter davantage Caroline, qui s'en faisait déjà trop. Il choisissait ses paroles de manière à dissimuler combien tout, à l'usine de traitement, fonctionnait de manière approximative ces derniers temps. Aussi, il évita de poser d'autres questions à propos des voisins d'en face. Il ne souhaitait pas s'étaler sur le sujet. C'était la deuxième fois seulement que l'UIS venait dans leur rue, et Caroline qualifiait la situation d'effrayante, mais dans les quartiers un peu plus au nord, ceux que Samuel parcourait en vélo chaque jour, la situation semblait être encore plus préoccupante. Il n'en avait rien dit à Caroline, mais il commençait à croire que les statistiques alarmantes diffusées par le gouvernement étaient peut-être encore pires que ce qu'on voulait bien laisser croire aux citoyens. Mais allez savoir, ce n'était tout de même que des suppositions !

Plus tard dans la soirée, Samuel offrit de donner le bain aux garçons et, même s'il était attendu tôt au potager pour son tour de garde, il insista pour lire l'histoire et border les enfants, au grand dam de Caroline, qui voyait les minutes filer avec un soupçon de colère et beaucoup d'appréhension. Son mari le faisait exprès. Il prenait son temps dans le seul et unique but de défier l'autre costaud qui veillait méthodiquement à ce que chacun s'acquitte de son rôle selon l'horaire établi. Caroline avait terminé la vaisselle depuis longtemps et elle observait maintenant ce petit cube courroucé faire les cent pas au milieu du potager. Si Samuel ne descendait pas, monsieur Protéines trouverait sans doute quelqu'un d'autre. Peut-être seraient-ils bannis du projet? C'était intenable, Caroline monta à l'étage rappeler à Samuel l'heure qu'il était.

C'est l'heure de devenir adulte et d'arrêter de narguer ton voisin, mon chéri.

Dix minutes plus tard, lorsqu'il daigna enfin se montrer le bout du nez, Samuel s'habilla sans se presser, prit le temps d'aller à la toilette, de grignoter. Pour peu, il se serait assis au salon pour prendre le thé avec sa femme, mais les regards qu'elle lui lançait finirent par le pousser à l'extérieur. La nuit promettait d'être fraîche. Samuel n'avait même pas franchi les limites de son petit terrain qu'il rebroussait déjà chemin, bien habillé, mais soudainement soucieux d'apporter une petite laine supplémentaire avec lui, juste au cas où. Beau prétexte. Caroline se tenait debout derrière la vitre de la porte-patio, les mains sur les hanches, épiant la pénible progression de son mari. Au moment où Samuel posa les yeux sur elle, il décida finalement de revenir plus tard, si le besoin venait à *réellement* se faire sentir. Le langage non verbal de sa femme lui imposait de cesser son petit manège. Résigné, il reprit sa route vers le centre du potager.

Comme prévu, Pete-Protéines était furieux. Il attendait depuis plus d'une demi-heure et accueillait maintenant le retardataire les bras croisés sur sa poitrine gonflée, équipée de mamelons de combat perçants qui, sous un mince t-shirt blanc, pointaient en direction de Samuel d'un air accusateur. *Wow!* se dit Samuel, *c'est vraiment le* tough guy *par excellence. Il fait à peu près treize degrés, mais lui, il se promène avec des manches courtes, comme quoi c'est toujours le bon temps pour parader un corps d'acier. De toute façon, les vrais hommes n'ont jamais froid, pas vrai ?* Cette pensée fit monter un sourire narquois à ses lèvres. Le costaud le toisa un long moment en silence, espérant sans doute voir un air de culpabilité se peindre sur le visage du rebelle, sans succès. Samuel conservait son air de défi, restait muet lui aussi afin de servir sa propre médecine à cet abruti qui se prenait pour Dieu le père, plus déterminé que jamais à exprimer à quel point toute cette histoire lui paraissait ridicule. Sans rien dire, Costaud lui tendit un sifflet encore dans son emballage, une batte de baseball et une lampe de poche format géant, à éclairage exagéré. Oui, c'est sûrement ce qui était écrit sur la boîte de ce machin quand on l'avait acheté, parce que ça pouvait éclairer jusqu'à la lune, visiblement. La lumière qui sortait de cet appareil était si forte que c'était sans doute une arme plus redoutable encore que la batte en aluminium. *Faites gaffe, marmottes de ce monde. Je vais vous débusquer et vous griller avec ma lumière ultraconcentrée à un milliard de lumens. Restez dans vos terriers, les jolies, ou alors,* hasta la vista, baby !

Caroline l'aurait trouvée drôle, celle-là, mais pas Pete-Protéines, qui était sans doute l'acheteur de ce monstre de luminosité. Une acquisition à son image : toujours plus gros, toujours plus large, toujours plus fort. Samuel regarda le baraqué regagner son logis sans lui partager cette dernière pensée et il resta seul, dans la pénombre, avec son équipement de guerrier de pacotille. Il avait joué au plus fin avec son air de fanfaron et son retard planifié, mais, maintenant, qui restait dehors à surveiller des rongeurs ? Eh oui, c'était lui, assis comme le roi des cons, au beau milieu d'un jardin, en pleine nuit, sur un trône qui avait tout d'une chaise de plage étriquée : des couleurs vives légèrement passées, un matériau à la solidité douteuse, du sable dans les coutures, trois positions réglables pour le dossier. Ce dernier détail de l'équipement intéressa particulièrement Samuel, qui n'avait jamais prévu garder les yeux ouverts jusqu'au matin. Il élabora alors un plan qui impliquait quelques brèves tournées dans les rangées pour traquer les méchants rongeurs, puis une petite virée jusqu'à la maison, lorsque Caroline aurait éteint la lumière là-haut et qu'elle serait endormie, dans le but avoué d'aller chercher son sac de couchage, à l'intérieur duquel il comptait somnoler, dans sa chaise de plage, par intervalles, jusqu'à l'aurore.

Aux premiers rayons de soleil, il irait remettre sa momie en place, ni vu ni connu. *Oui, m'sieur! J'ai fait mon travail, m'sieur!*

Il ne manquait qu'un bon feu auprès duquel patienter et on se serait cru en camping. Un bon feu, tiens, c'était une idée, ça…

Samuel se promit d'en parler à Diane et à Pete dès le lendemain, question d'améliorer les conditions de travail de tous les pauvres esclaves du quartier, qui, comme lui, devraient passer quelques nuits à la belle étoile. Il mit ensuite son plan à exécution. Allumant sa lampe-torche comme s'il s'apprêtait à éclairer un match des Yankees, il commença le ratissage du potager. Prenant toutes les précautions pour n'éclairer que le sol devant lui par peur de réveiller les voisins, il arpenta les allées à pas de tortue. Il vit un crapaud. Il se pencha pour l'observer de plus près, mais passa finalement son chemin sans le déranger outre mesure. Le pauvre gars se contentait de palpiter de la gorge. Il n'avait visiblement aucune intention de saccager le rang de radis, et c'est pourquoi Samuel-roi-des-cons 1er lui fit grâce de sa vie. À la fin de cette première ronde, il n'y avait aucune autre intrusion à noter au rapport. Revenu à sa chaise, Samuel s'ennuya rapidement. Il n'était pas si tard et, comme le but était habituellement de rester éveillé, enfin pour les autres, il se demanda ce que ses prédécesseurs avaient fait pour s'occuper. De la lecture, probablement. Le wi-fi ne se rendrait jamais jusqu'au centre du jardin, alors inutile d'envisager la tablette.

— Merde, de la lecture de livre, comme Caro, avant de dormir. Aussi bien aller chercher mon sac de couchage tout de suite.

Aussitôt dit, aussitôt fait.

Dès que Samuel revint au centre du jardin, il alluma sa lampe une autre fois et en promena le faisceau autour de lui sans se déplacer. Onze secondes plus tard, il considéra que la deuxième ronde venait d'être effectuée. Il s'engouffra alors dans son duvet puis, se laissant choir sur la chaise dont il avait abaissé le dossier au maximum, il tenta de se trouver une position confortable, les pieds en appui précaire sur un arrosoir en plastique vert. Comme s'il avait été dans son lit, il s'endormit en quelques instants.

La minuterie qu'il avait programmée sur son cellulaire le réveilla abruptement deux heures plus tard. Abruti de sommeil, il se pencha pour prendre sa lampe et entreprit la troisième ronde sans même se lever de sa chaise, faisant tourner le puissant rayon dans chaque direction. Alors qu'il s'apprêtait à ranger la quincaillerie, deux petits yeux lumineux le fixèrent depuis le coin de l'immeuble en face de lui.

— Eh, merde !

Surpris d'avoir de la compagnie, Samuel se dépêtra avec difficulté de son sac de couchage et fonça en direction de l'envahisseur avec sa batte de baseball, mais la bestiole avait déjà disparu. Est-ce que c'était Gaïa ? Hadès ? Un raton laveur venu tenter sa chance ? Ou une marmotte ? Frissonnant et ronchonnant, Sam retourna dans son nid douillet et régla une fois de plus sa minuterie.

Au moment où cette dernière retentit à nouveau au beau milieu de la nuit, Samuel peina à se tirer du sommeil. Lorsque cela fut fait, il constata que la bestiole chassée précédemment était fort probablement Gaïa, puisque cette dernière était maintenant lovée à ses pieds et somnolait à ses côtés. Aussi, rapidement, il s'aperçut que son corps était terriblement ankylosé. Il avait mal aux fesses, au dos et au cou, plus particulièrement. Il entreprit donc de faire quelques pas en direction de la clôture pour soulager ses muscles, et sa vessie par la même occasion. L'air était froid. Chaque expiration créait un nuage de vapeur qui s'élevait devant Samuel, lui rappelant certaines matinées d'automne. En rattachant sa braguette, Samuel porta son regard au-delà de la clôture devant lui et c'est alors qu'il aperçut quelque chose d'anormal.

Le ciel, en surplomb des bâtiments qu'il apercevait en premier plan, avait une drôle de teinte.

Samuel avait déjà remarqué que les lumières de la ville pouvaient occasionnellement refléter leur éclat sur les nuages flottant juste au-dessus, de manière à former un halo coloré qui se voyait à des kilomètres à la ronde, parfois même avant d'apercevoir la ville en question. Mais ce soir, ce n'était pas les lumières de la ville qui brillaient au loin. C'était trop vif, trop soutenu pour être un effet de réverbération ordinaire, sans compter que le ciel n'était pas couvert, croissant de lune visible comme preuve à l'appui.

— Qu'est-ce que c'est que ça?

Samuel énonça la question à voix haute sous l'impulsion d'un moment d'inquiétude.

Il longea la clôture en direction de sa maison, afin d'obtenir un point de vue différent, et il aperçut alors ce qu'il crut être des flammes. Ce n'était presque rien en fait, un scintillement plus marqué entre deux bâtiments dont la disposition et l'orientation ne permettaient plus de distinguer quoi que ce soit si l'on effectuait un pas plus à gauche ou plus à droite. De fait, s'étant déplacé trop rapidement, Samuel enregistra l'information dans son cerveau même en ayant perdu le contact visuel. Instantanément, il douta de ce qu'il venait de voir et chercha à retrouver cet interstice révélateur. En bougeant un peu, la mince ligne brillante s'offrit derechef à son regard, et cette fois, il fut persuadé qu'il y avait un feu sur l'île. Et pas qu'un petit.

Il fallait voir ça de plus près.

Faisant ni une ni deux, Samuel empoigna la lampe de poche et courut jusqu'à la maison. Une fois à l'intérieur, il grimpa les marches quatre à quatre, déboucha dans sa chambre à coucher, puis fonça vers la fenêtre. En écartant le rideau, sa thèse fut confirmée en une seconde. Par-delà les toits noirs des maisons endormies, la lueur des flammes était évidente et Samuel pouvait même voir de petites pointes jaunes, acérées comme des langues de serpent, venir lécher la voûte du firmament.

— Qu'est-ce qui se passe, Sam? Ça va?

Caroline, la voix pleine de sommeil, s'inquiétait de voir son mari debout près de la fenêtre. Il aurait dû être au potager.

— Tu as enlevé tes bottes, j'espère?

— Il y a un feu sur l'île.

Samuel tentait d'avoir l'air détaché, mais il sonnait faux. L'inquiétude gagna rapidement sa conjointe, qui, d'un bond, se retrouva à ses côtés.

— Quoi? Comment ça, un feu?

Il aurait bien aimé lui répondre. Était-ce une de ces attaques terroristes que les grandes villes du monde essuyaient régulièrement depuis quelques années ? Sûrement. Quoi d'autre, sinon ? Ces salauds n'étaient pas rassasiés de voir la moitié de l'humanité décimée par le virus, ils perpétraient en plus des attaques pour faire sauter les survivants.

— Il y a eu une explosion, alors ? Je ne l'ai pas entendue.

Samuel fut obligé d'admettre que lui non plus n'avait rien entendu. Impuissant, mille questions lui vrillant la tête, il décida qu'il voulait constater toute l'ampleur de cet incendie et fit une proposition à Caroline :

— On va aller sur le toit de l'épicerie bio, là-bas. Je suis certain qu'il y a une échelle métallique derrière le bâtiment. Il faut aller voir ça.

— OK !

Caroline resta pourtant sur place, le regard toujours fixé vers cette lueur qui lui rappelait le cinquième cercle de l'enfer visité par Dante.

— Caro, tu viens ?

— Non, ce n'est pas une bonne idée, finalement. Vas-y, toi. Moi, je reste. Quelqu'un doit veiller sur les enfants.

— Ils dorment. Ils ne vont pas bouger de là. On va verrouiller la porte. Ce n'est pas loin. Viens avec moi !

— …

— Viens !

— Non, j'aime mieux rester ici. On ne sait pas ce qui peut se passer. Je veux veiller sur les enfants, même s'ils dorment.

— Comme tu veux.

Pressé et contrarié par la réaction de sa femme, Samuel descendit sans attendre, puis passa par le garage, d'où il sortit en emportant son escabeau avec lui. D'un pas énergique, il marcha jusqu'à l'épicerie bio, qui se trouvait à trois rues derrière la sienne mais qu'il pouvait apercevoir sans peine en traversant le bout du terrain vague, juste au coin.

La bâtisse, dont le stationnement devenu herbeux n'était plus éclairé, avait perdu tout son panache, si tant est qu'elle en ait déjà eu. Comme les autres établissements commerciaux des environs, c'était un gros prisme rectangulaire de couleur pâle à la devanture fenestrée et à l'enseigne colorée. Ici, on avait jadis utilisé du vert pour imprégner jusque dans le subconscient des gens les vertus des denrées que l'on vendait trop cher entre ces murs. De l'avis de Samuel, l'entièreté des produits avait une texture de paille et un goût de gazon plus ou moins prononcé, mais Caro aimait bien y acheter des aliments. Ça lui donnait bonne conscience. Mais pour Sam, la fermeture de cet établissement n'était pas une grosse perte, d'autant que maintenant, plus personne ne se souciait de manger bio ou équitable. Les gens voulaient manger, point. Même avec du sucre, du gras, des additifs et du gluten. Il y avait curieusement beaucoup moins de gens présentant des allergies… Qui l'aurait cru ?

Allumant sa lampe-torche, Samuel s'apprêtait à passer derrière le bâtiment lorsqu'une voix d'homme l'interpella. Regrettant soudainement sa batte restée sur la terre humide du jardin, Sam, sur la défensive, projeta le faisceau lumineux en direction de celui qui réclamait son attention et se figea sur place en attendant de le reconnaître. Immobile, tentant lui-même de se protéger les yeux de l'agressive attaque lumineuse, l'inconnu à la carrure solide levait une main devant son visage et plissait les paupières.

— C'est moi, Farid. Ton voisin. Wahida ne dort pas bien la nuit. Elle a vu le feu dehors et toi qui sortais. Elle m'a dit d'aller avec toi pour savoir ce qui se passe.

Samuel souleva un sourcil étonné, mais compatissant. Ainsi, les hommes de toutes les origines se faisaient dicter leur conduite par leur femme ! Rien que pour ça, Samuel abaissa sa lampe et invita Farid à le suivre d'un geste de la tête.

Les deux hommes contournèrent le mur de brique, puis marchèrent dans les broussailles jusqu'à ce qu'ils arrivent à l'arrière, où, rapidement, Samuel trouva ce qu'il cherchait. À environ deux mètres du sol, une échelle métallique fixée au mur permettait d'atteindre le toit de l'édifice. Après avoir tendu la lampe à Farid, Samuel déplia son escabeau exactement en dessous de l'échelle, ce qui lui permit de la rejoindre aisément. *Not a step* – ceci n'est pas une marche –, lisait-on sur le dernier étage de l'escabeau. Qu'à cela ne tienne, Sam et Farid se sentaient tout permis ce soir-là, y compris d'enfreindre les règles de sécurité les plus élémentaires.

Tous deux grimpèrent le long du cylindre à l'armature métallique. Sam éprouva un certain vertige juste avant d'atteindre le sommet, un vertige dû à la hauteur, certes, mais aussi à l'excitation du moment. Ce virus et tout ce qui se passait depuis qu'il sévissait, c'était de la pure merde, mais ce soir, étrangement, il y avait quelque chose de grisant dans l'air. Peut-être le fait de jouer à l'aventurier, qui sait ?

Lorsqu'ils arrivèrent tout en haut, les deux hommes eurent une vision claire de ce qui se passait en ville. Au-delà du pont qu'ils apercevaient sur leur droite, tout un quartier semblait être la proie des flammes. Le feu avait des proportions gigantesques.

Samuel écarquilla les yeux devant l'ampleur de cet incendie. Muet, il observa la lueur malveillante qui dévorait tout en tentant de répertorier mentalement les bâtiments qu'il connaissait se situant au cœur de cette catastrophe. Quelques restos, un marché public, l'ancien hôtel de ville, un quadrilatère un peu mal famé, de vieux édifices ouvriers. Un secteur surtout résidentiel où il n'avait fait que passer, qu'il se rappelait avec les souvenirs flous convenant à ces endroits qui, perpétuellement, se situent entre le point A et le point B d'une destination autrement plus intéressante. De mémoire, il n'y avait pas là d'immeubles excédant trois ou quatre étages, pourtant les flammes dansaient si haut dans les airs qu'on aurait pu croire qu'elles avalaient des gratte-ciel. L'effet était probablement largement amplifié par le nuage de fumée lourd et épais qui s'élevait au-dessus de la cité et dont la noirceur mouvante se distinguait nettement au cœur de cette nuit pourtant déjà presque opaque. Samuel songea avec tristesse et compassion à ceux qui habitaient en ces lieux. Pour sûr, ils étaient nombreux.

Le mince croissant de lune s'embrouilla.

Farid, depuis qu'il trônait au sommet de l'édifice, assistait à cet événement avec impuissance et douleur. En alternance, il posait les mains de chaque côté de son crâne, appuyait une de ses paumes sur son front ou sur le masque qui lui couvrait la bouche. Près du bord, il faisait les cent pas, allait, venait. Tournant nerveusement la tête, il cherchait à accrocher le regard de Samuel, qui, pour le moment figé sur place, digérait l'information de manière très introvertie. Murmurant des choses qu'il était le seul à comprendre, Farid laissait parfois échapper des « *Oh my God !* » désespérés. Il était au bord des larmes.

— C'est terrible ! C'est terrible ! Qu'est-ce qui se passe ? Les pauvres gens qui sont là…

— C'est sûrement des terroristes qui ont fait ça, avança Samuel sur un ton légèrement fielleux, sentant qu'il y avait dans cette hypothèse quelque chose qui pouvait heurter son compatriote de fortune, mais incapable de s'empêcher d'y faire allusion.

— Tu crois ? répondit Farid, au désespoir, cherchant à comprendre et n'ayant pas l'air de se sentir attaqué d'aucune façon. Pourquoi dans ce quartier ? Il n'y a que des pauvres gens là-bas ! Je connais beaucoup de personnes qui vivent là… et je suis si triste maintenant.

À entendre la voix brisée de Farid, qui semblait assister en direct à la mort des siens, Samuel se garda de renchérir avec sa théorie, d'autant plus que son voisin n'avait pas tort : pourquoi ce quartier décrépit ? L'amphithéâtre, la bourse, les bureaux du gouvernement ou encore la télévision d'État auraient été des cibles plus logiques, quoique caduques en ces temps déjà profondément troublés. Et, comme le lui avait fait remarquer Caroline, il n'y avait pas eu d'explosion. C'était sans doute autre chose, mais quoi ? Le grand vide laissé par cette question, venue sans crier gare remplacer l'hypothèse terroriste érigée en certitude, consterna Samuel. Il détestait ne pas savoir. Depuis toujours, il était ainsi fait : il classait les gens, leur apposait des étiquettes, il se faisait rapidement une idée à propos des événements, prenait des décisions, forgeait ses opinions au quart de tour. J'aime, je n'aime pas. Ne pas être au fait, laisser les choses flotter autour de lui, ce n'était pas dans sa nature. Si ce n'était pas des terroristes, alors qui ? Pourquoi ?

— Farid, je vais redescendre. Ça va brûler toute la nuit et encore demain, c'est certain. Il n'y a rien à faire ici. Je vais aller regarder sur la page Web du ministère de la Crise, pour voir si on dit quelque chose à propos de ce qui se passe sur l'île.

— D'accord, je descends aussi.

Comme Caroline précédemment, malgré ses paroles, Farid demeura sur place, hypnotisé, les yeux rivés sur l'horizon embrasé. Samuel l'observa un instant, songea avec un fugace remord que son voisin n'avait finalement rien d'un proterroriste puis, enjambant le rebord de l'édifice, il posa les pieds sur les barreaux métalliques de l'échelle pour entamer sa descente. Alors qu'il n'était pas au tiers du trajet, il entendit :

— Non ! Non ! Ce n'est pas vrai ! Samuel, regarde !

Farid avait hurlé ces paroles, qui, comme une déferlante, vinrent submerger d'angoisse celui qui s'apprêtait à retourner chez lui. Le cœur bondissant dans sa poitrine, Samuel remonta sur le toit à la vitesse de l'éclair et, regardant au loin dans la direction que son voisin lui indiquait de l'index, il aperçut un nouveau foyer d'incendie, à l'ouest cette fois. L'emplacement était imprécis parce que plus éloigné de la rive que le précédent, mais il semblait à Samuel et à Farid que c'était encore un quartier pauvre, voire miséreux, qui brûlait ainsi. Les deux hommes, abasourdis, regardèrent les flammes se gonfler et monter au ciel une nouvelle fois. La ville allait-elle y passer au grand complet ?

Le mince croissant de lune qui surplombait la ville se voila complètement sous l'effet de la fumée.

Chapitre 7

Les coupons de rationnement ont été utilisés autant
en Europe qu'en Amérique pendant la Première et
la Seconde Guerre mondiale. Pour obtenir certains
aliments essentiels en ces temps troubles, il fallait
disposer de coupons émis par le gouvernement. Ainsi,
le pain, le sucre, la farine, le lait, le thé, les confitures,
les biscuits, le fromage, les œufs et surtout la viande
devinrent des produits difficiles à se procurer. Devant
les magasins qui en vendaient, les files étaient longues.
En 1870, lors du siège de Paris, pendant la guerre

franco-prussienne, un système semblable avait été mis en place, mais, victimes de son efficacité douteuse, les citoyens affamés avaient dû se tourner vers des mets alternatifs tels que les brochettes de moineau, le gigot de chien, le râble de chat et les salamis de rat.

8 juin

En marchant en direction du potager, Caroline s'étonna d'apercevoir encore de la fumée s'élevant dans le ciel au-dessus de la ville. Quel incendie, tout de même! L'odeur âcre de la catastrophe était perceptible jusque chez elle et les milliards de particules en suspension qui stagnaient dans l'atmosphère de cette journée sans vent donnaient à la lumière diurne un air blafard très particulier qui jaunissait le paysage urbain de part en part.

Est-ce que le jour après Hiroshima ressemblait à ça?

Du même regard, Caroline remarqua aussi que la clôture métallique qui encadrait le potager avait connu des jours meilleurs. Pas de doute, cette frontière artificielle n'avait pas été installée par des professionnels. En place depuis quelques semaines seulement, les vents forts des derniers temps l'avaient fait s'affaisser vers le centre. Certains pieux étaient maintenant légèrement à l'oblique, puisque tous n'avaient pas été adéquatement solidifiés dans un amas de ciment, comme cela aurait dû se faire. Toutefois, la lacune s'expliquait. Les hommes qui avaient travaillé au projet n'avaient eu à leur disposition que les restes de rénovation de l'un des leurs, quelques sacs de poudre grise sortis d'une remise en délabrement, qu'ils avaient mélangée à de l'eau, au fond d'un vieux récipient de plastique. L'intention était là, mais pour les résultats, on repasserait.

Caroline s'approcha lentement du treillis et, d'une poigne déterminée, elle en testa la solidité. L'onde métallique créée par son mouvement brusque fit cliqueter l'ensemble de la structure qui, cependant, tint bon. Le style architectural était emprunté à la tour de Pise, mais pour l'instant, la solidité ne pouvait visiblement pas être critiquée. Rassurée, la mère de famille se retourna vers ses enfants, qui surveillaient ses gestes depuis l'extrémité du potager. D'une main énergique, elle leur fit signe de s'approcher.

Équipés de leurs seaux de plastique colorés, des petites pelles assorties et de leurs jolies casquettes, Thomas et Joseph cheminaient laborieusement entre deux rangées de pousses. Se concentrant sur chacun de leurs pas, ils tentaient de satisfaire leur mère, qui leur avait demandé de mettre un pied devant l'autre, comme s'ils marchaient sur un fil. Thomas arriva le premier, fier de sa performance. Joseph, offusqué d'être second, bougonna jusqu'à ce qu'il rejoigne enfin les autres. Lorsque sa mère le félicita avec enthousiasme d'être demeuré sur ses deux pattes, ses yeux s'illuminèrent. Il était prêt à commencer.

Caroline s'agenouilla à sa hauteur, réfléchissant à ce qu'elle allait bien pouvoir lui attribuer comme tâche. De la main gauche, elle attrapa machinalement une poignée de terre, qu'elle égrena au-dessus du sol. La poussière s'éparpilla devant elle, formant un petit nuage rapidement dissipé qui émerveilla les garçons. Ils voulurent faire comme elle, mais Caroline les en empêcha, craignant qu'ils ne finissent par arracher des pousses au milieu des monticules de terre. La mère se releva, soucieuse. Elle savait maintenant vers quoi diriger ses garçons, mais la sécheresse du sol l'inquiétait. Apparemment, les arrosages manuels étaient insuffisants. Quelqu'un d'autre s'en était-il rendu compte? Pourquoi Diane ne prenait-elle pas les devants sur ce coup-là? Elle aurait déjà dû donner une consigne, prendre une initiative, mais c'était le silence radio depuis un moment. Agacée, Caroline soupira, se promettant d'aller discuter avec la Reine-Grano aussitôt qu'elle l'apercevrait dans le potager. En attendant, elle devrait se contenter de scruter le ciel à la recherche d'indices qui lui permettraient d'espérer un peu de pluie. Et de mettre ses garçons à l'ouvrage.

— Sont où les mauvaises herbes? demanda Joseph en regardant tout autour.

— Regarde. Juste ici. Tu vois, tout le long de la clôture, il faut les enlever. Comme ça. On tire fort, pour les arracher. Ensuite, tu les mets dans ta chaudière. Oui, c'est bien! Continue.

— Et moi, maman ? Est-ce que je fais la même chose ?

— Non, toi, viens plutôt de ce côté-ci.

Alors que Caroline avait délibérément assigné à Joseph un secteur où il n'y avait que des mauvaises herbes, afin d'éviter toute confusion possible pour ce jardinier débutant qui tenait à participer malgré ses deux ans et demi, elle proposa à son aîné de désherber les rangs de carottes avec elle. Ce légume racine avait un feuillage délicat et dentelé qui se distinguait facilement des autres pousses indésirables tout autour. Caroline montra à Thomas comment reconnaître les brins à préserver, lui enseigna la façon d'arracher ceux à éliminer, sans rompre les racines, puis le regarda faire un moment. Un vrai professionnel ! Satisfaite de voir ses garçons occupés, elle se mit elle-même à la tâche.

L'arrachage allait bon train lorsqu'une ombre se profila aux côtés de Caroline. Levant la tête, la mère de famille reconnut immédiatement Cate, sa voisine, toujours aussi rayonnante et stylée. Un vrai prodige de la tendance préapocalyptique ! Heureuses de se voir, les femmes échangèrent de chaleureuses salutations, puis Cate s'agenouilla dans la terre, sans se soucier de ses beaux vêtements, à deux rangées de Caroline, qui l'observait, un peu jalouse devant tant de charme et de désinvolture.

— Et puis, est-ce que vous avez obtenu le pardon de Sa Majesté ?

Cate ne s'embourbait pas dans des protocoles. Elle aimait aller droit au but et sa candeur compensait souvent son manque de tact. Caroline, comme les autres, ne s'offusquait pas de brusqueries semblables. Les grands yeux verts et le petit air bon enfant de Cate faisaient en sorte qu'on lui pardonnait tout de bon gré.

— Je pense, oui. Mais il a fallu que je parle en tête-à-tête avec Diane, parce que Sam et Pete-Protéines sont incapables d'avoir un dialogue sensé.

— Qu'est-ce que tu lui as dit ?

— Que Sam n'avait pas voulu mal faire, qu'il croyait que l'alerte devait être donnée seulement si quelqu'un tentait de s'introduire dans le potager. Qu'il avait jugé que le feu n'était pas une menace immédiate pour nous.

— J'aurais pensé la même chose. Je n'en reviens pas qu'ils aient piqué une crise pour ça. Selon eux, il fallait impérativement réveiller tout le voisinage ? Vite, tout le monde, il y a le feu sur l'île ? Qu'est-ce que ça aurait changé ? On n'aurait pas traversé le pont avec nos boyaux d'arrosage !

— Je sais, mais la Reine-Grano dit que la vigile nocturne est un outil pour assurer la sécurité et que, par principe, il faudrait qu'elle et Pete, au moins, soient au courant de toutes les « menaces potentielles ».

— Elle a peur de quoi, tu penses ?

— Difficile à dire. C'est peut-être juste une question de contrôle.

Les deux femmes auraient pu discourir longtemps des craintes, fondées ou non, de la Reine-Grano et de son fidèle suivant, de leurs motivations profondes, mais elles furent interrompues par Thomas, qui en avait assez de tirer sur des mauvaises herbes. Il voulait maintenant aller s'amuser dans le module de jeu avec son petit frère, qui ne demandait pas mieux. Maman félicita ses enfants pour leur bon travail, impressionnée qu'ils aient persévéré aussi longtemps, et les regarda fièrement s'éloigner à la file indienne. Elle profita du fait que leurs petites oreilles indiscrètes étaient enfin hors de portée pour attaquer, avec sa copine, un sujet qui lui brûlait les lèvres :

— Trevor et toi, vous pensez que c'était quoi, ce feu ?

— On aimerait croire que c'est ce que nous dit le site Web du ministère de la Crise…

— Donc, vous pensez que ce sont les autorités qui ont délibérément mis le feu à des pâtés de maisons abandonnés et massivement contaminés ?

— C'est ce qu'on aimerait croire, oui, mais on dirait qu'il reste des éléments qui ne sont pas clairs. Tu ne trouves pas ? Par exemple, pourquoi, si c'était planifié, ils n'en ont pas parlé avant, question d'éviter la panique générale ?

— Oui, tu as raison. Et pourquoi ont-ils décidé de faire cette opération en deux endroits distincts, en même temps, sachant très bien que le contrôle d'un seul foyer serait déjà très difficile à maintenir avec les effectifs réduits chez les pompiers?

— Et pourquoi on entend dire qu'il n'y avait pas un seul camion de pompier dans l'ouest lorsque l'incendie s'est déclaré? C'est tellement louche!

— Pensez-vous qu'il y a eu des morts?

— Ils disent que non, mais s'il n'y avait pas de pompiers ni rien sur le deuxième site, ça veut dire qu'il n'y a pas eu d'évacuation. Ils disent que les maisons étaient toutes abandonnées, mais je ne sais pas si c'est vrai. Peut-être qu'eux-mêmes ne le savent pas vraiment. C'est tellement disparate et incohérent comme information… Des fois, je me dis qu'ils veulent nous cacher des choses.

Caroline avait remarqué que, depuis le début de la crise, et plus particulièrement depuis que le gouvernement avait pris le contrôle des médias, les gens parlaient tout le temps d'EUX et commençaient leurs phrases par un ILS, au pluriel, en majuscules probablement, ce qui rendait ces pronoms plus vagues encore que le ON qui, grammaticalement, aurait dû être en usage dans ce cas précis où personne ne savait de qui il était réellement question. ILS-EUX, c'étaient les gens du gouvernement, mais qui étaient-ils au juste? Sur le site Internet, un représentant officiel faisait parfois son travail pour rassurer les citoyens sous l'œil attentif d'une caméra complaisante, pour le reste, allez savoir! Les élus ne paraissaient plus nulle part. Étaient-ils seulement encore en vie? Qui restait en poste pour gouverner ce pays qui s'en allait à vau-l'eau et gérer cette crise qui ne cessait de se complexifier? Aucun n'était en mesure de le dire. Des rumeurs, des informations contrôlées, il y avait un ressac perpétuel de panique et de tentatives plus ou moins fructueuses pour calmer la population en déroute. S'il n'y avait pas eu cette peur viscérale de la contagion, les gens se seraient mobilisés depuis longtemps pour rappeler leurs dirigeants à l'ordre, contester cet autoritarisme fantôme qui se déployait sans que rien l'arrête, mais une horde d'entités biologiques microscopiques s'était érigée en un bouclier encore plus efficace que les escouades antiémeutes entre le peuple et ceux qui le dirigeaient. Les bien portants étaient, depuis, prisonniers de leur quotidien aux allures rassurantes et les malades ainsi que leur famille proche, eux, étaient victimes du système bien imparfait qui les prenait en charge. Et tout ce beau monde était maintenu dans une ignorance presque totale. Les politiques confusionnistes n'étaient pas sans conséquence.

— Tu penses qu'ils veulent nous cacher quoi, exactement ?

Cate se pencha vers l'avant. Regardant à droite et à gauche, elle poursuivit sur le ton de la confidence :

— Des attentats. C'est peut-être des terroristes qui ont fait ça. On nous le cache pour ne pas semer la panique.

— Ça serait étonnant, mais ce n'est pas impossible, céda Caroline.

— Je te le dis, moi. Ils sont partout, ces fous-là. Ils pourraient même habiter à côté de chez vous que ça ne m'étonnerait pas.

Caroline fronça les sourcils et prit un moment avant de réagir. Cate était-elle vraiment en train de l'entraîner sur ce terrain glissant ?

— Tu penses que Farid et Wahida sont des terroristes ?

— Je n'ai pas dit ça. Ils *pourraient* en être. C'est différent. Moi, en tout cas, je n'ai pas confiance. Je ne voudrais pas être obligée de faire un tour de garde avec *lui*.

— C'est grave, ce que tu dis, Cate.

— Ne me regarde pas comme ça ! Je ne suis pas la seule à penser de cette façon.

— Que vous soyez plusieurs à penser ainsi, c'est encore pire. Quand l'IRA faisait sauter des bombes dans les années 70, est-ce que tout le monde s'est mis à avoir peur des roux ? Non. Le même raisonnement s'applique aujourd'hui. Je ne vois vraiment pas les choses de la même façon que vous. Mes voisins sont des gens comme toi et moi, j'en suis persuadée.

— Diane aussi nous a dit ça… Un jour, vous verrez clair, vous comprendrez. Es-tu allée au CDA dernièrement ?

Cate avait sans doute senti que la conversation prenait une tournure désagréable. Son brusque changement de sujet laissa Caroline hésitante pendant un instant. Déchirée entre le désir de raisonner sa copine et celui d'éviter la confrontation, elle laissa un silence glacial planer, malgré elle, pendant qu'elle réfléchissait. Elle opta finalement pour la voie facile, mais conserva un goût amer au fond de la gorge.

— Non, pas depuis quelques jours. Samuel doit s'y rendre aujourd'hui. Pourquoi ?

— Trevor y est allé hier et il m'a dit que c'était épouvantable à quel point il n'y avait rien sur les tablettes. Il est revenu avec la traditionnelle poche de farine, des pommes de terre, du lait, un peu de conserves, mais il n'y avait même pas de viande ni d'œufs. Une chance qu'il nous reste quelques boîtes de haricots à la maison. Le commis lui a dit de revenir aujourd'hui et c'est pour ça qu'il n'est pas là ce matin. Je ne veux pas me mêler de vos affaires, mais vous devriez y aller le plus tôt possible, je pense. On dirait qu'il y a de moins en moins d'aliments chaque fois, tu ne trouves pas ?

— Je ne sais pas trop, c'est toujours Sam qui fait l'épicerie depuis quelques semaines, mais, maintenant que j'y pense, c'est vrai qu'il n'y avait pas trop de variété la dernière fois qu'il est revenu de là. C'est inquiétant, on dirait que la situation empire.

— C'est ce qu'il me semble, oui.

Même si sa nouvelle amie venait de la décevoir grandement, le fait de l'entendre tout à coup partager ses inquiétudes eut un effet bénéfique sur Caroline. Samuel l'avait plutôt habituée aux phrases toutes faites, pseudo-rassurantes, qui sonnaient comme : « Mais voyons ! Ce n'est pas si grave ! Tu exagères ! Tu t'en fais trop, ça va bien aller, tu vas voir ! », car il supportait difficilement de voir sa femme triste ou préoccupée. En conséquence, il tentait tant bien que mal de la réconforter et elle reconnaissait l'effort, pour sûr, mais ces clichés qu'il lui servait froids n'avaient aucun effet sur elle, sinon de la faire sentir encore plus seule. Et stupide, par-dessus le marché.

Sous son masque, Caroline ébaucha un sourire à l'attention de Cate et poussa un soupir qui sembla l'alléger de plusieurs kilos. C'était bon de se sentir comprise.

Parvenue au bout de son deuxième rang de carottes et ayant brièvement aperçu Joseph en train d'exécuter une petite gigue qu'elle connaissait trop bien, Caroline s'excusa auprès de son amie et se dirigea au pas de course vers la maison, laissant derrière elle cette drôle de conversation qui la rendrait perplexe plusieurs heures encore. Elle arriva juste à temps pour trouver son plus jeune fils en train de faire pipi dans son pantalon, immobile près de la glissoire, les jambes écartées, avec un air de culpabilité et de vague dégoût à la figure.

— C'est juste un accident, maman…, s'excusa-t-il d'une voix piteuse, au bord du sanglot.

S'agenouillant devant son pauvre petit bonhomme, Caroline le rassura en lui disant qu'elle n'était pas fâchée, que c'était, de fait, un accident. Intérieurement, elle s'en voulut cependant, car c'était en grande partie sa faute. Mettre un bébé propre ne se fait pas tout seul. Elle aurait dû lui proposer d'aller à la toilette bien avant, mais elle avait oublié, absorbée par sa discussion. Elle retira donc à Jo ses vêtements mouillés, ses chaussures imbibées, et l'enfant contrit se métamorphosa soudain en petit nu-vite survolté. Riant de soulagement, heureux de ne pas s'être fait gronder, il fit plusieurs fois le tour du module en courant, au grand amusement de son frère, qui s'empressa de partir à sa suite. Au bout de quelques minutes de ce manège impromptu et essoufflant, Joseph grimpa l'escalier du balcon en poussant de petits cris aigus et, sans un regard en arrière, il se rua dans la maison pour aller se changer. Caroline et Thomas le suivirent en riant.

***

Sur l'heure du midi, Caroline avait appelé Samuel pour lui demander de passer au CDA le plus tôt possible. Elle avançait qu'en s'y rendant à l'heure prévue, c'est-à-dire vers 18 heures, au terme de sa journée de travail, il n'y aurait peut-être plus de viande et plus d'œufs. La belle affaire! Cette idée improbable lui était apparemment venue de Cate, et Samuel ne s'était pas gêné pour dire à sa femme qu'à son avis, elle s'inquiétait pour rien. Au bout du fil, Caroline n'avait rien répondu. Intrigué par ce silence, il avait finalement promis à sa femme qu'il ferait son possible pour finir plus tôt et avait raccroché en se disant que ce serait un sacré casse-tête pour y arriver. Et tous ces efforts pour quoi, au juste ? Jusqu'à maintenant, il y avait toujours eu de la viande et des œufs au CDA.

Lorsque Samuel ouvrit la porte du garage chez lui, il était 17 h 20. Un poil plus tôt que de coutume. Il dégagea aussitôt la remorque à vélo double de derrière la voiture et la fixa à sa bicyclette en un tourne-main. Le mécanisme était assez simple et il était rompu à cet exercice familier. Depuis que la poussière s'accumulait sur leur voiture au centre du garage, c'est toujours ainsi qu'il s'y prenait pour aller faire les courses : en vélo, avec la remorque derrière. C'était vraiment pratique. Après avoir vérifié la solidité de l'attache, il gonfla les pneus. Il ne lui manquait plus que les sacs pour mettre les provisions. En entrant dans la maison pour aller les chercher, il bénéficia des largesses de son comité d'accueil habituel, mais essuya un regard noir de la part de sa douce moitié, qui, sans rien dire, lui reprochait pourtant d'arriver trop tard et qui, sur l'heure, ne méritait pas tellement ce sobriquet un tantinet trop tendre. En effet, sa moitié semblait se limiter à l'être et avait laissé tomber, une fois de plus, toute sa douceur.

Samuel tenta une explication. Caroline n'avait pas idée de la journée qu'il venait de passer et, selon toute vraisemblance, elle s'en foutait éperdument. Elle voulait de la viande. C'est ce qu'elle lui avait claire-ment dit, au téléphone. Une pensée grivoise vint à Samuel lorsqu'il songea qu'il avait pourtant un bon morceau à proposer à sa femme depuis longtemps, mais ça, il le savait, pas question. Madame voulait des protéines pour ses garçons et, à lui voir l'air, Samuel se doutait qu'il avait intérêt à garder ses réflexions libidineuses pour lui et à rapporter ce qu'elle demandait.

En sortant de la cour, il croisa Ruberth Solis, qui avait, lui aussi, enfourché sa bicyclette. En remarquant l'énorme sac à dos vide qu'il trim-balait, Sam devina qu'ils se rendaient au même endroit et il proposa à son voisin de cheminer en sa compagnie jusqu'au CDA le plus près.

En route, Ruberth fit remarquer à Sam combien la ville avait changé depuis l'été précédent. Les voitures ne circulaient pratiquement plus dans les rues devenues silencieuses, abandonnées par les hordes d'enfants, qui autrefois les prenaient pourtant d'assaut dès le retour de l'école. Sur ces voies asphaltées maintenant désertes, on avait joué au hockey, au basket, à la marelle, on avait roulé à vélo, en planche et en patins, en s'esclaffant ou en poussant des cris qui avaient certes dérangé les plus grincheux, mais qui avaient aussi, le plus souvent, arraché un sourire à la majorité, qui observait la jeunesse d'un œil tendre, bienveillant ou nostalgique. Maintenant, cette jeunesse rafraîchissante se terrait dans les maisons de parents craintifs ; elle mourait aussi, un peu partout, comme en témoignaient tous ces câbles jaunes qui frissonnaient dans la brise du jour en déclin. Brûlerait-on ces maisons infectées dans un avenir rapproché ? Leur quartier serait-il rasé comme ceux de la métropole ? Ruberth observait les conséquences de l'épidémie d'un œil triste et pessimiste. Des générations entières se succéderaient avant que la roue ne se remette à tourner comme avant. Peut-être même était-il trop tard pour envisager cela ?

Samuel fut troublé de constater à quel point son voisin avait raison. Il passait souvent par là et il n'avait jamais remarqué cette métamorphose du paysage urbain pourtant flagrante. Quoi qu'il en soit, il jugea qu'il en avait assez entendu. Pour détourner cette conversation trop déprimante à son goût, il s'informa de la femme de Ruberth.

— Elle se porte bien. C'est étonnant.

— Qu'est-ce que tu veux dire ?

— Elle ne tombe jamais malade. Elle est là depuis plusieurs mois, inévitablement exposée au virus, et elle demeure en santé, Dieu soit loué.

— Elle doit être immunisée génétiquement. Les scientifiques ont évoqué la possibilité qu'une partie de la population le soit.

— Oui, j'espère que c'est son cas, mais je ne peux pas m'empêcher de m'inquiéter pour elle. Ceci dit, elle m'a fait part d'une rumeur intéressante qui court dans le domaine médical…

— Pas un autre vaccin? Ruberth, par pitié… ne me dis pas que tu crois à ça!

— Il semble que cette fois soit la bonne. C'est vrai que c'est difficile à avaler, après tous ces faux espoirs… Tu te souviens du Ribexobol? C'était le pire! Ceux qui l'ont eu ont fini plus malades que les autres.

— Ouais, je me rappelle. Et dire que ça se bousculait aux portes des cliniques pour le recevoir… Ça vient d'où, cette fois?

— Des États-Unis. Évidemment.

— Ils l'ont testé convenablement, celui-là?

— C'est ce qu'on dit, oui, et le milieu est assez enthousiaste, à ce qu'il paraît, mais je suis comme toi: sceptique. Qu'est-ce qui est «convenable» quand le temps presse autant? Theresa ne sait même pas si de grandes quantités de doses ont été produites à ce jour ni si ça finira par passer la frontière. C'est vraiment juste une rumeur, à ce stade-ci.

— Espérons que c'est vrai, cette fois!

— Oui, espérons.

Les deux hommes se turent lorsqu'ils débouchèrent dans le stationnement du CDA. Ici aussi, le paysage avait changé depuis la dernière fois. Moins d'un mois auparavant, la cour était pratiquement vide, exception faite d'un support à vélo particulièrement bien garni et d'une file perpétuelle de gens attendant leurs rations qui partait de l'intérieur du bâtiment et qui, les mauvais jours, zigzaguait en pointillé jusqu'au milieu de l'aire de stationnement. Aujourd'hui, cependant, l'espace naguère réservé aux voitures s'était transformé en terrain de camping. Comme des champignons dans un sous-bois au printemps, des tentes multicolores de toutes les tailles avaient poussé ici et là, à bonne distance les unes des autres, une faune humaine, masquée et gantée, gravitant autour d'elles. Des roulottes s'étaient rassemblées dans un coin, formant ainsi le petit quartier bourgeois de ce nouvel aménagement. Il y avait même deux véhicules récréatifs motorisés garés en parallèle tout au fond, un peu à l'écart, près de la rue. Le quartier riche de ce microcosme, nul doute.

Samuel n'en croyait pas ses yeux et Ruberth non plus. Qui étaient ces gens ? Mais, surtout, d'où venaient-ils ?

Dans la file d'attente, à peine remis de leur surprise, ils trouvèrent des réponses à leurs questions. Le couple qui se tenait rigoureusement à deux mètres devant eux affirma sans détour qu'ils étaient des réfugiés, ni plus ni moins. Ils venaient de la campagne et avaient décidé de s'établir directement dans la cour du CDA, excédés de devoir parcourir l'énorme distance à pied chaque fois qu'ils avaient besoin de se réapprovisionner.

— C'est plus de notre âge, de marcher comme ça, dit la femme aux joues creuses et au teint gris. On est venus avec notre brouette, imaginez !

— Notre tente, c'est la bleu ciel que tu vois là-bas, expliqua son conjoint d'un ton las. Celle qui a une petite bordure orange et des franges sur la devanture.

— Oui, je la vois bien, confirma Samuel, qui l'avait d'ailleurs remarquée en premier, à son arrivée au CDA. Elle avait une allure singulière, très rétro kitsch, visible comme le nez au milieu du visage.

— Ben, c'te tente-là, tu vas pas me croire, jeune homme, mais je l'ai achetée en 1976. On voulait faire du camping avec les enfants, mais finalement, à part pour aller dans les Lat'chuerds[1] une couple de fois, on s'en est pas trop servi, Aline pis moé. J'aurais jamais cru qu'à mon âge, je laisserais ma maison pour aller vivre là-dedans !

— …

— Une chance qu'on l'a gardée, finalement. T'en rappelles-tu, Aline, tu voulais t'en débarrasser en 89 quand on a fait la vente de garage…

Aline avait tout cela frais en mémoire, évidemment. Samuel et Ruberth écoutèrent les histoires de l'homme et ils apprirent que la plupart des campeurs étaient dans la même situation que sa femme et lui. La majorité venait de la campagne et n'en pouvait plus de se déplacer continuellement, sans voiture, pour pourvoir à ses besoins les plus

---

1. Old Orchard.

élémentaires. D'autres venaient au contraire de la ville. Leurs maisons avaient été brûlées ou contaminées et ils ne pouvaient plus y retourner. Tous ces gens ne souhaitaient pas trouver refuge dans les centres d'accueil organisés par les municipalités, qui, disait-on, étaient surpeuplés, et donc dangereux pour la santé. Heureusement, l'été leur permettait de faire le choix du camping à même les CDA… En hiver, ce serait moins drôle.

Samuel et Ruberth avançaient lentement dans la file. Ils avaient décidé de garder leurs vélos près d'eux plutôt que de les laisser dans le support métallique comme ils avaient l'habitude de le faire, à la suite du conseil de leur compagnon d'attente de derrière, qui, lui, ne lâchait pas le sien. Jeune, élancé, la figure tavelée de taches de rousseur, il travaillait sporadiquement dans un magasin d'équipement de sport et il soutenait que la boutique était maintenant presque vide.

— Les gens ne viennent plus aussi nombreux qu'avant, c'est sûr, plus personne ne cherche à fréquenter les lieux publics, à moins d'avoir une bonne raison. Quand le patron ouvre, une fois par mois, pour écouler son stock, la plupart des clients cherchent du matériel de survie : de la bouffe lyophilisée, des gourdes, des appareils pour filtrer d'eau, des capsules d'iode, des tentes, des sacs à dos. Mais je vous assure que ce qui nous est le plus souvent demandé, ce sont les bicyclettes. On n'en a plus depuis longtemps, mais c'est vraiment recherché en ce moment. Vous en avez une et une bonne, à ce que je vois, alors veillez sur elle, ou un autre va le faire à votre place, c'est certain. Et votre remorque aussi, par les temps qui courent, c'est un bijou ! Prenez-en soin.

De fait, Samuel crut déceler une lueur d'envie dans l'œil du jeune vendeur. Mal à l'aise, il se détourna. Son attention se fixa alors sur ceux qui sortaient du CDA avec leurs provisions. Venus en famille, seuls ou en couple, tous portaient des sacs de tissu réutilisables au bout des bras ou un sac à dos principalement rempli de denrées de base : farine, pommes de terre, lait, sucre, boîtes de conserve. Si certains avaient le privilège de retourner chez eux à bicyclette, chargés de paquets parfois lourds et encombrants, d'autres, moins fortunés, s'en retournaient en ne pouvant compter que sur leurs deux jambes. Certainement que pour ceux-là, une bicyclette pourvue d'une remorque pouvait paraître bien alléchante.

Lorsque leur tour arriva, Samuel et Ruberth, attendirent patiemment qu'on leur procure les denrées auxquelles ils avaient droit, puis ils donnèrent aux commis une liste de produits supplémentaires dont ils avaient besoin, ne sachant pas si on allait satisfaire à leurs demandes. À vue de nez, les étalages derrière le comptoir de distribution étaient chichement pourvus. Il fallait tout de même espérer, car il y avait parfois des trésors cachés dans les dédales de l'arrière-boutique. Samuel, profitant du temps d'attente pour placer dans sa remorque les aliments qu'on venait de lui remettre, nota qu'on ne lui avait pas donné d'œufs ni de viande. Jetant un œil sur les conserves, il chercha des légumineuses, en vain. Sentant un léger stress le gagner, revoyant en pensée le visage courroucé de Caroline, il apostropha le commis, qui revenait avec quelques produits supplémentaires :

— Excuse-moi, mais je pense que tu as oublié de me donner de la viande.

— Je n'en ai plus. Faudra revenir demain.

— Comment ça, tu n'en as plus ?

— Le camion qui devait nous en apporter est bloqué sur l'autoroute.

— Depuis deux jours ? Mon voisin est venu hier et vous lui avez dit de revenir aujourd'hui.

— Oui, depuis deux jours. Il faut croire que la circulation n'est vraiment pas facile.

— OK… Un camion plein de viande arrêté pendant deux jours sur une autoroute… J'espère qu'il est bien climatisé ! Bon, des œufs, d'abord, comment ça se fait que je n'en aie pas ? Il y en a toujours, d'habitude.

— Oui, mais comme il n'y a pas de viande, les gens ont demandé des œufs à la place. Il faut bien manger un peu de protéines.

— Ben oui, justement. J'ai deux petits garçons à la maison et il leur en faut, des protéines.

Ce mot, «protéines», répété sans cesse, lui donnait l'impression désagréable de s'être substitué à ce cher Pete-les-gros-bras, qui, sans doute, devait tenir un discours semblable chaque fois qu'il apparaissait entre ces murs. *Moi vouloir protéines!*

— As-tu des légumineuses en conserve, sinon?

— Non, je n'en ai plus. Ça vient de loin, ça, monsieur.

— Alors tu es en train de me dire que je vais retourner chez moi sans viande, sans œufs, sans pois chiches et... attends... sans fruits ni légumes frais?

— Vous avez des carottes, monsieur. Et je peux vous donner quelques pommes, il nous en reste un peu.

— Trop aimable!

Sentant que le ton montait, que les gens derrière s'impatientaient et que Sam menaçait de perdre sa contenance, Ruberth demanda au commis s'il y avait du beurre d'arachide ou des légumineuses en vrac. Le commis, arrogant, se sentant bien protégé par deux militaires attentifs qui encadraient le comptoir avec leur air menaçant et leurs armes automatiques, éclata d'un grand rire:

— Hahahaha! Du beurre d'arachide! Franchement! Du Nutella, tant qu'on y est! Si un jour on en reçoit, vous serez les premiers avertis, promis!

Samuel pinça les lèvres et gonfla les narines. Il n'était pas ici pour se faire rire à la figure. Pour peu, il se serait jeté sur le commis afin de lui faire avaler son masque, mais Ruberth posa une main solide sur son bras et le contint dans son élan. Il demanda encore, d'une voix autoritaire cette fois:

— OK, OK, OK, regarde si tu as des légumineuses en vrac et, si oui, tu nous en apportes chacun deux sacs. Allez, vas-y.

Dans ce combat de coqs qui avait mis les deux gardes en alerte, le commis fixa Ruberth un instant, puis retourna en arrière sans rien dire. Il revint finalement avec quatre sacs remplis de petites billes dures aux couleurs variées. Caro n'avait jamais cuisiné ça, elle allait être furieuse. Sam jeta les sacs dans sa remorque, lança ses coupons de rationnement sur le comptoir, paya au plus vite et sortit s'aérer l'esprit en attendant Ruberth.

Qu'est-ce qui venait de se passer, juste là? Avait-il failli se battre pour des protéines? Vraiment? C'était insensé. Ils avaient quand même une bonne quantité de provisions, personne n'allait mourir de faim dans un avenir prochain! Pourquoi était-ce tout à coup devenu si important? D'autant plus que des foutues protéines, il y en a tout de même dans d'autres aliments, dans les produits laitiers, par exemple, et ça, ils en avaient! Où était le problème, alors?

— Ne t'en fais pas, Sam, on est tous à cran. Garde mes sacs de haricots, j'en ai encore à la maison. Si ta femme est embêtée, dis-lui qu'elle vienne me voir au jardin, je lui expliquerai quoi faire avec ça. Vos garçons vont adorer!

— OK, merci, Ruberth, j'apprécie, vraiment.

— Pas de quoi! Ç'a été un plaisir de rouler avec toi, mais je vais retourner chez moi par la piste cyclable, maintenant. Il fait beau et je veux en profiter pour me dégourdir un peu.

— À bientôt, alors.

— C'est ça!

Sam rentra chez lui. En chemin, il prépara les explications qu'il allait servir à Caroline. Il était désolé de ne pas lui rapporter ce qu'elle avait demandé, mais heureux de pouvoir lui dire que la situation n'aurait pas été différente à 11 heures ou à 15 heures ce jour-là: arrivé tard ou pas, il n'était pas responsable de ce malheur, qui, d'ailleurs, n'avait pas à en être un. Il ne voulait pas devenir comme sa femme, à s'énerver pour des riens, ça ne lui ressemblait pas. Il était monté sur ses grands chevaux tout à l'heure, mais on ne l'y reprendrait plus.

On ne vit pas dans une tente des années 70 au milieu d'un stationnement.

On a de quoi manger. On n'est pas malades.

La vie continue, pas vrai?

Chapitre 8

Dans plusieurs cultures européennes antiques, le solstice d'été était célébré en hommage au soleil, au pouvoir de sa lumière fertilisante, et par cette fête, on marquait le début de la saison des grands travaux agricoles. L'Église catholique, avide de briser les rites païens pendant son essor, a instauré, le 24 juin, la fête de saint Jean-Baptiste. De cette manière, la population, habituée à fêter en ce jour important de l'année, a pu continuer à ériger ses feux de joie sans être accusée d'idolâtrie. La tradition s'est perpétuée, en certains endroits, jusqu'à aujourd'hui.

24 juin

— Depuis plusieurs années, il fait toujours beau à la Saint-Jean, as-tu remarqué ?

— C'est vrai. L'an dernier, on devait aller chez Sophie et Marc, mais on avait annulé à la dernière minute parce que la petite était malade. C'était une journée comme aujourd'hui, avec du soleil et de la chaleur.

— Les autres années d'avant aussi. Tu te rappelles quand on avait marché dans la forêt près de chez tes parents, avant la naissance des garçons, et qu'on avait pique-niqué dans une clairière ?

— Si je m'en souviens ? Tu peux en être certaine !

— C'était un 24 juin, ce jour-là aussi, et il me semble qu'il faisait particulièrement beau…

— Pour être beau, c'était beau !

Les images que Caroline avait en tête remontaient à quelques années déjà. En y repensant, elle sentit ses joues devenir roses. Sam et elle n'avaient pas que mangé des sandwichs à cette occasion, étendus dans l'herbe jusqu'au crépuscule. Un sourire coquin se devinant sous son masque, Samuel s'approcha de Caroline et l'embrassa avec une passion théâtralisée, par-dessus le matériel synthétique qui leur voilait la bouche. *L'amour au temps du choléra*. Caroline n'avait jamais lu García Márquez, mais pouffa de rire en songeant que c'est exactement ce à quoi cela devait ressembler. Samuel rigola aussi, puis il passa derrière pour enlacer sa femme. Avec l'odeur particulière du latex de leurs gants qui flottait tout autour, on se serait cru dans *Grey's Anatomy*. Des chirurgiens qui fricotent en douce pendant la pause. Ils n'avaient pas encore eu la chance de savourer ce rapprochement improvisé, qu'un intrus s'immisçait entre leurs deux corps, fermement déterminé à les séparer. Jouant du coude pour éloigner ses parents, plaçant délibérément sa tête rieuse entre eux, Thomas ne supportait pas les effusions d'amour entre adultes et se débrouillait pour le faire savoir. Alors qu'il travaillait fort pour parvenir à ses fins, grognant, poussant et repoussant son père, puis sa mère, Joseph arriva de l'autre côté et employa ses efforts à ruiner ceux de son frère aîné. Bébé Jo, lui, ne partageait pas la réserve de son frère aîné. Il adorait voir ses parents s'enlacer. Lorsqu'ils le faisaient, il se précipitait pour les rejoindre, demandait à ce qu'on le prenne, agrippait les cous à sa portée avec toute la force dont il était capable, écrasait ses joues rebondies contre celles de ses parents et les couvrait de baisers mouillés, savourait l'instant les yeux fermés, roucoulait de plaisir.

La boule d'amour spontanée qu'ils formèrent ainsi au beau milieu du jardin en attendant la distribution des premiers légumes ne passa pas inaperçue. Les voisins, pour la plupart envieux, échangèrent des sourires devant cette scène simple, touchante et d'une rare beauté en raison de son caractère intime. Tous eurent pour la petite famille le même souhait au même moment : pourvu qu'il ne leur arrive rien. Si eux pouvaient rester unis, c'est qu'il y avait de l'espoir.

D'ailleurs, de l'espoir, il y en avait particulièrement en ce jour spécial où l'on procédait à la première distribution officielle de légumes frais. Ce n'était pas grand-chose, mais l'atmosphère était à la célébration. En ces temps moroses, il faisait bon se réjouir quand on en avait l'occasion.

La Reine-Grano grimpa sur son estrade de fortune et remercia tout le monde d'être là. Comme au premier jour du projet, les voisins étaient rassemblés en cercle autour d'elle, respectant tous cette distance salutaire de deux mètres entre eux. Les pieds dans le gravier plutôt que dans la terre meuble, ils se tenaient au centre de leur potager, dans un espace qui avait été aménagé de jolie façon pour accueillir tout le monde et au milieu duquel on disposait maintenant d'un emplacement à feu pour les veilleurs. Autour des jardiniers amateurs fiers de leur accomplissement, la terre brune et fertile était couverte de tonalités verdoyantes, parée ici et là de bijoux floraux multicolores. Cette productivité attendue et maintenant vérifiée récompensait enfin les efforts de chacun.

Cette première récolte s'annonçait bonne. Laitues, épinards, bettes à carde, fines herbes et radis, il y en avait une belle quantité pour tous les ménages, qui furent tour à tour invités au centre pour recevoir leur dû dans un cérémonial cordial et amusant. Caroline était ravie. La mise en scène était sympathique, soulignant de belle façon le labeur collectif, et elle n'en pouvait plus de servir à ses garçons des légumes en conserve, des carottes molles et des pommes plissées de l'année dernière provenant du CDA. Elle rêvait de ce beau panier depuis des mois. Cette verdure vitaminée était plus que bienvenue, même si en son for intérieur, dans un recoin très terre à terre d'elle-même, la mère de famille doutait que sa progéniture se montre aussi enthousiaste qu'elle à déguster le fruit du labeur commun. À leur âge, elle n'avait jamais entendu parler de bette à carde, détestait la laitue, et encore plus les radis, qui lui piquaient la langue…

Semblant lire dans ses pensées, Ruberth s'approcha d'elle pendant que Sam et les garçons s'éloignaient pour aller retrouver Hadès, qui, selon toute vraisemblance, venait d'être aperçu dans les parages.

— Saviez-vous que dans une quiche, avec du jambon ou quelques lardons, c'est formidable ?

De son doigt ganté, l'homme désignait les tiges rouges et jaunes ornées d'un feuillage vert profond qui se dressaient au-dessus des autres légumes dans le panier de Caroline.

— Non, je ne savais pas. Je vais cuisiner les bettes à carde pour la première fois ce soir. Comme Sam a finalement réussi à nous avoir des œufs ce matin, je vais sûrement essayer votre idée de quiche… sans le jambon et les lardons.

— Si vous voulez marquer à coup sûr avec vos garçons et qu'il vous reste un ou deux oignons, allez-y plutôt avec un potage, dans lequel vous ajouterez aussi des pommes de terre. Un peu de sel et vous ne pouvez pas vous tromper. En plus, ça se congèle. Quoi de mieux ?

— C'est une bonne idée, merci ! L'autre jour les lentilles sèches, maintenant les bettes à carde, savez-vous que vous remplacez avantageusement Ricardo, monsieur Solis ? Vous êtes ma référence en cuisine, maintenant. J'espère que ça ne vous met pas trop de pression ?

L'homme éclata d'un grand rire et balaya l'air de la main, mine de dire que le commentaire était nettement exagéré. Néanmoins, il était heureux de savoir que Caroline appréciait. Cela lui faisait le plus grand bien de se sentir utile. Il aurait d'ailleurs aimé en faire plus pour cette famille à laquelle il s'attachait, mais, conscient d'être pour eux un étranger, il ne souhaitait pas imposer sa présence. Il salua donc Caroline avec bonne humeur et se retourna pour discuter avec d'autres voisins, avant de regagner ce qu'il appelait « sa prison silencieuse » pour apprêter ses légumes.

Sam revint bredouille aux côtés de Caroline, qui fut soulagée d'apprendre que le trio n'avait pas réussi à mettre le grappin sur Hadès. Elle avait beaucoup aimé ce chat, mais maintenant qu'il cavalait, elle redoutait les microbes qu'il pouvait transporter et préférait le voir fuyant plutôt que trop empressé à recevoir les caresses de ses enfants.

Sam et Caroline venaient d'apercevoir Cate et Trevor se dirigeant vers eux, lorsqu'ils entendirent le son d'une petite cloche qu'ils connaissaient bien et dont ils aimaient se moquer. *Dling ! Dling ! La récré est terminée, les enfants !* La professeure Reine-Grano modulait le temps des réjouissances et des efforts avec cette clochette qui lui conférait un air autoritaire franchement anachronique. Sourire en coin, Sam et Caroline se turent comme les autres, attendant de voir ce que leur gourou du végétal avait à dire. La Reine-Grano, fière de constater, une fois de plus, l'efficacité de son stratagème, venait de regagner sa tribune et s'adressait maintenant à son petit peuple attentif :

— Je veux vous rappeler que vos légumes ont été récoltés avec le plus grand soin, mais je vous conseille quand même de les laver à l'eau savonneuse avant de les consommer pour éviter tout risque de contamination.

Cette recommandation était sensée. Les apprentis jardiniers avaient convenu que tant qu'ils portaient adéquatement leurs accessoires de protection, ils pouvaient circuler ou travailler à n'importe quel endroit dans le jardin. Ils avaient d'abord songé à limiter leur présence dans un seul secteur, celui que Diane leur avait attribué, mais cela s'était rapidement avéré inéquitable quant à la quantité de travail à abattre. Jusqu'à maintenant, le stratagème fonctionnait, mais il fallait tout de même limiter les risques. L'eau savonneuse ferait l'affaire et son utilisation rassurerait certainement la mère de famille.

La reine fit une pause. Elle aimait les pauses. De voir ses interlocuteurs attentifs à ses paroles, avides de connaître la suite, suspendus à ses lèvres, c'était comme un bonbon en bouche. Il fallait prendre le temps de savourer. Au premier signe d'impatience de son auditoire, elle reprit, avec lenteur :

— À partir d'aujourd'hui, il y aura des cueillettes à tous les deux ou trois jours. Je vous invite donc à déposer un panier marqué à votre nom sur la table que nous placerons près de la clôture et les cueilleurs répartiront de façon égale les récoltes dans chacun de vos paniers. À vous de venir les chercher en fin de journée. Ne vous inquiétez pas de voir deux paniers identifiés au nom d'« Excavation Richard ». C'est le prix que nous devons payer pour les travaux effectués en début de saison par la pelle mécanique du frère de monsieur David Richard, résident du 494, ainsi que pour la terre qui nous a été livrée aux frais de leur compagnie et grâce à leurs réserves d'essence.

David Richard leva la main pour être applaudi par la foule, reconnaissante envers lui et son frère. Sans eux, la mise en chantier du potager aurait été cent fois plus laborieuse, et les récoltes, sûrement moins prometteuses. En outre, la note semblait plus que raisonnable. Sam et Caroline applaudirent de bon cœur cet élan de générosité qui allait leur profiter. D'un air grave, la Reine-Grano coupa court aux effusions qui ne lui étaient pas destinées et poursuivit son allocution :

— Maintenant, il a été porté à mon attention que certains d'entre vous avaient déjà ou projettent d'arroser le potager avec des produits fertilisants. Je veux vous rappeler que notre objectif de départ était de pouvoir offrir des aliments biologiques frais à l'ensemble des participants au projet et... euh... Oui ?

Diane s'était arrêtée, interrompue par une main levée qui se faisait insistante.

— L'objectif, madame, tel que vous nous l'avez présenté au départ, concernait plutôt les aliments frais pour tout le monde. À mon avis, c'est la quantité qui est importante, pas le fait que ça soit bio, objecta un homme qui, selon toute vraisemblance, s'était senti personnellement visé par le commentaire.

Sam échangea un regard amusé avec Caroline. De constater qu'il y avait d'autres dissidents que lui dans ce jardin réjouissait le père de famille. Diane s'apprêtait à répliquer que d'autres mains se levaient déjà dans l'assistance. La suite promettait de se corser, au grand plaisir de Sam, qui était plus attentif que jamais et qui se retenait pour ne pas glousser.

— La qualité des aliments que nous faisons pousser est primordiale. Comme moi, vous serez d'accord pour dire que nous avons suffisamment ingéré de produits chimiques cet hiver avec cette nourriture transformée, bourrée d'agents de conservation, qu'on nous a distribuée dans les CDA. Nous avons maintenant l'occasion de manger sainement. Il faut en profiter. Notre santé en dépend et, présentement, vous conviendrez qu'il n'y a rien de plus important que notre santé et celle de nos enfants.

La Reine-Grano savait qu'elle venait de marquer un point, juste en regardant les visages devant elle, dont l'expression d'assentiment ne mentait pas. Ces deux bouts de chou qui étaient automatiquement apparus dans la tête des gens, si mignons, si vulnérables, même s'ils avaient été engendrés par un abruti de première, tout le monde voulait leur bien. Confiante, Diane conserva son flegme. D'un geste qui la confirmait dans son rôle de décideuse, elle attribua la parole à une femme devant elle :

— Je pense qu'il ne faut pas mettre n'importe quoi. Par exemple, ceux qui ont du fertilisant à gazon, ce ne serait pas une bonne idée de l'utiliser. Moi, à la maison, j'ai un petit restant de produit exprès pour les tomates. Ça fait des années que je m'en sers pour jardiner sur mon balcon et personne n'en souffre chez nous. Ça nous permet d'avoir des belles grosses tomates, et surtout d'en avoir plus. On en a besoin de beaucoup, si on veut faire des provisions !

Dans la foule, plusieurs acquiescèrent. Dans l'état actuel des choses, les conserves promettaient d'être à la mode cet automne ; il fallait toutefois être en mesure de mettre quelque chose dans ces précieux petits pots. Sam ne partageait pas nécessairement la conviction de la femme qui venait de parler, croyant encore fermement à la survenue d'un miracle avant l'hiver, mais il souligna haut et fort son approbation face à ce qu'il venait d'entendre. Juste pour voir la réaction de Diane, qu'il aurait aimé voir se débattre un peu plus. Caroline, ayant deviné son manège, lui envoya un coup de coude symbolique dans les côtes, tout en rigolant sous son masque.

— Je suis tout à fait d'accord avec vous. Je souhaite aussi qu'il y ait assez de légumes pour pouvoir en faire des réserves. C'est d'ailleurs pour cela, et monsieur Richard pourra vous le confirmer, que j'ai demandé à ce que du compost de bonne qualité soit mélangé à la terre de notre potager. Vous pouvez donc être certains que, de cette façon, tous les nutriments nécessaires sont intégrés au sol, de manière à nous fournir une production optimale, sans les effets néfastes des fertilisants chimiques. Grâce à mon expérience en culture, je peux vous le certifier. En ce qui concerne ceux qui voudraient absolument utiliser les engrais, faites-le chez vous. Pour ce potager que nous partageons, je pense que tout le monde est d'accord pour dire que la récolte s'annonce abondante et que le bien commun passe par la qualité de ce que nous y faisons pousser.

Du compost. La Reine-Grano avait laissé les gens s'exprimer, les avait écoutés, s'était montrée sensible à leurs récriminations. En contrepartie, elle avait fait appel aux sentiments de son auditoire, puis elle avait abattu la carte qu'elle dissimulait dans sa manche depuis le début : le compost. Elle avait même fait une pause, dans son discours, après avoir mentionné ce mot. C'est en dire toute l'importance ! Qui pouvait contester les vertus de ce terreau d'exception et l'expérience de cette femme ? Personne. La discussion était close. La reine venait de remporter la victoire. Visiblement fière de son argutie, elle remercia l'auditoire et Dieu, au grand étonnement de Caroline et de Sam, qui, pendant un moment, se demandèrent s'ils avaient bien entendu. La femme salua son peuple d'un geste de la main et laissa la parole à Trevor, qui demandait maintenant à se faire entendre. Trop déçu de ne pas avoir assisté à la déconfiture de cette Staline de l'horticulture, trop dérouté par l'apparition de Dieu dans cette équation qui le laissait perplexe depuis les débuts du potager, Sam manqua le message de son voisin, perdu dans ses pensées. *Comment diable est-elle arrivée à persuader tout le monde aussi facilement ? Il semblait pourtant y avoir des partisans convaincus chez les profertilisants... Pourquoi se sont-ils tus ? Et que vient faire Dieu là-dedans ?*

Pendant que Trevor finissait de s'adresser à l'assemblée, Sam vit Caroline s'éloigner en douce et rejoindre Diane, qui s'était installée en retrait pour écouter le message du jeune homme. Intrigué, Samuel observa sa femme converser avec la reine, sans toutefois parvenir à saisir le sujet de leur discussion. Caroline parlait avec entrain, ses yeux laissaient supposer qu'elle souriait sous son masque. Courtoise et visiblement intéressée, Diane lui répondait en faisant cliqueter ses bracelets au rythme des nombreux gestes qui ponctuaient ses phrases. Se refusant à rejoindre sa femme, Sam attendit la fin de l'allocution de Trevor, puis retourna chez lui, avec son panier de légumes, où il retrouva les garçons, en train de jouer dans le carré de sable avec leurs camions. Se joignant à eux, Sam les embrassa sur le dessus de la tête, les félicita d'avoir été aussi sages. Saisissant une voiture de police, il entreprit de la faire rouler sur une des montagnes érigées par Thomas, au son du moteur qu'il imitait à la perfection, en faisant vibrer ses lèvres jusqu'au bout du souffle. Trop heureux de pouvoir profiter d'un nouveau compagnon de jeu, les enfants lui emboîtèrent le pas. Bientôt, le son de trois moteurs à postillons accompagna la progression des petites voitures dans le sable.

Lorsque Caroline revint quelques minutes plus tard, Samuel poussait maintenant Thomas et Joseph dans leurs balançoires respectives.

— Plus haut, papa! demandait Tom, à répétition, même s'il était à deux doigts de faire le tour de la barre transversale.

— Non, c'est à mon tour! réclamait bébé Jo, soucieux de recevoir son dû.

— Qu'est-ce que tu es allée lui dire, à la Reine-Grano? voulut immédiatement savoir Samuel, qui, ignorant les supplications de ses fils, poussait distraitement l'un et l'autre avec la même force et à la même fréquence.

Caroline, qui avait un drôle d'air, laissa planer le suspense un court moment, un étrange sourire imprimé sur ses lèvres maintenant découvertes. Ne sachant par où commencer, elle aurait aimé pousser un peu plus l'intrigue, faire languir son mari, mais elle alla plutôt droit au but:

— C'était juste une employée!

— Une employée?... La Reine-Grano?

Caroline fit signe que oui. Samuel en voulait plus.

— Une employée à quel endroit?

— Aux serres Rosewood. Tu sais, on passe devant quand on s'en va vers l'est, sur l'autoroute.

— Oui, je sais, mais pourquoi tu voulais savoir ça?

— Parce que ça fait deux fois qu'elle nous endort avec son «expérience horticole»! Je ne sais pas pourquoi, mais j'avais un doute. J'ai voulu savoir de quoi il en retourne, alors, je lui ai tout simplement demandé. Elle m'a dit qu'avant l'épidémie elle avait travaillé là-bas.

— Ah bon... je pensais que c'était des fleurs qui poussaient dans ces serres-là.

— C'est ça, aussi. Des fleurs. Elle n'a jamais fait pousser de légumes de sa vie, à part peut-être dans son jardin à elle, si elle en a déjà eu un. Ce n'est pas tout. Elle n'était pas propriétaire ou même gérante des serres, c'était une employée. Occasionnelle. Et le meilleur: elle s'occupait de la caisse.

— Pas vrai!

— Oui et… elle n'y a travaillé que six mois en tout et pour tout. Six mois. Et elle nous chauffe les oreilles avec sa soi-disant expérience. Elle m'a raconté qu'avant, elle avait été vendeuse de produits naturels. Une vendeuse de graines, mais pas celles auxquelles on se serait attendu! Considérant cela, j'ai plus d'expérience qu'elle en jardinage. On avait un potager à la maison quand j'étais jeune. J'y ai travaillé tous les étés jusqu'à mes dix-sept ans. Ça fait de moi une experte, en comparaison.

— Ha! Ha! Tu es vraiment trop forte, ma chérie!

Sam était fier de sa conjointe. Apparemment, malgré toute son implication dans cette affaire de potager, elle ne s'en laissait pas imposer comme les autres. Vérifier les sources, c'était dans sa nature d'historienne! Pour sa part, Caroline savourait cette petite victoire, mais elle ne pouvait nier qu'elle y trouvait tout de même un arrière-goût amer qui la rendait soucieuse. *On se fie à Diane depuis le début et ça va, il faut l'admettre, mais va-t-on se rendre au bout du projet sans heurts avec une femme comme elle?*

⁂

Le jour le plus long de l'année était habituellement synonyme de réjouissances pour Samuel et Caroline, qui, par le passé, avaient assisté à des spectacles, vu des feux d'artifice, s'étaient rassemblés avec des amis autour de feux de joie aux proportions gigantesques ou plus intimes et avaient bu de la bière en écoutant de la musique. Ce soir, évidemment, rien de spécial ne se dessinait à l'horizon. Comme il faisait encore doux, Samuel proposa de manger le repas à l'extérieur, idée qui plut immédiatement à tout le monde, et aux deux enfants plus particulièrement. Pendant que Caroline préparait son potage à la bette à carde, les trois hommes de la famille s'occupèrent de mettre les couverts. Jo réclama des bougies au centre de la table, pour «faire spécial». Lorsque tout fut organisé et que Caroline déposa finalement les plats fumants et odorants devant son mari et ses enfants, elle constata avec surprise que plusieurs voisins avaient eu la même idée. Comme les maisons étaient très rapprochées les unes des autres, on entendait des éclats de voix, des rires, des paroles échangées plus loin sans en comprendre exactement le sens. Pour un peu, remarqua Caroline, ils se seraient crus sur une terrasse, quelque part en ville. Il ne manquait qu'une coupe de vin aux parents. Samuel s'en rendit compte et alla chercher les deux plus gros ballons de leur collection pour les rapporter à la table, remplis d'eau fraîche :

— À ta santé, ma chérie.

— À la tienne, amour.

Sur quoi, ils trinquèrent en échangeant un sourire. La vie leur avait apporté son lot de tensions ces derniers temps et la gestion de leur existence dans ces conditions avait de dures répercussions sur leur vie de couple. Heureusement, il y avait encore des journées comme celle-ci. Les garçons levèrent leur verre de lait à l'exemple des parents et tous célébrèrent ce moment de félicité. Le solstice d'été, les premières récoltes, l'immunité dont ils jouissaient jusqu'à présent : Caroline songea à tous ces privilèges que ne partageait pas la famille d'en face, que ne partageaient pas plusieurs familles à travers le pays, à travers l'Amérique, à travers le monde. Dans tout ce malheur, ils en avaient, de la chance ! Il ne fallait pas l'oublier.

Au moment de passer au dessert, des muffins aux raisins secs et à l'avoine faits maison, Thomas remarqua que quelque chose se tramait au centre du jardin, au-delà de leur palissade. En effet, Trevor, leur voisin, s'affairait à allumer un feu dans l'emplacement prévu à cette fin, pendant que Cate déroulait un long fil électrique jusqu'à lui. Plus tard, elle transporta ce qui semblait être un petit amplificateur, qu'elle raccorda ensuite à une guitare acoustique. Le feu bien vivant derrière lui, Trevor empoigna l'instrument et se mit à en gratter les cordes, alors que sa femme se dirigeait à nouveau vers leur demeure. Elle en revint équipée d'un micro et d'un pied, qu'elle assembla comme une experte, pendant que Trevor se déliait les doigts au son d'une mélodie accrocheuse.

Le son de l'instrument se répercutait sur les murs autour d'une façon qui aurait déplu à un expert en acoustique, pourtant, à voir tous les voisins qui s'étaient redressés sur leur patio et qui battaient déjà la cadence avec enthousiasme, cela n'avait pas tellement d'importance. L'espace, trop large pour créer une ambiance intime, s'anima néanmoins d'une délicieuse manière lorsque le micro fut proprement branché et que Trevor fit entendre sa voix. Dès les premières notes, les applaudissements, les cris et les sifflements fusèrent comme dans un spectacle rock. Les garçons, excités, dansaient déjà, Samuel souriait, tapait du pied, et Caroline, envahie de chair de poule, avait peine à réprimer le sanglot d'émotion qui lui nouait la gorge. C'était tellement beau et inattendu! Les mouvements collectifs l'avaient toujours émue, comme ces *flash mobs* que l'on voyait périodiquement, avant, sur Internet. Des gens qui ne se connaissent pas, mais qui dansent ensemble, juste pour le plaisir, au grand étonnement de ceux qui se retrouvent, par hasard, au milieu de la chorégraphie. Ça avait un je-ne-sais-quoi de réconfortant, cette idée de se regrouper, dans le seul but de partager deux minutes trente de bonheur. Comme la chanson entamée par Trevor était connue, il fut bientôt accompagné d'un chœur improvisé. La maladie, depuis des mois, forçait les gens à s'éloigner les uns des autres, empêchait les rassemblements, brisait des liens, en maltraitait d'autres. Et voilà que cet unisson, dans toute sa spontanéité, semblait endiguer cette impression de solitude qu'on avait presque oubliée, à cause de l'habitude, mais qui, dans les faits, pesait sur les épaules de chacun. La mélodie, quoiqu'entraînante, avait quelque chose de bouleversant. Caroline en versa une larme. En plus d'avoir perdu ses amies, elle n'avait pas vu le reste de sa famille depuis au moins un an et demi. Elle pensa à sa sœur et à son frère à mesure que la nuit tombait, que les paroles et la musique valsaient avec les étincelles en direction du firmament. Avant de connaître Samuel, c'est avec eux qu'elle célébrait la Saint-Jean-Baptiste. Comme ils lui manquaient!

Discrètement, Caroline se faufila à l'intérieur de la maison. Dans le calme et l'obscurité, elle mit la main sur son téléphone, puis composa à la hâte le numéro de sa sœur. Son frère, qui travaillait dans le nord de la province, était injoignable depuis des mois, mais puisqu'il y avait du réseau, elle fut capable d'échanger quelques minutes avec les autres membres de sa famille, d'apprendre que tout se passait bien, là, à la campagne, qu'on n'attendait qu'elle, Samuel et les enfants pour allumer le feu de la Saint-Jean. Caroline esquissa un sourire triste, puis serra les lèvres. Si seulement c'était si simple.

Lorsqu'elle revint à l'extérieur, le spectacle touchait malheureusement à sa fin. Il y eut encore deux ou trois chansons, puis Trevor s'arrêta, essuyant quelques protestations, mais remerciant tout le monde d'avoir accepté son invitation. Caroline comprit que la présence des voisins, nombreux sur les balcons, n'avait rien d'une coïncidence et elle se rappela avoir manqué le message de Trevor, au jardin, cet après-midi, alors qu'elle en apprenait de bonnes en discutant avec la Reine-Grano. Sifflant et applaudissant cette idée brillante qui avait visiblement apporté du bien tout autour, Caroline et Samuel se jurèrent de féliciter personnellement Trevor et Cate pour cette initiative. Sur l'heure, le temps était venu d'aller coucher les garçons.

Thomas obtempéra docilement, et en cinq minutes, il parvint au bout de sa routine. Brossage de dents, pyjama, pipi, au lit. Bébé Jo s'avéra autrement plus récalcitrant. Il avait encore envie de danser et rechignait à ouvrir la bouche autant qu'à enlever son t-shirt rouge taché de potage. Il y eut des cris, des pleurs, des menaces, et c'est avec beaucoup de retard sur son frère qu'il se retrouva finalement sous les couvertures. « Je-suis-pas-fa-ti-gué ! » disait-il encore au moment de fermer la lumière. Il s'endormit pourtant pendant que sa mère lui murmurait à l'oreille une histoire inventée dont il ne connut jamais la fin. Caroline lui colla sur la joue un baiser léger, alla dans la chambre de son aîné, qui ronflait déjà, pour faire de même, puis rejoignit enfin son mari.

Alors qu'elle faisait sa toilette, Sam et elle passèrent leur journée en revue. L'euphorie de la première récolte ainsi que cette soirée fabuleuse avaient laissé des étoiles dans leurs yeux. À l'exemple du plus jeune, ils n'avaient pas envie de dormir, et la musique de Trevor, qui voguait encore dans leur tête, leur donna envie de prolonger la danse.

Caroline était heureuse de se trouver dans cet état. Avec tout ce qui se passait autour, ce stress, cette angoisse qui la prenait à la gorge plusieurs fois par semaine désormais, elle avait perdu son désir. Égaré. Envolé. Désintégré. Pulvérisé. Caroline se l'imaginait souvent comme un pauvre petit bonhomme qui, las de vivre en elle entre la peur panique, la colère née de l'impuissance et l'urgence de répondre aux exigences du quotidien, avait fait son baluchon, mis la clé dans la porte et entrepris de descendre par lui-même aux oubliettes, préférant cet endroit sombre, calme et profond aux tourments qui s'agitaient maintenant en permanence dans son bas-ventre. Mais ce soir… surprise ! Le petit chenapan était de retour ! Il avait dû entendre la musique en sourdine depuis ses bas-fonds et avait décidé de voir si quelqu'un là-haut n'avait pas oublié, par hasard, de l'inviter à la fête. Caroline sentait sa présence là où il le fallait et, déterminée à l'accueillir en bonne et due forme, à le retenir assez longtemps pour en profiter, elle fouilla dans son tiroir à sous-vêtements. Elle en ressortit une affriolante nuisette toute de satin et de dentelle qui n'avait pas pris l'air depuis quelques mois déjà. *Tu parles ! Des années, oui !* Le vêtement avait un petit air fané, dû en partie à son grand âge, en partie aux plis marqués dans le tissu qui trahissaient tout ce temps passé au rancart. Toutefois, Samuel ne s'en formalisa pas. Lorsque Caroline vint s'allonger à ses côtés, il la contempla, lui avoua qu'il la trouvait magnifique et remercia le ciel d'avoir un voisin avec d'aussi bonnes idées.

Chapitre 9

En France, pendant l'Occupation, on surnommait le
soldat allemand « le doryphore ». Pourquoi? Parce qu'il
aimait les patates, que la couleur de son habit rappelait
celle de l'insecte et que, comme lui, il était très
envahissant.

Une infestation de doryphores s'est abattue sur la
France en 1940 et les récoltes de pommes de terre
furent ravagées. Une armée de « doryphores »
allemands débarqua au cours du même été et fit,
elle aussi, de grands ravages à sa manière.

11 juillet

Samuel avait le sommeil lourd. Lorsqu'il déposait sa tête sur l'oreiller le soir venu, il n'avait généralement pas le temps de compter jusqu'à trois qu'il sombrait, corps et âme, dans un état que sa femme qualifiait de proche du coma. De 10 heures le soir à 6 heures le matin, il dormait ainsi, sans soucis, sans remords, et ouvrait les yeux quatre minutes avant la sonnerie du réveille-matin, prêt à faire face à la nouvelle journée. Dans l'intervalle, il ne fallait pas penser à le réveiller. Caroline avait fait bien des efforts en ce sens, à la naissance des deux enfants plus particulièrement, lorsque trois, quatre, cinq fois par nuit, il fallait se lever pour donner du lait et changer des couches, mais elle avait fini par abdiquer. La bataille contre le sommeil de Sam était trop difficile à mener. Il fallait lui parler fort, le pousser, parfois même le frapper, à son grand désarroi. Et lorsqu'on en venait à bout, même une fois sur ses deux pattes, le bonhomme n'avait pas toute sa tête. Il gardait les yeux mi-clos, marmonnait des choses incompréhensibles, restait planté devant une couche pleine et odorante, le visage impassible, abruti, les gestes gourds, incapable d'entreprendre quoi que ce soit, totalement sourd aux indications. Caroline, on le comprend facilement, avait fini par tout faire elle-même plutôt que d'avoir à gérer un bébé et un homme-zombie à une heure où elle n'avait pas, elle non plus, une patience d'ange.

Cette nuit-là pourtant, le son du tonnerre était si retentissant que Sam se réveilla en sursaut. Avant qu'il ne comprenne ce qui l'avait tiré du sommeil, il y eut un instant de flottement où il songea à se rendormir, puis il remarqua que le lit, à ses côtés, était vide. Cette information s'achemina à son cerveau. Tranquillement, les poulies, les courroies et les engrenages à l'intérieur de sa boîte crânienne grincèrent, puis s'activèrent, et c'est alors qu'il s'inquiéta. *Où est Caro ? Est-ce qu'elle est malade ?* Un éclair zébra le ciel, illuminant la chambre étrangement déserte, et un bruit percutant se fit immédiatement entendre. Dehors, l'orage battait son plein.

Après un moment à attendre, en vain, que Caroline revienne, Sam se leva, étonnamment alerte. *Pourvu qu'elle ne soit pas malade !* Sortant de la chambre, il longea le corridor jusqu'à la salle de bain. En essayant d'ouvrir la lumière, il constata que l'interrupteur ne fonctionnait pas, mais la lueur d'un éclair lui confirma, une seconde plus tard, que la pièce était déserte. *Où est-elle ?* Le son de ses pas couvert par le bruit d'une autre décharge de dynamite céleste, il alla voir du côté de la chambre de son aîné où il fut de nouveau confronté à un lit vide. Dans la chambre du bébé, même chose. *Où sont-ils donc passés ?*

Samuel dévala l'escalier, une pointe d'inquiétude lui faisant presser le pas. Une fois en bas, l'interrupteur encore en défaut confirma une panne électrique. Dans le noir presque total, Sam chercha à voir sa femme et ses enfants, sans succès. Il s'apprêtait à descendre au sous-sol pour poursuivre ses recherches, lorsqu'un autre éclair attira son attention sur le sofa, dans le salon. Ce dernier, qui était habituellement tourné vers la pièce, en direction du téléviseur, lui faisait maintenant dos et avait été glissé jusqu'au bord de la fenêtre. Interloqué, Samuel s'en approcha et y découvrit, finalement, tous ceux qui manquaient à l'appel. Blottis contre leur mère, qui les tenait bien calés contre elle, les deux garçons se bouchaient les oreilles et observaient de leurs grands yeux le ciel en furie à travers la fenêtre qui se barbouillait de pluie au gré des puissantes rafales. Les gouttes qui s'abattaient contre la vitre avaient un son de billes que l'on renverse sur le carrelage. En portant son regard sur l'extérieur, Sam constata que les maigres arbres ornementaux chez le voisin d'en face avaient des racines solides et un tronc plus souple qu'il ne l'aurait cru. La tempête était franchement impressionnante. Sans ménagement, elle charriait les amoncellements de déchets qui s'accumulaient le long des rues depuis des semaines, dispersant papiers et plastiques dans tous les sens, jusque sur le toit des maisons. *Ce ne sera pas beau demain*, pensa Sam, anticipant déjà qu'il lui faudrait ramasser toutes ces immondices qui risquaient d'être contaminées. Repoussant ces considérations à plus tard, il signala doucement sa présence à Caroline en lui effleurant la nuque du bout des doigts. Sam s'invita ensuite aux premières loges, afin d'assister au spectacle « Mère Nature se déchaîne » en compagnie de sa tribu. Pendant que les garçons changeaient de position pour profiter de la présence de leur père, Caroline expliqua son absence d'une voix encore pleine de sommeil :

— Thomas est venu me trouver, tantôt, dans le lit. Il avait peur, et quand je suis allée pour le recoucher, j'ai entendu Joseph qui pleurait dans sa chambre. On est descendus pour voir l'orage, parce que, de toute façon, ils ne pouvaient pas dormir. Je me suis dit que c'était mieux de saisir l'occasion pour leur montrer ce que c'est.

— Je comprends, c'est une bonne idée. Je me demandais où vous étiez.

— Oui, excuse-moi. Je ne voulais pas te réveiller.

Tous blottis les uns contre les autres, parents et enfants observèrent les trombes d'eau s'abattre et les éclairs zébrer le ciel dans un silence empreint de respect. Les petits ouvraient de grands yeux à chaque coup de tonnerre et se serraient un peu plus contre leurs parents. Caro et Sam se l'avouèrent le lendemain, ils n'avaient pas souvenir d'un pareil mauvais temps. L'orage fut d'une violence fracassante et les vents, suffisamment forts pour faire craquer la maison à de nombreuses reprises. Caroline ne s'en inquiéta pas trop : elle savait sa maison solidement construite, mais elle redoutait les effets de ces éléments déchaînés sur les plants du potager. Lorsque la tempête se calma au bout d'un long moment, la nuit était loin d'être terminée et tout le monde regagna son lit. Avant de se coucher, Sam jeta un œil à la fenêtre de sa chambre pour voir si le veilleur au potager était demeuré en poste malgré tout. Sans surprise, il constata que non. Le pauvre s'était certainement mis à l'abri. *Cela dit, il ferait mieux de ressortir au plus tôt, sinon Pete-Protéines sera furieux !* songea Samuel en remontant la couverture sous son menton. Caroline, elle, n'osa pas regarder dehors. Si le potager était fichu, elle allait très certainement se taper une crise d'angoisse et cela pouvait bien attendre à demain. Elle se rendormit avec difficulté, l'esprit coincé quelque part entre un déni et une pensée magique qui ne lui ressemblaient pas. *Ce n'était pas si pire, les pousses sont fortes, elles auront certainement résisté!* Voilà qu'elle pensait maintenant avec la voix de Samuel dans sa tête.

Au matin, le beau temps était de retour. Faisant miroiter l'asphalte trempé et briller les perles d'eau qui s'accrochaient aux brins d'herbe et aux feuilles, le soleil laissait entrevoir une journée radieuse, promettant à toutes les victimes de la tempête de leur faire oublier la raclée climatique de la veille. De fait, l'absence de vent, l'air abattu des végétaux dégoulinants, immobiles, qui regardaient tous vers le sol, les détritus qui avaient cessé de tourbillonner et les façades de pierre encore humides donnaient à croire que le calme s'était installé à dessein, afin que le monde reprenne son souffle. Quand Caroline sortit sur le patio pour observer le potager, elle fut inquiète de le voir si désolé, mais l'angoisse ne monta pas en elle comme elle l'avait imaginé au milieu de la nuit. Samuel, lui, partagea le même sentiment au moment où il constata que le courant n'avait pas été rétabli.

Tous deux n'eurent pourtant pas le temps de s'apitoyer, car ils furent distraits de leurs réflexions respectives par un bruit qu'ils connaissaient trop bien : la sirène de l'Unité d'intervention sanitaire.

Trois camions passèrent en trombe devant leur maison avant qu'ils n'aient eu le temps de sortir. Samuel, qui arriva le premier dehors, s'avança pieds nus sur l'allée de béton, devant le porche, et constata que l'UIS s'arrêtait cette fois devant la dernière maison de leur rangée, complètement au bout de la rue. Il fut rapidement rejoint par Caroline et les enfants, qui furent, à leur tour, imités par d'autres familles. Quelques minutes plus tard, c'est tout le voisinage qui observait les hommes costumés ériger un périmètre de sécurité autour de la demeure infectée.

— Ce sont les Péloquin, déclara Caroline, qui avait souvent vu la femme au potager, sans n'avoir jamais vraiment copiné avec elle.

— Est-ce qu'ils ont des enfants? demanda Samuel, à qui le patronyme ne disait rien du tout.

— Il me semble que oui. Deux grands ados, si je me souviens bien.

— Trois, répondit doucement une voix féminine derrière eux. Deux garçons et une fille.

En se retournant, Sam et Caroline découvrirent que leurs voisins immédiats, Farid et Wahida, étaient sortis eux aussi. Wahida arborait un ventre immense et une poitrine généreuse. Caroline se sentit aussitôt interpellée par son état, mais se garda d'en parler tout de suite. Le moment était mal choisi.

— Tu connais les Péloquin ? demanda-t-elle plutôt à sa jeune voisine.

— Oui. Pas bien, mais un peu. Depuis quatre jours, cinq jours, ils pas sortis de leur maison.

Caroline se retourna pour observer la suite des événements : un des hommes, comme la dernière fois, recommanda aux badauds de rentrer chez eux. Il utilisait un porte-voix, sa suggestion s'adressait donc à tout le monde, même à ceux qui se trouvaient à bonne distance. En retournant vers l'entrée, Caroline croisa le regard de Wahida et elle la questionna à propos de sa grossesse :

— C'est pour bientôt ?

— Oui, dans deux semaines.

— Vas-tu aller à l'hôpital ?

De toutes les situations inquiétantes qui pouvaient survenir ces temps-ci, devoir accoucher en était une majeure, à laquelle Caroline n'aurait pas voulu le moins du monde être confrontée. Donner naissance à un enfant comporte son lot d'angoisse en temps normal, mais en période d'épidémie, ce devait être mille fois pire. De fait, en entendant la question de Caroline, Wahida échangea un regard lourd avec son mari. Au bout de quelques secondes, c'est lui qui prit la parole pour répondre :

— On a peur de l'hôpital. C'est dangereux d'attraper la maladie. On va faire ça ici, à la maison.

— Oui, je comprends. Avec une sage-femme, je suppose.

Caroline trouvait que c'était la réponse la plus sensée dans les circonstances.

— Oui… mais elle habite très loin. Elle s'occupe de beaucoup de femmes. On espère que ça ira bien.

Wahida était visiblement terrifiée. Elle fixait le sol d'un air triste, pratiquement au bord des larmes, douloureusement résolue à affronter cette épreuve dans les pires conditions. Farid la serra contre lui. Caroline, incapable de les rassurer, mais pleine de compassion, leur offrit son aide, sachant bien que ça ne valait cependant pas grand-chose.

— Le moment venu, ou même avant, s'il y a quoi que ce soit que mon mari et moi puissions faire, faites-le-nous savoir. Ça nous fera plaisir, vraiment. N'hésitez pas, même si c'est la nuit, d'accord? Moi aussi, j'aimerais que ça se passe bien pour vous.

Visiblement touché, le couple remercia Caroline, puis tous se hâtèrent de retourner à l'intérieur, puisque l'intervention sanitaire débutait à l'instant.

La petite famille avait réintégré son logis et Caroline s'apprêtait à refermer la porte derrière elle lorsqu'un son étouffé la fit revenir sur ses pas. Samuel, alerté lui aussi, la suivit, non sans avoir demandé aux enfants de rester là où ils étaient. Dehors, de l'autre côté de l'allée qui menait au garage, Farid et Wahida se tenaient encore sur le gazon. Blêmes l'un et l'autre, ils faisaient face à leur porte d'entrée et semblaient paralysés devant celle-ci comme si elle était gardée par un fantôme. Samuel, d'un pied agile, traversa d'un bond l'espace entre les deux maisons, suivi de Caroline, et ils constatèrent avec effroi que leurs voisins avaient été victimes de vandalisme au cours de la nuit.

Les murs de brique grise, de chaque côté de la porte d'entrée, portaient des inscriptions peintes en noir. Bourrées de fautes d'orthographe, réalisées à grands traits de cannette aérosol mal maîtrisés, elles permettaient néanmoins de saisir clairement le message qu'on avait voulu passer à Farid et Wahida : « À mort les islamic! arab virus! crever toute la gang! Cé vous les responssable! » C'était bien sûr sans compter les traditionnels «*fuck*», «*shit*», pseudo-phallus et têtes de mort qu'on voyait sur n'importe quel graffiti haineux digne de ce nom.

Caroline s'approcha et toucha la peinture du bout de son doigt ganté. C'était sec. Farid et Wahida pourraient frotter jusqu'à Noël avec des brosses d'acier que tout ce gâchis resterait encore bien visible. Ses voisins étaient désormais marqués, comme d'autres dans la banlieue. On voulait les intimider, les identifier. La chasse aux sorcières n'était pas terminée, finalement. Sans mot devant une telle infamie, Samuel retraversa l'allée goudronnée. Il revint une minute plus tard avec son boyau d'arrosage et, devant Farid et Wahida qui n'avaient pas bougé ni repris leurs couleurs, il dirigea un jet d'eau dru en direction de leur porte d'entrée, au pied de laquelle on avait également uriné et étendu une bonne couche d'excréments. Lorsque les dernières souillures eurent coulé en rigoles au bas de la dalle de béton, Wahida pinça les lèvres et entraîna son mari à l'intérieur, sans un regard pour personne. Il n'y avait rien à dire. La colère était trop grande. Quelqu'un avait bravé la tempête ou avait plutôt volontairement attendu que celle-ci s'achève pour venir perpétrer son méfait. La furie du ciel, la désolation du paysage et des gens au sortir de cette épreuve n'avaient eu aucun effet sur cette personne submergée de haine. Son plan n'avait pas pu être remis à plus tard. C'est tout dire.

Samuel enroula son boyau, l'air grave, et Caroline, atterrée, l'attendit pour regagner la maison.

La mère de famille mit un moment avant de se replonger dans le tourbillon de son quotidien. Il y avait bousculade de questions dans son esprit. Qui était responsable de gestes aussi violents? Se pouvait-il que ce soit des voisins proches, des gens qu'elle côtoyait chaque jour au potager?

Et comment pouvait-on s'en prendre, comme ça, à des gens ordinaires qui n'avaient rien fait à personne? Cela dépassait tout entendement. Les pensées de Caroline convergèrent ensuite particulièrement vers Wahida, pour qui elle éprouvait une sympathie naturelle.

Pendant que son corps commençait à s'acquitter machinalement de toutes les tâches habituelles, l'esprit de Caroline bouillonnait de rage et de dépit en pensant à cette pauvre maman qui aurait désormais à craindre ses semblables en plus du reste. Et qu'en était-il de son petit bébé à naître dans des conditions dignes des débuts de la colonie? Farid et Wahida semblaient craindre que la sage-femme ne puisse être là à temps, alors, qu'allaient-ils faire? Caroline n'était pas médecin, mais elle savait tout de même qu'un bon bassin, un bébé de belle grosseur, bien positionné, et un placenta docile permettent d'enfanter à domicile aussi facilement qu'avec un soutien professionnel, car dans ces cas, c'est la femme qui fait tout le travail de toute façon. Toutefois, pour avoir elle-même vécu deux naissances où bébé s'était pointé toutes fesses devant, les voies respiratoires remplies de sécrétions jusqu'aux trous du nez, Caroline savait que toutes les naissances ne se prêtent pas aux autodidactes et que, souvent, il valait mieux avoir quelqu'un de compétent dans le coin et, parfois même, une salle de chirurgie à proximité.

Caroline aimait son métier d'enseignante, mais elle regrettait aujourd'hui de ne pas être infirmière ou médecin. Elle aurait tellement voulu rassurer la future maman par sa seule présence, être en mesure de lui proposer une aide valable, pouvoir se montrer véritablement utile le moment venu! Mais voilà, la réalité toute crue la rattrapait une fois de plus. Impuissante, Caroline l'était encore face à ce drame potentiel qui la touchait profondément et elle était fatiguée de l'être. Fatiguée de subir, de regarder le train passer sans pouvoir l'empêcher de tout broyer, de tout défoncer sur son passage. Caroline avait eu deux beaux enfants, elle les chérissait de tout son cœur depuis l'instant où elle les avait entendus pousser leur premier cri, mais leur vie, et la sienne, peut-être, elle les devait au personnel médical. L'instant de leur naissance avait été le moment le plus émotif de son existence et elle ne voulait pas imaginer ce qui serait arrivé si elle avait dû accoucher seule, à la maison, pendant que des graffiteurs haineux capables d'on ne sait quoi encore traînaient à proximité. Elle ne voulait pas que quelque chose de semblable arrive à Wahida. Elle la connaissait à peine, mais elle avait envers sa jeune voisine cette compassion propre à celles qui ont enfanté et qui savent à quel point tout ne tient qu'à un fil. Un fil ténu. Fragile.

Du fond de son cœur, elle ne pouvait souhaiter que le meilleur à la jeune Wahida.

Soudainement pâle, le souffle court, elle cessa d'essuyer le comptoir et plia le torchon d'une main qui s'était mise à trembler. Voilà que ça recommençait. Se précipitant dans la salle de bain pour y respirer quelques grands coups dans son sac de papier avant que la situation ne dégénère, elle buta contre Samuel.

— Hé! Qu'est-ce qui t'arrive? Ça va? Tu as l'air drôle, remarqua Samuel.

— Oui, non, je…

Caroline s'était figée au contact de la main de Samuel sur son épaule. C'était la première fois qu'il la surprenait en flagrant délit de crise d'angoisse. Prise de culpabilité, elle demeura muette et haletante face aux questions de son mari. Devait-elle lui parler de ces sombres réflexions qui l'assaillaient de plus en plus souvent, de l'hypersensibilité du lien entre sa tête et sa capacité respiratoire? Du petit sac de papier au fond de l'armoire, de son carnet? Pendant qu'elle se questionnait, confuse, sans parvenir à trouver de réponse, Samuel, qui l'observait avec inquiétude, confondit ses hoquets avec des sanglots. Il l'attira à lui sans attendre d'explications. La serrant très fort dans ses bras, il sentit toute la tension dans le corps de sa femme et se surprit de la trouver aussi raide. On aurait dit qu'elle se défendait contre un envahisseur, que sa chair se préparait à la bataille. Heureusement, au bout de quelques minutes à la bercer doucement contre lui, elle sembla prendre du mieux. Sa respiration se fit plus lente, sa posture se détendit. Lorsqu'elle se défit de son étreinte, elle avait l'air lasse. Elle l'embrassa, lui assura que tout était rentré dans l'ordre et, pendant qu'il se dirigeait vers l'entrée pour se préparer à partir au travail, elle prit la direction de la salle de bain.

Comme la crise d'hyperventilation avait miraculeusement cessé entre les bras de son conjoint, elle laissa son sac de papier au fond de l'armoire, mais elle s'effondra avec son carnet sur le tapis moelleux au pied de la baignoire. La crise avait été brève, mais éprouvante. Elle ne devait pas revenir. Caroline se mit à crayonner sans trop réfléchir. Comment allait-elle tenir le coup jusqu'à la sieste de l'après-midi à s'occuper seule des enfants ? Terrassée de fatigue, elle ferma les yeux et sentit son esprit l'abandonner un moment. La voix de Sam la ramena à la réalité. À l'encontre de toutes les fibres de son corps, qui exigeaient pourtant d'elle un somme réparateur, directement sur le tapis ou ailleurs, elle se redressa avec lenteur, défroissa ses vêtements d'un geste machinal, replaça sa queue de cheval haut sur sa tête, rangea son carnet, puis sortit de son refuge, résolue à reprendre ses fonctions. *Pas le choix, ma belle ! En selle !*

Lorsque Samuel fut parti pour le travail, elle sortit dehors avec les enfants. Pendant qu'ils s'amusaient avec un gros ballon mauve, elle les observait depuis le balcon, assise dans un rayon de soleil qui lui réchauffait la peau. Elle avait apporté un livre, mais n'avait aucune intention de l'ouvrir. Ainsi perchée, égarée dans une douce torpeur, elle vit, au potager, la surveillante de jour chasser Gaïa, qui avait réussi à s'introduire malgré les grillages, et la Reine-Grano arriver dans l'enceinte protégée avec une suite à ses trousses.

La procession royale s'arrêta au centre du potager. Parmi les gens qui s'étaient rassemblés, Caroline reconnut, de loin, la silhouette effilée de son amie Cate, qui se retourna bientôt pour l'inviter d'un geste de la main. Avait-elle mieux à faire ? On n'était pas à l'heure des repas ; sans électricité, difficile de prétexter un besoin urgent de passer l'aspirateur, impossible aussi d'expliquer qu'on est crevé à cause d'une crise d'angoisse qui passerait inévitablement pour un symptôme de la maladie et qui entraînerait l'éviction immédiate de la famille hors du potager. Piégée, Caroline rabattit son masque sur sa bouche, mit ses gants, descendit à contrecœur pour équiper ses enfants du même attirail encombrant, puis, ensemble, ils traversèrent la palissade pour se retrouver du côté du potager.

Pour se rendre jusqu'au point de rencontre, au centre, la progression fut périlleuse. La pluie diluvienne de la veille avait transformé chaque allée en un sentier boueux, où les petites bottes de Joseph menaçaient de s'enfoncer à tous les trois pas. La situation plaisait cependant aux garçons, qui guettaient attentivement la survenue de bruits de succion pour éclater de rire chaque fois comme si c'était la première. « Hé, maman, tu trouves pas qu'on dirait un gros pet?» Caroline, de son côté, riait un peu, pour leur faire plaisir, mais appréhendait surtout que l'un d'eux ne s'étale de tout son long dans cette fange collante qui épaississait les semelles de leurs bottes à vue d'œil. Elle se voyait déjà en train de les dévêtir et de les nettoyer directement au boyau d'arrosage, les entendait protester à grands cris contre ce lavage en eau trop froide, sans pourtant entrevoir une autre solution possible.

Contre toute attente, tous parvinrent finalement au centre du potager sains, saufs et presque propres. Comme ils rejoignaient les autres, Caroline entendit la Reine-Grano demander aux gens de lever les bras dans les airs et de tourner leur visage en direction du soleil, afin de remercier la Force créatrice suprême, autrement dit Dieu, pour cette journée magnifique ainsi que pour avoir su préserver l'intégrité de leur potager pendant la nuit.

Caroline n'avait rien contre le fait de remercier Dieu. Elle le faisait régulièrement elle-même lorsque Joseph manquait de trébucher dans les escaliers et qu'il se rattrapait juste à temps; lorsqu'elle voulait confectionner une recette et que, croyant manquer d'un ingrédient essentiel, elle le retrouvait finalement, au fond de l'armoire, en quantité suffisante; ou lorsque sa sœur lui confirmait, au téléphone, que tout le monde était en santé, là-bas, à la campagne. «Ouf! Merci, mon Dieu!» s'exclamait-elle alors. Mais dans ce cas particulier où elle vit ses voisins, dont Cate et Trevor, lever docilement les mains en direction du ciel, fermer les yeux et dire «merci!» à voix haute, dans ce cas très particulier où ses propres enfants imitèrent les grands et qu'elle dut se contenter de les observer, stupéfaite, en se demandant quelle mouche avait piqué tout le monde sauf elle, Caroline se trouva choquée par ces remerciements collectifs et dirigés. Si Samuel avait été présent, il aurait sans doute décrété qu'à partir de ce moment, la Reine-Grano était devenue la Déesse-Gourou. Évoquer ce nouveau sobriquet fit sourire Caroline un court instant, puis elle remarqua à quel point tous les autres voisins prenaient la chose avec un sérieux désarmant et qu'elle était seule à vouloir se moquer. Pas de clins d'œil complices, pas de coups de coude à la dérobée, non. Caroline, stupéfaite, constata que les gens autour d'elle semblaient sincères.

Tout revint instantanément à la normale par la suite, comme si l'incantation à Dieu, à la Force créatrice suprême, n'avait été qu'un rêve. Avant que Caroline n'ait le temps de se pincer ou de demander d'une voix sarcastique si les Puissances destructrices infernales méritaient aussi d'être remerciées pour avoir provoqué la maladie des Péloquin, Diane louvoya habilement afin d'éviter le sujet. «Mes amis, concentrons-nous à présent sur le vivant. C'est de cette unique façon que nous pourrons conjurer la mort! Penser à la mort nous fera mourir, penser à la vie nous fera vivre», clama la grande prêtresse, sur un ton solennel, comme si elle venait de citer un verset compliqué de la Bible. Visiblement, le sort des Péloquin n'était pas à l'ordre du jour et devaient s'attendre au pire tous ceux qui les évoqueraient, même en pensée. Diane avait déterré cette fameuse loi de l'attraction[2] pour l'occasion, coup d'œil rétro dans la lorgnette des années 2000. *Si je ne gagne pas à la loto, c'est que je ne le désire pas suffisamment, si je ne guéris pas du cancer, c'est que je ne le souhaite pas vraiment, si je me retrouve toujours en couple avec un idiot, c'est que je ne visualise pas le bon mec, et à l'inverse, si je chope le virus, c'est que j'y aurai trop pensé. Je l'aurai attiré à moi. C'est ça,* shame on me *et* shame on *cinquante pour cent de la population qui se meurt en ce moment même. Pff!* Caroline soupira et roula des yeux sans même s'en rendre compte, puis, heureusement, il fut question d'autre chose: les doryphores.

Caroline n'avait, de sa vie, jamais entendu ce mot, mais elle comprit vite de quoi il était question. À l'époque où elle habitait chez ses parents, on parlait plutôt de «bébite à patate». Cet insecte, un coléoptère vorace de la taille d'un haricot arborant une tête orangée et une carapace ornée de rayures noires sur fond crème, était une véritable plaie pour les cultivateurs de pommes de terre. La bestiole s'attaquait au feuillage des plants, qu'elle dévorait jusqu'à la tige. Les larves rouges à l'appétit insatiable étaient pires que tout. Elles pouvaient décimer une récolte en un temps record si rien n'était fait, et voilà qu'il fallait aujourd'hui s'allier contre elles, leur déclarer la guerre. *Heureusement,* se dit Caroline, *nous sommes nombreux, car la tâche ne sera pas facile.* La bataille contre les

---

2. Voir: *Le Secret,* par Rhonda Byrne (2006).

doryphores en est une de longue haleine, où la patience et la persévérance sont les armes suprêmes.

— J'ai encore de l'insecticide chez moi, avança une voisine, qui, apparemment, avait oublié que Diane souhaitait apposer la marque « biologique » sur les aliments sortant du potager.

— Gardez vos produits chimiques dans vos armoires, madame Latour, je vous en prie, ordonna la Reine-Grano, d'un ton sans appel. Ce n'est pas comme cela qu'on vient à bout de ces insectes ravageurs qui s'adaptent à tout, même aux pires poisons.

Caroline connaissait bien la dégoûtante technique qui permettait de se débarrasser des bébites à patates, aussi elle observa avec amusement la tête de ses collègues citadins, alors que Diane procédait à la démonstration de la technique d'éradication.

— Vous devez vous munir d'un contenant hermétique comme celui-ci. Un vieux pot de yogourt fera l'affaire, j'en ai apporté plusieurs. Ensuite, simplement, vous tournez et retournez chaque feuille du plant de patates devant vous. Lorsque vous voyez un doryphore ou une larve, vous le prenez et vous le déposez dans votre contenant.

Joignant le geste à l'explication, Diane chercha, très peu longtemps, et trouva un spécimen à offrir en démonstration. L'insecte coloré était bien visible sur la feuille verte déjà considérablement entamée. Après l'avoir montré à tout le monde, Diane l'agrippa entre ses deux doigts et hésita.

— Habituellement, je les ébouillante. Je mets de l'eau chaude dans mon récipient à la fin de la cueillette et c'est comme ça que je les tue, mais je viens de penser qu'il n'y a pas d'électricité aujourd'hui…

Entre ses doigts gantés, le doryphore agitait les pattes, cherchait à se défaire de l'étau qui le maintenait prisonnier. La Reine-Grano ne semblait pas se soucier de cette créature qui grouillait contre le latex de ses gants, mais Caroline, elle, ne pouvait s'empêcher d'afficher une mine de dégoût. Elle détestait les bestioles. Ses garçons, en revanche, étaient fascinés et se montraient fébriles à l'idée d'en trouver d'autres et de les faire prisonnières. Rapidement parvenue au bout de sa réflexion quant au moyen d'exterminer les insectes sans eau bouillante et sans poison, Diane trancha :

— La solution pour aujourd'hui sera donc le *bug juice*. Pour ceux qui ne savent pas ce que c'est, voici à quoi ça ressemble.

Levant la main bien haut pour que tous puissent voir la démonstration, elle comprima fermement le pouce et l'index jusqu'à ce que l'insecte produise un craquement que tous entendirent. Ce son en répugna plus d'un, Caroline la première. Elle ne put s'empêcher d'émettre une protestation.

— Oui, je sais... ce n'est pas ce qu'il y a de plus intéressant à faire, mais c'est tout simple, quand on y pense. Et pour les larves, c'est nettement plus facile, vous allez voir, parce qu'elles n'ont pas de carapace. Alors voilà, vous déposez l'insecte écrasé dans votre récipient, et lorsque la cueillette sera terminée, apportez votre récolte au centre. On va mélanger les insectes crevés avec de l'eau, un peu de savon, et ensuite on va en vaporiser les feuilles des plants de pommes de terre, à titre préventif. En théorie, l'odeur devrait empêcher que de nouveaux doryphores viennent s'installer sur nos plants.

Lorsque Diane se releva, Caroline nota, répugnée, qu'une goutte orangée séchait dans le coin inférieur droit de sa lunette. Du jus de bébite à patate. C'était vraiment écœurant. Il y en avait aussi une trace sur les gants de la Reine-Grano, sur son index. Caroline avait peine à en détacher son regard. La goutte. La trace. La goutte. La trace. Beurk ! Malgré le masque, il semblait à Caroline que l'odeur épicée, âcre, caractéristique de la bestiole parvenait jusqu'à ses narines. Il fallait penser à autre chose, ou partir, autrement, la prochaine étape, c'était la nausée. La deuxième solution était assez tentante, mais les garçons voulaient tellement chasser les doryphores que Caroline s'obligea à rester, se promettant toutefois de ne pas toucher à ces satanées bestioles.

Avant d'entamer la chasse officielle, la mère se pencha sur ses enfants et précisa :

— La madame a écrasé la bestiole avec ses doigts, mais nous, on ne fera pas ça. On fait juste les ramasser et les mettre dans le petit pot.

C'est tout. C'est moi qui vais ouvrir et fermer le couvercle, vous, vous trouvez les insectes et vous me les apportez. Vous êtes les chasseurs !

Caroline avait prononcé les dernières paroles avec emphase et émotion. Les garçons s'étaient aussitôt sentis investis d'une mission prioritaire. Ils s'élancèrent si vite dans leur tâche que Caroline dut les freiner un peu, de peur que, dans l'empressement, ils n'abîment les plants de pommes de terre auxquels ils étaient pourtant censés sauver la vie. Les petits avaient l'œil aiguisé et leur cueillette était efficace. Ayant été attentifs à la démonstration de Diane, ils en reproduisaient maintenant les gestes, retournant (presque toujours) délicatement les feuilles, repérant les intrus, qu'ils capturaient dans leurs petites mains. Thomas ramenait toutes ses proies dans les règles de l'art, les tendait à sa mère avec un sourire rempli de fierté. Joseph, lui, revenait parfois avec un morceau de feuille entre les doigts, parfois avec un morceau d'insecte, parfois avec un doryphore sur le poignet qui tentait de s'échapper, parfois avec rien du tout. Néanmoins, à voir ses yeux brillants, sa bouille rieuse et sa détermination à retourner entre les rangs coûte que coûte, on ne pouvait s'y tromper, cette tâche l'amusait comme aucune autre. Et au diable le résultat !

Pendant qu'elle gérait l'ouverture et la fermeture du couvercle du pot en tentant de ne pas penser à l'odeur qui s'en échappait, Caroline écoutait distraitement les conversations autour d'elle. Peu surprise, elle entendit ses voisins discourir sur la possible arrivée d'un vaccin miraculeux ayant la capacité d'enrayer l'épidémie à plus ou moins court terme. Blablabla. Sceptique, elle eut presque envie d'éclater de rire. *Ben voyons ! Un vaccin ? Enrayer l'épidémie à court terme ? Et quoi encore ?* « Court terme » n'avait plus son sens désormais que lorsqu'on l'associait à « survivre ». C'était pourtant évident ! Comme dans : « À court terme ? On fera tout ce qu'on peut pour survivre. » Le long terme, lui, ne s'envisageait que difficilement. Aussi, les concepts qui appartenaient à cette catégorie, comme « vaincre la maladie », « réactiver notre économie » ou « redynamiser nos structures gouvernementales et sociales », étaient des expressions floues qui apparaissaient ponctuellement sur la page Web du ministère de la Crise, pour faire jovial et encourageant, mais qui, concrètement, n'évoquaient rien pour personne. Sur un graphique de la misère collective et de la déchéance, s'il en existait un, Caroline supposait qu'on se trouvait toujours en phase descendante, qu'on n'avait pas encore atteint le fond de l'abîme, alors, impossible de concevoir que la situation soit à l'heure de l'amélioration. On continuait à brûler des quartiers complets dans la métropole et certains affirmaient que même la banlieue n'y échappait plus. Il ne fallait donc pas prétendre que la situation allait en s'améliorant! Pour le vaccin, c'était la même chose. Caroline aurait aimé y croire, comme cette dame au grand chapeau qui affirmait être «ben contente» d'entendre une pareille nouvelle, mais pour elle, ce n'était encore qu'une rumeur de plus. «M'as l'croère quand m'as l'woère!» avait l'habitude de dire son grand-père. Caroline avait décidé depuis un moment déjà de faire de ces sages paroles sa devise. Depuis que les communications vacillaient, les rumeurs de ce genre étaient légion. Il était important de s'en protéger.

Caroline, soudainement, délaissa ses réflexions. Faisant fi de Joseph, qui lui rapportait pourtant toute une branche de plant de pommes de terre, elle se redressa d'un bond pour observer l'arrivée de Pete-Protéines dans le potager. Elle n'était pas de celles qui salivaient à la vue de son corps musclé et lui accordaient leur attention aussitôt qu'il surgissait quelque part, mais de le voir marcher d'un pas aussi précipité, de voir son visage habituellement imperturbable traversé d'une ride profonde entre les deux sourcils, cela l'alerta. L'homme avait l'air inquiet et cela ne lui seyait pas. Interpellant Diane, qui supervisait la chasse, il l'entraîna à l'écart pour lui parler. Ils discutèrent un moment, puis Diane revint au centre du potager. Agitant sa fameuse cloche de maîtresse d'école, elle convia les voisins à s'approcher d'elle. Intriguée, Caroline pressa ses garçons au point de rencontre, où la Reine-Grano prit rapidement la parole:

— Pete vient de m'informer que la page Web du ministère de la Crise est, pour le moment, hors de fonction.

Personne ne broncha. Ce n'était pas la première fois que ça arrivait et, pour ce qu'on pouvait y lire, honnêtement, Caroline n'avait pas l'impression que c'était une grosse perte. Ça ne valait pas une ride entre les sourcils du petit caporal, en tout cas. Curieuse, elle écouta Diane poursuivre:

— Pete m'indique que, pendant un bref moment, une bande défilante est apparue pour informer les citoyens que la tempête d'hier a causé des dégâts matériels importants au réseau électrique de la province et que malheureusement… on ne prévoit pas réparer ces pannes à court terme. Désolée.

La Reine-Grano, en terminant sa phrase, avait baissé le ton, penché la tête. Par ces gestes évocateurs, elle demandait pardon à ses admirateurs d'être l'annonciatrice d'une aussi mauvaise nouvelle. Les voisins restèrent muets un instant, puis Caroline entendit une femme renifler. Oui, sans aucun doute, c'était une annonce à faire pleurer. Le ministère avait, depuis les débuts de la crise, une tendance marquée vers le positivisme. On parlait toujours de délais raisonnables, de prédictions encourageantes, d'actions visant l'amélioration, sans que jamais ces mots trouvent écho dans la réalité. Si maintenant on admettait sans retenue que le temps pouvait être long avant que l'électricité ne revienne, c'était soit qu'on avait laissé tomber la politique des euphémismes au ministère, soit que la situation était si mauvaise qu'on s'était senti le devoir, là-bas, dans les hautes instances, de dresser un portrait plus réel de la catastrophe, une sorte de sauve-qui-peut national qui sonnait comme les dernières paroles d'un capitaine abandonnant son navire en train de couler.

Abasourdie, ébranlée comme les autres, Caroline retourna chez elle. Terminée, la chasse aux doryphores. Chemin faisant, elle échangea quelques paroles distraites avec Cate, qui, bouleversée, se demandait ce qu'elle allait faire avec le contenu de son congélateur. Caroline s'entendit répondre «de la soupe, avec les légumes», mais elle réalisa rapidement que, sans une cuisinière fonctionnelle, ce serait compliqué. Impossible, même. Les enfants, qui la précédaient, étaient montés sur le balcon, tiraient la porte pour entrer laver leurs mains. C'était l'heure de dîner, ils avaient faim. Caroline, derrière eux, pensant à ce qu'elle allait leur donner et à combien d'autres choses encore, le souffle dérangé une nouvelle fois, posa son regard sur le barbecue. Voilà. C'était ça. Il fallait maintenant trouver du propane au plus vite.

Chapitre 10

Une hypothèse récente propose que les sociétés de chasseurs-cueilleurs préhistoriques aient été plus égalitaires dans la répartition des tâches que celles, agraires, qui leur ont succédé. Les études se contredisent toutefois, puisqu'en analysant les dents des Néandertaliens, on constate aussi que les hommes et les femmes ne s'adonnaient pas du tout aux mêmes activités... L'étude de l'histoire occidentale nous montre en tout cas que, depuis quelques millénaires, la division des tâches entre les hommes et les femmes est marquée.

26 juillet

La tempête du 11 juillet avait tout fait basculer, Samuel s'en rendait compte, maintenant. Alors qu'il pédalait sur la piste cyclable, le soleil n'avait pas encore fini de bâiller et de s'étirer dans l'horizon nuageux qu'il déclinait néanmoins des couleurs lumineuses devant lui. Les oiseaux du matin, déjà bien en train, l'accompagnaient avec leur énergie caractéristique ainsi que des chants joyeux, qui ne parvenaient pourtant pas à dissoudre son cafard.

Depuis la tempête, Samuel avait l'impression de s'être enfoncé encore plus profondément dans le malheur. Pour commencer, il n'avait pas été en mesure d'acheter une nouvelle bombonne de propane pour faire fonctionner le barbecue le jour où Caroline le lui avait demandé. Depuis la panne, ce gaz était devenu le produit le plus réclamé dans les CDA, sauf que, comme pour le reste, l'offre et la demande ne s'accordaient pas. À l'issue de cette lutte inégale, il y avait des perdants et, cette fois, Sam et sa famille étaient du nombre. Toujours à cause de la panne, ils avaient aussi perdu leurs minces réserves de nourriture lorsque la température du congélateur avait monté en flèche au bout du troisième jour. Sans compter, bien entendu, les téléphones qui avaient, plus tard, cessé de fonctionner, faute de recharge et de relais aux antennes. À l'usine, c'était un calvaire permanent. Les unités étant censées assurer le fonctionnement des équipements en cas d'interruption de courant carburaient malheureusement à cette denrée rare qu'était devenu le diesel. L'usine disposait de réserves, mais elles n'étaient pas éternelles. Samuel s'était donc acharné sur les miettes d'autorités municipales qui restaient, afin de s'assurer que le lien qui unissait son service à la société d'État était bien défendu. Si on devait rétablir la panne par secteurs, celui de l'usine de filtration de l'eau potable en était un prioritaire. En appelant à la Ville, Samuel avait eu la désagréable impression de s'adresser à un commis au stationnement qui ne connaissait même pas l'existence d'un numéro d'accès privé pour communiquer directement avec la société d'État. Il avait donc tenté de prendre la chose en charge, sans grand résultat. Téléphone après téléphone, transfert après transfert, il n'avait rien obtenu de mieux qu'un «Oui, monsieur, votre usine compte parmi nos priorités. Nous travaillons présentement au rétablissement de l'ensemble du réseau, tous nos ouvriers disponibles sont à pied d'œuvre, mais il nous est impossible de vous indiquer le moment précis où le courant reviendra dans ce secteur.» Ça lui avait été énoncé avec le naturel d'un message d'accueil sur un répondeur. Samuel avait dû s'en contenter.

Il fallait trouver l'énergie pour tout faire tourner, au travail comme à la maison. Chez lui, ça prenait du propane. La vieille bombonne menaçait d'expirer, et là, ce serait la fin des haricots. *Caro cuisine plein de trucs à partir de farine: les muffins, les crêpes, le pain. La farine, ça se cuisine à la chaleur, à moins d'aimer la colle artisanale. Déjà, ce n'est pas dit qu'on trouvera le moyen de remplacer le four par le barbecue, mais si on n'a même plus de quoi essayer, on fera quoi? Acheter du bois? Où? Comment? En pleine ville, ce n'est pas la ressource la plus abondante... Brûler la table de salon? Oui, je la trouve laide depuis le début, mais franchement, de là à y mettre le feu... Et après, quoi? Les chaises? Mon patio?... Vraiment? Suis-je réellement en train de me demander si je vais brûler mes chaises et mon patio? Incroyable. Je nage en plein cauchemar. Il faut que je trouve du propane. Aujourd'hui.*

Sa mission était on ne peut plus claire. Il y avait pensé une partie de la nuit. Il s'était réveillé avant l'aube pour enfourcher son vélo et se rendre au CDA le plus près avec la ferme intention d'être le premier en file, le seul à pouvoir contempler son reflet sur le verre sale de la porte d'entrée pendant des heures, avant qu'un commis à l'air blasé vienne lui ouvrir et lui faire signe d'avancer. Oui, il allait être le premier à donner sa commande, le premier à ressortir avec une bombonne de propane pleine, et même deux, si c'était possible. *Prépare-toi, ma Caro, ce soir, on mange chaud!*

Pendant qu'il pédalait, il pensa à leur discussion de la veille. Sa femme lui avait confié vouloir se rendre au CDA, prendre la bicyclette, faire la file pour le propane. Elle en avait assez, disait-elle, d'attendre après lui, de rester entre les quatre murs de leur maison, à ne voir jamais rien ni personne d'autre que lui et les garçons. Il avait été légèrement offensé de l'entendre le dire en ces termes, mais au fond, il comprenait. Lui-même n'imaginait pas sa vie se résumant à la maison et aux enfants. Oui, il comprenait, mais quand même, il n'avait pas aimé l'idée. D'ailleurs, elle avait aussi le potager, non? Et il y avait des gens avec qui jaser, n'est-ce pas? Il lui avait rappelé cette entente qu'ils avaient passée plusieurs semaines auparavant et qui se résumait à sept petits mots bien alignés: «Inutile de multiplier les risques de contagion.» Il est vrai qu'il avait été réticent, au début, à ce qu'elle abandonne son travail pour demeurer à la maison, mais il n'avait pas eu le choix de s'y plier quand le collège où elle enseignait avait tout bonnement fermé ses portes. Maintenant qu'elle était à la maison, en sécurité avec les garçons, il préférait vraiment qu'elle n'en sorte pas, pour éviter de s'infecter. Lui, à cause de ses obligations professionnelles, allait déjà au-devant du danger sur une base presque quotidienne et il était d'avis que cela suffisait, qu'une seule porte d'entrée pour la maladie était plus facile à gérer. S'il fallait que tous les membres de la famille s'exposent en sortant avec la même liberté qu'avant, ils s'inscriraient rapidement du côté sombre de la statistique, c'était évident. Qui plus est – il ne voulait pas l'avouer à Caroline parce qu'elle s'en offusquerait –, il était persuadé qu'il disposait désormais d'une meilleure expérience qu'elle pour éviter la contagion. Il savait comment se comporter en présence de plusieurs personnes, dans de multiples situations de contacts forcés. Caroline, par manque d'habitude, n'aurait pas ces réflexes de défense qui pouvaient leur sauver la vie à tous. Il avait donc insisté pour se rendre au CDA comme d'habitude, d'autant plus que, avait-il plaidé, la sécurité était une priorité pour elle, non? Pourquoi vouloir sortir, alors? Elle avait cédé de mauvaise grâce en le traitant de Cro-Magnon sans qu'il saisisse exactement la référence, puis ils avaient changé de sujet. Sa femme n'était pas toujours facile à comprendre.

À sa grande déception, Samuel ne fut pas le premier à faire la queue devant les portes du CDA. Oui, il s'était levé tôt, mais la bande de « sans domicile fixe » qui s'était installée dans le stationnement jouissait de l'avantage de la proximité. Pendant qu'il attendait, accoudé sur le guidon de son vélo, Samuel s'étonna de constater que cette communauté avait encore profité depuis la dernière fois où il était venu. Les tentes et les campings-cars de tout acabit s'étaient multipliés jusqu'à déborder des frontières bituminées de l'immense espace prévu pour garer les véhicules des clients. Clients présents seulement, on s'entend, autrement, remorquage à vos frais : c'était encore écrit noir et rouge sur blanc, sur une affiche géante qui trônait sur le flanc d'un lampadaire, au centre du lot, dominant avec un total manque de crédibilité un village entier de maisonnettes fragiles, mais solidement implantées.

Les gens dans la file n'avaient plus leur cordialité des beaux jours. La solidarité printanière s'était évaporée. La distance de deux mètres imposée par la nature même du virus qui mettait l'humanité en joue semblait plus difficile à respecter qu'auparavant. On ne fraternisait plus avec ses acolytes dans la file. On tentait de s'approcher, de dépasser. Pas question de laisser sa place. Samuel était content d'être arrivé tôt et d'être venu lui-même. Il y avait dans l'air une fébrilité, une agressivité qu'il n'aimait pas. Il n'aurait pas voulu que sa femme y soit confrontée. Quelques instants avant d'entrer, un jeune homme avec des tatouages et une casquette retournée se mit à protester contre Samuel, sa bicyclette et sa remorque, jugeant qu'ils prenaient trop de place dans la queue. Avec une voix forte et des jurons aux trois mots, il ordonna à Samuel de laisser son vélo dans le support au coin de la bâtisse, de faire comme tout le monde, d'avancer ou de foutre le camp. Samuel, qui n'avait pas la langue dans sa poche, lui suggéra aussitôt d'aller se faire voir. Le jeune répliqua en décochant une série de coups de pied sur la remorque, manquant de peu d'en abîmer la toile rouge. Emporté, Sam laissa choir sa bicyclette et s'élança sur le jeune homme, prêt à lui foutre une raclée. Ce petit con l'avait cherché. Juste avant qu'il ne l'atteigne,

Sam sentit qu'on l'empoignait par le bras et vit son adversaire se faire encadrer par deux hommes lui intimant de quitter la file d'attente. Les gardes avaient tout l'air de connaître ce fauteur de trouble qu'ils appelaient Steeven. Le colérique obtempéra en vociférant, le visage rouge, balançant des doigts d'honneur à tous ceux qui osaient croiser son regard. Samuel le regarda s'éloigner, ramassa sa bicyclette renversée et remercia ceux qui s'étaient interposés, des jeunes tatoués à la casquette posée de travers: clones masqués de celui qui venait de se faire chasser. Samuel sourcilla et les suivit. Son tour était venu d'entrer dans la bâtisse et une autre surprise désagréable l'y attendait.

— Ah! Te voilà! Ç'a été long! Tu as réussi à nous en avoir, à ce que je vois. Juste une? Tant pis, c'est mieux que rien.

Caroline était soulagée de voir que son mari avait finalement pu mettre la main sur du combustible.

— J'ai aussi deux petites bouteilles de naphte pour le réchaud de camping.

— Le réchaud de camping? C'est vrai! On n'y pensait plus. J'espère qu'on n'aura pas à se rendre jusque-là… Je ne sais même pas s'il fonctionne encore.

— Caro, qu'est-ce que tu fais?

Caroline était dans la salle à manger, debout devant la table, sur laquelle étaient étalés des monticules de vêtements aux couleurs variées. Le rouge aux joues, elle pliait et dépliait de petits morceaux, en précipitait d'autres dans un gros sac noir posé par terre à ses côtés.

— C'est pour notre voisine, Wahida.

— Elle a eu son bébé?

— Non, mais la Reine-Grano a organisé une collecte de vêtements pour elle. Il y avait un message dans notre porte-patio ce matin. Ils veulent les vêtements le plus tôt possible pour pouvoir les mettre en quarantaine et que tout soit prêt pour la naissance du bébé. Je ne sais pas pourquoi je n'ai pas pensé à ça moi-même. J'ai mis un peu de tout dans le sac, ils vont avoir besoin de tellement de choses! Veux-tu voir?

Samuel déclina l'offre en secouant distraitement la tête. Il avait plus important à faire pour l'instant.

Priant pour que son téléphone fonctionne, il chercha l'appareil et le trouva presque totalement déchargé sous une pile de papiers, au bout du comptoir. Il l'activa d'un mouvement latéral du pouce et composa nerveusement son code d'accès. Il appuya sur l'icône du téléphone, puis chercha dans ses contacts: Ruberth (voisin). Composition. Miracle, la ligne fonctionnait! Depuis la tempête, ça n'arrivait que de façon occasionnelle. Samuel poussa un soupir de soulagement.

Caroline avait cessé ses fouilles, suspendu ses gestes. Le ton préoccupé, l'attitude distante de son mari, cela ne lui ressemblait pas. Intriguée, elle épia sa conversation:

— Ruberth, c'est Samuel, ton voisin. Écoute, je ne te parlerai pas longtemps, je n'ai plus beaucoup de batterie, mais ce que j'ai à te dire est très important. Si tu pouvais faire suivre le message à la Reine-Grano ou au petit soldat protéiné, ce serait une bonne chose. Il faut que tout le monde soit au courant. Oui, c'est assez grave. Ils vont fermer le CDA sur le boulevard, celui à côté du cinéma. Manque de ressources, qu'ils ont dit. Je les ai vus mettre une affiche en en sortant ce matin. Tous les clients étaient sous le choc. Ç'a brassé un peu. La fermeture est prévue pour la fin de la semaine. Oui, c'est déjà compliqué, mais ça le sera encore plus après ça. Je ne sais pas comment on fera, l'attente deviendra interminable. Il n'y avait déjà presque plus rien à acheter ce matin, mais j'ai eu ma bombonne de propane. Tu feras le message? D'accord. Parfait. Oui, à plus tard.

Lorsqu'il raccrocha, il s'aperçut que Caroline braquait sur lui un regard atterré. Les traits crispés de son visage lui envoyaient un reproche: «Et c'est comme ça que je l'apprends?» Samuel s'en voulut instantanément. Il s'approcha doucement de sa femme et la serra dans ses bras. Il avait tellement l'habitude de lui dissimuler les mauvaises nouvelles que, sans vouloir réellement lui cacher celle-ci, il n'avait pas eu le réflexe de la lui annoncer directement. Pour se faire pardonner, il décida de lui raconter tout ce qui s'était passé. Elle écouta attentivement, les yeux ronds, humides.

— Qu'est-ce qu'on va faire, Sam ?

— Il faudra aller à l'autre CDA, c'est tout, on n'a pas le choix.

— Non, je veux dire : qu'est-ce qu'on va faire, à long terme ? Depuis la tempête, on a de l'électricité de façon sporadique seulement. On ne peut plus s'y fier. On se précipite pour brancher notre téléphone aussitôt que ça revient, pour faire cuire quelque chose, pour laver le linge, pour regarder les nouvelles, quand il y a du réseau, et voilà que ça flanche aussitôt pour plusieurs heures encore. La maladie progresse, les CDA ferment et je sais qu'on est seulement au mois de juillet, mais je ne peux pas m'empêcher de penser à l'hiver. Qu'est-ce qu'on fera si l'électricité n'est pas rétablie ? Si l'autre CDA ferme ? Pas de chauffage, pas de bouffe à proximité ?

— Ça rentrera dans l'ordre, tu verras. À l'usine, on a l'électricité plus souvent qu'ici, par exemple. C'est une preuve que les choses peuvent s'améliorer, non ?

— Non. L'usine est dans le même secteur que l'hôpital. Vous êtes prioritaires, nous pas.

Caroline était perspicace. Sam était à court d'arguments, ne pouvait nier que la situation était en effet assez inquiétante. Néanmoins, pour ne pas affoler sa femme, il se garda de l'admettre.

— Quand je vais raconter ça à ma sœur, elle me dira de venir. Ils sont bien, sur la ferme, elle et sa famille, avec papa qui les a rejoints. Ils sont à l'abri de la maladie, avec la génératrice, de bonnes réserves de diesel, le potager, les animaux, du bois partout autour. Ils ne manqueront de rien, eux. Et il y a de la place pour nous, elle n'arrête pas de me le dire.

— Sauf que chez elle, on est à des heures de marche du CDA le plus près. Ne me dis pas qu'ils sont en parfaite autarcie, quand même ! Qu'ils fabriquent leur farine, leur dentifrice et leur savon à linge ? Ils sont loin de tout. L'été, c'est comme nous, ça peut aller, mais à l'hiver, crois-moi, ça ne sera pas plus drôle! Ils vont y aller comment, au CDA? En raquettes? Et si quelqu'un tombe malade? C'est comme être en pleine brousse. Pas de médecin dans les environs. Ici, on ne veut pas y aller, à l'hôpital, mais si on en a besoin, il est là, pas trop loin. Pense à ça. Il n'y a pas de solution meilleure qu'une autre. C'est le chaos partout.

— Oui, mais ici, le chaos, on l'affronte seuls. Ma famille me manque, Sam.

— Je sais. Mais on ferait comment pour y aller, même si on voulait?

— Si tes parents étaient toujours vivants, toi aussi, tu voudrais être près d'eux.

— Probablement. Mais on n'a plus assez d'essence, tu le sais comme moi.

Le silence s'installa. Pendant un moment, Samuel et Caroline demeurèrent figés, absorbés dans leurs pensées, campés dans leurs positions. À l'étage, Joseph s'amusait avec ses peluches, tandis qu'au salon, Thomas rassemblait les morceaux d'un casse-tête qu'il avait déjà fait cent fois. La quiétude qui régnait dans la maison était inhabituelle, les parents, tendus, se dévisageaient gravement. Samuel émergea le premier de sa réflexion. Il sentait le besoin impérieux de se faire rassurant:

— De toute façon, on s'en fait pour rien. Le gouvernement ne nous laissera pas crever de faim et de froid! Je suis sûr que tout rentrera dans l'ordre avant l'automne. C'est encore loin, tu sais. Il peut s'en passer, des choses, en deux ou trois mois! On va voir comment ça se passe avec le nouveau CDA, mais on a aussi le potager, penses-y! On s'en sortira bien, tu verras.

Caroline était accablée. Elle n'opposa aucun argument à son mari, qui lui répétait pourtant les mêmes bobards depuis des mois. Au fond d'elle, elle savait que ça n'irait pas et elle avait peur de ce qui s'en venait, mais aujourd'hui, quelque chose lui disait que Samuel avait sûrement aussi peur qu'elle. Quelques semaines auparavant, elle se serait emportée contre lui, contre ce déni qu'il érigeait sans cesse autour de lui comme un bouclier et qui la faisait sentir si crédule, si stupide, si faible à ses côtés. Maintenant, elle se sentait résignée. Résignée devant sa propre peur qui ne se tarissait pas, devant cette angoisse qui faisait désormais partie de son existence, et résignée devant le déni de son mari, qui réagissait au chaos en se protégeant d'une manière qui était la sienne. Caroline était résignée, mais pas abattue. Cette crainte, malgré toute l'emprise qu'elle pouvait avoir sur son existence, elle voulait la convertir en carburant. Il fallait bouger, agir. Le potager, l'entraide entre voisins et peut-être, plus tard, au gré de la situation, un départ vers la campagne, chez sa sœur. Cette idée la tourmentait, la chicotait jour et nuit. Comment s'y prendre? Comment convaincre Samuel, qui ne voyait rien du tsunami qui fonçait pourtant droit sur eux? D'un autre côté, peut-être avait-il raison? La campagne n'était probablement pas la solution puisque, disait-on, la ville était envahie de gens qui immigraient des zones rurales mal desservies par les CDA. Que fallait-il faire? Attendre? Encore?

Las de ses peluches, Joseph descendit l'escalier de son pas lourd et résonnant qui laissait croire qu'il pesait cent kilos de plus. Une fois en bas, il se précipita sur le casse-tête de son frère, qu'il détruisit involontairement en tentant de l'aider. Thomas se fâcha instantanément et repoussa son petit frère, qui tomba à la renverse. Vexé, humilié, Joseph se releva et alla piétiner ce qui restait du casse-tête avec fureur, en poussant des cris qui redonnèrent à la maison sa sonorité habituelle.

— Faut qu'ils sortent, ces deux-là. Il est temps qu'ils dépensent leur énergie. Tu peux t'en occuper pendant que je termine le sac pour Wahida?

Au grand soulagement de Caroline, Samuel acquiesça et sortit rapidement, accompagné de ses fils, qui avaient miraculeusement retrouvé le sourire à la promesse d'aller faire une chasse aux doryphores, activité qui comptait maintenant parmi les incontournables de la saison. Caroline se hâta de terminer le tri des vêtements, ramassa le casse-tête laissé à la traîne au milieu du salon, puis monta à l'étage, car du lavage l'attendait. L'électricité ne revenait pas assez fréquemment pour lui permettre de laver tous les sous-vêtements que salissait Joseph, en plein apprentissage de la propreté.

La pile de culottes souillées à ses côtés, elle versa du savon dans le lavabo et se mit à frotter, puis à pleurer. Elle avait été solide devant son mari, elle s'était retenue, mais maintenant qu'elle était seule, les vannes s'ouvraient. Bonjour déluge ! Sanglots, reniflements, plaintes, coulées morveuses, tout y passa. Elle souffla même dans son petit sac de papier, mais rien n'y fit. Elle ne faisait pas une crise d'angoisse, elle faisait une crise, point. Comme ses garçons. Pas glorieux. Humiliant, à la limite. Heureusement qu'il n'y avait personne dans la maison. Affalée par terre contre le meuble-lavabo, elle sanglotait sans pouvoir s'arrêter. Elle était à deux doigts de se laisser glisser sur la céramique pour essayer la technique du « bacon », fréquemment employée par ses fils, lorsqu'elle sentit qu'elle n'aurait pas à franchir cette ultime étape. Comme le béton devant sa maison au lendemain de la tempête, elle se sentit soudainement lavée, débarrassée de ces détritus de peur, de honte, de tristesse et de colère qu'elle accumulait depuis des semaines, qu'elle refoulait sans ménagement au fond de son ventre en tentant de les oublier. Elle venait de faire une gastro émotionnelle. C'était sorti de partout, mais maintenant que c'était terminé, elle se portait mieux.

Caroline acheva de frotter les sous-vêtements de son garçon, puis alla les étendre sur le sèche-linge, dehors. Avant de sortir, elle vérifia dans le miroir si son visage portait des traces visibles de sa crise, et comme la réponse était affirmative, elle prit soin d'enfiler ses lunettes de soleil.

Elle s'occupa des vêtements, puis descendit inspecter son petit potager. En comparaison avec son grand frère de l'autre côté de la palissade, celui-ci avait une bien triste mine. La mauvaise terre, trop sablonneuse, ne retenait pas l'humidité de façon adéquate et les arrosages fréquents ne suffisaient pas à lui faire garder la forme. L'été était déjà bien avancé, mais tous les plants restaient chétifs ; c'était peut-être sans appel. La mère de famille avait choisi de planter des légumes d'hiver dans son petit potager avec l'espoir de les conserver le plus longtemps possible après la récolte. Cependant, l'inconvénient avec ces semis, réalisait-elle, c'est qu'il était difficile de suivre la progression de leur croissance, car ils poussaient sous terre. Ainsi, elle attendait impatiemment le temps des récoltes, afin de constater si, oui ou non, ses oignons, navets, carottes, pommes de terre et betteraves allaient donner un rendement satisfaisant malgré le sombre pronostic annoncé par le feuillage terne et hésitant. Celui des betteraves, par exemple, tristement orienté vers le bas, semblait implorer qu'on l'abreuve. Caroline s'en occupa et veilla aussi à retirer les quelques mauvaises herbes autour, qui, elles, évidemment, paraissaient pétantes de santé et croissaient à un rythme effarant.

J'aurais eu bien plus de succès en semant une rangée de pissenlits et une autre de plantain. Un peu de silènes? Pourquoi pas? On regarde ailleurs cinq minutes et ces maudites herbes grandissent de dix centimètres!

Caroline soupira, un peu découragée. Elle et quelques autres horticulteurs plus motivés avaient obtenu ces semis supplémentaires le jour de la grande mise en terre. Elle avait voulu augmenter les chances de sa famille de profiter d'une nourriture de qualité pendant plus longtemps, mais la tentative ne s'avérait pas des plus concluantes. Elle regrettait presque de les avoir transplantés dans sa cour, honteuse du gaspillage qui résulterait des piètres conditions de pousse qu'elle avait à offrir.

Enfin, j'aurai essayé, au moins. L'an prochain, ce sera différent.

Caroline établissait déjà des plans pour l'été suivant lorsque les garçons accoururent en sa direction, l'air d'avoir quelque chose d'important à lui dire. Rapidement parvenus auprès d'elle dans un élan de fébrilité, ils ne tardèrent pas à lui apprendre qu'ils avaient des projets inusités pour l'après-midi :

— Papa a dit qu'on va aller à la pêche après le dîner ! annonça Thomas.

— On va attraper gros poissons ! ajouta Joseph, montrant, avec ses petits bras potelés, à quel point lesdits poissons allaient être immenses.

Caroline en avait parlé à son mari : depuis un certain temps, malgré sa peur de la maladie, elle se sentait l'envie de sortir. Continuellement à la maison avec ses garçons et Sam, elle avait grand besoin de parler à d'autres adultes, de briser sa routine, de sortir de sa prison, de voir plus loin. Au début, le potager lui avait donné cette impression de liberté qu'elle recherchait après avoir passé tout l'hiver à l'intérieur, mais à y voir finalement toujours les mêmes visages, à y entendre chaque jour les mêmes discours, elle avait vite compris que ce bout de terrain n'était en fait qu'une extension de son lieu de détention.

De prime abord, l'idée d'aller à la pêche lui avait donc paru excitante, puis, après une courte réflexion, franchement déraisonnable. Sortir ? Avec les garçons ? S'exposer, tous ? Ridicule ! Directement à l'opposé de la règle qu'ils s'étaient fixée. Dangereux. Impossible. Sam, néanmoins, ne le voyait pas de cette façon :

— On sera plusieurs. Ruberth va être là, Cate, Trevor, peut-être d'autres voisins. Farid viendra aussi, c'était son idée. Il dit qu'il connaît un endroit ici, au bord du fleuve. Il n'y aura pas de danger. On sait se tenir loin les uns des autres, on a l'habitude. Et toi, ma chérie, tu vas venir, parce que tu sais que ça fera plaisir à tes garçons et que ça te fera du bien de sortir d'ici. Ça fera bientôt un an que tu n'es pas allée plus loin que le coin de la rue, ça n'a pas de bon sens. Tu voulais aller au CDA l'autre jour. Ce que je te propose maintenant, c'est encore mieux et vraiment moins dangereux.

— Oui, mais si on rencontre des gens et que… tu sais, la contagion… J'ai entendu dire qu'il y en a qui ne portent pas leur masque, parce qu'ils pensent que ça n'a aucun effet, que c'est inutile. S'il fallait qu'ils nous contaminent… les enfants seront là… ils sont vulnérables et leur système immunitaire est…

— Caro, on s'en va sur nos bicyclettes. Personne ne nous approchera. Je fais ça tous les jours. Allez, ma chérie, commence à préparer les collations pour les garçons, moi, je vais chercher ma ligne à pêche et mon coffre. On part dans quinze minutes.

Bousculée et désorientée par cette proposition singulière, Caroline obtempéra, s'obligea à ne pas penser aux dangers auxquels ils allaient s'exposer. Elle y parvint de peine et de misère jusqu'à ce qu'au garage, elle voie Sam en train d'essayer de mettre les casques de vélo sur la tête de ses garçons qui, fébriles, ne cessaient de s'agiter, de bouger dans tous les sens. *Mon Dieu, mon Dieu, qu'est-ce qu'on est en train de faire?* Depuis trop longtemps, l'extérieur était associé au danger. Pourquoi soudainement cela devenait-il bon de sortir? Ça n'avait aucun sens! En songeant à ses deux bébés qui allaient être bêtement exposés, par sa faute, à elle, qui ne s'opposait pas à cette idée folle qui s'inscrivait pleinement dans l'attitude de déni de son mari, elle se sentit vaciller. Manquait-elle à son devoir de mère? En l'espace d'une seconde, son cœur se mit à cogner dans sa poitrine, sa respiration se précipita et sa vision se troubla. Accablée d'une puissante bouffée de chaleur et d'une faiblesse au bas du corps, elle se laissa tomber sur la petite marche de béton, au pied de la porte qui menait vers l'intérieur. Paniquée à l'idée de se sentir aussi mal, de se voir prendre une aussi mauvaise décision, elle se remit à sangloter, pour la deuxième fois au cours de la même journée. La tête penchée entre ses jambes pour éviter de défaillir, elle ne se contrôlait plus, pleurait à chaudes larmes en cherchant son souffle et en affirmant qu'elle ne pouvait pas, qu'elle ne voulait pas. Dans le garage, ses garçons avaient cessé de s'agiter. Silencieux, déconfits, ils observaient leur mère en pleine déroute, d'un regard où se mêlaient crainte, empathie et incompréhension. Sam, complètement déconcerté par cette explosion soudaine, suspendit ses gestes. Il se leva, laissant le casque de Jo posé de travers sur sa petite tête.

— Je ne peux pas, Sam. C'est impossible! On ne peut pas se précipiter comme ça dans la gueule du loup. Ce n'est pas de la chance si on n'est pas tombés malades jusqu'à maintenant, c'est parce qu'on a été prudents! Et sortir, aujourd'hui, ce n'est pas prudent! Toi, on dirait que tu t'en fous. Tu penses que tout ira toujours bien, que tout le monde devrait recommencer à travailler. Je ne suis même pas certaine que tu y crois, à cette maladie! Mais moi, j'ai peur, je suis terrifiée. J'aimerais sortir parce que je suis fatiguée d'être ici, mais dans les faits, je ne veux pas sortir. Je ne veux pas que les garçons sortent. Je souhaiterais que toi aussi, tu arrêtes de sortir, parce que ce que je veux plus que tout, c'est qu'on ne tombe pas malades, tu comprends?

— Qu'est-ce que tu dis ? Je ne m'en fous pas, de cette maladie ! J'y crois ! J'ai toujours mon masque, mes gants, je me désinfecte les mains soixante-dix fois par jour, je laisse mes chaussures dehors, dans un sac. Je porte un habit de protection au travail, même si je sue dedans comme un porc ! J'ai peur, moi aussi ! Quand tu es descendue au salon, l'autre soir, lors de la tempête, la première chose que je me suis dit en voyant que tu n'étais plus au lit, c'est : « J'espère qu'elle n'est pas malade. » Moi aussi, je veux qu'on reste en santé, c'est la chose la plus importante. Et jamais je ne vous ferais sortir aujourd'hui si je pensais qu'il y a un risque plus grand que de rester chez nous ou de fréquenter le potager. Jamais. Ça va bien aller, Caro.

— Tu dis toujours ça, depuis le début, et ça ne va jamais bien.

— Je dis ça pour rester optimiste, pour t'encourager ! Mais cette fois, c'est vrai. Ça fait trop longtemps que tu n'es pas sortie, c'est normal que ça t'inquiète. On a tous nos masques, nos gants et le gel désinfectant, et ça nous fera vraiment du bien de voir autre chose que nos quatre murs, tu ne penses pas ?

Caroline ne répondit pas tout de suite à la question de son mari. Elle n'osait pas relever la tête, ne voulait pas lire sur le visage de ses enfants l'émotion qu'elle leur causait. En plus d'être terrifiée, elle se sentait coupable de briser ce beau moment. Honteuse. Sam lui avait avoué avoir peur lui aussi. Il ne l'avait jamais fait depuis le jour où ils avaient jeté les chats à la porte. D'une façon qu'elle ne s'expliquait pas, cela lui fit du bien de l'entendre et de se le remémorer.

Dans un murmure, elle s'excusa auprès de son mari et des enfants, puis entra dans la maison. Ses sanglots avaient cessé, mais son cœur ne se calmait pas. Elle alla se moucher, respira à fond dans son sac de papier pendant de longues minutes, jusqu'à ce que son souffle s'apaise, crayonna brièvement dans son carnet. Oui, sans doute, cela pouvait leur faire du bien de sortir, il fallait l'admettre. Tremblante, épuisée, elle passa de l'eau fraîche sur son visage et remit ses lunettes de soleil. Vraiment, cet accessoire mode n'avait jamais été aussi utile. Avant de retourner au garage, elle prit une profonde inspiration. Il fallait tellement se faire violence lorsqu'on souffrait d'anxiété ! Taire cet instinct malade qui hurlait en elle devant chaque situation nouvelle, qui laissait toujours croire à une menace directe pour la survie, n'était pas une mince affaire. Encore hésitante, elle ouvrit la porte :

— Ça va. On peut y aller, annonça-t-elle d'une voix monocorde qui appartenait au robot sans âme de sa raison.

Les garçons se bousculèrent pour aller s'asseoir dans la remorque derrière leur père, argumentèrent pour savoir qui serait le premier. Lorsqu'ils furent fin prêts, Caroline ajusta son casque, enfourcha son vélo, et ils sortirent dans la splendeur de l'été. Comme une famille normale en des temps ordinaires. Encore tendue au sortir du garage, au sortir du quartier, Caroline s'apaisa doucement le long de la piste cyclable à mesure qu'elle s'obligeait à prendre conscience de toutes les douceurs qui l'entouraient : la chaleur du soleil sur sa peau, la légèreté du vent dans les feuilles, la tranquillité du parcours, le bonheur de se remuer enfin, de sentir ses muscles s'activer, son souffle s'accélérer pour autre chose que la peur. Elle eut rapidement chaud, soif, mais c'était un délice, car il y avait une raison à cela : enfin, elle allait quelque part. Ils allaient tous enfin quelque part.

Bientôt, la petite famille rattrapa le peloton de voisins, qui étaient partis sans eux pendant que Caroline luttait contre ses démons dans la salle de bain. Heureux de se retrouver, ils cheminèrent ensemble, à la queue leu leu, jusqu'aux abords du fleuve, traversant des lieux où Caroline n'avait jamais mis les pieds, même avant la crise. Les rues, ainsi que les artères commerciales, dont on devinait aisément le passé achalandé, étaient étrangement désertes et silencieuses, exception faite de quelques passants pressés, masqués, et de cris d'enfants qui explosaient çà et là, au détour d'une cour ou d'une ruelle. Partout, on baignait dans une atmosphère de western. « Planquez-vous ! » avait-on l'impression d'entendre murmurer entre les volets clos.

En regardant autour d'elle, Caroline se rappela ce reportage photographique qu'elle avait vu, quelques années auparavant, en ville. Elle y avait observé des enfants indiens accrochés à des montagnes de détritus. L'exposition l'avait choquée. Elle en était sortie en se demandant, entre autres, comment les gens pouvaient vivre dans de telles conditions, parmi les bêtes, les immondices, et voilà qu'aujourd'hui elle touchait la réponse du doigt. Sa propre banlieue avait pris des airs de bidonville d'Asie du Sud-Est. L'arrêt de la collecte des déchets avait eu un effet désastreux sur le paysage urbain, et ce, en quelques mois à peine. Devant chaque maison, chaque commerce poussait désormais un monticule de déchets que les grands vents se chargeaient de délester des éléments les plus volatils, faisant s'envoler aux quatre coins de la ville papiers, emballages de plastique et barquettes de styromousse. Les corbeaux, les chiens, les chats, les ratons laveurs, les rats et surtout les mouches s'occupaient quant à eux des résidus organiques. Dans le vrombissement perpétuel des insectes, à l'aide de leurs griffes acérées ou de leur bec effilé, les animaux perçaient les sacs, les éventraient sans vergogne à même le trottoir, où ils finissaient par se disputer âprement des contenus aux odeurs pourtant dissuasives. Caroline avait commencé par s'indigner à voix haute de ce qu'il était advenu de sa ville, puis elle s'était tue, rapidement parvenue au bout de ses exclamations, dont les mots n'arrivaient plus à traduire tout le dépit qu'elle ressentait. Les autres, dont Samuel, ne partageaient d'ailleurs pas sa surprise puisqu'elle était la seule à ne pas être sortie de la maison depuis longtemps. Eux, ils avaient vu l'évolution, l'accumulation des déchets, leur dispersion. Tout s'était déroulé graduellement sous leur regard quotidien et ils avaient eu le temps de s'habituer à l'idée de l'ensevelissement, mais Caroline arrivait sur cette terre souillée avec un regard similaire à celui de Cartier venu d'Europe. Ses appréhensions, toutefois, étaient bien différentes. *Même si tout le monde guérissait demain, ça prendrait des mois, peut-être des années à venir à bout de tout ça. Quel bordel! Quel foutu bordel! Qu'est-ce qu'on va faire de ça? On ne peut pas laisser toutes ces cochonneries à la traîne! Qui s'en occupera? Ça n'a aucun sens de vivre là-dedans... On chasse la maladie d'un côté et on fabrique des incubateurs à bactéries, à virus et à parasites de l'autre! Heureusement qu'il reste encore de l'eau potable et courante. Il ne manquerait plus qu'on chie dans les rues. Comment croire qu'on en est là? Comment?*

Elle ne le pouvait pas. Comment croire, en effet, à une société en train de se déliter? Comment croire que ce système dans lequel elle évoluait depuis des années, en apparence si solide, s'écroulait maintenant comme un château de cartes devant un ennemi invisible, un micro-organisme mille fois plus petit qu'une cellule? Comment croire sans baisser les bras devant tant de désolation? C'était chose impossible. C'était la perte de tout espoir. Il sembla tout à coup à Caroline que Samuel avait, depuis le début, la meilleure réaction qui soit: nier, minimiser. Penser que ce n'était pas si grave, que quelqu'un de haut placé finirait par tout régler, penser qu'on verrait le bout du tunnel d'ici quelques mois, c'était apparemment l'approche la moins angoissante de toutes.

Pourtant.

La pensée magique, ça n'avait jamais été son truc.

Non, moi, j'anticipe tout. Le pire, surtout. C'est ma spécialité. Aucune limite à ce que mon esprit tordu peut entrevoir comme avenir, et il est toujours question d'horreurs et d'atrocités. Aucune limite. Pour chaque geste que je pose, que quelqu'un de mon entourage pose, je peux tout de suite énumérer cinq conséquences possibles et, habituellement, je ne choisis pas les plus joyeuses. Je suis comme ça. Et c'est justement la raison de mon angoisse! Peut-être que je devrais penser à consulter un psychologue? Pour commencer, il faudrait que je m'en trouve un bien vivant.

En se dirigeant lentement vers le fleuve, le groupe ne croisa aucune voiture en marche et Samuel fit remarquer à Caroline combien celles qui étaient garées au bord des rues ou dans les allées étaient poussiéreuses. C'était vrai. Elles étaient toutes mates, inutiles, délaissées. Certaines avaient des vitres cassées ou des pneus crevés, d'autres avaient été vandalisées.

Caroline nota aussi que toute activité humaine étant ralentie, la nature reprenait ses droits un peu partout: dans les fissures des trottoirs et de l'asphalte des rues, la végétation s'installait. Au beau milieu d'une intersection qui aurait dû être achalandée, mais que le groupe traversa sans même prendre la peine de regarder ni à gauche ni à droite, Caroline vit une longue et délicate tige verte dressée, au bout de laquelle se déployaient trois bijoux floraux d'un jaune éclatant. C'est tout dire.

Près des maisons unifamiliales, des immeubles à logement, et au milieu des terre-pleins, le gazon avait pris des allures de champ en friche. « Va falloir sortir la faucheuse ! » aurait dit son grand-père en voyant un pareil sacrilège, lui qui avait l'habitude de tondre sa pelouse tous les trois jours, religieusement.

Après avoir longé un quartier industriel où la panne d'électricité avait imposé un mutisme étrange aux moteurs habituellement sans repos, le groupe arriva enfin au bord du fleuve. Farid avait dirigé l'expédition et suggérait maintenant de descendre près de l'eau, mais de ne pas abandonner les bicyclettes près de la route, où on risquait de se les faire prendre. Le groupe, docile devant tant de bon sens, descendit avec précaution dans le talus herbeux et accidenté. On laissa les bicyclettes au même endroit, sur la berge, mais les voisins se distancèrent bientôt pour pouvoir profiter d'un coin tranquille où taquiner le poisson. On laissa à la famille le privilège d'un petit delta rocheux qui s'avançait dans les eaux sombres et qui offrait plus de liberté de mouvement. Pendant que les garçons commençaient déjà à lancer des cailloux sur les flots, Sam s'approcha de Caroline et l'enlaça. L'air marin refroidissait doucement leurs corps en sueur et ils restèrent ainsi un moment, l'un contre l'autre, à regarder leurs enfants s'amuser, petites silhouettes dansantes sur fond de paillettes dorées.

— Ça t'arrive souvent de pleurer, ces derniers temps, hein, Caro ?

Sam avait lancé sa question tout en connaissant la réponse. L'entendre n'était pas si important. Il voulait que sa femme comprenne que, malgré tous ses efforts pour tenter de cacher ses épisodes anxieux, il savait.

— Oui, avoua-t-elle. Je n'y peux rien, c'est plus fort que moi. Je ne suis pas capable, comme toi, de me convaincre que ça ira. J'ai peur. Toujours. Et on dirait que je suis la seule à avoir aussi peur. Et ça aussi, ça m'angoisse. Et, si tu veux savoir, ça m'angoisse de savoir que j'angoisse. Je m'en veux tellement de faire subir ça aux garçons, une mère qui chiale, qui a peur de tout, qui est paralysée, incapable de faire face... Ce n'est pas cet exemple-là que je veux leur donner.

— Tu n'arrêtes pas de leur dire que c'est correct d'avoir de la peine, d'être fâchés ou déçus quand ils piquent des crises. Toi aussi, tu l'as, ce droit-là, Caro. Je pense que dans les circonstances, on a tous le droit d'avoir peur. Les voisins ne le disent pas, mais je suis certain que tout le monde a sa façon de réagir.

— Toi, c'est quoi, ta façon ? Tu m'as dit que tu as peur, toi aussi, tout à l'heure, mais, même si ça m'a fait du bien de l'entendre, ça ne se voit jamais.

— Je sais. Pourtant…

Sam laissa la question sans explication, puis souleva bébé Jo, qui s'était approché pour partager le câlin. Le petit voulait savoir quand on allait l'attraper, ce gros poisson. Caroline soupira à l'attention de son mari, convenant avec lui que cette discussion devait être remise à plus tard. Il était l'heure de pêcher.

Chapitre 11

L'ouragan Katrina, survenu à l'été 2005, a été l'un des plus puissants cataclysmes de l'histoire nord-américaine. Les dégâts majeurs observés en Louisiane à la suite de son passage sont certes attribuables à sa force colossale, mais aussi à des politiques d'aménagement mises en place au fil des ans sans égard à la situation géographique particulière de cette région critique. Ainsi, la destruction des mangroves, la construction de canaux et l'étalement urbain en zone inondable ont aussi contribué à doubler cette catastrophe naturelle d'une tragédie humaine. Après ce cataclysme, plus de deux millions de personnes ont été déplacées.

Réfugiés ou migrants environnementaux? On les désigne sous le nom de « internally displaced people ». Ces évacués, tout d'abord installés dans des centres d'hébergement transitoires, ont cherché, quelques jours plus tard, à se réfugier dans les villes et les États à proximité, dont certains leur ont carrément refusé l'accès en postant des policiers aux points d'entrée.

2 août

Une semaine s'était écoulée depuis le jour de pêche et Caroline en gardait un souvenir mitigé. Le bon côté, c'est que les enfants s'étaient vraiment amusés pendant cette sortie. Ils avaient tenté de pêcher chacun leur tour, avaient sorti une perchaude et un petit achigan avec l'aide de leur père. Ils avaient fabriqué des bateaux avec des feuilles mortes et des brins de foin, avaient observé des insectes et des petits poissons brillants qui se tenaient tout près des rochers sur la berge. Lorsque la famille avait levé le camp, en fin d'après-midi, les deux garçons s'étaient endormis dans la remorque, le teint rougi, les cheveux collés par la sueur sur leur front lisse. Caroline avait aussi tiré parti de cette escapade. Samuel lui avait apporté un livre, un roman historique à la couverture fleurie et au titre en latin dont elle remettait toujours la lecture à plus tard et qui accumulait la poussière sur sa table de chevet. Surprise et ravie de cette douce attention, elle s'était assise en tailleur sur une roche chauffée par le soleil avec la ferme intention de se plonger dans le roman. Malheureusement, la lecture s'était avérée plutôt laborieuse à cause des enfants qui criaient autour et qu'elle ne pouvait s'empêcher de surveiller, à cause aussi de son siège inconfortable et du cours d'eau magnifique qui attirait toujours son regard. Et, bien entendu, il y avait ses pensées. Elles interféraient. Comment s'intéresser à de la fiction quand sa propre réalité prend des allures de fables ? Quoi qu'il en soit, Samuel avait eu raison d'insister. Le grand air et la promenade lui avaient fait du bien.

Ce matin, pourtant, alors qu'elle discutait avec Cate au milieu du potager, elle revivait les moments difficiles de cette sortie. Ces instants où elles avaient vu le vrai visage de la crise, en plus des déchets partout. Cate en reparlait d'ailleurs elle aussi avec la plus grande émotion :

— Tu n'as pas vu, quand on est passés près du parc ?

— Oui, je sais. Il y avait des réfugiés.

— Ben non ! C'était des sans-abri !

— Ce n'était pas des sans-abri. Ils avaient des tentes. Ç'étaient des familles. Sûrement qu'ils venaient des régions où les CDA sont trop éloignés. Il n'y a plus d'habitations saines de disponibles nulle part en ville. Ils font ce qu'ils peuvent pour se loger, les pauvres. C'est pour ça qu'on dit que ce sont des réfugiés.

— Appelle-les comme tu veux, mais ce n'est pas juste du monde des régions. C'est sûr qu'il y a aussi des gens qui ne peuvent plus retourner dans leurs maisons infectées et qui ne veulent pas rester dans les centres d'accueil. C'est peut-être même des gens dont la maison a été brûlée. Il paraît qu'il y a eu d'autres incendies sur la rive nord.

— C'est possible.

— Non, mais je rêve ? Comment tu peux dire ça de façon aussi détachée ? Tu n'as pas vu comment ils nous regardaient ?

— Non, comment ?

— Avec des yeux… Comment dire ?… Ils ne nous aimaient pas. Ils voulaient nos vélos, c'est certain. Ils voulaient notre vie. Attends, je ne dis pas qu'ils voulaient nous tuer, mais qu'ils voulaient vivre comme nous. Ils voyaient bien…

— Ils voyaient quoi ? Qu'est-ce que tu dis ? Tu ne penses pas que tu exagères un peu ?

Caroline, en prononçant ces mots, regretta aussitôt. Elle venait de parler comme Samuel. Ce n'était pas juste envers son amie qui s'inquiétait et qui voulait partager son sentiment. Elle devait se reprendre, même si elle croyait sincèrement que les réfugiés ne constituaient pas un danger véritable. Ces gens avaient abandonné leur logis, pas leur sens moral !

— Tu penses que j'exagère ? ! Mon Dieu ! Dormais-tu tout le long en revenant, Caro ? Ils étaient tous crottés, maigres, habillés avec des guenilles. Et nous autres, on est propres, dodus, bien habillés, avec des beaux vélos, en santé. Ils nous envient, c'est certain.

— Oui, sans doute. On ne voudrait pas être à leur place, d'ailleurs.

— Bien sûr que non. J'ai peur qu'il y en ait qui nous aient suivis.

— Non, non. Ils ont sûrement mieux à faire, tu ne crois pas? En plus, c'était quand même pas mal loin, ce parc.

— Je ne sais pas... Tu penses? En tout cas, tu as vu les immeubles, non?

— Les immeubles?...

— Ceux barricadés. Au complet. Des gros seize ou vingt logements, encerclés par des rubans jaunes. Tu n'as pas vu??? Caro! Youhou! Ici la Terre!

— Oui, oui, j'ai vu. Évidemment. On ne pouvait pas les rater! Tu imagines tous ces gens? Évincés, peut-être malades, sans ressources. C'était vraiment triste de voir ça.

— Vraiment. Mais ce n'est pas juste triste. Ça fait d'autres sans-abri. Et moi, ils me font peur, les sans-abri. Il y en a de plus en plus. Ne viens pas me dire qu'ils travaillent, ces gens-là, et qu'ils ont de l'argent. Ceux qui sont chanceux vivent avec les coupons de rationnement, c'est-à-dire le minimum, les autres... Crois-moi, si ce n'est pas déjà un problème, ça en deviendra un.

Caroline, en voyant la Reine-Grano monter sur son escabeau, se garda de répondre. Samuel avait raison, finalement. Tout le monde avait peur. Pour elle, ça se manifestait par l'angoisse, pour Cate, par la paranoïa, même si elle avait raison sur un point: il y avait réellement de plus en plus d'arrivants mal logés en ville. Mais, jusqu'à preuve du contraire, Caroline considérait qu'ils ne constituaient pas une réelle menace. Qu'ils aient étés délogés ou touchés par la maladie d'un proche, ils avaient droit à leur chance. Tant qu'ils portaient des masques et des gants, Caroline n'éprouvait pas de crainte particulière à leur égard.

La Reine était en grande forme. Les récoltes étaient de plus en plus abondantes et diversifiées; les jardiniers, constamment au rendez-vous en grand nombre. Elle connaissait de plus en plus chacun d'eux, quelques-uns plus particulièrement, semblait-il, et leur parlait maintenant avec une confiance plus grande que jamais. Il y avait un enjeu d'importance dont elle voulait discuter ce jour-là, mais elle ne pouvait l'aborder comme ça, à froid. Il fallait préparer le terrain. Les fleurs avant le pot, c'était la stratégie qu'elle préconisait pour mettre les gens de son côté, les amener à adopter son point de vue.

— Mes amis, merci d'être là aujourd'hui, d'avoir accepté mon invitation. Je profite de ce moment pour vous remercier, au nom de nos amis Farid et Wahida Amahadi, pour lesquels vous avez amassé une quantité phénoménale d'objets et de vêtements en vue de l'arrivée de leur bébé. Nous avons déposé les boîtes et les sacs que vous avez préparés dans un endroit sûr pour une quarantaine que nous savons inutile, mais obligatoire, pour ce petit être que nous aurons le plaisir de rencontrer d'ici peu. Ceci étant dit, laissez-moi maintenant vous dire combien je suis fière de tout le travail que nous avons accompli dans ce potager jusqu'à maintenant. Tous les deux jours, nous sommes en mesure de déposer des légumes au fond de nos paniers, et depuis quelques semaines déjà, nos familles mangent des produits frais, luxe dont peu de gens profitent par les temps qui courent, je peux vous l'assurer. Je trouve important de souligner que ces aliments sont le fruit de notre travail acharné, que nous ne devons ces récoltes qu'à nous-mêmes, qu'en travaillant ainsi, main dans la main, nous nous sommes un peu affranchis de notre dépendance face à l'État, et nous devons nous en montrer fiers. Applaudissons-nous, nous le méritons bien !

C'était un véritable discours politique. Avec des entourloupettes oratoires dignes d'une ministre expérimentée. Des pauses aux bons endroits, un débit étudié, un ton confiant, un «flattage» collectif dans le bon sens du poil. Caroline trouva que les paroles de Diane sonnaient faux, qu'elles sentaient le tout cuit, et fut incapable d'applaudir comme ses collègues jardiniers, malgré cette fierté qu'elle éprouvait effectivement devant leur réussite potagère. Lorsque les acclamations cessèrent, la Reine-Grano poursuivit :

— Ce que nous avons ici, autour de nous (elle fit un grand geste circulaire pour désigner le potager), c'est une richesse. Une richesse inestimable en ces temps difficiles. Une richesse qu'il nous faut protéger à tout prix.

La reine baissa le ton et céda sa place à Pete-Protéines qui, à son tour, monta sur l'escabeau :

— La nuit passée, monsieur McNeil, ici présent, s'est fait voler le réservoir de propane de son barbecue. Pour ceux qui ne le savent pas, monsieur McNeil habite juste ici, derrière chez moi. Il n'a rien vu, rien entendu, le veilleur de nuit non plus, apparemment, mais monsieur McNeil a constaté à son réveil que l'équipement avait disparu.

Les voisins échangèrent des regards consternés, des murmures de désapprobation. L'électricité partant et venant sans avertissement, le propane des barbecues était devenu la seule manière fiable de faire chauffer les aliments. En avoir était compliqué, les réserves dans les CDA étaient déjà pratiquement écoulées. Si on s'exposait en plus à des vols… Caroline fut désolée pour ce pauvre monsieur McNeil. Elle nota qu'il faudrait enchaîner, dès ce soir, leur propre bombonne. Monsieur muscle continua son exposé :

— D'autres rôdeurs ont aussi été aperçus ces derniers temps, comme vous le savez, et c'est pourquoi nous pensons qu'il faudra doubler la garde au potager pendant la nuit.

Cette fois, des exclamations se firent entendre.

— Je sais que c'est exigeant, ce que je vous demande, mais dites-vous que nous allons tous en profiter. Savez-vous combien se vend une bombonne de propane sur le marché noir présentement ? Une fortune, croyez-moi. Vous avez de l'or qui dort sur vos balcons et nous en aurons aussi dans ce périmètre lorsque tous ces beaux légumes seront mûrs. Vous voulez tous la sécurité de vos biens, vous désirez la tranquillité d'esprit, j'en suis certain, et c'est la seule façon d'y arriver. À partir de ce soir, donc, on suivra un nouvel horaire de garde. Aussi, tandis qu'il est question de nouvelles mesures de sécurité, vous avez sans doute remarqué qu'au CDA auquel nous devons maintenant nous rendre, il y a des gardes de sécurité qui détectent, à distance, notre température corporelle avec un appareil électronique. Eh bien, j'ai réussi à me procurer un de ces appareils et, désormais, nous allons vérifier la température de tous ceux qui entreront dans le potager. C'est le veilleur qui s'en occupera, alors assurez-vous de vous y plier de bonne grâce, pour le bien de tout le monde. L'adoption de cette mesure fait suite à certains commentaires qui nous ont été formulés, après que la famille Péloquin est tombée malade et qu'on a été obligés de laisser leur partie de potager en friche pendant un bout de temps, afin d'éviter toutes possibilités de contamination. C'est contraignant, je comprends, mais je sais que tout le monde ici désire rester en santé et c'est ce qui compte, finalement, n'est-ce pas ?

Certains hochèrent la tête, la plupart, en fait. Même Caroline. Elle n'était pas certaine de la pertinence d'une double garde au potager, mais pour la vérification de la température corporelle, elle ne pouvait nier que cela pouvait éviter des événements tragiques.

Pete-Protéines nomma ceux qui allaient monter la garde pendant la semaine selon les nouvelles attributions. Il y eut un peu de grogne, mais pas trop. Heureusement que Samuel n'était pas là. La Reine-Grano remonta ensuite sur l'escabeau pour renchérir sur l'importance de protéger le bien collectif. Caroline décrocha, elle en avait suffisamment entendu. Elle s'apprêtait à retourner à la maison lorsque Diane, appelant à la prière, fit agenouiller les gens devant elle. Interdite, Caroline observa ses voisins obtempérer, un à un, fermer les yeux, joindre les mains et les lever dans les airs. Même Cate et Trevor plièrent les genoux docilement et, voyant qu'elle hésitait, invitèrent Caroline à faire de même d'un geste de la main. Elle refusa net et resta debout, au milieu de cette petite foule ployée. Comme elle, Ruberth résista, de son côté du cercle de rassemblement, et deux autres voisins décidèrent de partir. Caroline, malgré son inconfort, se résolut à rester. Elle voulait voir jusqu'où ça irait. Elle affronta un moment l'œil insistant de la Reine-Grano, qui ne comprenait pas qu'on lui résiste, puis elle assista à cette prière, interminable en remerciements à la Force suprême, en demandes de protection, en louanges de toutes sortes et au cours de laquelle

Ruberth et elle échangèrent quantité de regards effarés. Le potager, c'était bien, mais ce truc, vraiment, ça clochait, ça dérapait.

Quand tout fut terminé, Caroline ne resta pas pour subir le jugement de ceux qui s'étaient agenouillés et qui se demandaient pourquoi elle ne l'avait pas fait. Elle emporta avec elle son propre jugement à l'égard de ses semblables, si prompts à se prosterner, et se dirigea vers sa demeure, d'où lui parvenaient les cris et les rires de ses garçons. *Heureusement*, pensa-t-elle, *cette fois, ils n'ont pas assisté à cette gênante séance d'alléluias.*

Comme elle s'apprêtait à franchir la palissade, elle aperçut Farid qui sortait des limites de son terrain avec un air pressé et vulnérable qu'elle reconnut immédiatement. Elle se précipita vers lui pour lui offrir son soutien :

— C'est le bébé, n'est-ce pas ?

— Oui, Wahida a des contractions depuis plusieurs heures. On ne peut pas rejoindre la sage-femme, le téléphone ne fonctionne pas.

— Je pense avoir encore un peu de batterie sur le mien. Vous voulez que j'essaie de l'appeler ?

— Oui, enfin, non, ce ne sera pas nécessaire, merci.

— Est-ce que je peux faire autre ch…

À sa grande surprise, Farid ne lui laissa même pas le temps de terminer sa phrase. Il se détourna pour poursuivre sa route jusqu'au centre du potager, où il rejoignit Diane et lui murmura quelques mots à l'oreille. Oui, pas de doute, il avait bel et bien transgressé la règle des deux mètres. Incroyable ! Encore pire, la Reine-Grano lui emboîta immédiatement le pas et ils repassèrent tous les deux devant Caroline, qui, estomaquée, les regarda s'engouffrer dans la maison de Farid. *Est-ce que je rêve ou elle m'a filé un petit sourire narquois avant d'entrer, celle-là ? Non, non, quand même pas…*

Blessée dans son orgueil, Caroline se retrancha dans ses terres. *Qu'est-ce que c'est que cette idée ? Elle n'a même pas eu d'enfant ! Sait-elle seulement comment ça fonctionne ? Elle a déjà vu un accouchement*

de poney sur Discovery Channel et elle s'est, depuis, proclamée spécialiste ?
Non, mais vraiment !

Comment Farid et Wahida pouvaient-ils lui faire confiance à ce point ? Et pourquoi ne lui faisaient-ils pas confiance, à elle ? C'était purement et simplement incompréhensible.

Tout le reste de la journée, Caroline fut plongée dans ses réflexions, à essayer de comprendre le pourquoi et le comment, à guetter par la fenêtre si elle ne verrait pas Diane sortir de chez Farid et Wahida. Pas de chance. Vers midi, la pluie s'installa et tomba dru pendant de longues heures. La surveillante au potager portait un imperméable bleu et circulait lentement entre les rangées d'oignons. Derrière elle, impertinente, suivait une petite bête blanche à la queue dressée que Caroline reconnut sans peine. Gaïa et la surveillante étaient aussi mouillées l'une que l'autre, mais la chatte avait l'air nettement plus énergique que la femme, qui courbait le dos jusqu'à adopter la silhouette d'un saule pleureur. Caroline enchaîna avec une triste pensée pour Hadès... Il y avait un long moment qu'on ne l'avait pas vu dans les parages.

Pendant la sieste de bébé Jo, Caroline s'installa à la table avec Thomas pour faire de la peinture. Assise juste au bon endroit pour pouvoir surveiller le départ de la Reine-Grano, elle distribua de petites quantités de gouache colorée dans une assiette d'aluminium et donna un pinceau à son fils. Comme Thomas n'avait pas la fibre artistique très développée, Caroline commença elle-même à barbouiller une feuille blanche, qui se gondola automatiquement au contact du médium mouillé. En silence, la mère et le fils travaillèrent pendant quelques minutes puis Caroline leva les yeux sur l'œuvre de Thomas. Elle fut surprise d'y découvrir quelque chose de vaguement reconnaissable, comme des silhouettes, plusieurs silhouettes. Thomas l'avait habituée aux exécutions abstraites, car ce qu'il aimait de la peinture, c'était le mouvement du pinceau et le mélange des couleurs. Cette fois, cependant, il avait visiblement cherché à représenter quelque chose. Caroline l'interrogea doucement lorsqu'il eut terminé :

— C'est grand-papa, grand-maman, ici, c'est papy, mamy. Ça, c'est tante Jennifer, avec oncle François et mon cousin, ça, c'est madame

Évelyne, mon éducatrice, et ici, c'est tous mes amis de la garderie. Ici, c'est Hadès. Là, c'est Gaïa.

Thomas avait dessiné tous ceux qu'il connaissait et qu'il n'avait pas vus depuis longtemps. Caroline, émue, le questionna à propos d'une silhouette qu'il n'avait pas encore identifiée.

— Ben, maman ! C'est moi ! On joue tous ensemble, tu vois pas ? Ah oui ! C'est vrai, j'ai oublié de faire un rond autour pour dire qu'on est ensemble, c'est pour ça.

Thomas trempa son pinceau bon marché dans la gouache noire et fit un cercle épais près du cadre de sa feuille, de façon à englober tous ses personnages. En vert, il les lia ensuite avec de gros traits, en expliquant qui jouait avec qui, exactement. Une fois parvenu au bout de son raisonnement, il offrit son œuvre à Caroline, qui le remercia chaleureusement. Elle fut déçue de constater que tous les personnages avaient été engloutis sous une épaisse couche vert et noir, mais se garda bien de le dire. Flatté par l'optimisme de sa mère, Thomas grimpa sur elle pour lui réclamer un câlin. Caroline en profita pour le serrer très fort et longtemps. À mesure que son fils grandissait, ces moments se faisaient plus rares. Ça lui manquait. Elle l'aimait tellement, ce grand garçon ! Lorsqu'il décréta qu'il en avait assez, Thomas se recula et, ses yeux bruns rivés sur ceux de sa mère, il lui demanda :

— Quand est-ce qu'on va pouvoir aller les voir ?

— Qui ?

— Ceux qui sont sur mon dessin.

— Hum... Il y en a qui sont morts, sur ton dessin. Tu sais qu'eux, on ne pourra plus les voir, jamais.

— Je sais. Mais les autres ? On va les voir quand ?

— Dans longtemps, malheureusement. Il faut attendre que la maladie soit finie.

— Elle va être finie quand ?

— Je ne sais pas, mon chéri. Bientôt, j'espère, mais je ne pense pas. Il va falloir être patient.

— Je suis déjà patient !

— Oui, je sais. Mais tu t'ennuies, c'est ça ?

— Oui.

— Moi aussi, je m'ennuie. On va continuer d'attendre tous ensemble, avec papa et Joseph. Ça va être moins difficile si on attend tous ensemble.

Pendant un instant, Thomas baissa les yeux et demeura silencieux. Avec un pincement au cœur, Caroline se demanda s'il allait pleurer, auquel cas elle succomberait aussi, pour sûr. Lorsqu'il leva le menton, pourtant, il avait retrouvé le sourire et il se mit à lui parler d'un épisode de *Dora l'exploratrice* qui l'avait particulièrement fait rire. Caroline ne partagea pas tout à fait son hilarité, mais l'écouta raconter son histoire jusqu'au bout, juste pour avoir le plaisir de le contempler. Quand il s'animait de la sorte, Thomas avait une étincelle au fond du regard. Sa bouche mince s'ouvrait dans un sourire adorable pour laisser paraître deux rangées de petites dents blanches et carrées parfaitement alignées. Une fossette apparaissait sur sa joue droite lorsqu'il s'enthousiasmait ainsi et ses mains encore potelées s'agitaient pour mettre de l'emphase sur chacune de ses paroles. S'il avait été fait de pâte d'amande, Caroline l'aurait avalé tout rond.

Comme chaque fois qu'il pleuvait, Caroline dut monter réveiller Joseph en fin d'après-midi. La basse pression et le bruit des gouttelettes sur le toit avaient pour effet de prolonger sa sieste plus longtemps qu'à l'accoutumée. Lorsqu'elle redescendit avec son gaillard encore tout endormi, lourdement incliné sur son épaule, elle se demanda si Samuel allait revenir tard ce soir-là. Elle eut alors une révélation : c'était à cause de lui que Farid ne lui avait pas demandé de venir aider sa femme. Parce qu'il travaillait à l'extérieur, parce qu'il était une porte d'entrée potentielle pour la maladie. Pourquoi n'y avait-elle pas pensé avant ?

D'ailleurs, songea-t-elle en préparant une collation pour ses enfants, ce n'était pas la première fois qu'on lui reprochait le goût du risque de son mari. Elle avait tout entendu au potager, de la part de voisins, et de voisines surtout, qu'elle connaissait à peine : « Vraiment ? Il travaille tous les jours ? », ou « J'espère pour vous, et pour nous, qu'il travaille seul dans un bureau fermé », ou alors « Vous n'avez pas peur ? » La meilleure était celle que lui avait envoyée une vieille femme, depuis son rang de radis. Ses paroles avaient traversé tout le potager jusqu'à elle pour venir lui fendre le cœur : « Excusez-moi, mais ça frise l'inconscience, votre affaire. Moi, si j'avais deux beaux enfants comme les vôtres, il n'y a rien que je ne ferais pas pour les protéger. Vous devriez lui dire, à votre mari, qu'il risque vos vies à s'exposer comme ça. »

On ne pouvait pas dire qu'elle n'avait pas essayé. Encore la veille, elle était revenue sur le sujet, au grand mécontentement de Samuel. Il ne l'avait pas écoutée longtemps, cette fois. Il s'était levé d'un bond pour ouvrir le robinet de la cuisine au maximum.

— Qu'est-ce que tu fais ? avait-elle demandé, furieuse, elle aussi.

— Je te montre. Ça coule, parce que je travaille chaque jour.

D'un coup rapide de la main, il avait fait tourner la poignée dans l'autre sens, puis avait continué :

— Et là, tu vois, ça ne coule plus. Si j'arrête de travailler, c'est ça qui arrivera. Tu comprends ? C'est simple comme un plus un. Depuis la panne du 11 juillet, c'est le chaos à l'usine. Il n'y a plus personne pour prendre le procédé en charge, personne à part moi. Tu veux qu'on continue à avoir de l'eau ? Alors, il faut me laisser tranquille avec ça, Caro, merde !

Sam n'y était pas allé de main morte. Il s'était montré presque insultant. Il s'était excusé ensuite, bien sûr, mais Caroline était sortie de cette conversation blessée. Décidément, la crise mettait leur couple à rude épreuve.

La journée fila, selon son habitude, et comme pour lui donner encore plus de raisons de s'inquiéter, Samuel rentra tard ce soir-là. Trempé de la tête aux pieds, il lui annonça qu'il devrait faire des heures supplémentaires dans les prochains jours.

Caroline se garda de répondre.

Lorsque les enfants furent couchés, Caroline lui raconta sa journée, insistant sur les épisodes « prière » et « bébé ». Comme prévu, Samuel exprima clairement son mécontentement lorsqu'il apprit que son tour de garde allait revenir deux fois plus rapidement, mais fut d'accord pour sortir attacher la bombonne de propane avec une chaîne et un cadenas. Lorsqu'il revint à l'intérieur, le couple monta se coucher. Avec l'électricité qui faisait défaut, ils avaient adopté le rythme du soleil, se couchant et se levant avec lui, comme les cultivateurs, jadis.

Alors que Caroline se mettait au lit, elle aperçut par la fenêtre une étrange procession. Celle qu'elle avait guettée sans relâche jusqu'au souper mettait enfin son nez dehors, suivie de Farid et de Wahida qui, marchant lentement dans la boue du potager, tenait bien serré contre elle un petit paquet tout saucissonné. Le cœur de Caroline ne fit qu'un tour. Que faisaient-ils dehors ? Le bébé était-il mort ? Sa mère, penchée sur lui, semblait pleurer. Et Diane, qui avait allumé un feu au milieu du potager… que s'apprêtait-elle à faire ?

Paniquée, Caroline dévala les marches quatre à quatre et se précipita à l'extérieur. Dans le but de quoi, exactement ? Elle l'ignorait, mais de toute évidence elle se sentait le devoir de s'y rendre. Une fois sur son balcon, plongée dans la noirceur et la fraîcheur de la nuit, elle entendit des pleurs caractéristiques qui la freinèrent dans son élan. Des pleurs de nouveau-né. On ne pouvait pas se tromper. Il était bien en vie, ce bébé.

Émue d'entendre ce son formidable qui lui rappela instantanément la naissance de ses deux garçons, elle observa le couple de nouveaux parents, pressés l'un contre l'autre à la lueur du feu, obnubilés par ce nouveau venu qui occupait toute leur attention. Leur faisant face, la Reine-Grano était agenouillée et marmonnait des paroles incompréhensibles pour Caroline qui se tenait trop loin. Tout à son observation, Caroline n'avait pas entendu Samuel s'approcher derrière elle. Aussi, elle sursauta lorsqu'il s'exclama :

— Qu'est-ce qu'elle fout, cette sorcière ? Elle lui met de la terre entre les orteils ? Il a quelques heures à peine, ce bébé, et il faut qu'elle lui impose un petit rituel. Méchante folle !

— Et là, elle fait quoi, tu penses ?

— On dirait que… attends… Non! Elle le baptise à l'eau de pluie. On aura tout vu!

— Regarde, elle le prend pour l'offrir aux nuages. Ou à la lune?

— Ouais, c'est sûrement ça. Je n'en reviens pas que Farid et Wahida la laissent faire ça. Je les pensais autrement religieux, moi… faut croire que je m'étais trompé!

— L'entends-tu pleurer, le petit? Ça ne te rappelle pas des souvenirs?

— Oui, ça me rappelle les nuits à ne pas dormir.

Caroline envoya un coup de coude dans les côtes de son mari. Il était de mauvaise foi parce qu'il craignait que Caroline lui demande d'en fabriquer un autre. Il n'en était pourtant pas question, pas en ces temps incertains. Elle avait un peu la nostalgie, tout simplement. Pendant que Samuel regagnait sa chambre en feignant l'indifférence, Caroline resta seule, dans le noir, à observer la nouvelle famille réunie autour du feu. C'était un moment magique, un privilège d'assister à cela: l'arrivée d'une nouvelle vie. Parcourue de frissons, Caroline appela la bonne fortune sur cet enfant miniature, un peu comme venait sûrement de le faire la Reine-Grano, mais sans la terre, les incantations ou l'eau de pluie. Juste du fond de son cœur, elle lui souhaita, ainsi qu'à ses parents, tout le bonheur possible. Et la santé, plus que tout.

Chapitre 12

À l'époque où l'on assiégeait les villes fortifiées en Europe, toute matière était bonne à lancer entre (et sur) les murs de la ville pour la faire capituler. On projetait donc des pierres destinées à affaiblir les fortifications, mais aussi, parfois, des cadavres d'animaux ou d'humains malades destinés à contaminer ceux qui s'entêtaient à demeurer sur place.

Les Européens ont utilisé le même genre de stratégie pour décimer les populations amérindiennes en leur offrant des couvertures contaminées à la petite vérole, une maladie qui leur était souvent fatale.

24 août

Samuel avait enfin trouvé de quoi plaire aux garçons. Les petits, qui s'ennuyaient, réclamaient depuis longtemps des arrosoirs comme les grands et leur père avait décidé de leur en fabriquer chacun un, avec des cartons à lait. Thomas avait fait la moue, au début, grognant contre le fait que ça ne faisait pas de petite pluie, comme l'arrosoir de maman, et que lui, c'est ce qu'il aimait, la petite pluie. Heureusement, il était vite passé à autre chose en voyant que son petit frère, lui, s'accommodait à merveille de son nouveau jouet, petite pluie ou pas.

C'était un soir de fin d'été plutôt frais qui sentait presque le mois de septembre. Caroline nota que les grillons stridulaient. En temps normal, cela lui aurait procuré un petit frisson aigre-doux, lui rappelant que la rentrée se profilait à l'horizon, que les vacances seraient bientôt terminées. Évidemment, ce ne serait pas le cas cette année. Les vacances, cette fois, étaient interminables, si longues qu'on n'en voulait plus. Elle regarda Thomas qui s'amusait à vider le contenu de son arrosoir au pied des plants de haricots et elle eut un pincement. Il ne ferait pas sa rentrée cet automne. Quel dommage! Tout ce qu'il allait manquer! Tout ce qu'ils allaient manquer, lui et les autres petits bouts de sa génération. Ce serait certainement une perte pour toute la société. *Et dire qu'on était inquiets, avant, quand les universitaires faisaient la grève quelques semaines… «Oh, mon Dieu! Ils vont perdre leur session!» entendait-on à gauche et à droite. Ouais, ouais…* big deal*!* C'était de la petite bière, quand on y repensait. Perdre une, deux, peut-être même trois années du primaire ou du secondaire, ça, c'était une vraie plaie. Un casse-tête. Ce retard accumulé… comment le rattraper? Pour sa part, comme elle avait la chance d'être apte à le faire, contrairement à bien d'autres, Caroline prévoyait instruire son fils à la maison, lui montrer à lire, à écrire, à compter, puisqu'elle-même ne retournerait pas en classe ce semestre. Y retournerait-elle un jour ? Une fois l'épidémie terminée, resterait-il suffisamment d'étudiants pour justifier sa présence devant un groupe ? Elle se souvint avec tristesse de cet exemple, percutant, cette statistique qu'elle donnait à ses étudiants lorsqu'elle leur présentait les conséquences de la peste noire au XIVe siècle : une dizaine, à peine. Une petite dizaine d'étudiants. C'est tout ce qui serait resté de sa classe si elle avait été exposée à cette fameuse épidémie. En entendant cela, les étudiants avaient les yeux ronds, mais ils ne se sentaient pas concernés : la peste noire était chose du passé, non ?

Vlan dans les dents, chers étudiants ! Le passé n'est pas si loin, finalement, nos médecins, pas meilleurs que ceux de Philippe de Valois ou de Jean le Bon, tous aussi impuissants devant la maladie. L'épidémie actuelle n'a rien à envier à son ancêtre médiévale. Mondiale, foudroyante et tout aussi intraitable malgré la technologie dont on dispose. Pathétique. Il va falloir que je retravaille mon PowerPoint pour l'actualiser, en tout cas. Si j'enseigne à nouveau un jour.

Ne plus enseigner était une perspective qui attristait Caroline au plus haut point, mais pas autant que lorsqu'elle s'imaginait ne plus travailler du tout. Dans ses fantaisies futuristes, Caroline se disait qu'elle allait vendre des chaussures ou servir des pommes de terre en purée plutôt que de ne rien faire. Elle devrait remettre sur les rails ses capacités sociales. Rester seule à la maison, comme elle le faisait présentement, ce n'était pas comme ça qu'elle voulait sa vie. Avec les garçons, pour l'instant, ça allait, car ils avaient de quoi l'occuper, quoique gérer des enfants ne stimulait pas toutes les parties de son cerveau, qu'elle souhaitait voir s'activer. En conséquence, son côté intellectuel, réflexif et analytique, laissé pour compte depuis son départ du collège, était toujours en train de se porter volontaire pour s'exhiber, il levait constamment la main, à l'intérieur, criait « Moi ! moi ! », comme un gamin mal élevé, mais Caroline faisait la sourde oreille chaque fois, le renvoyait s'asseoir au fond de la rangée d'une taloche derrière la tête. Qui voulait entendre parler de tous ces parallèles historiques qu'elle dressait entre son existence et celle de ses ancêtres lointains? Personne. C'était sa petite folie à elle, sa façon de rester elle-même malgré la crise, son jardin secret.

Son jardin réel, lui, avait fini par être correctement arrosé. Les cartons de lait recyclés étaient d'une efficacité redoutable, finalement. Merci à Samuel et à son idée géniale.

Pendant que son mari rentrait avec les garçons, Caroline s'attarda un peu. Savourant le calme de l'endroit, elle contempla le potager pendant un court instant. Non, mais quelle merveille! Le quadrilatère foisonnait à présent de verdures d'un bout à l'autre. Les queues d'oignons pointées, le vert profond des plants de pommes de terre, celui, plus criard, des touffes de laitue, les veines pourpres sur les feuilles des betteraves, les ombrelles rêches mais immenses des plants de zucchinis, les branches tordues et suédées des plants de tomates où perlaient déjà bon nombre de fruits, tout ça formait un ensemble qui s'ordonnait de splendide façon grâce aux rangées et aux îlots disposés avec une précision géométrique. On avait beau dire, la Reine-Grano avait assuré sur ce coup. Pas de doute possible. Et Pete-Protéines aussi, il fallait l'admettre. Sa clôture n'avait pas réussi à empêcher les chats et les limaces de venir faire leur tour, mais elle avait constitué une barrière efficace contre les déchets charriés par le vent, qui, partout ailleurs, jonchaient le sol d'une bien triste façon.

— On a de la chance, pas vrai? dit Ruberth, en se redressant, les mains remplies des mauvaises herbes qu'il venait d'arracher entre les plants de romarin.

— C'est vrai. Mon petit potager à moi, de l'autre côté, n'est pas aussi beau. La terre est meilleure ici. C'est magnifique.

— Et les récoltes? Ça va? Vous en avez assez pour la famille?

— Assez, c'est vite dit. On en prendrait plus, c'est certain! Mais on est dans le plus beau de la saison et on en profite. Et vous? Réussissez-vous à avoir des nouvelles de votre femme?

— C'est difficile. Depuis la tempête, avec l'électricité qui vient parfois, mais qui part surtout, il faut recharger le cellulaire aussitôt qu'on en a la chance, et lorsque c'est fait, il faut prier pour qu'il y ait du réseau.

— Oui, c'est la même histoire chez nous. Je sais ce que c'est. Et alors, vous lui avez parlé quand, la dernière fois, à Theresa?

— Mercredi dernier. Elle semblait fatiguée. C'était son jour de congé. Elle m'a dit qu'ils avaient dû ouvrir un nouvel étage pour accueillir les malades, qu'ils arrivent toujours de plus en plus nombreux. Elle dit qu'en ville, on n'appelle plus cette tour «le dispensaire», comme avant, mais «le mouroir». C'est tout dire.

— C'est affreux! Ça ne semble pas ralentir, alors?

— Non. Et il y a de nouveaux cas, du jamais vu depuis le début de la crise, selon elle. Ce serait des femmes, surtout, qui auraient été infectées par des rescapés de la maladie, ces hommes que l'on croyait guéris, mais qui finalement peuvent continuer de transmettre le virus par leur sperme, plusieurs mois après la fin de leur convalescence. Un virus légèrement différent, qui a subi une mutation et qui, malheureusement, est plus létal et plus résistant au nouveau vaccin actuellement à l'essai aux États-Unis. Si c'est vrai, c'est un recul. Terrible. Et la nouvelle ne circule pratiquement pas, alors que tout le monde devrait être au courant.

Caroline écoutait Ruberth avec consternation. Décidément, elle avait eu raison de croire qu'ils n'avaient pas encore atteint le fond du baril. Plus létal? Vraiment? Une vraie connerie. Autant se faire flamber la cervelle tout de suite. Si leur vie avait été un film, deux heures auparavant, Caroline aurait imaginé des tanks, des hélicoptères, des *snipers* et même quatre ou cinq superhéros en train de se battre vaillamment contre un monstre détruisant tout sur son passage. Maintenant, elle voyait le même monstre, mais avec plus de dents, plus de bras, crachant plus de feu et un enfant avec son pistolet à suces pour l'affronter, les effectifs de l'armée gisant tout autour de lui. *On n'est pas de taille. Il va nous avoir, tous, ce foutu virus!* Le cœur de Caroline se mit à cogner dans sa poitrine lorsqu'elle vit Gaïa se faufiler entre les plants de maïs. L'hypothèse Gaïa. C'était ça. S'il était encore en vie, ce vieux Lovelock devait être heureux de voir que sa théorie était en train de s'avérer. Pas de doute, la Terre était en train de se réguler, comme un corps humain malade cherchant à se guérir d'une quelconque infection. *Ce virus, toujours plus fort, c'est son système de défense ! Et ces millions de répliques qui nous attaquent, ce sont les anticorps de Gaïa, ses petits soldats dédiés à annihiler les organismes malsains que nous sommes, qui perturbent son équilibre fragile et nuisent à sa santé ! On croyait quoi, nous, pauvres humains imbus de notre dominance et pourtant si naïfs ? Pensait-on pouvoir agir encore longtemps de la même façon, impunément, sans que s'abattent de terribles conséquences ?*

La perduration inconsidérée de l'ère industrielle, avec ce qu'elle sous-tend d'utilisation abusive du pétrole, de production indécente de déchets, de surpopulation, de déforestation sans vergogne... Au pire, on s'imaginait peut-être s'éteindre doucement, sur des milliers d'années, en même temps qu'elle ? Au gré de la couche d'ozone qui s'amenuise, des glaciers qui fondent, des déserts qui s'étendent, du niveau de la mer qui s'élève, des espèces qui s'éteignent et des tempêtes tropicales de plus en plus destructrices ? Eh bien ! Gaïa a des nouvelles pour nous ! Le dénouement de l'histoire sera moins romantique que prévu : l'anthropocène s'achève, mes amis, puisque Gaïa se voit forcée d'y mettre un terme, question d'assurer sa propre survie.

So long, farewell, au revoir, auf Wiedersehen, goodbye ! chantaient les petits von Trapp, en écho, à l'intérieur de la boîte crânienne de Caroline, qui s'affolait devant le défilé de ses pensées.

Le rythme cardiaque emballé par cette idée effrayante, Caroline craignit alors la survenue d'une nouvelle crise, ce qui l'angoissa encore davantage. Ce n'était pas pour tout de suite, mais Caroline cherchait maintenant un moyen de prendre congé, question d'aller digérer, en solitaire, cette sombre révélation et respirer dans son sac brun. Il fallait rentrer au plus vite, mais Ruberth ne se sentait pas pressé. Avec son calme habituel, il scrutait le potager dans le crépuscule et semblait tout disposé à poursuivre la conversation :

— Allez-vous partir à la campagne, finalement ? demanda-t-il.

Après ce qu'elle venait d'apprendre, Caroline fut tentée de répondre par l'affirmative, et même de partir sur l'heure. Cependant, à la vérité, cette idée n'était pas dans les cartons, disons… familiaux. Un départ vers la campagne, chez sa sœur, même si elle avait osé en parler à Ruberth quelque temps auparavant, c'était un projet qui n'existait que dans ses rêves à elle. L'idéal avec un grand « I ». Et encore. La réalité la rattrapait toujours, car cette possibilité, sans voiture, était techniquement impensable, ce qu'elle clarifia à son voisin, qui répliqua aussitôt :

— Allez-y à bicyclette ! Tous les deux, avec la remorque et les enfants, vous en aurez pour quoi… trois jours ? Quatre ? C'est comme partir en pique-nique ou en camping !

— Oui, ça semble facile, présenté de cette façon. Mais vous savez que Sam ne veut pas laisser son travail. S'il le fait, c'est vous qui aurez des problèmes. Apparemment, il n'y a plus personne là-bas, à l'usine, pour traiter l'eau, personne de compétent, je veux dire.

— Dans ce cas, c'est vrai, vous devez rester. On ne peut pas faire comme si ce n'était pas important, l'eau potable. C'est pratiquement tout ce qui nous reste.

— C'est juste. Je vais rentrer, maintenant, Ruberth. Ç'a été un plaisir de parler avec vous.

— Vous allez bien ? Vous êtes pâle…

— Non, ça va, juste la fatigue, je crois.

— Alors, rentrez vous reposer. Et dites merci à votre mari de ma part. Et de la part de tous nos concitoyens, qui ne savent pas ce qu'ils lui doivent.

— D'accord. Bonsoir.

Caroline se hâta. Aussitôt le dos tourné, quelques pas exécutés en direction de chez elle, ce fut l'explosion. Son menton se mit à trembler, ses yeux se remplirent de larmes et son diaphragme se mit à s'agiter compulsivement, l'obligeant à inspirer à grandes goulées, trop rapidement, comme si elle manquait d'air.

Elle tenta de se calmer avant d'entrer dans la maison. Là-haut, Samuel devait aider les enfants à brosser leurs dents, les préparer à se mettre au lit. Depuis l'épisode de la crise au garage, le jour où la famille s'apprêtait à partir à la pêche, Thomas guettait sa mère. Il scrutait son visage, analysait ses moindres réactions, attentif. Lorsque, à tort ou à raison, il sentait Caroline se fragiliser, il s'approchait doucement d'elle et l'enlaçait de ses bras en la couvrant de baisers légers comme des plumes. Il lui disait alors de ne pas s'en faire, lui assurait d'une voix posée que tout allait bien et en profitait pour lui rappeler tout l'amour qu'il avait pour elle: «Je t'aime gros comme l'univers, maman. Et comme le soleil. Et comme la lune. Et comme toutes les étoiles. Ça, c'est vraiment beaucoup!» Bien sûr, ces paroles étaient du bonbon pour Caroline, qui ne se lassait pas de les entendre, mais la réalité derrière ces messages passionnés laissait un arrière-goût amer. Thomas était inquiet pour sa mère. Il essayait de l'apaiser, de la protéger, et Caroline s'en voulait terriblement de l'obliger à jouer ce rôle. Il venait tout juste d'avoir cinq ans! Ces préoccupations n'auraient pas dû être les siennes.

Caroline attendit donc, assise dans l'escalier, que la crise s'apaise. Parcourue de tremblements, de picotements aux mains et aux lèvres, elle avait formé un masque autour de sa bouche et de son nez à l'aide de ses deux mains réunies. Elle respirait dans cet habitacle en espérant que ce serait aussi efficace que son petit sac brun, mais la crise s'éternisait. L'air chaud stagnait entre ses mains jointes et les pensées viciées faisaient de même dans son esprit:

On va tous y passer. La maladie va finir par nous emporter, les uns après les autres. Ou peut-être même qu'on va mourir de faim... qui sait? Au point où on en est. Mon Dieu, si vous êtes là, quelque part, faites que nous vivions tous ou qu'ils meurent avant moi. Rendez-moi assez forte pour que je puisse m'occuper de mes trois hommes jusqu'au bout, que je sois là pour eux, à les réconforter, jusqu'au dernier instant. Après, je pourrai mourir. Je devrai mourir. Pas avant. Par pitié, pas avant. Je ne peux pas faire de mes enfants des orphelins. Je ne peux pas les abandonner comme Hadès et Gaïa. Impossible. Ils sont si petits. Vulnérables. Mes bébés... Je ne pourrai pas les laisser. Je ne pourrai pas. Je ne pourrai pas je ne pourrai pas je ne pourrai pas je ne pourrai pas je ne pourrai pas je ne pourrai pas!

— Hé! Tu es toujours là?

La nuit était tombée. Caroline sanglotait encore, seule, dans le noir. Samuel, inquiet, était sorti et l'avait trouvée gisant pitoyablement contre la rampe d'escalier. Elle faisait peine à voir. D'où il était, il n'apercevait pas son visage, mais cette posture qu'elle avait! Elle semblait plus petite, fragile, brisée. Pour peu, on l'aurait crue morte. Samuel l'entendit renifler. Il descendit et, s'asseyant aux côtés de sa femme, il l'entoura d'un bras protecteur et la tira vers lui. Lorsqu'elle posa sa tête au creux de son épaule et qu'elle se remit à pleurer de plus belle, il ne tenta pas de l'arrêter. Devant un chagrin aussi profond, il se sentait désarmé. Tant bien que mal, après plusieurs minutes, Caroline lui raconta sa conversation avec Ruberth et lui confia ses sombres réflexions sans retenue. Samuel tomba des nues en l'écoutant. Comment pouvait-elle en être rendue là? À demander au ciel d'emporter son mari et ses enfants avant elle? C'était horrible! Et pourtant… En entendant les mots de sa femme, Samuel prit conscience qu'au fond, ses inquiétudes étaient les mêmes. Exactement. Il les avait savamment enfouies sous les considérations quotidiennes auxquelles il préférait laisser toute la place, mais elles étaient bel et bien là et, ce soir, à cause de ou grâce à Caroline, elles refaisaient finalement surface. Samuel pleura donc aussi, incapable de faire autrement, assailli, lui aussi, par la peur de perdre les siens. Enlacés, à travers des sanglots d'impuissance face à cet avenir de plus en plus incertain qui se dressait devant eux, ils réitérèrent leur vœu de préserver la santé de leur famille et se redirent tout l'amour qu'ils éprouvaient l'un envers l'autre.

— On est une équipe, Caro. On va passer au travers, ensemble. L'usine, c'est important, mais vous êtes ma priorité, les garçons et toi. Il n'y a pas de doute là-dessus dans mon esprit. Je vais voir si je ne pourrais pas trouver quelqu'un à former à l'usine pour prendre ma place. On verra ensuite. Peut-être qu'on pourrait y aller, chez ta sœur.

Caroline se frotta les yeux. Avait-elle la berlue? Tout le mucus qu'elle sécrétait depuis une heure venait assurément de lui monter aux oreilles, car elle venait d'avoir une hallucination auditive. Avait-il vraiment dit ça? Elle n'eut pas besoin de le lui faire répéter, car il poursuivit sur sa lancée :

— À l'automne, ça serait envisageable, si rien ne s'améliore. On va essayer de trouver de l'essence pour la voiture d'ici là. Et je resterai disponible pour répondre aux appels et faire la gestion à distance avec mon logiciel, comme ça je continuerai de recevoir un salaire.

— Internet ne fonctionne pas.

— C'est à cause de la panne électrique, mais je ne peux pas croire que ça ne va pas être rétabli en octobre ou en novembre !

— Merci, chéri. Merci.

Caroline redevint émotive un moment. C'était un tel soulagement ! Ils iraient enfin se réfugier là où la maladie avait peu de chances de les atteindre. Et elle reverrait les siens ! Quel bonheur !

Samuel l'entraîna à l'intérieur. Dans la chaleur de la cuisine et l'odeur des pains aux zucchinis que Caroline avait réussi à faire au cours de l'après-midi, ils continuèrent de s'étreindre, comme s'ils redoutaient de se laisser. Les corps se réconfortant l'un l'autre, leurs mains se perdirent naturellement en caresses intimes qui n'allaient pas en rester là. Leurs vêtements jonchèrent bientôt le sol et leurs bouches restaient soudées. Caroline ne se souvenait plus de la dernière fois qu'elle et son mari s'étaient embrassés avec autant de fougue, mais elle sentait qu'il ne pouvait en être autrement. Ce soir, ils se désiraient d'une toute nouvelle façon, chose surprenante après tant d'années de vie commune. Alors que l'envie se faisait insoutenable, Samuel prit sa femme debout, à même le comptoir, comme un mets pour emporter. Ce n'était pas du *fast-food*, mais bien du *fast-love*, du *fast-fuck*, comme si tout devait se passer rapidement, comme s'il y avait urgence dans le besoin à combler. L'esprit craignait la mort et la chair voulait vivre sans tarder.

Chapitre 13

La guerre des farines. 1775, en France.

Le prix du blé s'élève en raison de mauvaises récoltes.
Le pain se fait cher, trop cher. La population affamée
se révolte. Violences, pillages, la foule est prête à tout
pour se voir donner accès aux denrées de base.

24-25 août

En finissant de se brosser les dents, Caroline se trouva plongée dans le noir. Samuel était déjà au lit et elle alla le rejoindre à tâtons. Comme une habitante de Pyongyang, elle était maintenant habituée à ces pertes de courant sporadiques, mais elle ne se doutait pas que cette fois, l'interruption allait se prolonger bien au-delà de ce qu'elle avait connu jusqu'à maintenant. Ouvrant le tiroir de sa table de chevet, elle en tira une lampe de poche, qu'elle déposa à ses côtés, au cas où elle aurait à se lever, pendant la nuit, pour les garçons.

Bien sûr, Samuel ronflait déjà. Elle-même ne tarda pas à en faire autant, totalement épuisée par les émotions de la soirée. Son sommeil s'agita pourtant de mille inconforts. Elle oscillait désagréablement entre l'inconscience sans rêves et les réveils brutaux, changeait de position puis retombait dans une léthargie qui n'était pas suffisamment réparatrice. Probablement maintenue dans cet état cérébral par l'excitation de savoir qu'ils allaient enfin partir, elle fut la première à entendre les coups de sifflet et des voix en provenance de l'extérieur.

Lorsqu'elle reconnut le signal d'alarme des veilleurs de nuit du potager, son sang se glaça. Instinctivement, elle poussa Samuel pour qu'il ouvre l'œil. Dehors, le sifflet se faisait persistant, et les éclats de voix menaçants qui l'accompagnaient laissaient croire que ce raffut nocturne n'avait rien d'une fausse alerte.

— Sam! Il se passe quelque chose dehors!

L'urgence dans le ton de Caroline précipita le réveil de Samuel. D'un bond, il se retrouva au bord de la fenêtre. Instantanément, il fut interpellé par ce qu'il y vit:

— Merde! C'est qui ça? C'était qui les veilleurs ce soir?

— Je ne sais pas... Peut-être Ruberth? Il est resté tard au potager.

— Bon, en tout cas, il a de la compagnie. Merde! Merde! Il y en a un qui vient d'enlever le sifflet à l'autre veilleur. Ça va barder!

— C'est qui? Qui est dans le potager avec les veilleurs?

— Je ne sais pas. Je descends.

— Quoi???

Caroline se précipita à la suite de son mari, qui avait fait le tour du lit pour s'emparer de la lampe de poche et qui filait maintenant vers l'escalier vêtu de son seul *boxer*. Au moment où elle arriva en bas derrière lui, elle le vit ouvrir la garde-robe d'entrée et en sortir un bâton de golf. Le gros, celui pour *driver* jusqu'à Las Vegas, comme il avait l'habitude de dire lorsqu'il s'apprêtait à s'en servir à bon escient. Ses vieilles godasses aux pieds, bâton en main, il se rua alors vers la porte-patio et, avant de la franchir, il tendit la lampe de poche à Caroline. Comme elle s'approchait pour la saisir et protester, lui dire de rester, il l'attrapa par le poignet et, en la fixant d'un regard qu'elle ne lui connaissait pas, il lui intima l'ordre de demeurer à l'intérieur et de verrouiller la porte derrière lui.

Apeurée et impuissante devant la détermination de son mari, Caroline obtempéra d'une main tremblante.

⁂

Les nuits sans électricité étaient d'une opacité déroutante les nuits où le ciel était couvert. Heureusement, ce soir-là, un croissant de lune éclairait les environs de sa lueur blafarde, et Samuel, en franchissant sans bruit les limites du potager, put avoir une vue d'ensemble de ce qui était en train de se passer.

Au centre du jardin, Ruberth était bien là, sur ses gardes, braquant sa lampe-torche sur deux intrus qui lui faisaient face et qui paraissaient armés de bâtons. À ses côtés, partiellement éclairée par le faisceau de lumière extrapuissant, une voisine, dont Samuel avait oublié le nom, brandissait la batte de baseball de façon bien peu convaincante, mais réussissait tout de même à tenir les inconnus à distance. D'une voix forte et mal assurée tout à la fois, elle criait: «Partez! Allez-vous-en! N'approchez pas!» Les hommes qui se tenaient devant elle l'entouraient d'une manière de plus en plus serrée et tentaient de la convaincre de déposer son bâton. Ruberth essayait tant bien que mal de la protéger, mais lui-même ne pouvait s'en approcher sans craindre de recevoir un coup. Pourquoi n'y avait-il personne pour leur venir en aide? Où se trouvait Pete-Protéines quand on avait besoin de ses gros bras? Comme Samuel s'apprêtait à foncer coûte que coûte, il vit trois autres silhouettes se profiler derrière Ruberth et sa brave coéquipière. Pendant un instant, Sam crut que les renforts arrivaient enfin, mais réalisa rapidement que c'était plutôt le contraire. En une fraction de seconde, un homme coucha la voisine au bâton par terre et deux autres se ruèrent sur Ruberth, qui ne fut pas de taille à leur résister.

Alors que Sam se décidait à foncer pour tirer ses voisins de ce mauvais pas, il aperçut sur sa gauche qu'on était en train de dévaliser le potager! Il y avait des ombres qui se mouvaient dans les feuillages, des murmures, des fantômes dans les allées. Tant pis. Il fallait aller au plus urgent. En s'époumonant comme un Écossais sous les ordres de William Wallace, il s'élança au centre du jardin, ayant très peu d'égards envers les plantes qu'il écrabouillait à chaque foulée. Se jetant par derrière sur les assaillants de Ruberth qui le rouaient sans ménagement, il asséna lui-même un certain nombre coups à ceux qui ne l'avaient pas vu venir. L'effet de surprise pendant lequel il eut l'avantage ne dura toutefois qu'un moment. Rapidement, les intrus furent sur lui. Sam, malgré tout, gardait son bâton bien en main, ne lâchait pas sa poigne, frappait, se faisait frapper en retour et gueulait aussitôt qu'il en avait la chance: «Lâchez-les! Laissez-nous tranquilles! Foutez le camp!!!»

Samuel ne s'était pas battu souvent au cours de sa vie. Une fois, au primaire, dans l'autobus, pour défendre un ami qui s'était fait insulter pour la millième fois par le même petit con. Une seconde fois, à la fin du secondaire, pour une histoire de fille qui n'en valait finalement pas la peine. Et une autre fois, à l'université, dans le bar du campus, pour se joindre à des copains qui avaient trop bu et qui s'étaient mis à se taper dessus sans qu'il en sache jamais la raison. Chaque fois, ça avait été bref et sans conséquence, ou presque. Les idiots avaient compris, lui était allé faire son tour chez le directeur pour se faire dire, *grosso modo*, de ne plus recommencer, merci, bonsoir. Mais cette nuit-là, le combat s'éternisait. Et plus le temps passait, plus Samuel frappait fort et n'importe où. *Idem* pour ses adversaires. Tout ce corps à corps devenait de plus en plus dangereux. Comme cette réflexion lui traversait l'esprit, il remarqua avec horreur un reflet métallique au creux de la main de son assaillant le plus rapproché. Un couteau ! Il n'allait tout de même pas se faire trouer la peau pour des foutus légumes !

L'homme cagoulé s'élançait déjà vers lui avec une intention qui ne laissait pas de place au doute. Samuel s'attendait au pire, mais prévoyait se vendre à fort prix lorsque, de la droite de l'inconnu, une ombre surgit et envoya valser le couteau d'un coup, au beau milieu des plants d'aubergines. Pete-Protéines. Il en avait mis du temps, celui-là ! Mais comme il venait peut-être de sauver la vie de Samuel, ce dernier n'allait pas lui tenir rigueur de son retard. Il remercia le baraqué, qui venait de prendre le relais d'un bref signe de la tête, puis il s'effondra au milieu des poivrons, haletant. Bénéficiant d'une seconde de répit, il observa le petit caporal en tentant de reprendre son souffle, et si l'heure n'avait pas été aussi grave, il aurait ri tellement cet homme, même en pleine bataille, frôlait la caricature. Le visage impavide, la mâchoire serrée derrière son masque, le t-shirt ajusté et les poils bien domptés, il avançait, déterminé, vers les ennemis et leur assénait des coups en exécutant parfois des techniques d'arts martiaux. Et contre toute attente, cet émule de Jean-Claude Van Damme atteignait ses objectifs ! Poses étudiées, élans mesurés, on se serait cru en plein tournage à Hollywood. S'était-il coiffé avant de descendre, ce petit vaniteux ?

Des Rambo *junior* comme lui, il en aurait fallu plusieurs. Samuel ne voyait pas comment pouvait se terminer cette escarmouche. Il semblait y avoir de l'agitation dans tous les racoins du potager, mais il était difficile de jauger l'ampleur de la menace dans cette noirceur. Clairement, certains intrus avaient battu en retraite, car la situation semblait plus calme. Mais allaient-ils revenir en surnombre ?

Survinrent alors des coups de feu. Deux. Bang ! Bang ! Retentissants, inattendus, terribles. Le cœur battant, Samuel, instinctivement, plongea plus près du sol et protégea sa tête entre ses mains. Qui avait tiré ? Avait-il été touché ? Serrant son bâton de golf entre ses mains meurtries, il attendit quelques secondes, puis risqua un coup d'œil au-dessus des plants de poivrons, prêt à déguerpir. Ça dérapait. L'arène maraîchère était soudainement devenue étrangement silencieuse. Une seconde plus tard, Samuel entendit une voix puissante s'élever dans l'encre de la nuit :

— Vous êtes sur un terrain privé, ici ! Laissez tomber ce que vous avez dans les mains et déguerpissez immédiatement. Ceci est votre seul et unique avertissement. Allez ! On se grouille ! Ramassez vos blessés, et qu'on ne vous revoie plus ici ! Plus vite que ça !

Il sembla à Samuel que les intrus prenaient la fuite. Il entendit des pas précipités, des cliquetis provenant de la clôture et des plaintes allant en faiblissant dans le dédale des rues avoisinantes.

Était-ce terminé ?

La lune dissimulée derrière un nuage, on n'y voyait maintenant plus rien. Samuel ne savait pas s'il était sage de se lever immédiatement. La personne armée avait beau avoir l'air de son côté, qui pouvait lui assurer que dans cette obscurité traîtresse, on ne le prendrait pas, lui, pour un intrus ? Et d'abord, qui était ce fou furieux avec une arme ? Bon, il fallait admettre que les détonations avaient mis fin à cette empoignade qui était franchement sur le point de dégénérer. Mais avait-on vraiment besoin de tirer sur les gens pour ça ? D'ailleurs, en venir à tuer quelqu'un, n'était-ce pas cela, la plus grande dégénérescence qui soit ? Et on se battait pour quoi, au fait ? Pour Sam, la réponse était claire : il avait brandi les poings et le bâton pour aider ses voisins, puis pour se défendre. Mais les autres, les intrus ? Ils étaient ici pour quoi ? Des légumes ? Vraiment ? Apparemment oui. On se battait pour des putains de légumes. On en était là.

De tout ce qui venait de se passer, rien n'étonnait autant Samuel que de constater que Pete-Protéines et la Reine-Grano avaient eu raison depuis le début. Les clôtures, les tours de garde, tout ça avait une véritable raison d'être, finalement. C'était comme un autre coup sur la gueule de s'en rendre compte d'aussi brutale façon.

Fourbu et incertain, Samuel demeura allongé dans l'allée, le nez au sol, respirant l'odeur moite de la terre et celle, chlorophyllée, des plantes écrabouillées. Égaré entre ses craintes et ses réflexions, il sursauta lorsqu'une voix l'interpella :

— C'est fini. Tu peux te lever.

C'était Pete-Protéines. Il lui tendait la main.

Pendant un instant, Samuel cligna des yeux, trop incrédule pour bouger une autre partie de son corps, puis, soutenu par le baraqué ganté, le père de famille se redressa, avec beaucoup plus de peine qu'il ne s'y attendait. Une fois debout, il grimaça. La douleur sourdait de partout. Quand Pete lui demanda s'il était blessé, il répondit non dans un automatisme mû par l'orgueil, mais la réponse aurait tout aussi bien pu être oui. À la vérité, il n'en savait rien. Il verrait ça plus tard, chez lui, dans la salle de bain, en effectuant doucement le décompte de ses morceaux à la lumière du jour qui allait bientôt se lever. En attendant, il fallait encore profiter de la noirceur pour une chose.

— Merci, Pete. Si tu n'étais pas arrivé…

Samuel ne termina pas sa phrase. Tout à coup, la pensée d'avoir échappé de justesse à la mort l'ébranla. Il était ému, sous le choc et quelque peu honteux de l'être.

— Pas de quoi. On ne pense pas pareil, toi et moi. Dans la vie de tous les jours, je veux dire. Mais on joue pour la même équipe. Pas vrai ? Tu aurais fait la même chose. En fait, tu as fait exactement la même chose, pour Ruberth.

— Où est-il ? Comment va-t-il ?

— Là-bas.

Pete pointa le centre du potager, où un attroupement s'était formé. S'y rendant en boitillant, Samuel découvrit Ruberth et sa coéquipière, amochés mais alertes, en train de recevoir des soins de la part d'une voisine qui semblait savoir comment s'y prendre. Près d'eux se tenait Diane, droite, fière, solennelle et tenant encore entre ses mains une longue carabine. D'un calme insolite, elle scrutait le périmètre du jardin de ses yeux de buse, à mesure qu'un autre voisin faisait lentement tourner le projecteur afin d'en éclairer tous les racoins. C'était donc elle ? Samuel avait peine à y croire. Après la Reine-Grano et la Grande-Gourou, voici qu'on découvrait la Chasseresse ! Ça promettait. Autour de lui, on affirmait qu'elle avait tiré en l'air, que personne n'avait été touché, mais aussi qu'elle avait pointé l'arme en direction des assaillants au moment où ils prenaient la fuite. Samuel n'était pas rassuré.

Ne se sentant ni la forme ni la prestance pour discuter avec ses voisins – il venait de se rappeler qu'il ne portait qu'un *boxer* –, il tourna les talons en se promettant de revenir prendre des nouvelles plus tard. Lorsqu'il y aurait du soleil et moins de mal partout à l'intérieur de son corps. Comme Samuel s'éloignait en clopinant, Ruberth l'interpella :

— Samuel ! Merci, mon gars ! Tu es arrivé au bon moment, on dirait.

— Si j'étais arrivé au bon moment, vous ne seriez pas en train de vous faire recoudre le sourcil.

— Tout de même. Tu étais là. Je suis en un morceau et Hélène aussi. Tu as fait ce qu'il fallait. Merci encore.

Profitant du *momentum*, une voix s'éleva dans l'assemblée pour remercier Diane d'avoir provoqué la déroute des voleurs de légumes. Quelques applaudissements d'approbation retentirent, mais contre toute attente, Ruberth y coupa court. Lui qui était habituellement si calme, si... diplomate avec tout le monde, avait maintenant le visage rouge et le regard furibond.

— Savez-vous au moins pourquoi vous applaudissez ?

Alors que personne, jamais, ne l'avait entendu monter le ton, la voix de Ruberth, à cet instant précis, portait loin dans le silence de la nuit. Sa colère était évidente et personne ne répondit à sa question. Samuel décida de rester une minute de plus afin de voir comment Ruberth allait renchérir.

— Vous applaudissez parce qu'elle a mis fin à la bataille? Vous l'applaudissez parce qu'elle a tiré en l'air? Parce qu'elle a eu la brillante idée d'apporter une arme ici, dans ce jardin? Parce que vous croyez qu'elle a su vous protéger? Si vous croyez tout ça, c'est que vous êtes des idiots.

— Monsieur Solis, je vous en prie!

Diane ne permettait pas que l'on offense ses supporteurs.

— Laissez-moi finir, coupa-t-il d'un ton déterminé mais non belliqueux en levant la main pour la faire taire. En s'affichant ainsi avec une arme, Diane a fait peur à ceux qui voulaient s'approprier notre bien, certes. Mais que vont-ils faire, croyez-vous, ces gens miséreux, une fois qu'ils auront regagné leurs logis? S'y terrer jusqu'à l'hiver? Non. Ils vont revenir. Ils vont élaborer des plans plus méticuleux, ils vont s'armer aussi pour nous faire face, parce que désormais, c'est ainsi qu'ils nous perçoivent, comme un groupe armé et prêt à tout pour se défendre. Et ils vont revenir parce que ce que nous possédons les intéresse toujours. Et nous, on fera quoi? On les laissera prendre, bien sûr, parce que nous ne serons pas de taille la prochaine fois, lorsqu'ils viendront, armés, devant nous. On les laissera prendre, mais nous n'aurons aucun contrôle sur ce qu'ils pourront faire et ne pas faire avec ces armes contre nous. Alors, à vous tous qui saluez ce soir l'immense courage de notre collègue, je dis: priez pour qu'elle soit là la prochaine fois. Sa vieille carabine est désormais notre seul salut, j'en ai bien peur. Et encore. Vous êtes prêts à tuer pour des légumes, vous?

— Il aurait fallu faire quoi, alors? Les laisser nous faire la peau?

Un homme dans la quarantaine s'était avancé pour lancer sa question. Il portait un pantalon de pyjama rayé, des pantoufles tricotées et une camisole tachée de gouttelettes de sang. De toute évidence, le discours de Ruberth ne l'avait pas impressionné.

— On aurait dû discuter. Dès le départ. C'est ce que je tentais de faire quand Hélène a sonné l'alarme. Ces gens ont faim. Ils n'avaient probablement pas plus envie de se battre que nous.

— Si vous désirez vous prendre pour Gandhi, libre à vous. Moi, je ne discute pas avec des voleurs et je n'ai pas l'intention de partager ces légumes pour lesquels on travaille depuis le printemps. D'autant moins que, parti comme c'est là, ils vont peut-être nous nourrir jusqu'à l'an prochain. Je connais un type qui collectionne les fusils, qui n'habite pas loin d'ici. Demain, ceux qui sont d'accord, vous viendrez avec moi et on verra si on peut lui en acheter. On ne va pas se laisser voler ou massacrer comme des lopettes !

Au grand désarroi de Rubeth, un assentiment général monta autour de lui en réponse à l'invitation de cet homme. L'escalade de violence qu'il pensait décrier dans son discours avait plutôt été saisie comme une balle au rebond. Visiblement, le pacifisme n'avait pas la cote, ce soir, dans le voisinage.

Pour une rare fois, Samuel ne savait trop que penser de tout cela. Physiquement indisposé, voyant plus d'étoiles autour de lui que Galilée dans sa lunette astronomique, il ne se sentait pas en mesure d'avoir une opinion sur quoi que ce soit, contrairement à son habitude et à d'autres qui avaient l'argumentaire étonnamment facile pour une soirée comme celle-là. *Ils sont sûrement arrivés après les coups de feu, ceux-là. Ils n'ont pas eu à se battre et ils ont encore de l'énergie pour ergoter, les lâches. Pour moi, par contre, ce sera tout.*

Péniblement, il traîna ses savates jusque chez lui.

Caroline l'attendait, le visage barbouillé de larmes, un mouchoir à la main, de l'autre côté de la porte-patio. Lorsqu'elle aperçut son mari derrière la vitre, son expression déjà misérable se décomposa. *Je dois faire peur à voir*, se dit Samuel, qui souhaitait s'étendre au plus vite et qui ne comprenait pas les gestes de sa femme devant lui. Tout en pleurant à chaudes larmes, elle lui indiquait le côté de la maison de son index.

— Passe par le garage, finit-elle par articuler, dans un filet de voix, soucieuse de ne pas réveiller ses garçons.

— Quoi ?

Samuel était stupéfait. Il venait de prendre (et de donner) la raclée de sa vie, avait peine à tenir debout, et il fallait en plus épargner le plancher, ou je ne sais trop, et passer par le garage ? Non… Ce n'est pas sérieux !

Pourtant, derrière le verre sur lequel les couleurs de l'aurore commençaient à se refléter, Caroline se montrait intraitable. Elle ne faisait aucun geste pouvant donner à penser qu'elle lèverait le petit doigt afin de retirer le loquet de la porte. Dans un nouveau grognement assorti de deux ou trois jurons bien sentis, Samuel descendit finalement du patio, puis se présenta devant la petite porte de garage à l'arrière de la maison, qui, peu de temps après, s'entrebâilla devant lui.

Caroline lui avait finalement ouvert. Elle portait maintenant son masque et ses gants de latex. Samuel voyait dans son regard qu'elle était soulagée de le voir rentrer à la maison, mais contre toute attente, elle s'écarta de lui lorsqu'il fit un pas en sa direction. Devant l'air déconfit de son mari, Caroline n'attendit pas plus longtemps pour expliquer son comportement :

— Tu es parti sans ton masque ! sanglota-t-elle, d'une voix où se mêlaient la désolation et le reproche. Je t'ai vu te battre avec ces gens… Ils ne portaient pas leurs masques eux non plus.

Comme il entendait ces paroles dures, mais incontestables, Samuel remarqua qu'un lit de fortune avait été aménagé dans un coin du garage. Sur une boîte retournée juste à côté, faisant office de table de chevet, Caroline avait placé un pichet d'eau, un verre de plastique vide et une bouteille d'acétaminophène. Samuel demeura muet un long moment en détaillant ses nouveaux quartiers. Caroline pleurait doucement à quelques pas de lui, ses larmes roulant sur le matériel synthétique du masque qu'elle portait. Sans rien dire, Samuel passa devant elle, puis alla s'asseoir sur son nouveau lit. Caroline ferma la porte du garage et se retourna. La pièce était encore sombre, mais la lumière du soleil levant filtrait timidement par la petite fenêtre encombrée de toiles d'araignées. Dans cette pénombre, les visages avaient une étrange teinte bleutée.

— J'ai eu tellement peur en entendant les coups de fusil !

Caroline ne sut pas rester debout. Elle s'agenouilla à deux mètres exactement de son mari, croisa les bras sur sa poitrine pour se réconforter elle-même, à défaut de pouvoir enlacer Samuel, qui n'aurait pourtant pas demandé mieux.

— Je sais. Moi aussi, j'ai eu peur. Je te raconterai tout ça plus tard.

Samuel parlait en fixant le sol. Il était amer de l'accueil que lui avait réservé sa femme, car pendant qu'il se battait vaillamment, là dehors, elle s'affairait à déplier la chaise longue, installer le matelas et le sac de couchage au garage. Il n'y avait jamais véritablement songé, mais maintenant que le sujet devenait d'actualité, ce n'est pas comme ça qu'il imaginait le retour du guerrier. Un chien errant aurait été mieux reçu.

— Près de la cuve, je t'ai mis des serviettes. Le savon est là aussi et, sur la tablette, tu trouveras des bandages et le peroxyde d'hydrogène.

— Trop aimable.

— Ne m'en veux pas, Sam! Je suis vraiment heureuse et soulagée que tu sois là, et je n'aimerais rien de plus au monde que de prendre soin de toi en ce moment. Mais on ne peut pas faire comme si la maladie n'existait pas! Tu as peut-être été exposé! On n'en sait rien!!! Et on ne peut pas risquer de se contaminer les uns les autres, moi, les garçons… Ce n'est pas ce que tu voudrais que je fasse, dis-moi?

Pas plus qu'à l'extérieur quelques minutes auparavant, Samuel n'avait envie de discuter. Il était exténué, déçu, amer. Il se leva et marcha sans rien dire jusqu'à la cuve, résolu à nettoyer ses plaies et panser ses blessures avant de prendre un peu de repos. Pendant qu'il procédait à sa toilette dans un mutisme trop lourd à supporter pour Caroline, il entendit, derrière lui, claquer la porte qui menait vers l'intérieur de la maison. Sa femme était partie rejoindre les enfants. Le silence complet qui l'enveloppait maintenant avait un douloureux écho de trahison.

Pour le meilleur et pour le pire, mon œil.

Chapitre 14

Le marchand de glace découpait la croûte gelée sur
les cours d'eau l'hiver et la disposait dans de grands
entrepôts aux murs épais, isolés au bran de scie.
Jusqu'aux derniers mois de l'été, il était en mesure
de livrer sa marchandise aux bouchers, aux laitiers,
mais aussi aux particuliers.

C'est la venue des réfrigérateurs électriques qui a
sonné le glas de cette profession séculaire.

1er septembre

Lorsque l'on contractait la maladie, la période d'incubation variait entre deux et dix jours. Il était admis que les risques de contagion survenaient dès l'apparition des premiers symptômes. En théorie, Samuel aurait pu rester dans le même espace que le reste de sa famille et se retirer en cas d'inconfort, de malaise, mais comme les symptômes étaient extrêmement difficiles à percevoir au début, le ministère de la Crise suggérait fortement la mise en quarantaine à la moindre suspicion. Ceci dit, comme les premiers indicateurs de contamination étaient la fatigue et des maux de tête passagers, toute la population se serait retrouvée en quarantaine à un moment ou à un autre au cours des derniers mois si on avait suivi ces recommandations à la lettre, car depuis l'arrivée de ce virus, le rhume, la grippe, la gastro et les autres merdes de ce genre n'avaient pas cessé d'exister.

Samuel dormait seul dans son garage depuis six jours.

De la fatigue, il en avait ressenti. Des courbatures et des maux de tête aussi, surtout les trois premiers jours. Mais comment aurait-il pu en être autrement avec la raclée qu'il s'était prise ? Ça n'avait rien à voir avec le virus : son corps tentait de récupérer, voilà tout. Et il y arrivait de peine et de misère, le pauvre. Le processus s'allongeait, car dès le lendemain de la bataille, Samuel avait dû se rendre à l'usine, où il travaillait depuis comme un forcené. Douze et même parfois quatorze heures par jour. La nouvelle panne massive qui s'éternisait causait bien des casse-têtes et c'était à lui qu'il incombait de trouver les morceaux pour tout rabibocher et faire fonctionner ce mastodonte industriel. Samuel, parfois accablé de fatigue au milieu de la journée, regretta à quelques reprises de ne pas pouvoir rester à la maison pour se reposer à satiété, mais en repensant à son lit de camp, à la solitude du garage, au sentiment d'abandon qui le submergeait lorsqu'il s'y trouvait, la perspective de devoir demeurer au travail encore plusieurs heures lui pesait soudainement moins lourd. Dans l'actuel état des choses, le travail, c'est tout ce qui lui restait.

Caroline vivait séparée de son conjoint de sa propre initiative. Pas une seconde ne passait pourtant sans qu'elle pense à lui, à ce qu'elle lui faisait subir : l'humiliation, le rejet. Pas une seconde pendant ces six longs jours elle ne vécut sans le doute, la culpabilité, le remords et l'inquiétude. Avait-elle vraiment besoin de l'exclure ainsi ? Lui pardonnerait-il ce supplice ? Confiner Samuel au garage était certainement la décision la plus difficile qu'elle avait prise dans sa vie entière, et cette remise en question de tous les instants était une véritable torture pour elle aussi. Comment arrivait-elle à faire subir une pareille épreuve à l'homme qu'elle aimait ? D'autant plus qu'elle avait juré de s'occuper des siens jusqu'à la mort s'il leur arrivait quoi que ce soit... On ne pouvait pas dire que le plan initial, dans tout ce qu'il avait de romantique, était suivi à la lettre. Rattrapée par la réalité, Caroline vivait avec les pénibles conséquences de son choix.

Chaque soir, quand cela était possible, elle permettait aux garçons d'aller souhaiter une bonne nuit à leur père. Depuis la marche de béton au pas de la porte qui menait au garage, ils se tenaient côte à côte dans leurs petits pyjamas, les sourcils en accents circonflexes marquant leur incompréhension de ne pas être en mesure d'approcher leur propre père, et ils lui envoyaient des baisers soufflés ainsi que des mots d'amour qui avaient le don d'émouvoir tous les membres de la famille. Caroline allait ensuite mettre les enfants au lit, puis se rendait elle-même sur cette marche, où elle s'asseyait, tentant de faire la conversation à son mari. Côté physique, Samuel lui semblait relativement bien portant. Les coups qu'il avait reçus avaient laissé quelques marques, des ecchymoses, une raideur perceptible à l'épaule gauche et au genou, mais rien de majeur. Pour l'avoir vu se battre à partir de la fenêtre du deuxième étage ce soir-là, Caroline avait tenté de lui redonner le sourire en affirmant que ses adversaires étaient sûrement, eux, encore au lit. Pour toute réponse, Samuel n'avait émis qu'un reniflement difficile à interpréter. Il lui battait froid depuis qu'il dormait au garage et Caroline ne savait pas ce qui était le pire dans cette situation : la distance physique ou ce mur de rancœur qui, solidement érigé par Samuel, les tenaient encore plus éloignés l'un de l'autre.

Chose étrange, toutefois, malgré sa colère évidente, Samuel ne s'était opposé d'aucune autre façon à la décision de Caroline. Il obéissait aux règles strictes de sa femme en matière d'hygiène, n'insistait pas pour s'approcher des garçons bien qu'il s'en ennuyait visiblement. Il portait ses gants et son masque en tout temps lorsqu'il ne dormait pas. S'il n'avait pas eu l'air aussi bougon, Caroline aurait juré qu'il approuvait pleinement cette mesure de prévention radicale, ce qui, au fond, était peut-être le cas.

Aux prises avec ses états d'âme vacillants, avec l'anxiété démesurée que cela lui causait, Caroline se sentait plus seule que jamais. Depuis le début de la dernière panne, depuis l'invasion du potager, les défis quotidiens, déjà nombreux auparavant, s'étaient multipliés.

Assise au salon, seule dans la pénombre, tentant de lire un bouquin qui répétait ce qu'elle savait déjà au sujet de l'éducation des trois à six ans, son esprit voguait ailleurs. Les garçons étaient déjà couchés, mais Samuel n'était pas rentré. Elle était vannée de sa journée, mais ne voulait pas aller au lit sans avoir vu son mari. Elle bâillait depuis un quart d'heure, même s'il n'était pas si tard.

Il faut dire que sa journée avait commencé vers 5 h 30, lorsque Joseph s'était levé et était venu la rejoindre dans son lit. De mauvaise grâce, elle l'avait accepté à ses côtés, en échange d'une promesse de fermer ses yeux et de rester tranquille. À presque trois ans, sans surprise, Joseph ignorait l'expression « chose promise, chose due ». Pour tout dire, il était plutôt partisan d'une autre expression qu'il ne connaissait pas : « promettre est un et tenir est un autre », faisant en sorte qu'à 5 h 43 très exactement, Caroline capitulait, résignée à se lever, étant de toute façon incapable de dormir avec maintenant deux garnements qui se tortillaient et se chamaillaient sous les couvertures, sans faire attention à ses réprimandes matinales sans conviction. En servant le déjeuner, des céréales sucrées qu'elle n'aurait jamais achetées en temps normal, elle s'aperçut qu'il n'y aurait pas assez de lait pour tenir jusqu'au lendemain et que les réserves de glace s'amenuisaient drastiquement. Elle pressa donc les enfants de terminer leur bol, leur brossa les dents, les ganta, les masqua, les installa dans la remorque qu'elle avait récemment fixée à sa propre bicyclette, puis partit vers le nouveau CDA pour faire la queue en espérant obtenir ce dont elle avait besoin avant midi. L'attente fut brève : une heure et demie. Une heure et demie à essayer de contenir l'énergie de deux enfants, incapables de rester en place plus de trente secondes d'affilée :

« Reste ici ! Reviens tout de suite ! Ne va pas vers les gens. Ne faites pas la course jusqu'à la tente du monsieur. Attention aux bicyclettes qui arrivent ! Ne lance pas de cailloux. Ne saute pas dans la remorque ! Laissez mes jambes, je dois marcher, maintenant. Parle moins fort. Garde tes gants. Ne tire pas le masque de ton frère. Regarde le livre que je t'ai apporté. Ferme ta bouche lorsque tu bois, sinon ton chandail va être tout mouillé. Ne touche pas à la poubelle... »

Considérant que les deux mètres de distance avaient été respectés par tout le monde, qu'elle était revenue avec le même nombre d'enfants que lorsqu'elle était partie, et dans le même bon état, avec de la glace, du lait et quelques autres denrées en prime, elle jugeait s'en être plutôt bien sortie. D'autant qu'il n'y avait pas eu d'échauffourée entre les clients, alors que Samuel et les autres voisins certifiaient que c'était devenu fréquent ces derniers temps, vraiment, elle s'en était tirée à bon compte. Heureusement, d'ailleurs. Depuis qu'elle avait déclaré Samuel hors service, et qu'il l'était de toute façon, étant donné le nombre d'heures passées au travail, elle s'était retrouvée obligée de faire les courses avec les enfants. À sa première sortie, quelques jours auparavant, elle avait paniqué, littéralement, encore une fois. Copié-collé du jour où ils étaient allés à la pêche. Elle s'était imaginée prise au milieu d'une bagarre, obligée de prendre la fuite en protégeant ses enfants, ou victime d'un vol de bicyclette, de denrées ou de coupons par ces sans-abri sans vergogne qui faisaient de plus en plus parler d'eux pour les gestes violents qu'ils posaient. Elle avait visualisé le pire, s'était enfermée dans la salle de bain, avait retardé son départ, mais à force de se botter les fesses mentalement, de crayonner pour se calmer, de respirer dans son sac brun pour apaiser ses symptômes physiques, elle avait fini par se décider, consciente que le meilleur remède à son mal était d'affronter ses démons. Elle s'y était donc rendue, nerveuse et fébrile, au bord des larmes et de l'évanouissement, mais avait obtenu ce qu'elle désirait. Sur le chemin du retour, elle avait eu l'impression de voler jusque chez elle tant elle était fière d'être parvenue à remplir sa mission sans anicroche. Aujourd'hui, déjà, elle était sortie plus confiante, résultat éprouvé de cette thérapie par exposition, avec toute la violence des émotions et toute la splendeur des victoires que cela impliquait.

Au retour, elle balaya le plancher, rangea les jouets en mettant ses fils à contribution à grands coups d'encouragement, puis, pendant qu'ils s'amusaient dehors, elle lava quelques morceaux de vêtements à la main, qu'elle étendit ensuite sur la corde. Elle joua avec Thomas et Joseph, qui la réclamaient sans cesse, aux camions, au ballon, à la tague, leur concocta un dîner à base d'œufs, contre lequel ils rechignèrent :

— Encore ! protesta Thomas avec dégoût.

— Moi, j'en veux pas, renchérit Joseph, qui avait pourtant déjà avalé la moitié de son repas.

Caroline soupira. Elle aussi en avait marre des œufs, mais c'était ça ou… quoi au juste ? Rien. Plus de protéines dans la baraque à part ces cocos bien ronds. Le nouveau CDA ne distribuait plus de viande depuis deux semaines et, à entendre ceux qui y travaillaient, ils en attendaient toujours pour le lendemain. Heureusement qu'il y avait les légumes frais du jardin sur lesquels se rabattre. Et les œufs, évidemment.

L'après-midi fut consacré au potager. Ceux qui l'avaient défendu et y avaient versé de leur sang ne pouvaient pas y remettre les pieds avant dix jours, pour les mêmes raisons que Samuel était confiné au garage, alors les autres devaient abattre le travail à leur place. À la suite de l'invasion, il avait fallu réparer, replanter, arracher, couper, récolter, ramasser, attacher et faire des deuils. Les récoltes n'étaient plus aussi prometteuses qu'avant. À l'image de Samuel, les humains semblaient s'être bien tirés de cette escarmouche, mais ça avait été un sacré carnage végétal.

Il y avait eu beaucoup de morts, d'amputés, de blessés, de déracinés. Sans parler des vols. Six jours plus tard, on en était encore à constater les dommages, les disparitions et à tenter de réparer les pots cassés avec beaucoup de soins et d'amour. Beaucoup de colère aussi.

Les voisins s'étaient scindés en deux clans. Caroline les avait baptisés les Adeptes et les Athées. Les Adeptes, c'était ceux qui, sans condition, suivaient Diane-la-Chasseresse. Ils étaient là, matin et soir, les bras en l'air, les rotules dans le zéro trois quarts, à prier sous sa gouverne au milieu du potager. C'était ceux qui étaient allés s'acheter des armes au lendemain de la bataille. Ceux qui, à grands seaux, buvaient de la tisane de pissenlit pour renforcer leur système immunitaire. Les gens de ce clan s'acquittaient maintenant de leur tour de garde avec des fusils chargés entre les mains, ce qui semblait procurer à plusieurs un sentiment de toute-puissance. Alors qu'auparavant, tout le monde semblait subir son tour de garde, il y en avait maintenant pour tourner à pas de fauve autour du feu une fois la nuit venue, bandeau noué autour de la tête, l'air de se marrer comme Bruce Willis dans *Die Hard*, à l'idée de buter des «méchants». Pour peu, ils se seraient coloré le visage au charbon et mis à chiquer du tabac tant ils avaient l'impression grisante d'être dans un remake d'*Apocalypse Now*. Au grand désespoir de Caroline, il y avait parmi eux quelques spécimens qu'on ne pouvait pas considérer comme des flèches. Les savoir à moins de cent mètres de chez elle, armés et prêts à tout, l'angoissait particulièrement, au point où, se demandant si une balle pouvait traverser le mur de sa maison, elle s'était sentie soulagée de savoir la chambre de ses garçons du côté de la rue. Et dans tout ce malheur, le fait que Farid, Wahida, Cate et Trevor se soient joints à ces idiots était ce qu'il y avait de plus difficile à digérer. Elle les avait crus d'une autre pâte, au premier abord.

L'autre groupe, les Athées, comptait moins de membres. De façon évidente, comme le nom l'indiquait, ces derniers ne priaient pas. Ou s'ils le faisaient, c'était en privé. Samuel et elle faisaient indéniablement partie de ce groupe, et Ruberth aussi. Tous les autres, comme eux, refusaient de prendre les armes au cours de leurs nuits de veille. Aujourd'hui, on menaça de les jumeler au clan des Adeptes pour s'assurer que quelqu'un d'armé veillait en permanence sur le potager. Caroline n'aimait pas l'idée de se retrouver à faire équipe avec un aspirant shérif, car elle craignait pour sa propre sécurité. Elle argumenta, mais cet après-midi, elle était la seule représentante de son clan au jardin. Elle dut déclarer forfait. La chose serait en vigueur dès la semaine prochaine.

Quant à lui, Pete-Protéines, cet énergumène, ne faisait jamais rien comme les autres. Il suivait la Reine-Grano comme un chien de poche, complotait avec elle, renchérissait à tout ce qu'elle disait, mais il ne priait pas. Et jamais on ne l'avait vu se balader avec une arme jusqu'à maintenant ni promouvoir leur utilisation. Personne ne connaissait son opinion sur la question.

Depuis la scission, les Adeptes et les Athées n'agissaient plus de la même façon les uns envers les autres. Ainsi, Cate n'appelait plus Caroline d'un geste de la main pour la faire venir à ses côtés afin de bavarder pendant qu'elles retiraient les gourmands sur les plants de tomates. Comme les autres, elle considérait que Caroline ne mettait pas les efforts nécessaires à la protection du potager, elle l'accusait de vivre dans le déni, de ne pas comprendre le danger qui les guettait et de leur mettre des bâtons dans les roues, à eux qui voyaient juste. Un peu plus et elle la comparait à un doryphore, autrement dit à un parasite, qui profite sans donner en retour, comme si, désormais, seule la défense du jardin comptait dans l'effort commun. Inutile de dire que chacun évoluait maintenant en solitaire ou avec les membres de son groupe respectif, c'est-à-dire ceux qui daignaient encore vous adresser la parole sans trop vous juger. Entre eux, les Adeptes reprochaient aux Athées de ne pas se préoccuper du sort collectif, d'être trop mous par rapport à la défense du «Bien». Les Athées, eux, condamnaient l'esprit de violence qui allait de pair avec la possession d'armes. Ils voulaient protéger leurs cultures, mais pas à n'importe quel prix. Condamnés à voguer dans le même bateau, au moins jusqu'à la fin des récoltes, tous continuaient néanmoins de partager les tâches avec autant, sinon plus d'ardeur, afin de favoriser au mieux les perspectives de récoltes. Il leur restait au moins ce but commun.

Caroline rentra satisfaite de son après-midi. Elle était en sueur d'avoir travaillé aussi longtemps sous le soleil brûlant, mais la section des betteraves était maintenant exempte de mauvaises herbes grâce à elle et son petit potager personnel était lui aussi propre comme un sou neuf. Avant d'aller réveiller bébé Jo de sa sieste, elle retira les vêtements de la corde. S'ensuivit la ronde du souper et du bain, période difficile, propice aux cris et aux pleurs maintenant qu'on ne pouvait se laver qu'à l'eau froide. Les garçons s'endormirent après l'histoire, déçus ne pas avoir vu leur père avant de se coucher. Caroline leur expliqua qu'il travaillait tard, encore ce soir, mais qu'il pensait très fort à eux.

Caroline prit finalement une douche, revêtit son pyjama et gagna le salon pour lire un peu avant d'aller dormir. Dans cette pièce, elle entendait bien Samuel quand il rentrait.

Assise dans son sofa de microfibre moelleux, seule dans la nuit noire, le sommeil eut raison de la mère de famille parvenue au bout de sa longue journée. Elle dormait paisiblement, les pieds au chaud en dessous de la doudou, la tête posée sur le coussin à motifs floraux, lorsqu'un son inhabituel retentit dans le silence de la maison.

En un éclair, elle se redressa, bien droite sur son siège, les yeux agrandis par la surprise. Avant que la seconde sonnerie se fasse entendre, elle était déjà debout, à la recherche de son téléphone, qui semblait n'avoir jamais fait autant de vacarme. Elle ne s'en était pas servie depuis plusieurs jours, afin d'économiser la batterie. Elle croyait d'ailleurs que la ligne ne fonctionnait plus. Où était-il? Caroline tâtonnait dans le noir, fébrile et maladroite. C'était une mauvaise nouvelle. Ça se sentait. Il ne fallait pas manquer cet appel. Nouvelle sonnerie. Vite!

Enfin!

— Allô, Sam? Qu'est-ce qui se passe? Tu es où?

Caroline avait vu le nom et la photo de son mari sur son téléphone. Les mots se bousculaient dans sa bouche, les hypothèses les plus sombres faisaient de même dans sa tête. Elle avait peur. Elle était terrifiée. Son cœur battait si vite qu'elle en ressentait les contrecoups jusque dans sa gorge et sur ses tempes. Elle avait chaud, mais son corps était parcouru de frissons. Sa main crispée pressait le téléphone trop fort contre son oreille.

— Je suis encore à l'usine, dans mon bureau. Je n'ai pas de bonnes nouvelles.

Samuel parlait lentement. Il avait l'air tellement calme!

— Comment ça? Qu'est-ce que tu veux dire?

— Je…

— Quoi?

— Je suis malade, Caro. Je fais de la fièvre.

À ces mots, Caroline eut l'impression que son corps tétanisé éclatait en morceaux, comme un miroir fracassé. Les éclats d'elle-même tombèrent au sol et se répandirent partout sur le carrelage de la cuisine.

— Caro? Tu es encore là?

— Oui. Tu en es certain? Tu fais combien?

— Je faisais 38,5 avant le souper et maintenant je fais 39,3.

— C'est peut-être le rhume, ou la grippe?

— J'ai les courbatures, les maux de tête, la fatigue, la diarrhée et les crampes dans le ventre. Je saigne du nez aussi. Je l'ai attrapé, Caro. Ça ne va pas du tout.

Samuel parlait doucement. Il était en contrôle. Sa voix apaisante faisait contrepoids avec la violence de ses paroles.

— Je ne pense pas avoir contaminé qui que ce soit à la maison, vu que je n'ai pas été là souvent ces derniers temps et que j'ai dormi dans le garage. D'après moi, vous allez être corrects. J'espère, en tout cas… Une chance que tu as tenu ton bout malgré mon air bête, hein, chérie?

Samuel émit un petit rire vaincu et se racla la gorge. Des larmes roulèrent sur les joues de sa femme à l'autre bout du fil. Dépassée, elle n'émit qu'un hoquet plaintif en guise de réponse.

— Ici non plus, je ne dois avoir contaminé personne, étant donné qu'on a toujours nos équipements de protection. J'ai appelé l'UIS et ils arrivent bientôt pour venir me chercher. Surprenant, non ? Je vais garder mon téléphone le plus longtemps possible avec moi. Écris-moi, OK ? Laisse-moi des messages aussi, si on ne peut pas se parler. Je vais essayer de vous appeler pour prendre de vos nouvelles, mais je sais qu'avec la panne, ça ne sera pas facile.

Samuel parlait maintenant plus vite, comme si le temps pressait tout à coup. Caroline commençait à sentir le trouble dans la voix de son mari. Il était en train de lui faire ses adieux.

— Dis aux garçons que je les aime, Caro. Que je les aime de tout mon cœur, que… j'aurais aimé les voir grandir, être avec eux encore longtemps et qu'ils vont me manquer terriblement. Merde ! Je ne peux pas croire que je suis en train de dire ça !

— Samuel…

— Toi aussi, Caro, tu vas me manquer. Tout ce bout de chemin qu'on a fait ensemble, ça n'a pas toujours été facile, surtout dernièrement, je sais, mais si c'était à recommencer, je ne le referais avec personne d'autre. J'aurais voulu vieillir avec toi…

— Arrête ! Tu parles comme si tu allais mourir ! C'est insupportable ! Arrête !

— Caro, tu sais comme moi qu'une fois qu'on est malade, les chances ne sont pas de notre côté. J'ai besoin de te dire tout ça ce soir. Je veux que tu l'entendes de ma bouche. On s'est juré qu'on allait être ensemble toute la vie, et là, je te laisse tomber, au moment où on aurait dû être une équipe solide pour affronter tout ça. Je suis vraiment désolé. Je voudrais tellement te serrer dans mes bras en ce moment. Je t'aime, Caro. Je vais penser à toi à chaque seconde.

— Moi aussi, chéri.

— Je sais que c'est inutile de le dire, mais fais attention à toi. Et aux garçons. Et reste forte. Tu l'es plus que tu penses. Je te laisse. Ils sont là. Déjà. J'espère de tout mon cœur qu'on va se revoir. Dis à Tom et Jo que je les aime.

— Non, attends ! Moi aussi, je…

Un bip se fit entendre. Il avait raccroché. Caroline tenta de le rappeler, en vain. Elle laissa un premier message sur sa boîte vocale, qu'elle regretta aussitôt. Elle essayait de lui dire combien elle l'aimait aussi, à quel point il allait lui manquer, combien elle voulait qu'il guérisse, mais elle pleurait tellement en parlant qu'elle était certaine qu'il n'y comprendrait rien. Quelle merde !

Au bout d'un long moment à pleurer et à tenter de recoller les morceaux épars d'elle-même, une évidence s'imposa. Elle ne pouvait pas rester là. Mettant son esprit en veille, elle se leva et fouilla l'armoire sous l'évier à la recherche d'un sac de plastique noir. Aidée de sa lampe de poche, elle mit aussi la main sur son masque et ses gants de latex, qui se trouvaient à la salle de bain. Dans la garde-robe de son mari, elle trouva une combinaison de mécanicien, qu'elle enfila par-dessus son pyjama. Enchaînant les pas à la manière d'un automate, elle se rendit au garage, déposa sa petite lumière sur le toit de la voiture et contempla un instant les quartiers désertés par son mari. Tout était si immobile. Si silencieux. Comme si l'humanité entière était soudainement disparue. Il n'y avait que la nuit noire en dehors du halo de la lampe de poche. Le vide. Et bientôt, même ce qui se trouvait protégé par la lumière, ces vestiges refroidis de l'épisode « camping forcé », allait être aspiré par le néant. Au son amplifié de sa propre respiration, de ses fréquents reniflements, Caroline s'avança d'un pas. Elle était la docteure Stone du film *Gravity*. Si seule à poursuivre sa mission. Tellement tentée de capituler.

Elle effectua un second pas, puis un autre. Son esprit se braquait, refusait de céder devant ce qu'il avait à faire, mais le corps opérait machinalement, mû par un instinct de survie plus fort que le chagrin. La mission de base consistait à demeurer en vie malgré tout et à protéger les enfants. Coûte que coûte. Et tout ce qui avait été en contact étroit avec son mari devait y passer. Caroline fit un rouleau du sac de couchage. Elle l'envoya au fond du sac noir avec l'oreiller, qui portait encore, en son centre, l'empreinte de la tête de son mari. Le verre d'eau, le pichet, la bouteille d'acétaminophène, les articles de toilette, le savon, les serviettes, les vêtements, la tablette, la boîte de carton, le lit de camp, tous les objets qu'il avait manipulés, Caroline les apporta, à la brouette, au milieu d'un stationnement déserté à quelques rues de chez elle et les y fit brûler. Lorsque le brasier fut suffisamment vigoureux, elle y jeta aussi les torchons imbibés à l'eau de Javel qu'elle avait utilisés pour laver le plancher du garage et le fond de la brouette, ainsi que le vêtement de mécanicien trop grand qu'elle portait. Elle y lança finalement son masque et ses gants, puis s'empara de la bouteille de désinfectant à l'alcool qu'elle avait glissée dans la poche de son pyjama. Elle désinfecta ses mains, ses avant-bras, ses chevilles, son cou et même son visage, faisant fi de la désagréable sensation de picotement que cela lui procurait. Enfilant la nouvelle paire de gants et le nouveau masque qu'elle avait pris soin d'apporter, elle regagna sa demeure au moment où le soleil commençait à se lever. Heureusement, elle n'avait croisé personne. Dans le voisinage, il ne fallait pas que l'on sache, autrement on la traiterait comme un paria. On l'exclurait du potager. C'était hors de question.

En se douchant à l'eau froide dans la lumière grise du matin, Caroline se sentit émerger de la lourde torpeur des dernières heures. Elle se savonna avec vigueur sur tout le corps et, malgré la morsure de l'eau glacée sur sa peau, elle demeura longtemps sous le jet. Lorsqu'elle ferma le robinet, elle claquait des dents et sa peau avait pris une teinte rouge, mais elle se sentait en vie. Les enfants allaient se lever bientôt, il faudrait qu'elle prenne le taureau par les cornes. Quelque part, loin dans son inconscient, les premières notes d'un tube américain commençaient à résonner.

Pas question d'abdiquer.

Chapitre 15

Pendant la période forte de la chasse aux sorcières, qui eut lieu en Europe aux XVIᵉ et XVIIᵉ siècles, le tribunal de l'Inquisition avait pour mission de juger des faits de sorcellerie. Ce tribunal ecclésiastique soumettait les suspects (qui étaient le plus souvent des suspectes) à la torture pour leur arracher des aveux, qui, disait-on, étaient essentiels à la rédemption de leur âme souillée par le péché.

8 septembre

Elle avait vu ce truc débile dans *Ally McBeal* alors qu'elle était encore adolescente. Dans ce cabinet d'avocats new-yorkais, tous les personnages en venaient à chanter une chanson, qui pour prouver son amour, qui pour se faire pardonner, qui pour se recentrer. Chacun avait son moment, sa chanson. Et, à tout coup, ça vous réchauffait le cœur de voir ça. Tout le monde était si attachant, dans *Ally McBeal*. On aurait aimé y être, avoir sa chanson à soi pour mettre un baume sur les difficultés de son quotidien, sauf que la vie, et la vie de Caroline en particulier, n'avait rien à voir avec l'univers éclaté d'une populaire série télé. Caroline, même en des jours meilleurs, n'avait jamais eu *sa* chanson et ne l'avait jamais regretté, convaincue que ça n'existait pas.

Toutefois, depuis le départ de Samuel pour le dispensaire, depuis le grand nettoyage du garage et l'annonce, pénible, aux petits que leur papa était à l'hôpital, Caroline avait ce tube américain qui lui démangeait le lobe temporal de façon continue, du matin jusqu'au soir. Sans relâche. Au travail, au repos et dans les loisirs, comme le disait une de ces anciennes pubs de barres chocolatées. Caroline, qui, en temps normal, était plutôt dérangée par son intellect qui faisait des parallèles entre le passé et le présent, n'avait plus rien d'autre en tête que ces paroles qu'elle connaissait contre son propre gré. Elle les avait entendues, comme tout le monde, plus jeune, à la radio, dans les mariages ou les bars karaoké, mais de là à en réciter chaque vers, il y avait une marge. Elle avait pourtant franchi cette ligne mince, ne savait pas comment, mais le ver d'oreille était là. Indélogeable. Et que le grand crique me croque si ça n'avait pas pour effet de lui donner du courage, l'envie de se battre, plus que jamais. Le tube était ringard, et alors ? Là, dehors, ce n'était pas très rigolo non plus. Il ne fallait pas s'y tromper. Et au diable le jugement à propos de ce qui pouvait apporter un peu de réconfort à quiconque. Popeye se fiait bien à des épinards, lui, non ?

C'est dans son lit, tôt le matin, baignée d'une vague odeur de javellisant, qu'elle avait annoncé aux petits que leur papa était gravement malade. Le visage de Thomas s'était décomposé. La maladie, il comprenait ce que ça voulait dire. Sa petite bouche avait formé un O et ses yeux s'étaient agrandis sous le choc de la nouvelle. Il avait baissé la tête. De sa petite voix chevrotante, il avait tout de suite posé LA question, celle que Caroline redoutait :

— Est-ce qu'il va mourir ?

En bredouillant, Caroline n'avait pas nié cette possibilité. Néanmoins, elle avait orienté la suite de ses explications sur le fait que là où était papa, on en prenait bien soin. Sa voix s'était ensuite brisée. C'était trop difficile d'être la messagère d'une aussi terrible nouvelle, de voir leurs airs abattus. Thomas, qui contenait son émotion jusque-là, s'était mis à pleurer en apercevant une larme rouler sur la joue de sa mère. Joseph avait plus ou moins compris les mots de Caroline, mais l'attitude de celle-ci ainsi que le comportement de son frère avaient fait écho dans son petit cœur et il avait été happé par la tristesse du moment. Ils avaient sangloté ensemble, les uns auprès des autres, et Caroline, depuis, rassurait souvent son aîné, en ayant l'impression de sonner faux la plupart du temps : « Non, je ne vais pas tomber malade à mon tour. Non, je n'ai pas de nouvelles de papa, mais ça veut sûrement dire qu'il se repose. Tu tousses un peu, mais ne t'en fais pas, tu n'as pas attrapé la maladie. Non, ce n'est pas ce soir que papa va revenir. Oui, tu peux sortir dehors, le microbe n'est pas dans l'air. » Le pauvre Thomas commençait à montrer des signes d'angoisse que Caroline connaissait bien pour les avoir elle-même éprouvés. Les affreux « si », ces précurseurs des hypothèses les plus sombres, étaient entrés dans la tête de son fils. Constatant cela, elle s'en voulut d'avoir servi un mauvais exemple à ses enfants au cours des derniers mois. À partir de maintenant, il n'y avait plus de place pour sa propre angoisse. Celle qui veille ne peut se permettre ce luxe. A-t-on déjà vu Spiderman ou Capitaine America en train d'hyperventiler ?

Rising up, back on the street
Did my time, took my chances
Went the distance, now I'm back on my feet
Just a girl and her will to survive

D'accord, elle avait un peu transformé la chansonnette.

Sam était parti depuis une semaine. La quarantaine des combattants était terminée depuis trois jours et, au potager, Caroline était maintenant la cible des inquisiteurs. Deux voisins avaient chopé la maladie au cours de cette nuit fatidique et les gens voulaient savoir si Samuel avait pu y échapper. Diane, en particulier, se montra particulièrement agressive lorsqu'elle questionna Caroline à ce propos :

— Votre mari a terminé sa quarantaine ? Dans quel état est-il ?

— Oui. Dieu merci, il va bien ! Il a encore un peu mal au genou, mais on a évité le pire…

Caroline avait peur de faillir. Elle n'avait pas l'habitude des mensonges, mais celui-là était nécessaire. Les plus grosses récoltes étaient en cours. Elle n'avait pas les moyens de s'en priver.

It's the eye of the tiger
It's the thrill of the fight

— Vous êtes certaine ? On ne l'a pas vu depuis la levée des mesures de protection sanitaire. Comment ça se fait ?

Rising up to the challenge of our rival

— Sam est occupé, vous le savez. Il est au travail. Il fait beaucoup d'heures supplémentaires ces jours-ci. Doutez-vous de ce que je dis ? Parce qu'au ton que vous employez, j'en ai l'impression, et je n'aime pas ça, aussi bien vous le dire. Sam va bien, je vais bien et les enfants aussi.

— Je ne vais pas m'excuser de faire mon travail en veillant à la sécurité de tous ici. S'il y avait un problème, j'imagine que vous auriez l'honnêteté de nous en tenir informés ?

— Un problème? Ha! S'il n'y en avait qu'un, ça serait vraiment formidable! Si vous voulez tout savoir, il y a l'électricité qui manque chez nous, la bouffe aussi, les vêtements pour les enfants et l'essence pour la voiture. Mais à voir votre expression, on dirait que ça ne vous intéresse pas, finalement…

— Pas besoin de faire l'effrontée avec moi. Vous savez de quoi il est question. Votre mari est en santé, soit. J'espère qu'on le verra bientôt pour le constater par nous-mêmes.

— Tiens donc, c'est nouveau, cette affection que vous lui portez?

Dans le cliquètement de ses amulettes, Diane tourna les talons, furieuse, et s'éloigna sans répliquer. Caroline revint à sa cueillette avec un sentiment aigre-doux. Elle était en position de faiblesse. Tous ceux susceptibles de percer son secret allaient devenir des ennemis. Elle n'avait jamais eu d'ennemis auparavant et ne se trouvait pas très à l'aise d'en compter maintenant quelques-uns. D'un autre côté, elle était fière de s'en être sortie si brillamment avec Diane. Pour une menteuse novice, c'était pas mal!

And the last known survivor
Stalks her prey in the night
And she's watching us all with the eye of the tiger

Aujourd'hui, c'était probablement la récolte la plus abondante depuis qu'ils avaient mis en place le système des paniers. Caroline avait été mandatée pour cueillir des petits pois, tâche qu'elle venait de terminer. Elle avait apporté sa récolte à la table centrale et s'apprêtait à la distribuer entre tous les paniers qui se trouvaient là, lorsqu'un cri en provenance de chez elle attira son attention. Les garçons pouvaient rester seuls dans la cour quelques minutes, mais, inévitablement, on en venait toujours aux hurlements et aux pleurs dès qu'aucun adulte ne se trouvait à leurs côtés. C'était sans doute leur moyen inconscient de dire: «Hé! Tu m'as laissé seul trop longtemps! J'ai besoin que tu t'occupes de moi, maintenant!» Caroline accourut. Joseph s'était fait mal en voulant sauter dans la petite piscine. Il pleurait de s'être frappé le menton, mais semblait avoir plus de peur que de mal. Caroline le consola et, aussitôt que le jeu sembla bien reprendre entre les deux frères, elle retourna au potager.

Là-bas, l'atmosphère avait changé. Un attroupement s'était formé au centre et des éclats de voix se faisaient entendre. Caroline s'approcha discrètement et évalua la situation. Un voisin qu'elle ne connaissait que de vue, membre en règle des Athées, accusait Trevor d'avoir distribué les carottes violettes de façon inéquitable. Trevor se défendait, arguait qu'il faisait au mieux, qu'il ne pouvait tout de même pas mesurer, peser les carottes et offrir à chaque ménage le même nombre de centimètres cubes de carottes violettes très exactement. Le voisin continuait pourtant son envolée, bientôt rejoint par d'autres, qui se plaignaient de ne pas avoir assez reçu de ceci ou de cela au cours des derniers jours. Le ton montait.

Face to face, out in the heat
Hanging tough, staying hungry

Caroline décida de rester à distance. Avec l'émotion, les gens avaient tendance à se rapprocher physiquement. L'amour, la peine, la colère, ça avait pratiquement le même effet magnétique sur les corps, et Caroline tenait à sa bulle. Elle était même prête à foutre le camp si ça venait à dégénérer. D'autant plus que maintenant, certains étaient armés.

Le voisin mécontent avait le visage cramoisi. Il vociférait contre Trevor et les autres dans son genre, s'essoufflait dans sa respiration et dans son argumentation ; Caroline visualisait sans peine et avec dégoût les parois intérieures de son masque, se les imaginait couvertes d'énormes postillons. Des cercles de sueur se dessinaient sous les bras gras et flasques du voisin, qui s'agitaient en tous sens. Il était vraiment énervé et Trevor ne laissait pas sa place non plus. Autour, ils étaient plusieurs à alimenter ce débat vide à coups de cris et d'emportements théâtraux. *Tout cela est tellement inutile*, se dit Caroline, persuadée que le véritable enjeu de cette histoire, c'était plutôt l'insécurité et le niveau de stress de chacun. Diane faisait même partie de la mêlée. Elle tentait vainement de calmer les esprits, mais la clochette qu'elle secouait frénétiquement pour prendre la parole avait un effet agressant et jetait plutôt de l'huile sur le feu.

Ruberth regardait la scène depuis son balcon, un sourire de mépris accroché aux lèvres. Caroline partageait son sentiment. On n'arriverait à rien de cette façon. Se comporter comme des coqs en basse-cour ajoutait uniquement un peu plus de ridicule à une situation qui tenait déjà de la bêtise.

Heureusement, Pete-Protéines arriva et mit fin à cette mascarade en ordonnant aux gens de se disperser. Il garda Trevor et le voisin mécontent avec lui, dialogua avec eux avec son flegme habituel, et la tension s'abaissa. Une claque gantée dans le dos de chacun, sans rancune, les gars, et tout rentra dans l'ordre. Comme par magie. Pete le magnifique venait de mettre son talent à l'œuvre. Combien de temps encore allait-il être en mesure d'assurer la cohésion de son équipage ?

Le jardin étant redevenu calme, Caroline regagna prudemment la table pour distribuer les gousses de pois, fort probablement les dernières de l'année. Elles étaient grosses, prêtes à éclater, jaunies et sèches. Les pois à l'intérieur avaient un goût amer, mais dans les circonstances, personne ne s'en plaindrait. Pete regarda Caroline un moment et lui rappela que Samuel devait monter la garde cette nuit-là.

— Il n'a pas oublié, j'espère ? demanda-t-il à Caroline, avec un je-ne-sais-quoi au fond de l'œil.

— Ça ne doit pas. Il a l'horaire, comme tout le monde. Mais c'est possible qu'il soit retenu au travail. Ils ont de gros problèmes à l'usine, à cause de la panne électrique.

— Je le remplacerai jusqu'à ce qu'il arrive, alors, proposa Pete.

Caroline acquiesça sans répondre. Savait-il ? Elle devait maintenant trouver une façon de se sortir de cette impasse.

La proie du tigre, c'était elle, maintenant.

Elle attendit qu'il soit 22 h 30. Elle voulait être certaine que les enfants seraient parfaitement endormis et, surtout, elle tenait à ce que son histoire soit vraisemblable. Avant de partir, elle s'assura de bien fermer la porte-patio derrière elle et soupira. Vraiment? Elle laissait ses bébés sans surveillance? *Je reviendrai jeter un œil toutes les heures. Et ma fenêtre de chambre est grande ouverte. Si Joseph pleure, je l'entendrai, j'en suis persuadée.* C'était rationnel comme pensée, mais ça n'enlevait rien à sa culpabilité. Il faudrait vivre avec ce sentiment déplaisant l'espace d'une nuit et prier pour qu'il n'arrive rien de fâcheux pendant son absence.

Elle se rendit au potager, où elle trouva Pete, seul, assis sur une chaise de parterre près du feu. Lorsqu'il braqua sur elle son regard gris acier, elle dégaina son excuse sans broncher. Dans sa tête, en sourdine, les trois notes de guitare électrique du classique des Survivor modulaient chacune de ses phrases, leur donnaient de l'ampleur, du panache, un halo de vérité:

Touing! Touing! Touing!

— C'est moi qui ferai le tour de garde, finalement.

— Pourquoi? Qu'est-ce qui se passe?

Touing! Touing! Touing!

— Sam est crevé. Ça fait six jours en ligne qu'il travaille plus de quatorze heures. Il vient d'arriver, je lui ai dit que je m'occuperais de surveiller le potager cette nuit et je lui ai ordonné d'aller se coucher. Je pensais qu'on serait deux. Où est mon partenaire?

— Devant toi. Edmond a pris un coup de chaleur aujourd'hui: il n'était pas d'attaque. Je le remplace.

— OK.

Caroline s'installa près du feu. Elle n'était pas nerveuse, ça tenait du prodige. Elle faisait ce qu'elle avait à faire, regardait son objectif bien en face, et son ver d'oreille l'empêchait de penser à ce qui pouvait arriver si… Car il était là, son problème, depuis toujours, logé comme de la crasse autour de son côté prévoyant, l'amplifiant à outrance. Tous ces « si », plus horrifiants les uns que les autres… de quoi saper le moral du plus courageux.

Dès qu'elle fut en place, confortablement assise sur sa propre chaise de parterre, Pete lui tendit la lampe. Supposant qu'elle devait s'en servir sur-le-champ, elle l'alluma et balaya lentement l'espace du potager, apercevant, au passage, dans un coin, des yeux lumineux et un petit corps fuselé, couvert de fourrure blanche. Gaïa! Elle était toujours en vie? Trop étonnée par cette présence, Caroline songea trop tard à dissimuler sa découverte à Pete. Elle tourna son regard vers lui, attendant de voir s'il allait se mettre à poursuivre la pauvre chatte avec la batte de baseball, mais il se contenta de hausser les épaules. Le chat, dans l'enceinte, ne lui faisait ni chaud ni froid, apparemment.

Caroline attira la bête en émettant un petit son entre ses lèvres pincées et en l'appelant par son nom. Intriguée, Gaïa accourut et vint se frotter contre les jambes de son ancienne maîtresse en ronronnant de plaisir. Elle était sale et maigre à faire peur. En portant les mains sur son pelage, Caroline sentit ses côtes, et la crête des os de son minuscule bassin. Prise d'émotion en constatant que la chatte ne semblait pas lui tenir rigueur de cette pénible condition, Caroline ravala un sanglot. Quelle loyauté! Quel attachement! Et quelle traîtrise de l'avoir mise à la porte! Pete en remit en affirmant qu'elle ne s'approchait jamais de personne en temps normal, à un point tel que certains l'avaient surnommée «le fantôme du potager». Quand Caroline retrouva assez de contenance pour demander à son coéquipier si quelqu'un avait aussi vu un gros chat noir rôder dans les parages, Pete répondit par la négative.

Lorsque la chatte disparut sans crier gare entre les feuillages, Pete relança son interrogatoire:

— Ton mari, il n'a pas respecté son temps de quarantaine?

— Bien sûr que oui!

— Tu dis qu'il travaille depuis six jours.

— Il n'avait pas le choix. Là-bas, ils ne peuvent presque rien faire sans lui. Et il porte constamment sa combinaison fermée à l'usine. C'est pratiquement la même que les gars de l'UIS. Il a évité les contacts avec ses collègues, leur a expliqué ce qui s'était passé.

— Et ils l'ont laissé faire?

— Pas le choix, comme je dis. Quand il y a des problèmes, c'est lui ou personne. Il me le répète sans cesse. Moi aussi j'aurais préféré qu'il reste à la maison.

— Et ce soir, il dort, c'est ça ?

— Mais, enfin, puisque je te le dis ! D'ailleurs, il dort si fort que je devrai aller voir de temps en temps si tout se passe bien avec mes enfants. Samuel, un train passerait dans la chambre qu'il ne se réveillerait pas, alors pour un petit pipi au lit…

Pete la regarda un instant sans sourciller, puis hocha la tête sans émettre aucun autre commentaire. Il se leva pour aller faire une ronde près de la clôture, la batte posée sur son épaule musclée.

Caroline le regarda s'éloigner, puis se cala dans sa chaise de plage. En fixant le feu qui dansait à ses pieds, elle centra son attention sur les trois notes de guitare qui résonnaient toujours dans sa tête. Elle ne voulait pas se perdre en conjectures à savoir si son partenaire de garde croyait ses bobards ou non, autrement, adieu contenance et sang-froid. Mieux valait fredonner sa vieille chanson.

En revenant, Pete prit place de l'autre côté du feu. Pendant de longues minutes, ils en écoutèrent les crépitements sans échanger la moindre parole. La nuit était fraîche, le ciel piqueté d'étoiles. La belle saison était définitivement sur son déclin, mais l'automne qui approchait n'avait pas le vernis excitant des années passées. La venue du froid constituait une nouvelle menace contre laquelle il faudrait bientôt songer à se prémunir. Caroline frissonna. Sans électricité, il n'y avait que chez sa sœur où elle pouvait envisager de vivre. Ici, en ville, ce serait impossible. Même l'usine de filtration cesserait bientôt de fonctionner.

— Vous avez de la chance d'être encore tous ensemble.

Pete la regardait au-dessus des flammes. Il avait parlé d'une voix douce et un léger changement dans sa physionomie laissait croire que ses paroles étaient sincères.

— C'est vrai. On en est conscients. On ne remercie peut-être pas la Force supérieure avec autant de dévotion que d'autres, mais on est reconnaissants.

En s'avançant sur ce terrain glissant, Caroline louvoyait entre l'envie de parler avec son cœur et la retenue que lui imposait son mensonge. Pour une rare fois, elle sentait que Pete avait laissé tomber son masque. Au figuré, bien entendu. Elle était curieuse de le connaître enfin un peu plus et aurait aimé jouer franc jeu avec lui, question d'enrichir l'échange, mais les circonstances étaient ce qu'elles étaient. Même au cœur de ce dialogue d'apparence banale, Caroline se sentait tour à tour prête à l'attaque et sur la défensive. Le mode survie était bien enclenché en elle et aucune digression ne semblait possible. Elle gardait son œil de tigre bien ouvert.

En entendant Caroline évoquer la Force supérieure, Pete esquissa un sourire énigmatique sous son masque et détourna son regard un instant, comme pris d'une gêne soudaine. Pendant quelques secondes, il eut l'air d'un adolescent qu'on vient de prendre la main dans le pantalon.

— Ouais... ce n'est pas mon truc à moi non plus. Je ne sais pas où elle est allée pêcher ces idées. Ce n'est pas une mauvaise femme, pourtant.

— Si tu le dis. Chose certaine, c'est que sans elle, on n'aurait pas tout ça, renchérit Caroline en toute honnêteté, désignant l'immense potager autour d'eux.

— Moi, elle est ce qui me reste de plus proche. Tu imagines? Avant la crise, on ne se connaissait même pas. Je suis fils unique. Mon père et ma mère sont tombés malades rapidement, dès le début. Ils n'ont pas survécu. Leur maison a sûrement été brûlée dans les incendies qui ont ravagé l'île au début de l'été. Les rares amis que j'avais sont morts aussi. Mes collègues de travail, j'en ai perdu la trace depuis que le gym est fermé. Diane, le potager, c'est ça ma vie pour l'instant. Ce n'est pas grand-chose, mais c'est ma vie.

Étonnée par la confidence, touchée par le malheur de son coéquipier, Caroline ne sut que répondre. Elle hocha doucement la tête pour lui montrer qu'elle comprenait et le laissa poursuivre:

— Ton mari et moi, on ne peut pas dire que ç'a connecté...

— Ça, non!

— Je n'ai pas eu la chance de le lui dire encore, mais je pense que mon attitude, disons... rébarbative à son égard, c'est en partie une question de jalousie. De le voir, comme ça, entouré de sa femme, de ses enfants, et de savoir que moi, à cause de cette crise, j'ai bien des chances de ne jamais goûter à ça, alors que lui met tout en jeu chaque jour en allant travailler et en risquant vos vies, ça me met en rogne, c'est plus fort que moi. J'ai toujours l'impression qu'il jongle sur un monocycle avec une porcelaine de Chine entre les mains et qu'il n'y prête même pas attention, qu'il tient pour acquis que ça ne va pas se briser.

— Tu penses qu'il ne fait pas attention à nous?

Caroline ne le blâmait pas. Elle avait longtemps cru la même chose.

— Je le pensais. Mais je l'ai vu se battre l'autre nuit et j'ai compris que j'avais tout faux. Il était prêt à faire ce qu'il fallait. Il n'a pas hésité. Je ne le vois plus de la même façon, maintenant.

— Tant mieux, parce que…

Parce que Samuel était un être profondément généreux, aimant et protecteur à l'égard de sa famille. C'était un mari engagé, loyal et compréhensif. C'est ce que Caroline aurait voulu révéler à son partenaire de garde, mais elle en fut incapable. La gorge nouée, elle ne parvint pas à retenir quelques larmes de rouler entre ses cils. Sam lui manquait tellement! Elle détourna son regard pour scruter la nuit noire à la recherche de pensées moins pénibles et masquer toute l'étendue de son chagrin.

Alors qu'elle s'efforçait d'étouffer le flot de tristesse qui la submergeait en essuyant ses joues humides du revers de la main, son œil capta un léger mouvement dans l'opacité de la nuit. Les sens soudainement en alerte, comme elle se penchait pour saisir le projecteur, un cliquetis métallique parvint à ses oreilles et lui fit dresser les poils sur tout le corps. Elle n'avait pas encore enfoncé l'interrupteur que Pete était déjà debout à ses côtés, la batte entre les mains, la mâchoire serrée. La lumière éclaira enfin le fond du jardin et Caroline oublia instantanément l'étendue de sa peine. On aurait dit une scène de fin de saison de *Walking Dead*, excepté que là, ce n'étaient pas des zombies qui tentaient de franchir les limites du potager, c'était des humains, des vrais. Ils étaient bien vivants et avaient l'air déterminés. Et dans la scène qui se préparait, personne n'était mandaté pour crier «coupez!».

Chapitre 16

En 410, Alaric Ier mène les Wisigoths jusqu'à Rome et s'en empare. Le sac de la ville emblème de l'Antiquité dure trois jours, et Flavius Honorius, l'empereur, ne fait rien pour la sauver. La cité, qui n'est déjà plus que l'ombre d'elle-même, loin de sa gloire des siècles passés, est pillée, brûlée, détruite en plusieurs endroits. À la suite de cette prise, elle ne retrouvera plus son lustre d'antan. Certains considèrent cet événement comme celui qui marque véritablement la chute de l'Empire romain.

8-9 septembre

Le sang de Caroline se glaça à la vue de tous ces visages de l'autre côté de la clôture, de tous ces corps déguenillés, anguleux. La plupart des visiteurs nocturnes ne portaient pas de masques, comme si ces gens avaient capitulé devant la mort. La maladie, la famine, bientôt le froid, rien ne semblait plus effrayer ces miséreux, apparemment résolus à y passer d'une façon ou d'une autre, plus tôt que tard. Ils étaient armés : des bâtons, des pelles, des haches, des fourches, on se serait cru sur les barricades en 1649 pendant la Fronde. Caroline porta le sifflet à ses lèvres pour sonner l'alarme.

À pleins poumons, elle souffla dans l'instrument. Les échos stridents retentirent aussitôt dans l'espace et se répercutèrent sur les immeubles alentour. Déchirant le silence de la nuit, sonna ainsi le début des hostilités. Les assaillants, grisés, déterminés, entreprirent de secouer la clôture, de la pousser à grands cris. Tandis que Caroline continuait de siffler frénétiquement, Pete passa un bras protecteur devant elle. Au moment où elle cessait son boucan pour reprendre son souffle, elle l'entendit murmurer entre ses dents :

— Mais qu'est-ce qu'on va faire ?

Cet aveu d'impuissance, ces paroles de découragement directement sorties de la bouche de cet homme saisirent Caroline. Le roc était plus friable qu'il n'y paraissait. Regardant par-dessus l'épaule de son coéquipier, elle constata avec horreur que l'espoir de s'en sortir indemne était, en effet, bien mince. Devant eux, les errants formaient une bande unie dans un désir de pillage et mue par un instinct de survie inébranlable. Réduits à la famine, à l'exil, ces humains déchus avaient adopté le comportement des loups et en avaient presque calqué les comportements et l'odeur. Galvanisés par un cri de guerre primal duquel résonnaient de puissantes notes de rage et de détermination, ils s'en prenaient à la clôture, mais aussi aux maisons derrière, qu'ils saccageaient sans remords. En balayant la horde à l'aide du faisceau lumineux, Pete et Caroline constatèrent même avec effarement que certains s'introduisaient dans les logis.

Caroline poussa un gémissement de terreur et se remit à souffler dans son sifflet. Il leur fallait à tout prix des renforts ! Son appel à l'aide fut toutefois stoppé net par une semonce qui résonna dans la nuit, et une balle vint s'abattre directement dans un cantaloup aux pieds de Pete. Le fruit vola en éclats et la clôture céda au même moment.

Sans rencontrer aucune résistance, les assaillants déferlèrent dans le potager. Ils étaient organisés. Certains montaient la garde pendant que d'autres, équipés de boîtes, de sacs et de paniers s'emparaient des légumes en vitesse. D'autres, plus téméraires, franchissaient la palissade de part et d'autre et forçaient l'entrée des maisons.

— Mon Dieu ! Mes bébés ! s'écria Caroline en réalisant qu'elle devait à tout prix retourner chez elle.

Sans attendre, elle se mit à courir en direction de sa maison. Autour d'elle résonnaient des cris et des coups de feu en provenance de chez ses voisins. Quelques-uns avaient fini par sortir et livraient maintenant bataille à ceux venus dévaliser le potager et ceux qui tentaient de s'introduire dans leurs habitations.

Le cœur battant, sans se soucier d'autre chose que de rejoindre ses enfants, Caroline se glissa dans l'ouverture de la palissade, traversa la cour et gravit en deux enjambées les marches du patio. Elle s'apprêtait à entrer chez elle lorsque, dans le reflet de la porte vitrée, elle aperçut une ombre derrière elle. Paniquée, elle poussa un petit cri et effectua un pas de côté avant de se retourner pour affronter son poursuivant, maintenant armée d'une chaise de parterre en rotin qu'elle brandissait devant elle. Les dents serrées, les muscles tendus, elle était prête à se battre. Elle ne laisserait personne approcher ses enfants. La silhouette leva les mains en signe de reddition. Dans sa main droite, une forme allongée à l'éclat métallique : la batte de baseball. Caroline posa sa chaise sur ses quatre pattes et poussa un soupir de soulagement : c'était Pete qui l'avait suivie. Elle repassa devant lui sans rien dire et ouvrit la porte-patio. Ils s'engouffrèrent tous les deux à l'intérieur et Caroline verrouilla derrière eux.

Haletants, ils demeurèrent un moment silencieux à observer le désolant spectacle qui s'offrait à leur regard. Le potager, au-delà de la palissade, était en proie au chaos. On n'y voyait pas très bien, mais la danse des ombres qu'on y devinait laissait présager le pire. On entendait des cris, des hurlements et le tonnerre assourdissant des armes à feu. Des coups rapprochés, d'autres lointains. Comme s'il n'y avait pas que dans le potager que ça bardait. Caroline avait peine à détacher son regard de cet espace noir ponctué de petites lumières. Les lampes frontales portées par les combattants laissaient succinctement entrevoir des visages effrayés, des mains levées, des armes brandies, du feuillage piétiné, des corps effondrés. Combien de voisins avaient finalement accouru au son du sifflet pour venir défendre l'espace commun ? Combien de personnes Caroline avait-elle convoquées au charnier avec son appel ? Pete la tira de cette réflexion lugubre :

— Je les ai vus rentrer dans certaines maisons de votre côté. Il faut protéger les entrées si on ne veut pas avoir de la visite.

— OK. Je vais me débrouiller.

— Non, je reste. Je sais que ton mari n'est pas là. Il est malade, c'est ça ?

Sous son masque, Caroline sentit fléchir ses commissures et son menton trembler. Elle fit oui de la tête, honteuse, mais à la fois soulagée de ne plus avoir à mentir à ce sujet.

— Va voir si tout est correct avec tes enfants et reviens ici. Je surveille la porte en attendant.

Caroline ne se fit pas prier. Elle empoigna la lampe de poche qu'elle avait laissée sur le comptoir et l'alluma au moment de monter l'escalier. Au deuxième étage, la rumeur de la confrontation était plus ténue. Il régnait encore une douce chaleur dans le corridor et les chambres des enfants étaient d'un calme apaisant. Comme si rien ne se passait là, dehors. Comme si ces chambres remplies de bouquins aux couleurs vives et peuplées de sympathiques animaux en peluche étaient un monde parallèle, un monde où la faim, la maladie et la violence n'existaient pas. Un monde où l'on pouvait s'abandonner au sommeil sans crainte. Un refuge nécessaire. Une utopie, pourtant. Caroline aurait voulu s'allonger près de ses garçons, s'endormir à leurs côtés en écoutant leurs respirations profondes et ne s'éveiller que lorsque tout ce chaos aurait cessé. Joseph et Thomas avaient l'air si bien.

Caroline se retint de les embrasser. Consciente de la réalité, elle ne voulait pas les réveiller à moins d'en être absolument obligée, mais elle avait un désir si fort de les serrer contre elle, de leur dire à quel point elle les aimait, qu'elle s'obligea à retourner en bas avant de céder à cette pulsion de mère en panique. Il fallait les protéger. Elle réussirait sans doute mieux en les sachant dans la sécurité de leur chambre qu'en les ayant dans les bras.

En descendant en direction de la salle à manger, elle entendit des pas lourds résonner sur le patio et la porte s'ouvrir. Quoi?! Que faisait donc Pete? N'était-il pas censé surveiller l'entrée? Dévalant les quelques marches qu'il lui restait, elle s'approcha et reconnut immédiatement l'accent fleuri de Ruberth s'adressant à Pete:

— Est-ce que Caroline va bien? Samuel n'est pas là, n'est-ce pas? Il est malade?

Mais qu'est-ce qu'ils avaient tous? Était-elle une si piètre menteuse? Elle avait pourtant fait tout ce qu'il fallait et voilà que même un voisin à qui elle n'avait pas parlé depuis plus de quinze jours avait décelé son mensonge!

Lorsqu'il l'aperçut dans la pénombre, Ruberth salua Caroline avec toute sa politesse habituelle. Même les quatre cavaliers de l'Apocalypse ne parviendraient pas à lui faire abandonner ses manières de gentleman. Comme Pete avait confirmé ses soupçons concernant Samuel, il y avait, en plus, une pointe de réelle sympathie dans la voix, ainsi que de l'empressement lorsqu'il continua:

— J'étais inquiet pour vous. J'ai entendu le sifflet, mais ce n'était pas de tout repos de traverser le jardin. Je pense que… je pense qu'il y a des morts. Je suis venu le plus vite que j'ai pu. Il faut partir, Caroline. C'est cette nuit que ça se passe.

La jeune mère laissa échapper une plainte. Oui, elle avait envisagé de partir, mais pas comme ça! Elle protesta:

— Je ne peux pas! Pas maintenant! Je ne peux pas laisser Samuel. Je ne vais pas y arriver sans lui! Je ne peux pas abandonner la maison! Et même si je voulais, je n'ai pas assez d'essence dans la voiture! Vous le savez!

— Caroline, ce que je sais, c'est qu'il y en a parmi ces gens qui sont prêts à tout pour s'approprier des logis sains. Il y a déjà de la casse chez tes voisins! Ton mari parti, il n'y aura bientôt même plus d'eau potable à boire dans cette ville et il ne faut pas compter sur l'électricité pour revenir de sitôt, ça, tu le sais autant que moi! Les froids s'en viennent, Caroline. Si on ne te chasse pas de ta maison ce soir, ce sera peut-être demain ou la semaine prochaine. Vas-tu être en mesure de te battre pour ça? Et quelles en seront les conséquences? Vas-tu exposer tes enfants à ce risque? Va chez ta sœur. Samuel t'y retrouvera, j'y verrai personnellement.

— C'est impossible! La voiture, je…

— Laisse-toi mener le plus loin possible par ta voiture et continue à bicyclette, les garçons dans la remorque. Il le faut.

Caroline n'arrivait pas à réfléchir. Depuis que Samuel était parti, elle n'avait plus songé à quitter la banlieue. Elle voulait être proche de lui, l'accueillir lorsqu'il serait de retour: s'éloigner était péniblement envisageable, d'autant plus que, connaissant sa propension à angoisser, elle se savait incapable d'entreprendre un tel voyage seule! Samuel avait toujours été là pour elle. Sa présence n'était pas uniquement rassurante, elle était indispensable. Elle avait besoin de lui! Et cette route… plus personne ne savait à quoi ça ressemblait. On entendait toutes sortes d'histoires horribles. Était-ce une solution réellement plus sécuritaire que de demeurer sur place?

Pendant qu'elle tergiversait, regardant à gauche, à droite, s'asseyant puis se relevant dans l'espoir inconscient d'activer sa prise de décision, Ruberth se rendit au garage, jugeant que Caroline avait besoin d'un coup de main. À la lueur de sa lampe de poche, il plia la remorque rouge des garçons et la déposa au fond du coffre de la voiture. Il chercha ensuite le support à vélo. Il le découvrit au bas d'un mur quelques instants plus tard et entreprit de l'installer. Dehors, le tumulte ne cessait pas. Pendant qu'il travaillait, Ruberth entendait des voix de l'autre côté de la porte du garage, des voix qui suppliaient, dans une autre langue, les pleurs d'un bébé naissant. Il laissa sa besogne un instant pour aller voir par les petits carreaux de la grande porte de quoi il en retournait exactement. Impossible. Il n'avait pas l'angle nécessaire. Il s'agissait sûrement de Wahida et de son bébé. Où était Farid ? Divisé entre son envie de sortir aider cette femme et terminer ce qu'il avait entrepris pour en aider une autre, il retourna au support à vélo, qui fut bientôt solidement en place. Ruberth y installa la bicyclette de Caroline et retourna à l'intérieur de la maison. C'était l'heure de partir.

Au grand dam de Ruberth, Caroline n'avait pas bougé. Elle refusait de quitter sa maison, arguait que, seule, elle n'y arriverait jamais. Pete était nerveux. Il allait et venait de la porte d'entrée, qui faisait face à la rue, à la porte-patio, qui jouxtait le potager. Il avait entendu les voix tout près de la maison et s'était lui aussi inquiété pour Wahida. Mais avec cette noirceur, impossible d'y voir quoi que ce soit. Comprenant que Caroline avait perdu tous ses moyens, Ruberth fonça à la cuisine et empila des denrées de toutes sortes au fond de deux paniers. Par chance, Caroline avait récolté quelques beaux spécimens dans son petit potager au cours de l'après-midi. Il alla tout déposer dans le coffre de la voiture et y ajouta une provision de quelques bouteilles d'eau grand format.

Alors qu'il revenait à l'intérieur, un coup de fusil claqua à ses oreilles. Caroline poussa un cri et Pete se rua sur elle. Ils se relevèrent indemnes, mais dehors, dans la nuit, tout près, une femme hurlait de toute son âme. C'était Wahida. À la pensée qu'un terrible malheur venait d'arriver à cette famille qui venait d'accueillir un bébé naissant, Caroline comprit que rien ne garantissait plus sa propre sécurité et celle de ses enfants. Oui, elle devait agir. Levant les yeux vers Ruberth, elle ordonna :

— L'ensemble de camping. Il est sur la tablette du haut dans le garage. Il me le faut. Et aussi le réchaud, dans sa boîte, juste à côté.

Aussitôt, elle monta à l'étage. Soulagé de la voir enfin se décider, Ruberth fonça au garage pour trouver le matériel qu'elle avait demandé et le déposer dans la voiture. Pete retourna faire le guet, armé de sa batte de baseball. Dehors, il y avait constamment du mouvement.

Arrivée à l'étage, Caroline se rua dans sa garde-robe. Elle en sortit deux sacs à dos : un petit et un très grand. Elle y fourra, pêle-mêle, des articles de toilette et des vêtements pour elle, mais surtout pour les garçons : des morceaux pour tous les jours, ainsi que des bottes, des manteaux, des tuques, en prévision du temps froid qui ne tarderait pas à arriver. Thomas se réveilla en sursaut, tandis qu'elle fouillait le contenu de ses tiroirs.

— Maman ? Qu'est-ce qui se passe ?

— Je fais nos valises, on part en voyage !

Elle avait ajusté sa voix de façon à ne pas inquiéter son aîné. Elle avait presque un air badin, mais, selon son habitude, elle sonnait faux.

— C'est quoi qui crie comme ça ? demanda Thomas, que Caroline n'avait pas réussi à mystifier.

La mère suspendit son geste. On entendait Wahida hurler à l'extérieur. Qu'est-ce qu'on lui avait fait ? Était-elle blessée ? S'en était-on pris à sa famille ? Caroline chercha une réponse à donner à son fils. Elle n'en trouva pas. Il avait cinq ans. Cinq ans. Existait-il une explication appropriée à donner à un enfant de cet âge ? Avait-il besoin de vivre cela ? Caroline ravala un sanglot. Ce n'était pas le moment. Elle s'essuya le nez du revers de la main.

— Je ne sais pas ce qui se passe, mon loup, mais il faut y aller. Dépêche-toi de t'habiller et mets tes chaussures tout de suite. Je vais aller chercher ton frère.

— Non, maman ! J'ai peur ! Reste avec moi !

Caroline céda. Elle aussi avait très peur. Elle habilla son fils en moins de deux et se rendit à la chambre du petit Joseph qui, miraculeusement, dormait encore. Ses vêtements étaient déjà tous dans les sacs, il ne restait plus qu'à l'habiller. Il grogna lorsque sa mère le souleva et il entra en crise lorsqu'elle tenta de lui passer son t-shirt par-dessus la tête. « Pas maintenant ! Pas maintenant ! » supplia Caroline entre ses dents, sachant que si son cadet se mettait à faire le bacon, ils en auraient encore pour un bon moment.

— Maman, tu trouves pas que ça sent la fumée ? demanda Thomas d'une petite voix craintive, alors qu'il s'accrochait à sa jambe.

Caroline huma l'air et constata que son fils avait raison. Ça sentait la fumée, et pas qu'un peu. Comme s'il avait entendu la question de l'enfant, Pete confirma à l'étage d'en dessous qu'un incendie semblait s'être déclaré chez Wahida.

— Vite, les amis, il faut sortir !

L'urgence dans la voix de Caroline saisit Joseph, qui se laissa finalement habiller.

Joseph dans les bras, main dans la main avec Thomas, elle descendit l'escalier avec précaution et se rendit jusqu'à la voiture, où elle installa ses enfants dans leurs petits sièges. Il faisait encore nuit noire à l'extérieur et dans le garage, aussi les enfants s'opposèrent lorsqu'elle leur annonça qu'elle devait encore aller chercher les sacs à l'étage et les laisser seuls quelques instants. Ils étaient terrifiés. Ils ne voulaient pas la perdre des yeux un instant, et ça se comprenait. Comme elle faisait demi-tour malgré tout, Pete déboucha dans le garage avec les sacs remplis à ras bord. Caroline le remercia et les lança dans le coffre. Juste avant de le fermer, elle songea, catastrophée, aux sacs de couchage. Ils étaient au sous-sol. Elle seule saurait où les trouver. Avec les nuits fraîches, ils en auraient besoin. Malgré d'autres protestations de leur part, elle confia ses enfants à Ruberth et lui demanda d'installer aussi la vieille bicyclette de Samuel au support à vélo :

— Vous venez avec moi, Ruberth. Je vous en prie. Je ne pourrai pas sinon.

Ruberth acquiesça comme si cela était déjà prévu et Caroline fonça au sous-sol. Pendant qu'elle fouillait, elle entendit un grand fracas à l'étage au-dessus. Elle n'avait pas besoin d'être sur place pour comprendre ce qui venait de se passer: la porte-patio venait de voler en éclats. Au bruit, elle comprit aussi que Pete faisait face à des visiteurs inopportuns. Elle mit finalement la main sur deux sacs de couchage seulement, abandonna la recherche des deux autres, puis regagna l'escalier à pas de loup. Son souffle était rapide, elle était terrorisée. Elle devait se rendre à la voiture et retrouver ses enfants avant que les envahisseurs ne la rejoignent. Parvenue en haut de l'escalier, elle plia les genoux et observa un instant la scène, question d'évaluer ses chances. Pete se battait vaillamment contre deux agresseurs. Ces derniers n'avaient pas réussi à pénétrer à l'intérieur de la maison, mais ils s'y employaient de toutes leurs forces. Caroline conserva un profil bas et se déplaça à toute vitesse vers la porte qui menait au garage. Elle s'y glissa en faisant le moins de bruit possible et constata avec horreur que l'odeur de fumée était pire dans cette pièce qu'ailleurs dans sa maison. Elle balança les sacs de couchage à l'arrière de la voiture, s'assura que ses enfants se portaient bien. Ruberth, posté près de la grande porte, lui fit signe. C'était le moment.

Assise derrière le volant, elle tourna la clé. La voiture rechigna un court moment, au grand désespoir de Caroline, puis démarra finalement dans un bruit qu'elle n'aurait jamais cru avoir autant de plaisir à entendre. Les phares allumés, elle distingua dans son rétroviseur la silhouette de Ruberth tenant la porte ouverte à bout de bras et la lueur d'un brasier autour de lui. Alertée, elle s'empressa de faire rouler la voiture hors du garage, puis s'arrêta pour laisser monter son voisin. En reculant dans l'allée, ils constatèrent avec émoi que la maison juste à côté, celle de Wahida et de Farid, était la proie des flammes.

— Oh, mon Dieu! laissa échapper Caroline.

— Maman, il faut appeler les pompiers! La maison est en feu! Vite! pressa Thomas, qui se souvenait de ce qu'il fallait faire.

— Le feu, maman! continua Joseph, impressionné.

Ignorant la requête de ses fils, bien au fait que les pompiers ne viendraient pas, Caroline plaqua une main sur son visage, affolée, en songeant que ses voisins étaient peut-être encore à l'intérieur. Sans réfléchir, elle stoppa la voiture au bout de l'allée et détacha sa ceinture, prête à aller leur porter secours. Ruberth étendit la main et agrippa son bras fermement pour la maintenir en place. Pointant en direction du perron, il murmura d'une voix cassée :

— Regarde. Il ne faut pas y aller.

Caroline centra son attention sur le point désigné et retint de justesse un cri d'horreur. Assis contre le mur de pierre gris éclaboussé d'écarlate, dans une position sans équivoque, Farid gisait, sans vie. On l'avait assassiné à bout portant, une balle entre les deux yeux, directement sous le porche de sa maison, dont la porte avant restait entrouverte et par laquelle on commençait déjà à entrevoir des flammes. Caroline boucla sa ceinture. Réenclenchant la marche arrière, puis la marche avant, Caroline s'éloigna du brasier, bouleversée. À mesure qu'elle avançait et que sa maison se faisait de plus en plus petite dans son rétroviseur, elle comprit qu'elle était partie au bon moment, qu'elle ne reverrait plus sa demeure ni aucun des objets qu'elle y avait laissés. Jamais. Si son logis survivait à l'incendie, chose quasi improbable, il serait rapidement pillé et squatté. Elle, ses enfants et Ruberth étaient désormais des sans-abri, des réfugiés de la Grande Crise. Longtemps, ils s'étaient trouvés du côté des épargnés, mais en l'espace d'une nuit, leur situation avait changé du tout au tout. Ils n'étaient pas malades comme Samuel, mais, tout comme lui, ils étaient maintenant des victimes.

En pensant à son mari, Caroline vérifia que son cellulaire se trouvait toujours dans sa poche. Il ne fonctionnait plus depuis un moment, mais elle avait l'intention de profiter de la batterie de sa voiture pour le recharger. S'il y avait une seule chance pour que Samuel reçoive ses messages ou qu'elle en sache plus sur ce qu'il devenait, elle n'entendait pas la manquer.

Alors qu'elle naviguait précautionneusement dans les rues du quartier, tentant d'éviter les immondices qui jonchaient la route, une enfant déboula soudain devant son pare-chocs. Dans un réflexe qui sauva la vie de la petite, Caroline écrasa le frein de toutes ses forces. Ruberth et les garçons sursautèrent à l'intérieur du véhicule. Ébranlées, la petite fille et Caroline se dévisagèrent un instant, les yeux arrondis par la surprise de se trouver là, puis la gamine leva timidement la main pour la saluer.

— Hé, maman! C'est Léa! Salut, Léa! Salut!

Thomas s'était avancé entre les deux sièges et saluait la petite fille de la main, un sourire avenant accroché aux lèvres.

Il la connaissait, et Caroline aussi. Les deux enfants avaient fréquenté la même garderie, dans une autre vie, et ne s'étaient pas revus depuis le début de la Crise. Sans son fils, Caroline n'aurait jamais reconnu la petite. Ses vêtements étaient sales, elle avait les yeux enfoncés et le teint gris. Ses jolis cheveux blonds étaient en bataille. Elle avait exactement le même âge que Thomas. Ils étaient nés le même mois, Caroline s'en souvenait, mais la fillette était maintenant si menue, si perdue dans ses vêtements trop grands qu'on n'y aurait pas cru.

— Maman! Regarde, Léa a des gros zucchinis, comme nous, dans son jardin. Nous aussi, Léa, on a des zucchinis! hurla Thomas à son amie, qui s'enfuyait déjà. Non! Elle est partie!

Thomas se cala dans son siège, déçu, mais aperçut au même moment sa copine, qui avait gagné le trottoir, à sa gauche, et qui l'observait. En dépit de l'empressement de Caroline, qui n'avait pas envie de s'attarder, il s'obstina à baisser la fenêtre:

— On s'en va en voyage avec notre mère. Pas avec notre père, parce qu'il est à l'hôpital. On va se revoir quand on va aller à l'école, là il faut qu'on s'en aille. Bye, Léa!

— Bye, Tom! Moi, je reste ici. On a trouvé un endroit où il y a plein de courgettes comme ça, cette nuit! Je vais apporter celle-là à ma petite sœur. Bye!

Caroline remonta la fenêtre de Thomas, qui n'en finissait plus de dire au revoir à sa copine. Elle allait redémarrer, le cœur en morceaux, au moment précis où d'autres enfants déboulèrent dans la rue, devant la voiture. Il y en avait des grands, des petits. Ils avaient tous les bras remplis de légumes frais et couraient, le regard apeuré, en surveillant leurs arrières. «Les méchants arrivent! Les méchants arrivent!» les entendit-on crier, avant de les perdre de vue, alors qu'ils se dispersaient entre les maisons. La mise en garde ne tomba pas dans des oreilles de sourds. Thomas et Joseph, ignorant qu'ils avaient côtoyé les «méchants» tout l'été au potager, que, techniquement, ils en étaient aussi, pressèrent leur mère de partir. Complètement atterrée par ce qu'elle venait de voir, par ce qu'elle venait de comprendre, Caroline ne se fit pas prier. Elle voulait absolument quitter cet endroit où chaque personne était devenue «le méchant» de quelqu'un d'autre.

Caroline louvoya encore un moment dans le dédale des rues de la banlieue avant de finalement parvenir au boulevard principal, celui qui lui permettrait de gagner l'autoroute. Selon Ruberth, c'était encore le chemin le plus sûr. Les petites routes qui traversaient les villages risquaient d'être fermées, gardées par des villageois hostiles. Et de toute façon, après une nuit comme celle-là, Caroline sentait qu'elle pourrait difficilement trouver rassurante la compagnie de purs étrangers, même passagère. Elle voulait à tout prix s'éloigner de la civilisation.

En tournant sur le boulevard, Ruberth et elle remarquèrent, au bord de la route, une silhouette qui leur était familière. Bientôt, ils reconnurent tous deux leur voisine Wahida, qui poussait devant elle le carrosse de son bébé rempli d'objets divers. Lorsque la femme prit conscience qu'une voiture s'approchait délibérément d'elle, elle se mit à courir, puis, impuissante à fuir ces phares insistants braqués sur elle, elle s'arrêta et fouilla dans son fardeau pour en extirper son bébé, qu'elle colla contre sa poitrine et protégea de ses mains. Avant d'arrêter son véhicule, Caroline vit le visage de sa voisine baigné de larmes et la terreur peinte sur ses traits. Elle ne voulait pas l'effrayer. Au contraire. Caroline stoppa sa voiture et sortit en appelant sa voisine par son nom. Reconnaissant qui l'interpellait, constatant avec soulagement qu'elle n'était pas menacée, Wahida s'effondra sur la bordure bituminée et se laissa aller à de longs sanglots incontrôlables. Caroline la rejoignit et, faisant fi de la règle des deux mètres, elle passa un bras autour de ses épaules et posa sa tête contre la sienne. Les deux femmes pleurèrent ainsi quelques instants, jusqu'à ce que Ruberth les presse de repartir. Il avait raison, le ciel de la banlieue s'éclairait de plus en plus et la lueur orange qui se reflétait sur la voûte partiellement nuageuse n'était pas attribuable au lever du soleil. Au loin, on continuait d'entendre des cris et des coups de feu. L'odeur âcre de la fumée emplissait leurs narines. La révolte des misérables battait son plein. La terreur était partout.

Caroline se releva et Wahida l'imita. Cette dernière s'apprêtait à remettre son bébé dans la poussette, mais Ruberth l'interrompit dans son geste. Doucement, il lui fit comprendre de garder le bébé avec elle. La contournant, il rassembla tout le matériel qu'elle avait amoncelé dans la poussette et le déposa à l'arrière de la voiture, aux pieds des garçons. Il tenta ensuite de plier le carrosse vide de Wahida, mais il n'y parvint pas. Devant l'impuissance de l'homme, qui commençait à s'impatienter, Wahida comprit qu'elle seule, la mère de l'enfant, la propriétaire de la poussette, saurait s'acquitter de cette tâche. Elle s'approcha donc et, d'une seule main, déclencha le mécanisme qui permettait de réduire la taille de l'objet. Ruberth, vaguement admiratif, s'en empara et travailla de longues minutes pour la faire entrer dans le coffre en plus du reste. Lorsqu'il referma celui-ci, il était entendu que plus rien n'y entrerait.

Ruberth fit le tour de la voiture au petit trot. Debout devant les femmes enlacées dans la lumière des phares, il s'adressa à Caroline, qui leva la tête vers lui. Elle savait déjà ce qu'il allait dire.

— Wahida et son bébé doivent partir avec toi.

Caroline hocha la tête. Elle était d'accord. Elle guida sa voisine en direction du siège du passager et la laissa s'y asseoir. La pauvre femme tremblait, serrait son bébé contre son cœur. En repassant à l'avant du véhicule, Caroline s'arrêta face à Ruberth. Il avait l'œil humide et la voix tremblante lorsqu'il ouvrit la bouche :

— Soyez prudentes. Vous allez y arriver. Amenez ces petits à l'abri le plus rapidement possible. Ne vous arrêtez pas dans les villes, dormez en forêt, éloignez-vous de l'autoroute la nuit venue. Économisez l'eau, mais ne vous déshydratez pas.

— Merci, Ruberth. Pour tout.

Il n'y avait rien d'autre à dire. Caroline s'avança et, pour la deuxième fois dans une même nuit, elle enfreignit le code d'hygiène des deux mètres. Elle étreignit l'homme, qui la pressa contre lui en retour. Se reculant ensuite, il lui intima de filer. Elle monta dans la voiture, ferma la porte et démarra. Comme elle passait près de lui, elle ouvrit la fenêtre :

— Remercie Pete pour moi.

Ruberth lui répondit par un clin d'œil et un signe de la main. Elle le dépassa puis s'engouffra dans la nuit. Dans son rétroviseur, éclairée de plus en plus faiblement par les phares arrière de la voiture, la silhouette rouge de Ruberth disparut complètement au moment où Caroline passa devant le grand hôtel au design contemporain et qu'elle franchit le pont au-dessus de l'autoroute. Il y avait pratiquement deux ans qu'elle n'était pas allée aussi loin, géographiquement parlant.

Les mains crispées sur le volant, elle roulait à basse vitesse en empruntant la courbe qui menait à l'autoroute. La dernière fois qu'elle était passée par là, toute cette portion était éclairée par de puissants lampadaires au sodium qui accompagnaient les conducteurs noctambules jusqu'aux limites de la grande ville, de sortie de banlieue en sortie de banlieue. Ce soir, Caroline ne pouvait compter que sur la lumière des phares de sa voiture pour éclairer sa route. Elle y circulait d'ailleurs en solitaire. Jusqu'à l'embranchement suivant, elle ne rencontra rien ni personne. Le panneau vert annonçant sa sortie, suspendu au-dessus de la voie, avait été vandalisé. Un petit drôle était venu écrire, à l'aide de sa cannette de peinture en aérosol noire « HELL-ENFER » en lieu et place du nom de l'autoroute qu'elle tentait de rejoindre. Il avait ajouté à son inscription le dessin sommaire d'un crâne humain et d'ossements croisés, rappelant l'effigie des pirates. Le numéro de la sortie était resté indemne, de même que la flèche qui indiquait la direction à prendre.

— Qu'est-ce qui est écrit, maman, sur le panneau ?

Thomas était resté silencieux depuis le début du parcours, mais rien n'échappait à son regard aiguisé. Inquiet, il avait relevé l'anormalité.

— Je ne sais pas, mentit Caroline. Ce sont des lettres qui ne vont pas bien ensemble, ce n'est pas un vrai mot.

— J'espère que c'est pas là qu'on s'en va, en tout cas, parce que la tête de squelette, ça veut dire «poison» et ça veut dire qu'on peut mourir, on l'a appris à la garderie.

Wahida, qui n'avait cessé de renifler et d'essuyer des larmes silencieuses depuis qu'elle était entrée dans la voiture se tourna alors vers Caroline, attendant sa réponse. Visiblement, elle ne tenait pas non plus à prendre la route de l'enfer.

— Ceux qui ont fait ça veulent nous faire peur. On s'en va retrouver tatie à la campagne et c'est par là qu'on doit passer. On ne va pas changer de chemin à cause d'un dessin, hein, mon trésor?

— Est-ce que notre maison a brûlé, maman?

— J'espère que non.

— Et la maison de la madame?

Caroline échangea un regard de compassion avec Wahida.

— Oui, répondit-elle, contrite de remuer ainsi le fer dans la plaie vive de sa voisine. Maintenant, si tu veux, on va parler d'autres choses. Ou essaie de fermer tes yeux, c'est encore la nuit, tu sais.

— Oui, mais je suis plus fatigué, expliqua Thomas. On dirait que ça m'a énervé, le feu, les méchants pis la madame qu'on a trouvée.

— Je comprends, ti-cœur. Moi aussi, ça m'a énervée. Beaucoup.

— Moi aussi, je suis énervé, singea Joseph, en s'agitant sur son siège pour prouver ses dires. Je vais pas faire de dodo! affirma-t-il encore, convaincu et convaincant.

Afin de calmer tout le monde, Caroline eut la mauvaise bonne idée de mettre un peu de musique. D'un doigt qui n'avait pas perdu l'habitude, elle pressa la touche du lecteur CD et monta le volume du son. Bientôt, une voix de femme s'éleva, claire, accompagnée de notes chantantes, et ainsi retentirent des comptines traditionnelles pour enfants. Les garçons semblaient contents, Wahida indifférente, absorbée dans ses douloureuses pensées, mais Caroline était mal à l'aise. La situation évoquait pour elle un véritable film d'horreur: deux femmes et trois enfants en fuite, circulant au son d'une trop douce mélodie, dans la noirceur la plus complète, sur une autoroute pratiquement déserte où l'on apercevait, à l'occasion, mais de plus en plus souvent, sur le bas-côté, un véhicule arrêté, poussiéreux, vide de tous ses passagers. Caroline constata que le réservoir à essence était à un niveau beaucoup plus bas que ce qu'elle avait cru. En temps normal, vu son caractère prévoyant, son naturel anxieux, elle serait passée faire le plein avant de se rendre où que ce soit avec un indicateur aussi bas, mais cette nuit, le plan était plutôt d'aller au bout de la ressource. Elle verrait enfin jusqu'où la mènerait cette mythique « réserve » d'essence censée secourir les pauvres malheureux devant qui le voyant lumineux de la pompe à essence s'illuminait soudain, et ce serait bien là une première pour Caroline. C'était un vrai supplice pour la conductrice angoissée qu'elle était. Cette lumière orange qui attirait constamment son regard, ce rappel insistant qu'elle prenait un risque, qu'elle serait bientôt dans le pétrin au beau milieu de nulle part, cela lui donnait des sueurs. Où allaient-ils s'arrêter ? La réponse n'était pas claire, mais déjà accompagnée de « si » tous plus imaginatifs et inquiétants les uns que les autres :

Si on s'arrête maintenant, on en aura pour combien de temps à bicyclette ?

Si on se fait attaquer de nouveau ?

Si on n'a pas assez de nourriture ?

Si la route est bloquée ?

À chaque nouvelle hypothèse émise par son cerveau, Caroline sentait une main de fer se resserrer autour de sa gorge. Ce n'était pas le moment. Elle ne pouvait pas s'arrêter. Elle devait conduire. Elle devait être forte pour ses enfants, pour Wahida qui comptait maintenant sur elle.

Respire. Et chante ta chanson. T'es une survivor, *plus que jamais. Allez, c'est quoi, déjà, les premières paroles ? Allez ! Fais un effort !*

Elle ne pouvait plus les retrouver. À cause des comptines qui emplissaient sa boîte crânienne, ces foutues ritournelles qu'elle imaginait chantées par les petites jumelles fantômes du film *The Shining*.

Caroline quitta la route des yeux un instant et appuya sur le bouton qui coupa court à l'ambiance sonore. Pas de protestations, les garçons s'étaient finalement endormis. Lorsque le regard de la conductrice revint au pare-brise, le paysage devant elle avait changé. Wahida venait de remarquer la même chose et Caroline sentit sa copilote se raidir sur son siège.

— Qu'est-ce que c'est? demanda-t-elle d'une voix où l'on sentait percer l'inquiétude.

Caroline ne répondit pas, mais appuya sur le frein. Peu importe ce que c'était, ça leur barrait la route. Approchant lentement et nerveusement de cette barricade, les deux femmes commencèrent à reconnaître ce qui se dressait devant elles. Caroline stoppa sa voiture, une cinquantaine de mètres devant ce qui s'avérait être l'épave d'un camion-remorque échouée par le côté, sur toute la largeur de la voie. Selon toute vraisemblance, le véhicule avait brûlé. Il n'en restait que la structure métallique noircie et tordue. À ses côtés, sur l'accotement et sur la pente du terre-plein, d'autres carcasses, de voitures celles-là, dans un aussi piètre état.

Cet obstacle laissait Caroline perplexe. Elle n'avait pas retrouvé les paroles de sa chanson et l'angoisse grandissante l'empêchait de penser de façon rationnelle. À un point tel qu'elle envisagea de faire demi-tour.

Tout s'est trop bien passé jusqu'à maintenant. Toutes ces histoires d'autoroute bloquée, d'accidents, de voitures laissées à l'abandon, de bandes de vagabonds, je commençais à penser qu'elles étaient franchement exagérées, mais voilà que ça recommence à chauffer, non?

— Passer à côté! encouragea Wahida, qui avait le regard apeuré, mais le ton décidé.

Visiblement, elle ne partageait ni ne comprenait l'hésitation de Caroline.

Caroline évalua les possibilités. À droite, le fossé semblait profond et la pente jonchée de détritus. À gauche, c'était le terre-plein, la voiture accidentée, une pente douce, quelques arbustes, puis la voie rapide en sens inverse. En actionnant de nouveau la marche avant, elle braqua son volant dans cette direction, mettant à l'épreuve les facultés 4X4 de son véhicule habitué aux rues goudronnées.

Les herbes hautes du terre-plein l'empêchaient de voir les aspérités du sol, aussi, malgré la vitesse extrêmement basse à laquelle elle évoluait, les passagers à l'intérieur de l'habitacle se firent passablement secouer. Wahida serra son bébé encore plus fort contre elle. Le petit émit quelques protestations, mais, se sentant en sécurité contre le sein de sa mère, il se contenta bientôt de promener un regard curieux autour de lui et de sucer son poing.

Quand Thomas s'éveilla à son tour, Caroline lui expliqua le problème et ce qu'elle tentait de faire. Sa réponse fut de peu de mots, car elle avait le souffle court et la bouche sèche. Au bord de la crise, elle pouvait encore fonctionner par automatisme, mais elle devait, pour cela, déployer des trésors de concentration. Elle n'avait pas le loisir de faire la conversation pour le moment.

Parvenue à contourner la carcasse, concentrée sur les deux mètres devant elle, sur la façon dont les verges d'or ployaient violemment à la rencontre soudaine du pare-chocs de sa Nissan, Caroline s'apprêtait à remonter sur la voie, lorsque Wahida la ramena à la réalité.

— Non ! Pas possible ! Regarde. Très gros accident ici !

De fait, en levant le regard, dans la lumière des phares, Caroline comprit qu'un carambolage s'était produit à cet endroit. Et pas que dans le sens où elle allait, mais aussi dans l'autre voie, celle à sens inverse. Il y avait des voitures un peu partout : sur l'asphalte, sur le bas-côté, dans le terre-plein. Toutes n'étaient pas brûlées comme le camion, certaines avaient le nez ou le derrière enfoncé, les fenêtres cassées, certaines étaient sens dessus dessous, d'autres regardaient dans la mauvaise direction, et toutes, sans exception, avaient cet air déclassé des véhicules qu'on abandonne habituellement à la ferraille. Il y avait aussi d'autres camions-remorques, abandonnés dans des positions improbables, d'un côté à l'autre de l'autoroute. Leur précieux chargement semblait avoir été volé, car les portes arrière béaient toutes sans exception, et Caroline crut même apercevoir, sur les flancs d'une remorque, des trous de balles de gros calibre.

Quelque chose de grave est arrivé ici. C'est un guet-apens, on n'en sortira pas.

Ignorant qu'elle se trouvait dans le cœur d'une embuscade à convoi alimentaire qui avait eu lieu quelques semaines auparavant, se sentant totalement prise au piège, Caroline stoppa son avancée une fois de plus. Elle avait la désagréable impression que leur dernière heure était venue, que de derrière l'une des voitures surgiraient des hommes armés au visage fou, «*Here's Johnny!*», comme le père de Danny Torrance, l'enfant lumière. Pourquoi des visions de ce film lui revenaient-elles constamment en tête depuis un moment?

Parce que je ne peux pas supporter que ce soit ça, la réalité. C'est un film, un mauvais rêve. Je ne peux pas. Je ne suis pas assez forte pour affronter cette vie-là. Pas moi. Je fais des crises d'angoisse, je peux à peine me gérer moi-même. Sam! Sam! Où es-tu donc? J'ai tellement besoin de toi! On n'y arrivera pas! On n'y arrivera jamais!

Alors que la respiration de Caroline se faisait de plus en plus laborieuse, que des larmes perlaient entre ces cils, Wahida pressa doucement son bras et lui indiqua de l'index un détail qui avait complètement échappé à son attention jusque-là:

— Par terre, des traces. Suivre les traces!

Vrai! Dans les herbes hautes, devant elles, des traces trahissaient le passage d'autres véhicules comme le sien. D'autres voyageurs avant eux avaient contourné l'accident. Caroline s'engagea donc à leur suite, dans cette voie insoupçonnée qui la mènerait Dieu sait où, ballottant son équipage en tous sens et priant d'en voir le bout au plus vite.

Après avoir été obligée, par deux fois, de faire marche arrière, elle parvint finalement à la hauteur d'une fourgonnette renversée sur le côté qui semblait être le dernier obstacle à contourner avant de revenir sur la voie pavée. Alors qu'elle s'en approchait, elle eut la terrifiante surprise de constater que ses phares venaient de déranger une meute de coyotes affairés à se disputer des ossements éparpillés sur la route.

Choquées par une vision aussi inattendue, Caroline et Wahida lais-sèrent échapper un petit cri simultanément et, comme Joseph les questionnait à propos de l'origine de cette double exclamation, elles n'eurent même pas le temps de les pointer que les bêtes s'étaient déjà enfuies dans la forêt. Thomas et Joseph furent déçus d'avoir manqué un spectacle aussi intéressant et Caroline, quelques minutes plus tard, demeura avec la drôle d'impression d'avoir vu des fantômes. Leur rapidité, leur pelage gris-blanc disparaissant dans la nuit, c'était à s'y méprendre. Réalisant avec dégoût que ces animaux hantaient les lieux à la recherche de charognes, et que les os jonchant le sol étaient fort probablement humains, Caroline éprouva un grand soulagement lorsqu'enfin elle put ramener son véhicule sur la route et poursuivre son chemin, qui la mènerait loin de cet étrange cimetière routier.

Chapitre 17

Au XIXᵉ siècle, quand le vélo s'est peu à peu
démocratisé, il a contribué à l'émancipation de la femme.
En l'enfourchant, malgré ses jupes longues et peu
pratiques, malgré les médecins et les prêtres qui
craignaient un effet négatif sur sa santé et sur sa
morale, la femme a pu enfin se déplacer seule, quitter
le nid familial, où elle était le plus souvent confinée, et
ainsi échapper au contrôle de son père, de son frère, de
son mari. Entre deux roues, les pieds sur les pédales,
la femme a rencontré le monde, a élargi ses horizons.
L'engin lui a donné de l'autonomie.

9 septembre

Depuis plusieurs kilomètres, Caroline était clairement en crise. Tout son être la sommait de s'arrêter, elle avait besoin de temps, pour s'allonger, pour tenter toutes les incantations possibles afin que revienne le calme dans sa tête en déroute et que son corps survolté s'apaise enfin. Se fermer les yeux, ne serait-ce que cinq minutes, elle en avait besoin, comme on a besoin d'air et d'eau. Pourtant elle continuait. Elle avait peur de s'arrêter. Avec aussi peu d'essence, elle ne pouvait pas se permettre de faire fonctionner le moteur en vain. Et si elle l'arrêtait, repartirait-il seulement? Une pause n'était pas envisageable. Wahida ne savait pas conduire et le moment était mal venu pour le lui enseigner. Il fallait continuer. Encore. Le souffle court, le corps en sueur, la tête dans un brouillard qui rendait nécessairement ses facultés affaiblies, ses mains moites et tremblantes posées sur le volant, elle n'arrivait même plus à se tenir tranquille sur son siège, ne trouvait plus de position confortable.

Encore un peu. Continue, encore un peu. Jusqu'au lampadaire, là. Oui, c'est bien, maintenant, jusqu'au viaduc. OK. Jusqu'au panneau de limite de vitesse, maintenant.

Elle se donnait mentalement de petits buts à atteindre, franchissait les étapes, alignant ces minutes de pur calvaire les unes à la suite des autres. Fixant la route comme un homme d'affaires ambitieux, son premier million, elle ne portait plus attention aux voitures laissées en rade au bord de la route ni aux détritus qui jonchaient le sol. Elle fonçait.

Puis l'heure de la délivrance sonna.

Alors que l'aube pointait à l'horizon, le moteur se mit à faire des siennes. Il toussota un peu, sembla reprendre son souffle, puis s'éteignit tout simplement. Malgré son émoi, Caroline eut la présence d'esprit de faire passer l'embrayage au neutre et la voiture poursuivit sa route, désormais silencieuse. Profitant de son erre d'aller et d'une petite pente naturelle, la conductrice exténuée négocia la courbe d'une sortie à proximité et mena son vaisseau jusqu'à l'entrée d'un boulevard industriel anonyme où elle put finalement se garer, sur les flancs d'une bâtisse de tôle beige d'allure banale, entourée d'épinettes de bonne grandeur.

En un instant, Caroline descendit de la voiture et s'en éloigna, titubante, pour laisser enfin libre cours à son malaise. Les mains sur les genoux, l'échine courbée, elle fut prise de violents spasmes qui lui tordirent l'estomac à de nombreuses reprises. Lorsqu'elle eut rendu le peu qui se trouvait encore dans son ventre, elle s'allongea par terre, à même le sol poussiéreux et frais, pour tenter de reprendre le contrôle sur sa respiration. Son petit sac étant demeuré à la maison, elle forma une coupe de ses mains réunies autour de son nez et de sa bouche et ferma les yeux. Enfin.

Respire.

Lorsque, plus tard, Caroline souleva ses paupières lourdes, elle fut surprise de constater que les rayons chauds du soleil caressaient maintenant la peau de son visage. Joseph, assis dans la terre auprès d'elle, s'amusait à déplacer les cailloux autour de lui comme si c'étaient de petites voitures. Thomas, lui, s'affairait à sauter du haut d'une souche qui trônait au centre du bosquet d'épinettes à sa gauche. Wahida allaitait son bébé dans la voiture et surveillait attentivement les garçons par la portière restée ouverte.

Ils l'avaient fait. Ils étaient partis, avaient bel et bien quitté la banlieue. Caroline, d'un seul coup, prit conscience que c'était elle qui les avait menés jusque-là. Elle avait réussi. Sans Samuel. Elle était en mouvement. Enfin.

Rien ne sera plus jamais pareil.

Même moi, on dirait que j'ai changé.

Ridicule! On ne devient pas une autre en une nuit!

Pourtant…

Caroline se sentait lourde, comme si ses membres avaient été coulés dans le béton. Elle tenta de remuer les jambes et s'étonna de les trouver posées sur un sac de couchage plié. Avait-elle perdu connaissance ? Elle avait dormi, en tout cas. Au prix d'un grand effort, elle parvint à rouler sur elle-même, puis à s'asseoir.

— Maman ! s'exclama Joseph, tout heureux de voir sa mère sortir de sa léthargie. T'es plus malade ?

— Ça va, mon trésor.

— Maman !!!

Les exclamations de son petit frère avaient alerté Thomas, qui se retrouva bientôt, ravi, dans le giron de sa mère.

— J'aime pas ça quand t'es malade et que tu nous réponds pas. Ça me faisait peur que tu sois comme ça. Je pensais que t'étais morte ! Je voulais pas rester avec la madame.

Caroline embrassa ses enfants avec émotion et les rassura sur son état. Elle se sentait ankylosée, mais l'esprit indéniablement plus alerte que quelques heures auparavant. Plus calme aussi. Elle se leva et proposa aux garçons de casser la croûte, ce qu'ils acceptèrent avec enthousiasme. Il fallait prendre des forces, car le plus exigeant était à venir.

Assis par terre, au centre du stationnement, les deux femmes et les enfants mangèrent à satiété. L'air du matin était calme et pur, le ciel, ponctué de petits nuages aux teintes rosées. Malgré tout ce qu'ils venaient de vivre, les garçons n'avaient pas perdu leur goût inexplicable pour les conversations tournant autour du caca et des pets, sujets de prédilection pour les enfants de cet âge, qui les faisaient s'esclaffer autant qu'à l'accoutumée. Caroline avait l'habitude d'y mettre un holà lorsque le discours de ses garçons prenait cette tangente, mais ce matin, elle n'en avait pas le courage. Leurs rires sincères lui faisaient du bien. De voir leurs petits visages souriants et animés, leurs yeux brillants, d'entendre ces intonations flûtées dans leurs voix, c'était un délice dont elle ne voulait pas se passer pour l'instant. En ramassant les emballages laissés à la traîne, elle se dit qu'elle continuerait leur éducation plus tard. Pour l'instant, elle allait se contenter de survivre.

Wahida, encore choquée par les événements de la veille, ne retirait aucun bien de l'hilarité des garçons. Inquiète de se trouver aussi rapidement en panne d'essence, elle ne comprenait pas ce qu'ils faisaient là, seuls au beau milieu de cette campagne inhospitalière. Elle avait cru que sa voisine connaissait un lieu où elle les amenait tous pour y vivre en sécurité. Elle avait imaginé un camp. Ils en parlaient dans les nouvelles, quelques mois auparavant, de ces lieux d'accueil pour ceux qui n'avaient plus nulle part où aller. Elles faisaient partie de cette bande, désormais… Mais les camps étaient en ville et ils s'en étaient éloignés. Elle ne comprenait pas où Caroline les amenait, mais elle n'avait pas protesté. Elle croyait que Caroline savait ce qu'elle faisait, même si cette dernière était visiblement terrifiée. Elle avait tout fait pour lui venir en aide, mais maintenant, quoi? Elle voulait savoir. Deux femmes et trois enfants coincés au milieu de nulle part, pour elle, ça n'avait rien de rassurant. Elle n'avait pas envie de finir les os rongés par des coyotes, comme ces pauvres gens sur l'autoroute.

Lorsqu'elle questionna Caroline sur la suite des choses, sa voisine lui expliqua donc ce qu'elle envisageait de faire. Wahida ne comprit pas tout, mais elle réalisa qu'elle aurait à se promener à bicyclette et qu'elle ferait du camping. Avec son bébé d'à peine quelques semaines et son périnée endommagé. Du gâteau, quoi!

Fâchée de s'être embarquée dans pareille galère, Wahida n'eut pourtant pas à plonger très loin dans ses souvenirs pour constater qu'elle était peut-être, malgré tout, dans la meilleure situation possible. Sa maison ravagée, son mari assassiné, un bébé entre les bras, c'est effectivement dans un camp d'accueil qu'elle aurait terminé sa course si, la veille, Caroline ne s'était pas arrêtée pour la faire monter avec elle. Et ces centres d'accueil, elle en avait entendu parler, ils n'avaient, malgré leur nom, rien de très accueillant: on y mangeait peu, mal, les provisions d'eau arrivaient au compte-gouttes et la salubrité était éminemment discutable, étant donné le nombre de personnes qu'on y entassait jour après jour. Et le pire dans tout ça, c'est qu'en se rendant là-bas, on s'exposait encore plus à la maladie, à cause de la promiscuité. Tout compte fait, elle ne voulait pas emmener son petit Ali dans un endroit pareil. Elle ne voulait pas, non plus, vivre dans la nature de racines et d'eau fraîche, alors elle suivrait Caroline, qui proposait de l'emmener vivre dans sa famille à la campagne. Elle trouverait une façon d'y arriver. Pour Ali.

Wahida emmaillota son bébé et le coucha dans le creux du siège avant, côté passager. Caroline la regarda faire et s'émerveilla de constater la petitesse de cet être fragile qui faisait partie de leur folle expédition. Les siens aussi avaient été livrés dans ce format compact! Difficile à croire, maintenant qu'ils couraient partout!

Les besoins primaires de leur progéniture étant comblés, les deux femmes entreprirent de préparer l'expédition. Caroline libéra les deux vélos, puis ouvrit le coffre de la voiture afin d'en retirer la remorque pour les enfants et de la fixer à sa bicyclette. Celle de Samuel était équipée d'un petit siège pour bébé gris, déposé sur le porte-bagages à l'arrière de sa selle. Après discussion et essais, les deux femmes convinrent que Wahida commencerait par porter son fils dans son porte-bébé, c'est-à-dire sur elle, directement sur sa poitrine. Elle prendrait la bicyclette de Samuel et on installerait de la nourriture dans le siège derrière elle.

Quand elle avait fait ses valises, Caroline avait eu l'impression d'avoir bourré ses sacs à ras bord, pourtant, en retirant l'entièreté du contenu, en pliant tout à nouveau et en pressant sur la masse de toutes ses forces, elle parvint encore à y faire entrer l'essentiel des vêtements sauvés par Wahida. Les autres morceaux, elles les roulèrent dans les sacs de couchage, qu'elles empilèrent et attachèrent à l'arrière de la remorque, avec le sac de couches pour le petit. La tente fut placée sur le dessus de la remorque. Le réchaud, Caroline put l'insérer dans une pochette de son sac à dos et attacher un petit chaudron à ce dernier. L'eau et le reste de la nourriture iraient à l'intérieur de la remorque, aux pieds des garçons et dans la pochette derrière eux. Il n'y avait plus de place pour rien d'autre.

Wahida fut désemparée de constater qu'elle ne pourrait pas emporter la poussette avec elle. Tout avait été tenté, il n'y avait aucune solution. Elle la replia à contrecœur et la redéposa dans le coffre de la voiture, près d'un gros melon qu'elles ne pouvaient pas transporter avec elles.

L'heure du départ approchait. Caroline aida Wahida à se draper dans son porte-bébé et à y installer le petit Ali, fraîchement changé et allaité. Caroline débrancha son cellulaire rechargé et envoya un message à Samuel :

Je suis avec les enfants et Wahida. Nous allons bien. Nous partons chez Jenny. Je t'attendrai là-bas. Je t'aime.

Caroline fixa l'écran avec émotion quelques instants, dans l'espoir d'obtenir une réponse immédiate, en vain. Samuel ne répondait plus depuis cette dernière nuit où ils s'étaient parlé. Était-ce la ligne ? Le relais des informations ? La faute aux antennes de transmission ? Elle aimait croire que oui. Ce silence, elle ne pouvait se résoudre à penser que Samuel en était directement responsable. Impossible qu'il soit trop malade pour répondre. Impossible qu'il soit… Caroline soupira et secoua la tête. Elle ferma l'appareil et le cala dans la poche de sa veste. Elle appela les garçons, les invita à prendre place dans la remorque et ils accoururent avec enthousiasme. Depuis plusieurs minutes déjà, ils tournaient en rond, souhaitaient entreprendre l'expédition sans tarder. Caroline, à la manière d'une agente de voyages, leur avait présenté le projet comme étant une super aventure de vélocamping et ils n'en pouvaient plus d'attendre qu'on en sonne le départ officiel. Quand ils furent enfin tous installés, Caroline allait donner son premier coup de pédale, le cœur battant, lorsqu'elle entendit soudain Thomas s'écrier :

— Maman ! Non ! Attends !

Sa mère n'eut pas le temps de se retourner que le petit avait déjà sauté en dehors de la remorque et courait en direction de la voiture.

— Qu'est-ce que tu fais, Tom ? demanda Caroline, intriguée.

— Ouvre la porte, maman, j'ai oublié quelque chose d'important !

Caroline chercha ses clés et déverrouilla la porte de la voiture. Thomas s'engouffra rapidement à l'intérieur et en ressortit avec deux objets qui avaient échappé à la vigilance de sa mère. Marchant fièrement en sa direction alors que derrière lui retentissait le petit bip signifiant que les portes étaient de nouveau verrouillées, Thomas brandit ce qu'il n'avait pas voulu laisser derrière : le petit chien en peluche de son frère et un mini-album photo de la famille. Caroline le lui avait fabriqué avec des cartons de couleur bon marché et des photos plastifiées qu'elle avait reliées avec un anneau de métal, au moment où il avait commencé la garderie et qu'il avait été confronté à ses premiers moments d'ennui.

— Faut pas oublier ça, parce que Joseph, c'est son toutou préféré, et moi, je les aime, les photos, parce que je veux pas oublier mon père !

Moi non plus, je ne veux pas l'oublier !

— Tu as raison ! Je ne savais pas que vous aviez apporté ça, mes chéris ! Une chance que vous y avez pensé !

Caroline, prise d'émotion, essuya une larme sur sa joue. Dans la folie de la veille, les petits n'avaient pas quitté leur chambre les mains vides. Avaient-ils senti, eux aussi, que c'était la fin de leur séjour entre les murs de cette maison qui les avait vus naître tous les deux ? Elle était heureuse que Thomas ait songé à apporter les photos. Ce serait un beau souvenir pour elle aussi.

Thomas reprit sagement sa place dans la remorque, avec son petit album coloré sur les genoux, et Joseph envoya le signal du départ après avoir donné un immense baiser sur le museau de son petit chien, puis, spontanément, sur la joue de son grand frère. On pouvait finalement partir.

Dès les premiers tours de roue, Caroline comprit que ce ne serait pas facile. Chargée comme un mulet, elle n'avait pas gagné l'autoroute qu'elle était déjà en sueur. Elle avait la désagréable impression d'être un hippopotame hors de l'eau et, apparemment, cette impression était partagée :

— Maman ! Ça va donc bien pas vite, notre affaire ! commenta sévèrement Thomas, au bout de cinq minutes. D'habitude, avec papa, on va plus vite que ça !

Hé, oh ! Je te signale que je transporte un sac à dos d'une capacité de cinquante litres plein à ras bord et que je me promène en tirant pour au moins trente kilos de bébés, sans compter le reste du matériel. Si tu veux ma place, morveux, je te la laisse.

— Je fais mon possible, tu sais. Avec le sac sur mon dos, vous deux derrière, la tente, les sacs de couchage, l'eau, la nourriture, ça en fait, des choses à traîner ! C'est lourd et ça me ralentit !

Caroline avait donné sa réplique à bout de souffle. Elle espérait s'attirer de la sympathie ou à tout le moins une certaine forme de compréhension, ce qu'elle obtint, de fait, instantanément :

— Les tortues aussi, c'est pour ça qu'elles vont pas vite. Parce qu'elles traînent leur maison avec elles (*compréhension*). Est-ce que je peux marcher à côté de toi ? Je vais pousser ton vélo et ça va t'aider à avancer (*sympathie*).

— Moi aussi, je vais pousser ton vélo, maman (*sympathie, bis*) !

Be careful what you wish for, 'cause you just might get it… Il faudrait que je m'en souvienne de celle-là ! Une tortue ??? Non, mais !

Ne pouvant se retourner, mais sentant ses fils remuer à l'arrière, Caroline, irritée, leur intima l'ordre de demeurer en place. Ils ne pensaient tout de même pas sérieusement, à presque trois et cinq ans, pouvoir *marcher* à côté d'elle ? Au sérieux du ton qu'elle employa, ils obtempérèrent, contrariés d'être coupés aussi brutalement dans leur élan de générosité. La perspective de marcher sur l'autoroute leur avait paru alléchante l'espace d'un instant, et voilà que ça tombait finalement à plat. Bonne raison pour ronchonner.

Caroline essaya de leur changer les idées en leur proposant de tourner les pages de l'album et de lui décrire les photos qu'ils voyaient. Heureusement, ils acceptèrent de bon gré et, ensemble, ils passèrent un moment à s'y occuper.

De son côté, Wahida n'en menait pas large. Elle était moins chargée que Caroline, heureusement, car elle peinait presque plus qu'elle à avancer. Il y avait quelques raisons à cela : premièrement, si elle avait clandestinement appris à faire du vélo avec un cousin lorsqu'elle avait environ dix ans, elle n'en avait pas refait depuis. Ensuite, l'engin qu'elle enfourchait était trop grand. Elle luttait pour demeurer bien en selle et, lorsqu'elle y parvenait finalement, le poids exercé par le bébé et le sac à dos combinés déclenchait un feu brûlant dans son entre-jambes et rendait insupportable la position assise. Son corps n'avait pas fini de se remettre, là, en bas, et elle découvrit au bout d'un moment qu'il vaudrait mieux alterner avec la position verticale, c'est-à-dire pédaler debout le plus souvent possible.

Tant bien que mal, les deux femmes réussirent à abattre quelques kilomètres. Comme la veille, la route s'allongeait, déserte, exception faite de quelques voitures abandonnées par leurs occupants, sans doute des migrants à court d'essence, comme elles. C'était étrange, de circuler comme ça sur l'autoroute, en bicyclette, dans le calme le plus plat. Comme en ville, la nature commençait à reprendre ses droits sur cet espace délaissé par les humains : les interstices dans le bitume craquelé s'étaient remplis d'humus et de graines au fil des dernières saisons, et l'été qui s'achevait avait été propice à la croissance des végétaux, allant du pissenlit à l'érable, qui élevaient sans crainte leurs tiges fragiles en plein centre de cet endroit autrefois hostile à leur présence. Il y avait, partout autour, une délicieuse odeur de fin d'été. Un mélange de verge d'or, de feuilles séchées et d'asphalte chauffé. Pour une rare fois, Caroline ne perçut pas l'odeur des livres neufs à travers tous ces effluves épicés. L'école ne faisait plus partie de ses préoccupations, n'occupait pas ses souvenirs, même si auparavant, c'était une période de l'année qu'elle affectionnait particulièrement. Son travail n'était plus d'enseigner. Son travail était de mener ses enfants à bon port et de les élever au mieux dans les conditions dont ils disposeraient dans l'avenir. Tous ces beaux diplômes et cette ambition pour en arriver là, à ne plus sentir l'odeur des livres en septembre. Pour Caroline, c'était lourd de sens.

Lorsqu'elles s'arrêtèrent au sommet d'une montée exigeante, Caroline s'étonna de n'avoir jamais remarqué à quel point la pente était raide à cet endroit. Décidément, les perspectives changeaient selon qu'on était assis confortablement dans une voiture climatisée ou le cul posé sur un siège de vélo trop dur, à escalader ce qui avait pris des allures de mont Everest depuis la dernière fois où elle était passée par là. Elle aurait vu des neiges éternelles ou des chèvres de montagne sur les rochers, là, près d'elle, qu'elle n'aurait pas été surprise. Elle avait l'impression d'avoir monté pendant des heures.

Caroline et Wahida descendirent de leurs montures. Les garçons se précipitèrent hors de la remorque à la seconde où elle s'immobilisa, avides de se dégourdir les jambes et de découvrir les alentours. Ils n'avaient jamais vu de près ces falaises de roc qui bordent les autoroutes à certains endroits et ils en profitèrent pour aller tâter du gros caillou sous l'œil attentif des deux femmes, qui s'assirent tout près, à l'ombre. Le vigoureux poupon déposé devant elles sur une petite couverture, elles profitèrent de la fraîcheur de l'endroit pour se reposer. Elles en avaient bien besoin. Ni l'une ni l'autre n'était préparée à affronter une pareille épreuve physique. Elles avaient mal aux cuisses, aux fesses, au dos, elles avaient chaud, elles étaient fatiguées, mais elles avançaient. Et c'est tout ce qui comptait vraiment. Caroline ne savait pas combien de kilomètres il leur restait à faire et préférait ne pas trop y penser. De toute façon, il était presque midi, les garçons réclamaient leur casse-croûte. Les estimations seraient pour plus tard.

Pendant qu'ils mangeaient tous ensemble les récoltes de leur potager, les dernières qu'ils pourraient se mettre sous la dent, ainsi qu'un peu de pain durci, Wahida remarqua, loin devant, sur la voie en sens inverse, un point mouvant. Quelques minutes plus tard, Caroline et elle statuèrent qu'il s'agissait d'un marcheur. Solitaire. Il venait dans leur direction. Sur leurs gardes, elles pressèrent les garçons de terminer leur gueuleton et réemballèrent leur matériel, ainsi que le bébé, afin de reprendre la route au plus vite.

Mais qu'est-ce qui est en train de nous arriver? On voit quelqu'un marcher à notre rencontre et on le catégorise automatiquement comme « méchant »? Vraiment? Eh ben, oui! Disons donc… « suspect ». Impossible de faire mieux. La leçon du potager a durement porté.

Alors que tout le monde était fin prêt à reprendre la route, Joseph décida que le moment était mal choisi pour lui. Il avait envie de courir et n'entendait pas retourner dans la remorque de sitôt. Caroline tenta par tous les moyens de l'y faire monter, mais il ne voulait rien entendre. Elle était sur le point d'aller le chercher pour l'installer sur son petit siège de force, de l'y attacher s'il le fallait, car sa patience était à bout. Les dernières vingt-quatre heures avaient été pénibles. Elle n'avait pas beaucoup dormi, n'avait pas beaucoup mangé et tout cet effort physique minait ses maigres réserves d'énergie. En temps normal, elle le savait, Joseph lui aurait obéi rapidement, mais il était lui aussi déstabilisé par la situation exceptionnelle dans laquelle ils se trouvaient, et elle ne trouvait plus la force de mobiliser toutes ces belles stratégies d'éducation qu'elle connaissait pourtant bien. Devant son petit bonhomme à l'air buté qui se rebellait, elle sentait sa colère monter. Un tourbillon d'émotions s'installait au niveau de son estomac et elle sentait son visage virer au rouge. Elle était à deux doigts de se délester de son sac pour aller chercher le petit récalcitrant par la peau du cou, lorsque Wahida s'interposa :

— Tu vouloir courir, c'est ça ? demanda-t-elle à Joseph avec un sourire dans la voix et un éclair de malice au coin de l'œil.

— Oui ! s'écria Joseph, ravi de voir que quelqu'un partageait enfin son sentiment.

— Tu vouloir aller très très vite ?

— Oui ! Très vite !

— Nous descendre montagne maintenant ! Très très vite, avec la bicyclette ! Si tu marcher, si tu pas dans petite voiture, tu pas aller vite. Tu rester en haut de montagne. Nous partir maintenant. Tu venir avec nous ?

Joseph était hésitant. Ce n'était pas ce à quoi il avait pensé. Il regardait Wahida avec la bouille renfrognée, mais au moins, il avait cessé de tempêter. Caroline le laissa faire un instant, l'observa. Quand il vit que Wahida remontait sur sa bicyclette, il jeta un coup d'œil à sa mère, qui avait déjà le pied sur une pédale, et se précipita dans la remorque, écrasant au passage la jambe de son grand frère, qui se mit à pleurnicher. À l'évidence, on n'en avait jamais fini avec deux enfants.

Caroline s'approcha de Wahida pour évaluer le chemin qui s'étendait devant elles. Elles étaient au sommet d'une longue pente. Elles décidèrent de la dévaler à vitesse maximale, sans s'arrêter, étant donné qu'après, une nouvelle montée abrupte les attendait. Le marcheur sur la voie inverse, qui progressait toujours dans leur direction, était leur préoccupation principale. Hostile ou pas, elles se mirent d'accord pour l'ignorer, passer devant lui sans échanger une parole. Malgré les enfants qui s'impatientaient derrière et le poupon qui hurlait dans le porte-bébé, les deux femmes attendirent que le marcheur parvienne au bas du vallon. Lorsqu'elles le dépasseraient, elles prévoyaient filer devant lui comme deux flèches. Et au moment où, naturellement, leurs bicyclettes ralentiraient, l'inconnu serait déjà loin derrière.

L'homme qui marchait sur l'autoroute vers la grande ville avait aperçu les deux cyclistes depuis un moment. Il avait rapidement compris que c'était deux femmes accompagnées d'enfants. Il voyait leur hésitation à descendre de leur perchoir et comprenait. Elles faisaient bien d'être prudentes. D'expérience, il savait que les rencontres qu'on faisait sur la route n'étaient pas toujours heureuses. Et deux femmes... Du bout des doigts, il caressa machinalement la blessure encore vive qui lui barrait le menton. «Une deuxième bouche», avait dit le gars en lui perçant la peau avec son couteau, avant de s'enfuir avec le peu de nourriture qu'il lui restait et ses quelques vêtements de rechange. Il ferait mieux de prévenir les voyageuses. Un petit détour, il en était certain, pourrait leur éviter de faire la même rencontre que lui. Et en échange d'un aussi bon tuyau, qui sait si elles ne lui donneraient pas un peu d'eau ou de quoi se mettre sous la dent?

Le moment venu, Wahida fut la première à s'élancer. Caroline laissa se créer un peu de distance entre elles, puis partit à sa suite, au grand bonheur de Thomas et Joseph, qui gloussèrent de contentement. Caroline elle-même, en dépit de la situation, éprouva un frisson de plaisir en sentant l'accélération de sa monture. Pendant un court instant, il n'y eut rien d'autre qu'elle et le vent doux de septembre fouettant son épiderme. Cette impression grisante était exactement la même que lorsqu'elle était enfant : liberté et toute-puissance. À douze ans, au moment où Caroline ressentait cette exacte félicité, elle lâchait le guidon, étendait les bras et se fermait les yeux, le temps d'une longue inspiration. Au diable le danger ! C'était sa manière à elle de célébrer ce bonheur fugace des jours d'été, de goûter à l'existence dans ce qu'elle avait de plus brut et de plus beau. Cette fois, néanmoins, mieux valait garder les yeux ouverts et les mains fermement accrochées, car le jeu de trompe-la-mort était plus vaste et plus complexe aujourd'hui que lorsqu'elle était enfant. Il ne se terminerait malheureusement pas une fois arrivée au bas de la pente et le fait d'y entraîner ses propres enfants avait quelque chose de nettement moins euphorisant.

À mesure qu'elle gagnait du terrain, la silhouette du marcheur à sa gauche se précisait. C'était un homme au pas lourd, ni jeune ni vieux. Il portait de mauvaises chaussures et un chapeau de cow-boy usé, en dessous duquel s'échappaient des cheveux clairs. Il semblait avoir une blessure au visage, ne portait pas de gants, pas de masque, et voyageait léger, chose étonnante, dans le contexte. Lorsque Wahida parvint à sa hauteur, Caroline le vit lever les bras et lui faire des signes. Il voulait qu'elles s'arrêtent, c'était évident, mais Wahida, suivant leur plan, ne lui accorda même pas un regard et fila à toute allure.

Caroline, de son côté, n'éprouvait plus la même certitude. Elle appuya légèrement sur son frein, question de se donner une seconde de plus pour réfléchir. Avait-il besoin d'aide? Avait-il quelque chose à leur dire, une information à leur demander? Allait-il les voler? Les contaminer? Les attaquer? Caroline desserra le frein. Elle ne pouvait pas prendre de risque. Pas avec ses enfants, même si l'homme ne lui semblait pas menaçant de prime abord. En le croisant, elle échangea un regard avec lui et elle espéra qu'il pourrait y lire combien elle était désolée de ne pas lui accorder l'attention qu'il réclamait. Ce n'était pas dans sa nature, la méfiance. Dans sa vie d'avant, elle aimait les gens. Elle donnait une chance à tout le monde, même aux plus rebutants. Ça faisait partie de son métier, mais ça faisait aussi partie de ce qu'elle était, elle.

À mesure que sa bicyclette ralentissait et qu'elle grimpait la nouvelle pente devant elle, les remords la rattrapaient. Elle aurait pu s'immobiliser et lui dire de rester loin. Elle pouvait encore s'arrêter et lui demander si ça allait… Le pauvre homme était sûrement mort de faim.

Bordel! On est dans le même pétrin, lui et nous! On se sent seuls comme des cons et, quand on se voit, on s'ignore. La belle affaire!

Wahida avait gagné le sommet de la colline. Caroline, à cause du poids de sa cargaison, n'avançait presque plus, même debout sur ses pédales. Elle était à bout de souffle, ses cuisses en feu tremblaient et ses remords la hantaient. Que pouvaient-elles faire pour lui? Elles en avaient pour au minimum deux jours avant d'arriver chez sa sœur et Caroline doutait qu'elles aient suffisamment de nourriture pour nourrir toutes les bouches affamées de leur expédition, particulièrement si leur voyage devait prendre plus de temps que ce qu'elle estimait. Que pouvaient-elles faire?

Caroline eut soudainement une idée. Elle gara sa bicyclette sur le côté, perpendiculaire à la pente, et se défit de son sac à dos. Elle demanda aux garçons de marcher jusqu'à Wahida, question qu'ils en profitent pour se dégourdir les jambes et qu'ils la laissent tranquille pour exécuter son plan. D'une pochette de son sac à dos, elle tira son calepin. Le précieux, comme elle se plaisait à l'appeler. Celui dans lequel elle gribouillait pour apaiser son esprit quand elle était anxieuse. Elle griffonna un message sur une page vierge, retira celle-ci de la reliure, puis la plia. Dans une autre pochette de son sac, elle trouva son trousseau de clés. Elle en retira sa clé de voiture et inséra sa feuille gribouillée dans l'anneau métallique de celle-ci. Caroline fit un petit signe à Wahida afin qu'elle ne s'inquiète pas et vérifia que ses enfants l'avaient bien rejointe en haut de la colline. Elle se tourna ensuite pour regarder l'homme qui s'éloignait, puis en insérant son pouce et son index dans sa bouche, elle émit un puissant sifflement pour attirer son attention. L'homme se retourna. En effectuant de grands gestes théâtraux afin qu'il la regarde, elle brandit la clé et le bout de papier dans les airs au-dessus de sa tête, se déplaça vers le centre de la chaussée et y déposa les deux objets liés.

— C'est pour vous! hurla-t-elle, les mains formant un cône autour de sa bouche, à la façon d'un porte-voix.

L'homme salua d'une main et fit lentement demi-tour dans leur direction. Caroline fut rassurée de ne pas le voir se mettre à courir. Il comprenait manifestement leur méfiance.

Caroline rejoignit Wahida à pied, poussant sur le guidon de son vélo comme une forcenée. Finalement, ce n'était pas plus facile de marcher à côté que de pédaler. Lorsqu'elle parvint en haut, complètement hors d'haleine, Wahida voulut savoir ce qu'elle avait laissé au milieu de la route.

— On a laissé de la nourriture dans la voiture. Le melon, tu te souviens? Il va se perdre de toute façon, alors je lui ai laissé la clé, et sur le papier je lui explique où est la voiture.

— C'est bonne idée. Mais maintenant partir.

Wahida ne voulait pas être à proximité au moment où l'inconnu viendrait chercher la clé. Et Caroline non plus, pour être honnête. De toute manière, la journée passait rapidement, et elles n'avançaient pas assez vite. Une autre descente les attendait. Les garçons se laissèrent aisément convaincre d'embarquer cette fois, mais arrachèrent la promesse à leur mère qu'ils pourraient de nouveau marcher et courir dès qu'ils seraient en bas. Caroline soupira. À ce train, ils seraient chez Jenny dans une semaine.

Les deux femmes s'élancèrent à nouveau et l'homme, qui revenait lentement sur ses pas, secoua la tête en les regardant disparaître. Elles lui avaient laissé quelque chose, mais ne lui avaient pas donné l'occasion de remplir sa part de marché. Dommage. Des femmes et des enfants. Ils seraient peut-être plus cléments avec elles? Peut-être pas. Ils n'avaient pas l'air de ce genre de types. Vraiment dommage.

⁂

En tant que personne angoissée, Caroline était portée à faire des plans. Pour se rassurer. Constamment. Il était important pour elle de savoir à l'avance le « comment », le « pourquoi », le « où », le « quand » et le « avec qui » avant d'agir. Aussi, dans le plan qu'elle avait dressé dans sa tête depuis le début de la journée, Wahida et elle n'allaient s'arrêter qu'à la tombée du soleil pour monter le camp, son souhait étant d'abattre le plus de kilomètres possible avant la nuit. En théorie, elles y seraient arrivées :

- si elles n'avaient pas été accompagnées de deux garçons en mal de mouvement ;
- si elles n'avaient pas porté un poupon nécessitant un allaitement toutes les deux heures ;
- si elles avaient été entraînées, n'avaient pas porté autant de bagages et n'avaient pas eu aussi mal au derrière.

Si. Les « si » avaient fait en sorte que, finalement, elles s'étaient arrêtées comme l'après-midi achevait, complètement vannées.

Suivant les précieuses recommandations de Ruberth, elles avaient traîné leurs bicyclettes et la remorque sur une bonne distance dans la forêt qui bordait l'autoroute. Après que Caroline eut été faire un tour de reconnaissance dans le but de s'assurer qu'il n'y avait pas d'habitation dans les alentours, qu'ils étaient fin seuls, elles commencèrent à s'installer.

Thomas et Joseph étaient excités comme des puces. La perspective de faire du camping les emballait au plus haut point. Ils voulaient aider leur mère à monter la tente, et Caroline, avec patience, leur indiqua la marche à suivre. Ensemble, ils furent étonnamment efficaces et, bientôt, au milieu des arbres se dressa un dôme de toile vert, gris et jaune criard dans lequel les enfants s'empressèrent d'installer les sacs de couchage. Joseph réclama un feu de camp, mais Caroline rejeta l'idée. À la nuit tombée, elle ne voulait pas qu'une lueur trahisse leur présence. Les garçons furent déçus, mais s'en remirent lorsque Caroline leur enseigna comment crever les pustules gommeuses sur le tronc d'un sapin baumier qui se trouvait à proximité.

Pendant qu'ils s'affairaient à cette tâche avec tout le sérieux du monde, que l'air s'emplissait d'un effluve astringent et corsé, Wahida s'occupait de son bébé et Caroline essayait de faire fonctionner le petit poêle de camping, dans le but de cuisiner une chaudronnée de pommes de terre. L'attention de tous fut toutefois soudainement reportée sur un son qu'ils semblèrent percevoir au même moment. C'était encore loin, mais reconnaissable comme une flatulence dans un confessionnal.

— Maman! C'est un hélicoptère! s'écria Joseph, tout heureux, en levant les yeux vers le ciel.

L'épaisse canopée les empêchait de bien voir l'appareil qui s'approchait. Aussi, au grand malheur des garçons, ils n'en distinguèrent finalement que les contours lointains, alors que l'engin circulait au-dessus de l'autoroute un peu plus loin. À cause du bruit, le petit Ali prit peur et se mit à pleurer. Wahida le serra contre lui et Caroline fut tentée de faire de même avec ses garçons. Que venait faire un hélicoptère dans cet endroit désert? Et aussi bas? Ils cherchaient sans doute quelque chose.

«Ils.» Encore ce pronom impersonnel. Quand on ne sait pas, c'est encore et toujours «ils». Les autres. Bons ou méchants, cette fois?

Aussitôt que le son s'éloigna, Caroline et Wahida échangèrent un regard soulagé, inexplicablement persuadées qu'elles venaient d'échapper à quelque chose. À tort ou à raison?

Pour la nuit, on installa Ali dans la remorque, à l'intérieur de la tente. Wahida et Caroline préféraient ne pas savoir le poupon couché à même le sol humide et parmi tous ces corps qui devraient se partager les deux sacs de couchage, qu'on avait attachés ensemble dans l'intention d'en fabriquer un seul, mais de format double. Les grands et les petits se mirent au lit en même temps et il fut difficile de savoir qui s'endormit en premier, car tous étaient épuisés. Avant de fermer les yeux, Caroline jeta un coup d'œil sur son cellulaire: pas de message et pas de réseau. En s'allongeant sur le côté, le nez dans le cou de son plus jeune, elle crut entendre Wahida pleurer, mais le sommeil la tenait en joue et elle capitula rapidement. Malgré le sol dur et inégal, malgré le froid de la nuit et les mouvements répétés de ses garçons; malgré les pleurs fréquents d'Ali et le grognement nocturne d'un raton laveur trop curieux, Caroline dormit d'un sommeil lourd jusqu'au petit matin.

Chapitre 18

La Loi sur les mesures de guerre a été en vigueur trois fois au Canada, soit au cours des deux guerres mondiales et pendant la crise d'Octobre 1970. Cette loi permettait, lors d'une crise, d'entraver les libertés individuelles afin que le gouvernement maintienne l'ordre et la sécurité. En 1988, elle a été remplacée par la Loi sur les mesures d'urgence. Cette dernière, encore en vigueur aujourd'hui, prévoit les décrets à adopter en cas de crise, tels que l'interdiction des déplacements, la réglementation de la distribution des denrées, la mise sur pied d'abris d'urgence, l'aliénation, l'usage ou la réquisition des biens. Et l'armée, dans le cadre de ses fonctions habituelles, est toujours disposée à apporter de l'aide aux pouvoirs civils dans le maintien de l'ordre et de la sécurité, toujours prête à organiser et à distribuer l'aide aux citoyens sinistrés.

10 septembre

Dans cette forêt en bordure d'autoroute, les oiseaux de l'été ne chantaient plus, le matin. Seuls les corbeaux et les geais, parfois, faisaient entendre leur plainte rauque, s'interpellant les uns les autres d'une voix trop forte et arrogante, comme les ivrognes de l'aube au sortir de l'hôtel, insouciants de leur boucan, insensibles à ceux qui peuvent encore dormir. Caroline se prévalait justement de ce droit fondamental, blottie au fond de sa tente, lorsque ce croassement caractéristique résonna dans ses tympans. Dans son esprit, une image se forma : des oiseaux noirs, dans un arbre aux branches séchées, tordues et blanchies. Des oiseaux bruyants, agressifs, une vision hitchcockienne, où Hadès, son chat au pelage aussi sombre que le plumage des corbeaux, trônait à l'intersection de deux grosses branches dénudées. Il était le roi au milieu de ses sujets, crachant et battant de la patte, toutes griffes dehors, une panthère voulant défendre son butin. Pourtant, il n'y avait plus rien à défendre : autour de cet arbre, c'était la désolation. Un paysage vide, une sensation lunaire de solitude absolue, la certitude d'être parvenu au bout de l'espoir et tout le poids de cette abominable découverte.

Caroline émergea du sommeil comme la victime d'un naufrage qui retrouve tout à coup la surface de l'eau. Les yeux écarquillés, sa bouche ouverte cherchant l'air frais et le corps en sueur, il lui fallut quelques secondes pour se rendre compte qu'elle était entourée des siens. Son cœur battait à tout rompre dans sa poitrine. Elle respira un grand coup, dirigea spontanément son esprit sur le plan de la journée, et son rythme cardiaque se régularisa. Perdue dans ses pensées pratico-pratiques, absorbée à planifier l'expédition du jour, elle ne réalisa même pas qu'elle venait d'éviter une crise, qu'elle n'avait pas eu recours à son carnet, sa béquille ordinaire, et qu'elle venait d'accomplir un exploit, une victoire sur elle-même, sur sa bête. D'ailleurs, elle en aurait été consciente qu'elle n'aurait pas compris comment elle avait fait pour laisser le désespoir de son rêve lui glisser sur la peau et s'évaporer dans la brume du matin. Centrée sur l'action, à bonne distance de ces considérations désormais reléguées au second rang, elle s'apprêtait à réveiller sa marmaille pour démarrer la journée lorsqu'Ali, de toute la force de ses minuscules mais puissants poumons, s'en chargea pour elle.

Wahida avait une mine terrible. Elle s'était reposée sans avoir pu récupérer entièrement, à cause de son bébé. Toute la nuit, elle avait eu peur qu'il ne dérange les autres, peur qu'il ne prenne froid. Elle avait fini par le coucher directement sur elle, sur son ventre, là où la chaleur était bonne et la nourriture facilement accessible. Elle l'avait allaité plusieurs fois et remis en place entre ses énormes seins, où il avait dormi paisiblement pendant qu'elle modulait son attention sur le va-et-vient de son petit souffle apaisé, qu'elle s'astreignait à l'immobilité et obligeait son esprit à demeurer vigilant. Dès qu'elle se mit en train, ce jour-là, ce fut avec la désagréable impression d'être encore plus fatiguée que la veille.

Caroline était inquiète de l'état de sa compagne. Bébé Ali était vorace et Wahida épuisée. Avait-elle bu suffisamment? Mangé à sa faim? Rien n'était moins sûr. Leurs rations d'eau et de nourriture étaient comptées et tous s'étaient privés. Émotions fortes, fatigue et déshydratation ne font pas bon ménage en période d'allaitement. Il faudrait être plus attentive aujourd'hui et voir à ce que Wahida ne manque de rien.

Après que tous eurent déjeuné d'un bol de gruau nature, cuit dans l'eau des pommes de terre de la veille, Caroline, Wahida et Joseph entreprirent de lever le camp, pendant que Thomas veillait sur Ali, déposé sur une couverture à même le sol.

— Tu vas voir, bébé. Y a pas de fourmi qui va entrer dans tes oreilles et si un loup veut venir te manger, je vais lui lancer une grosse roche, grosse comme la tente, puis je vais l'écraser.

Le retour sur l'autoroute fut exigeant. La veille, pour se rendre dans la forêt, les deux femmes et leurs enfants avaient dévalé un long talus abrupt et il fallait maintenant affronter cette épreuve topographique en sens inverse. Ali fut déposé dans la remorque, les enfants de Caroline postés près de celle-ci et les deux femmes escaladèrent la pente en poussant leurs bicyclettes à travers les hautes herbes de la fin d'été, soulevant à leur passage des nuages de semences duveteuses qui s'éparpillèrent de part et d'autre comme des nuées d'insectes silencieux. Avant de franchir le garde-fou, accroupie parmi les asclépiades et les verges d'or couvertes de rosée, Caroline vérifia que la voie était libre. L'atmosphère encore brumeuse l'empêchait de voir à bonne distance, mais l'absence de mouvement et le calme plat qui régnait l'incitèrent à baisser sa garde. Elle invita Wahida à traverser sa bicyclette et fit de même avant de retourner au bas du talus pour aller chercher les enfants.

Elle n'était pas au milieu de la pente que son cœur s'arrêta. Penché sur le bébé à l'intérieur de la remorque, Thomas semblait en pleine discussion avec le petit Ali, qui gazouillait, tandis que Joseph n'était visible nulle part. Comment était-ce possible? D'où elle était, elle avait une vue d'ensemble sur la petite clairière en contrebas et elle ne l'apercevait pas. S'était-il enfoncé dans la forêt? Caroline se précipita au bas de la pente et questionna Thomas, qui leva les yeux, étonné de constater que Joseph, de fait, n'était plus à ses côtés. Caroline appela son jeune fils à plusieurs reprises, fouilla les herbes hautes, de plus en plus inquiète. Elle ordonna à Thomas de rester en place puis s'éloigna, tournant à droite, à gauche, faisant trois pas devant et deux derrière, appelant son fils d'une voix de plus en plus incertaine. Où chercher? La panique était en train de la gagner. Pourquoi ne répondait-il pas? Il ne pouvait pas être bien loin!

— Jo-seph! cria-t-elle encore, au bord des larmes.

Alors que son regard se perdait dans les taillis ou se butait dans les enchevêtrements de plantes qui formaient un mur tout autour, une main ferme vint se déposer sur l'épaule de Caroline et la fit sursauter.

— Wahida! J'ai perdu Joseph! balbutia Caroline en reconnaissant sa compagne, venue à sa rencontre.

— Je sais. Nous retrouver Joseph. Regarde.

Au milieu d'une grappe serrée de plants d'asters aux feuilles sombres et aux fleurs violacées, Wahida désigna du doigt une petite ouverture, comme un sentier. Joseph était-il parti par là? Caroline se rua dans cet interstice végétal en continuant d'appeler son garçon. Suivant cette trace qui n'en était peut-être même pas une, elle déboucha au bout d'un moment sur les abords d'un petit cours d'eau presque asséché où elle découvrit enfin le jeune fugueur, affairé à lancer des cailloux dans l'eau de la mare devant lui.

Pareil comme son père. Quand il est occupé à quelque chose, celui-là, il n'entend plus rien. Rien à voir avec le fonctionnement des oreilles, en plus.

Partagée entre le soulagement et la colère, Caroline rejoignit son fils. La voyant apparaître devant lui, le petit se détourna, les sourcils froncés, l'air buté. Sa mère le dérangeait. Il savait qu'elle était venue l'interrompre et il n'était pas d'accord. Il ne voulait pas retourner dans la remorque sur la route. On y était coincé, immobile, et ça n'allait jamais assez vite à son goût. La vie en forêt lui plaisait autrement plus.

Caroline décida de le laisser s'amuser encore un moment, le temps de se calmer un peu. Elle était littéralement hors d'elle. Après la frayeur qu'il venait de lui faire, elle avait besoin de se calmer avant d'intervenir. Au bout d'une minute, elle s'approcha donc de lui, le regarda projeter des cailloux un instant, s'extasia devant la vigueur de ses muscles qui lançaient si loin, et lorsqu'il lui sourit enfin, n'y tenant plus, elle l'enlaça tendrement. Elle avait eu si peur! Le petit se laissa bercer par sa mère, puis leva son visage vers elle. Il avait la mine barbouillée et le regard vif. Il n'avait aucune idée de ce qu'il venait de faire subir à sa pauvre mère. Caroline le gronda:

— Tu es parti sans me le dire. Je t'ai cherché partout. J'ai crié ton nom et tu ne me répondais pas. J'ai eu très peur de te perdre.

— J'étais pas perdu! J'étais ici, rétorqua l'enfant, qui, chaque fois qu'il était pris au piège, tentait de fuir de la même façon, en niant.

— Oui, tu étais perdu, poursuivit Caroline, fâchée de constater que Joseph n'admettait pas sa faute, et tu es chanceux que je t'aie retrouvé avant que les loups viennent te manger.

Joseph ouvrit grand les yeux et demeura muet un moment. Caroline s'en voulut instantanément d'avoir fait peur à son fils; les disciples du docteur Spock de ce monde auraient très certainement désapprouvé, mais la menace porta. Un léger craquement se fit entendre dans la forêt, tout près, et Joseph, visiblement inquiet, s'agrippa au cou de sa mère.

— On s'en va, maman! la pressa-t-il en surveillant nerveusement l'orée du bois.

Caroline le souleva et le ramena jusqu'à l'autoroute, où Thomas et Wahida attendaient impatiemment leur retour.

— T'étais où, Joseph? demanda Thomas en apercevant son frère.

— Au ruisseau, répondit simplement le plus jeune, dans un haussement d'épaules et un soulèvement de sourcil qui trahissaient une certaine culpabilité.

— Pour quoi faire? poursuivit Thomas, qui ne comprenait pas la décision de son cadet aventureux.

— Rien. J'ai lancé des roches et j'ai bu de l'eau.

— Quoi?!! s'exclama Caroline en entendant la réponse.

Caroline déposa son fils devant elle et lui essuya le tour de la bouche avec la manche de son chandail, comme si cela pouvait aider. Quelle horreur! L'eau de ce ruisseau était si stagnante qu'elle-même avait renoncé à l'utiliser pour faire bouillir ses pommes de terre le soir d'avant. Vraiment, ce bébé, il ne fallait jamais le quitter des yeux! Elle l'obligea à se rincer la bouche, ce qu'il exécuta avec un bonheur non dissimulé au moment où il fallut cracher par terre.

Alors que le brouillard matinal se dissipait doucement, les deux femmes et leurs enfants se remirent en route. Le début du parcours s'annonçait plus aisé que la veille, où elles avaient franchi, sur les derniers kilomètres, un enchaînement de collines et de vallons. Néanmoins, le corps des deux pédaleuses était meurtri par l'effort physique, et l'acide lactique qui rendait leurs muscles douloureux semblait s'être infiltré dans chaque partie de leur anatomie. Wahida grimaçait et avançait en silence tandis que Caroline constatait avec surprise que même ses mains lui procuraient de la souffrance, lorsqu'elle étendait les doigts pour atteindre les freins. Et elle avait tellement mal au derrière ! Elle n'osait pas penser à ce que Wahida endurait.

Les réserves de nourriture et d'eau étaient presque épuisées. Caroline avait de la difficulté à mesurer avec précision la distance qu'elles avaient parcourue jusqu'à maintenant, mais elle pensait peut-être réussir à atteindre la maison de sa sœur en fin de journée. Jenny ne savait même pas qu'elle était en route avec les enfants, ignorait que Samuel était malade. Il y avait tout un bail qu'elle ne lui avait pas parlé. La dernière fois, c'était à la Saint-Jean-Baptiste. Fin juin. Presque deux mois et demi depuis leur dernière conversation. Caroline eut soudain une pensée qui fit monter une vague d'inquiétude dans sa poitrine : *Et si ça ne va pas à la ferme ? S'ils sont malades là-bas ? S'il n'y a plus personne pour nous accueillir ?*

Cette perspective n'avait rien de réjouissant. Caroline respira un grand coup et tenta de faire marche arrière dans son cerveau. Ça ne servait à rien, ce genre de pensées, sinon qu'à préparer le terrain pour une belle crise d'angoisse. Inutile. Terminé. Coupez !

On verra ça bien assez tôt.

Le moment présent, concentre-toi là-dessus.

Les deux femmes roulèrent courageusement et efficacement jusqu'à l'heure du lunch, et ce, presque sans interruption pour cause d'allaitement, de changement de couche, de chicane ou de crise. Un miracle. Comme si les petits avaient saisi qu'elles ne pouvaient pas s'attarder, que le temps ne filait pas en leur faveur. Tout au long de leur avancée, les cyclistes croisèrent des véhicules arrêtés au bord de la voie, désertés par leurs passagers, et à quelques reprises, un hélicoptère, sans doute celui de la veille, les survola à haute altitude. Au bout d'un moment, les deux femmes cessèrent de s'inquiéter de cette présence mécanique au-dessus de leur tête, puisque, semblait-il, ceux qui se trouvaient là-haut avaient choisi de les ignorer. Caroline était en partie rassurée, car en théorie, elles n'auraient pas dû se trouver là. Le gouvernement prescrivait aux gens de demeurer chez eux pour éviter la propagation de la maladie et économiser l'essence, sauf que, dans les faits, Wahida, les enfants et elle s'inscrivaient dans un flot migratoire sans précédent que même l'armée ne pouvait contrôler.

La pause du midi fut prise à l'ombre d'un panneau publicitaire désuet offrant l'image racoleuse d'une mer turquoise bordée de sable blanc. Le message anachronique suggérait de se procurer au plus vite un forfait tout inclus à moins de mille cinq cents dollars par personne.

La belle affaire! Et si on y va en bicyclette, on peut s'arranger, pour le prix?

Allongée dans l'herbe à côté de Wahida qui allaitait tranquillement, Caroline laissa ses enfants repus se dégourdir les jambes dans le pré qui s'étendait devant eux. Elle les incita à faire des courses, compta les secondes nécessaires à chacun pour courir d'un point A à un point B, leur énuméra quelques objets à trouver dans les alentours en nommant cette quête «la chasse au trésor». Un véritable succès.

Lorsqu'elle reprit la route, ce fut avec l'espoir de voir ses garçons s'assoupir pendant une bonne partie du trajet. Grâce à toute cette énergie dépensée à l'heure du repas, ses attentes furent comblées au bout d'un kilomètre ou deux. Caroline était encouragée. Elles approchaient maintenant de la ville en banlieue de laquelle sa sœur habitait. Plus que quelques sorties et elles devraient s'engager sur un autre tronçon d'autoroute.

Enfin! Ça, c'est du progrès!

Au moment où elles s'apprêtaient à passer sous un viaduc en commentant leur avancée avec enthousiasme, les deux femmes furent tout à coup surprises de voir quelqu'un sortir du véhicule qui était stationné en dessous. Depuis plusieurs kilomètres, elles ne se méfiaient plus de ces épaves toujours vides et passaient devant sans se soucier d'y rencontrer âme qui vive. Cette fourgonnette grise ne leur avait donc pas paru plus suspecte que les autres véhicules, et voilà qu'elles se voyaient contraintes d'arrêter leurs bicyclettes devant cet homme qui en sortait et leur faisait maintenant face, d'un air de défi, les poings sur les hanches.

Caroline et Wahida s'immobilisèrent et toisèrent l'homme, qui ne portait pas de masque ni de gants. Dans une posture intimidante, il les dévisageait, l'air de se demander ce qu'il allait bien faire d'elles. Ventru, le crâne dégarni, la cinquantaine profondément marquée au visage, il portait des vêtements de travail bleu sombre à l'aspect négligé. De toute évidence, cet homme n'avait pas priorisé l'hygiène ces jours derniers. Caroline jeta un œil sur sa compagne. Elle aurait eu besoin de temps pour discuter avec elle, évaluer les options : on lui parle ou pas ? On détale ou pas ? Hélas ! Wahida lui retourna un regard terrifié qui ne fit que confirmer son intuition première. Il fallait partir ! Juste au moment où elles entamaient la marche arrière, trois autres hommes surgirent de la camionnette et se ruèrent sur elles pour les encercler, puis deux autres encore, venus d'on ne sait où, complétèrent ce qui avait toutes les allures d'une formation d'attaque. Ils étaient six autour d'elles, bloquant la route devant et derrière. Ils n'avaient pas une gueule de porte-bonheur et n'étaient visiblement pas là pour leur chanter joyeux anniversaire.

— Maman ? Qu'est-ce qui se passe ? On peut descendre ? demanda Thomas, éveillé par cet arrêt brusque et la tension dans l'air.

— Non. Thomas, tu restes dans la remorque. Tu as compris ? Tu ne bouges surtout pas et tu t'assures que Joseph reste avec toi. Dis-moi que tu as compris.

Caroline, bien qu'ayant le cœur complètement affolé, avait réussi à parler d'une voix ferme et autoritaire. Thomas sentit immédiatement que c'était là une injonction à laquelle il devait se soumettre. Il jeta un regard autour de la remorque, une main protectrice posée sur le torse de son petit frère, et les gens qu'il vit autour de lui, de sa mère et de Wahida ne lui inspirèrent aucune confiance. Il passa son bras autour des épaules de Joseph, l'attira contre lui et confirma à sa mère qu'il obéirait à sa demande.

Wahida serrait son bébé contre elle. De ses deux mains tremblantes, elle pressait nerveusement la petite silhouette enroulée dans le tissu qu'elle portait devant elle et baissait la tête. Caroline vit une grosse larme glisser le long de sa joue. Empêchée par l'énorme sac de voyage qu'elle portait sur le dos, Caroline ne pouvait surveiller ce qui se passait derrière et cela lui était insupportable. Ses enfants lui semblaient soudainement à des kilomètres. Il lui fallait s'en rapprocher, toutes les fibres de son corps le lui hurlaient. Mais comment ? Le sac qui l'entravait, la bicyclette à enjamber et ces yeux scrutateurs, tout autour, qui épiaient le moindre geste et laissaient planer une menace silencieuse, mais non équivoque… Caroline fut, pendant un instant, paralysée.

Un homme se détacha du groupe et s'approcha d'elle en la fixant droit dans les yeux. Il avait un couteau à la main et le mettait bien en évidence. D'instinct, Caroline recula et laissa choir la bicyclette à ses pieds. Elle recula encore en titubant et se posta, tremblante, devant l'ouverture de la remorque de façon à créer un obstacle pour celui qui voudrait atteindre ses enfants.

— Qu'est-ce que vous voulez ? réussit-elle à articuler.

— Tout ! Pas compliqué, hein ? Vous laissez tout et on vous laisse partir sans une égratignure. Et c'est bien parce que vous avez des enfants que je vous fais cette offre. D'habitude, ceux qui nous rencontrent, on leur laisse toujours un petit souvenir.

Caroline regarda Wahida, à la recherche d'un peu de soutien. C'était inutile, la pauvre femme pleurait à chaudes larmes et continuait de fixer un point devant elle. Caroline commençait à avoir du mal à respirer. Elle tourna la tête à gauche et à droite en constatant que le cercle se refermait sur elles. Un homme, à sa gauche, tenait une hachette, un autre, à droite, une bouteille de plastique blanc. Le regard de Caroline s'attarda sur cet objet singulier pendant un moment.

— On a trouvé ça dans une usine. On ne sait pas à quoi ça sert exactement, dégraissage, probablement. Dessus, c'est écrit corrosif. Et ça l'est, crois-moi. On l'a essayé sur un type récemment. La gueule qu'il avait après ça… ça valait pas ce qu'il trimbalait dans le coffre de sa voiture, mais bon. On l'avait prévenu.

Caroline n'était pas en mesure de résister. En même temps, elle n'arrivait pas à concevoir comment elle, et surtout ses enfants, parviendraient à marcher la distance qui les séparait de la maison de tante Jenny sans eau, sans nourriture et sans vêtements chauds pour les protéger à la tombée de la nuit. Le mercure était descendu à près de zéro la nuit précédente. Du camping complètement sauvage dans ces conditions, c'était l'hypothermie assurée, mais c'était ça ou quoi ? Un coup de hache ? De l'acide en plein visage ? Sur elles ? Sur leurs enfants ? Impossible de s'exposer volontairement à cette éventualité. Caroline entreprit de défaire les attaches qui maintenaient le sac en place sur son dos.

Ce n'est rien, en fait… quelques vêtements chauds, un peu de bouffe. Allez, courage ! S'ils nous laissent partir d'ici, on trouvera bien une solution.

Au moment où Caroline se tournait légèrement de côté pour laisser tomber le sac à ses pieds, un bruit résonna dans le couloir de béton formé par les colonnes et la voûte du viaduc au-dessus de leurs têtes. Surprise et apeurée, Caroline se tourna, afin de comprendre d'où venait ce vacarme d'enfer. Wahida eut la même réaction et, dans la remorque, les petits se mirent à pleurer, les mains plaquées sur les oreilles. Joseph hurlait de peur et Thomas avait le regard complètement affolé. Tous les deux cherchaient à rejoindre leur mère, s'agitaient pour se rapprocher d'elle.

Ce tonnerre, digne de la plus grande furie de Thor, s'amplifia encore et Caroline sentit que les hommes qui l'entouraient devenaient nerveux. Ils se consultaient du regard, échangeaient des mots qu'elle n'arrivait pas à saisir. Ils s'obstinaient à rester en place, mais Caroline sentait leur confiance vaciller. Deux d'entre eux regardaient sans arrêt en direction de la fourgonnette et trépignaient sur place. Caroline comprit que, sans la présence de leur chef, ceux-là auraient déjà abandonné la partie depuis longtemps.

Le vrombissement à son paroxysme, Caroline ne put s'empêcher elle aussi de protéger ses oreilles. Elle aperçut Wahida qui sacrifiait les siennes au profit de son pauvre poupon en pleurs. En même temps que les hommes autour d'elles, Caroline découvrit finalement la source de ce bruit d'enfer, au moment où un hélicoptère se posa directement sur l'autoroute derrière eux.

Cette apparition mécanisée effraya les hommes, qui prirent la fuite. Leur chef s'attarda, pesta contre les couards de son clan qui venaient de prendre le large et, visiblement contrarié, il empoigna le sac de Caroline avant de faire demi-tour. Contre toute attente, dans un réflexe qu'elle ne pourrait jamais s'expliquer plus tard, elle s'élança à sa suite et, rapidement parvenue à sa hauteur, elle s'abattit de tout son poids sur l'objet, qui échappa aux mains du voleur. Surpris, ce dernier se retourna. Caroline était par terre, couchée sur son sac et n'avait aucune intention de le céder à nouveau. Il n'y avait peut-être pas grand-chose dans ce sac, mais il contenait l'essentiel pour la survie de ses enfants. Si Jenny et le reste de sa famille n'étaient plus en mesure de lui offrir le gîte, ce matériel était tout ce qui leur restait.

L'homme avait la fureur au fond des prunelles. Il s'avança vers Caroline, le poignard brandi au-dessus de l'épaule, la mâchoire serrée, le teint rougi par la colère. Caroline roula sur le côté lorsqu'il arriva sur elle, mais elle n'esquiva pas complètement l'attaque, et l'homme, dans son élan, parvint à lui entailler le bras. Elle sentit la douleur, mais ne s'y attarda pas. Profitant du fait qu'il avait été déséquilibré par son mouvement brusque, Caroline se releva et chercha à fuir, mais son sac était lourd et l'homme déjà sur elle pour tenter de le lui arracher.

L'assaillant était trop fort. Il était armé et Caroline sentait que ses chances étaient bien minces. Elle allait battre en retraite quand elle posa par hasard la main sur un objet inusité qui avait fait la route avec elle depuis le début, sans même qu'elle le remarque. Sur le côté de son sac, elle défit d'un geste rapide deux attaches de velcro et se retrouva subitement armée d'un bâton de marche télescopique d'une trentaine de centimètres et pourvu d'une double pointe en carbure de tungstène. Un cadeau de Samuel pour ses trente ans. Il n'avait pas servi beaucoup jusqu'à maintenant, mais l'heure était venue de rattraper le temps perdu. Caroline eut une ouverture et piqua son bâton dans la cuisse de l'homme, qui lâcha de nouveau le sac en poussant un cri de douleur qu'elle n'entendit pas à cause du vacarme de l'hélicoptère. L'homme se retourna vers elle et lui décocha un regard à glacer le sang. Contre toute attente, il s'éloigna du sac et, alors que Caroline commençait à croire qu'elle avait gagné, l'homme bifurqua et se précipita droit sur la remorque et ses enfants, toujours armé de son couteau. Un gouffre sembla s'ouvrir sous ses pieds lorsqu'elle le vit pousser Wahida et plonger la main dans la remorque pour en tirer Joseph, qu'il empoignait désormais à bout de bras comme une poupée de chiffon. Le petit, terrifié, fixait sa mère affolée, la suppliant du regard, tentait de se débattre sans succès contre cette poigne ferme qui lui faisait mal et qui le maintenait au-dessus du sol. À l'arrière-plan, des soldats sortaient de l'hélicoptère, armés et vêtus d'équipements *hazmat* sophistiqués, mais Caroline ne les voyait pas. Elle n'avait d'yeux que pour son fils, petite poupée de chiffon qui hurlait et s'agitait désespérément. Comme dans un état second, Caroline sentit son corps se projeter vers l'avant, dans un ultime effort pour sauver son fils. Profitant du fait que l'homme avait momentanément détourné son attention en direction de l'hélicoptère, elle arriva sur lui, le bâton brandi. Elle avait son cou dans la mire et avait bien entamé son élan, prête à tout, lorsque l'homme se retourna soudainement vers elle avec une toute nouvelle expression sur le visage. Elle suspendit son geste, interdite devant ce cou mal rasé, cette veine palpitante qu'elle avait presque atteinte. Les soldats hurlaient des ordres dans leur porte-voix, mais la confusion ne venait pas de là. L'homme baissa la tête et posa le regard sur une petite fille maigre aux cheveux noirs, à peine plus vieille que Thomas, qui venait de s'accrocher à sa ceinture. Dans une multitude de gestes théâtraux, elle tirait sur sa veste, l'implorait de partir en déversant un flot de larmes et des suppliques assourdies par le bruit tonnant de l'hélicoptère. Les soldats s'agenouillaient autour pour mettre l'homme en joue, continuaient de hurler des ordres que ni Caroline ni lui n'arrivaient à comprendre. Sous l'insistance de la fillette, qui tentait de lui faire desserrer les doigts, l'homme déposa finalement Joseph dans la remorque, lança un dernier regard à Caroline puis tourna les talons et courut jusqu'à la fourgonnette en tenant son enfant par la main.

Caroline se précipita vers son fils, mais l'étreinte fut de courte durée. Des soldats les obligèrent bientôt à sortir du tunnel avec tout leur matériel, le fameux sac y compris. Pendant qu'on les pressait de continuer leur route sur la voie en sens inverse, qu'on leur intimait l'ordre de s'éloigner le plus rapidement possible, Caroline remarqua que la fourgonnette était maintenant encerclée de part et d'autre.

Secouées, mais n'ayant d'autre choix, les deux femmes obtempérèrent. Elles enfourchèrent leurs bicyclettes puis pédalèrent à en perdre haleine jusqu'à ce que le viaduc ne soit plus qu'un petit point derrière, jusqu'à ce qu'elles prennent enfin un nouvel embranchement en direction d'une nouvelle autoroute qui les rapprochait de leur destination. Pendant un court arrêt pour souffler un peu, elles entendirent des coups de feu, le bruit des armes automatiques, et surtout des cris. Caroline sentit un frisson parcourir son échine : ce cri avait bien failli être le sien... Si cet homme avait fait du mal à Joseph, elle ne s'en serait pas remise.

— C'est quoi, ça, maman ? J'ai peur ! affirma Thomas en se remettant à pleurer.

— Je ne sais pas, mon chéri. On va repartir tout de suite si on veut arriver chez tante Jenny avant la nuit, d'accord ?

Caroline ne se sentait pas particulièrement disposée à fournir des explications. Elle aussi avait peur et elle souhaitait s'éloigner le plus rapidement possible de cet endroit de malheur. Joseph, lui, n'avait pas la même réserve :

— C'est la petite fille qui crie, avança-t-il avec aplomb.

— Est-ce que c'est vrai, maman ? demanda Thomas, inquiet.

— J'espère que non, mon chéri. J'espère que non.

Avec l'aval de Wahida, Caroline écourta la pause pour continuer à avancer. Elle souhaitait clore le sujet. Elle ne voulait pas dire à ses garçons qu'il y avait d'autres enfants avec ces hommes. Elle les avait vus, apeurés, tremblants, recroquevillés entre la camionnette et le mur de béton graffité, attifés de vieux vêtements, sales et maigres comme des chiens errants. Elle en avait vu deux, plus grands, s'échapper à travers champs. Peut-être ceux-là avaient-ils pu se sauver ?

Lorsqu'en fin de journée, Caroline entendit à nouveau le ronronnement de l'hélicoptère haut perché au-dessus de leur tête, son sang se glaça. Qui étaient les bons et les méchants dans cette histoire ? Ces hommes volaient-ils pour nourrir les enfants ? Ces derniers étaient-ils entre bonnes mains avec de telles brutes ? Pourquoi les avait-on laissées partir ? Ces gens étaient-ils recherchés ? Sans doute n'en étaient-ils pas à leur premier méfait. Si c'était le cas, Caroline n'en revenait tout simplement pas d'avoir été sauvée par la cavalerie, *in extremis*, comme dans les westerns américains. Puis elle eut un doute : l'hélicoptère les suivait depuis un moment. S'était-on servi d'elles comme appât ? Sa gorge se serra. Toute cette histoire aurait pu se terminer autrement plus mal et elle ne connaîtrait jamais les causes de ce dénouement digne d'Hollywood. Les informations ne circulant plus comme avant, plusieurs autres de ses questions demeureraient aussi sans réponse : comment cette histoire s'était-elle terminée ? Par un massacre ? Les nombreux coups de feu laissaient à penser que les soldats avaient rapidement expédié la question. La justice se résumait-elle à cela maintenant ? Tout ça pour des vêtements et quelques sachets de nourriture déshydratée ? En quelques jours, Caroline avait connu une émeute pour des légumes et une tuerie pour des fringues. On en était là. Apparemment, chacun était prêt à tout, pour n'importe quoi. Cette pensée avait quelque chose d'effrayant, et c'était encore pire de constater qu'elle-même n'échappait plus à cette règle. Elle avait bien failli enfoncer un bâton de marche dans la jugulaire d'un type, non ?

L'après-midi touchait à sa fin. L'heure du prochain repas approchait et Caroline avait conscience que les provisions étaient presque toutes écoulées. Les deux femmes allaient bientôt parvenir à destination, mais la partie n'était pas encore gagnée et Caroline avait toujours derrière la tête cet étrange pressentiment qu'elle devait couvrir ses arrières, qu'elle ne pouvait pas mettre tous ses œufs dans le même panier et considérer simplement que, une fois chez sa sœur, tout irait pour le mieux.

Lorsqu'elle s'aperçut, devant la sortie suivante, que le supermarché de briques blanches qu'elles voyaient au loin avait été converti en CDA, elle bifurqua de sa route sous le regard interrogateur de Wahida.

— C'est notre dernière chance, pour la nourriture, se contenta de dire Caroline en empruntant la courbe et en présumant que sa voisine la suivrait.

À l'intersection, Caroline et Wahida s'arrêtèrent. Le quadrilatère était barricadé de part et d'autre ; des sacs de sable érigés en murs épais empêchaient quiconque de franchir la voie librement. Cet accès à la ville était étroitement surveillé par des gardes armés en tenue de camouflage. En voyant un soldat s'approcher d'elles d'un pas nonchalant, tandis que ses camarades derrière se raidissaient, Caroline se demanda si tous les points d'entrée de la ville étaient l'objet d'autant d'attention.

— On n'entre pas. Vous êtes résidentes ?

Le simili *G.I.* se tenait à distance. Il avait lancé sa question entre deux vigoureuses mâchées de gomme, les bras croisés sur la poitrine, l'air blasé. Comme s'il répétait sa question pour la centième fois.

— Non. On veut aller au CDA. On s'en va dans un village plus loin, à l'est, et on veut faire des provisions avant de s'éloigner de la ville.

— À l'est ? Par la route 216, j'imagine ? Vous n'allez rien trouver pendant un bon bout par là. C'est mort, à ce qu'on dit.

L'homme éclata d'un grand rire, hilare de sa propre blague, se retournant vers ses compagnons afin de vérifier que son jeu de mots avait bel et bien fait mouche. Caroline tiqua. Elle lui répondit, impatientée :

— Je le sais, c'est pour ça qu'on doit aller au CDA. Est-ce qu'on peut passer ?

— Non. Pas si vous n'avez pas la carte de résidence ou celle d'autorisation temporaire pour approvisionnement.

— Comment on fait pour l'avoir, celle-là ?

— Il faut habiter en banlieue.

— …

— Avez-vous des coupons de rationnement du gouvernement ? Je pourrais peut-être faire une exception si vous en avez.

— Non ! Notre maison a brûlé. On s'est fait attaquer. Je n'ai pas pensé à prendre mes coupons en sortant, c'est drôle, hein ?

— Calmez-vous, ma p'tite dame.

Caroline était de plus en plus impatiente. Elle sentait la colère monter en elle, un trémolo s'insérer dans sa voix.

— La ville n'accueille plus personne, c'est ce que je dois comprendre ? Les affamés, les sans-abri, vous les laissez crever dans la rue, c'est bien ça ?

La p'tite dame n'a aucune envie de se calmer.

— Pas du tout. Si vous voulez, on vous escorte jusqu'au centre d'accueil. Là, vous pourrez vous loger et manger.

Un collègue du pseudo-*G.I.*, qui suivait la conversation à distance, lança une mise en garde :

— Oublie pas, le centre d'accueil sur la 13e avenue est en quarantaine. L'infection s'est propagée à l'intérieur. Il est fermé.

— C'est vrai… Alors il faudra aller au centre-ville, s'il reste de la place…

— Non ! On veut juste aller au CDA ! Acheter du gruau, du lait, des œufs et foutre le camp, ce n'est pas compliqué !

— Ils ne vous laisseront rien prendre là-dedans si vous n'avez pas de coupons de rationnement.

— Je peux en avoir comment, des coupons ?

— Si vous vous installez dans un logement en ville, que vous avez une adresse en bonne et due forme, ou encore si vous gagnez l'un des camps de réfugiés provisoires et que vous vous inscrivez auprès du chef de camp, on vous donnera alors une carte de résidence. Trois à cinq jours plus tard, après avoir rempli le formulaire, une semaine maximum, vous pourrez avoir vos coupons, comme tout le monde.

Le soldat commençait aussi à s'énerver. Pour lui, tout ce qu'il expliquait était le b-a-ba de la vie. Même les chèvres devaient déjà savoir tout ça. D'où elles sortaient, celles-là ?

— Il n'y a aucune façon de pouvoir manger quelque chose provenant du CDA avant trois à cinq jours, dans le meilleur des cas. J'ai bien compris ?

— Ça ressemble à ça, oui.

— Si je veux que mes enfants aient de quoi se nourrir avant ça, il faut que j'aille dans un centre d'accueil surpeuplé, c'est ça ?

— C'est ça.

— Vous trouvez ça normal ?

— Je n'ai pas à me prononcer là-dessus. C'est comme ça que ça marche, ma p'tite dame. Dans toutes les villes. Alors, vous voulez y aller, au centre d'accueil, ou pas ?

— Pour allonger ma route, perdre du temps et risquer de contaminer les enfants ? Non. Je pense qu'on n'aura pas le choix de se débrouiller autrement.

Caroline, en colère, fit demi-tour.

C'est quoi, ces règles à la con ? C'est là pour qui ? Qui peut se permettre d'attendre trois à cinq jours (une semaine maximum !) avant de faire manger ses enfants ? C'est n'importe quoi ! Révoltant ! Ç'a l'air aussi difficile de trouver à manger dans cette ville que d'obtenir le laissez-passer A-38 dans la maison des fous[3] ! Est-ce que c'est comme ça partout ?

Oui. Évidemment. Et ça explique bien des choses.

---

3.   Voir *Les 12 travaux d'Astérix*.

Pas étonnant qu'on en vienne à se battre pour des légumes... à voler des sacs à dos bien remplis.

Caroline, Wahida et les garçons regagnèrent l'autoroute et poursuivirent leur course. Comme les cyclistes contournaient la ville en la surplombant, grimpant à nouveau une série de collines, elles remarquèrent qu'ici aussi on avait incendié des quartiers complets. Les ruines, encore fumantes, s'étalaient devant elles en contrebas. Un quartier résidentiel, comme le leur. Avec un ou deux paniers de basket noircis, mais encore sur pied, et des rues sans issue. Parfaites pour les petites familles qui souhaitaient y élever tranquillement leurs enfants. Wahida, prise d'émotion, arrêta sa bicyclette et contempla en silence ce cimetière de charpentes carbonisées, de rêves brisés. Le sien gisait à quelque deux cents kilomètres plus à l'ouest, mais devant ce paysage, la femme endeuillée y touchait pratiquement du doigt. Derrière ses grands yeux noirs qui se brouillaient lentement, il y avait toute la douleur d'avoir perdu son mari, le père de son enfant, toute la tristesse d'une vie à jamais envolée. Caroline, qui partageait cet immense chagrin, s'approcha de sa compagne et posa la main sur son épaule.

Les deux femmes demeurèrent ainsi un moment, perdues dans leurs pensées, enfermées dans un silence éloquent, mais liées par ce contact physique entre elles, par ce passé commun, fait de terre, de verdure, de feu et de sang, ainsi que par cet avenir qu'elles tentaient toutes les deux d'assurer à leurs enfants.

À cause de Joseph qui s'impatientait vite lors des arrêts, elles décidèrent de passer leur chemin. Le soleil descendait, rouge, sur l'horizon clair. La nuit promettait d'être froide. Dès que le paysage de désolation fut hors de vue, Caroline et Wahida s'arrêtèrent pour laisser les garçons courir et pour casser la croûte, avec le peu qu'il leur restait. Thomas reçut ce moment de pause comme une bénédiction, tandis que Joseph, habituellement actif, se contentait de bougonner et de tempêter pour tout et rien. Caroline s'inquiéta à son sujet. Il avait vécu des émotions fortes, il ne fallait pas l'oublier. Caroline l'attira vers elle et en profita pour plaquer son petit corps chaud contre le sien et le cajoler. L'enfant ne demandait pas mieux et se montra dès lors de meilleure humeur.

Il faisait presque noir lorsque les deux femmes enfourchèrent leurs bicyclettes. Elles approchaient tellement de leur destination que Caroline ne croyait pas nécessaire de s'arrêter pour la nuit, mais la partie était loin d'être gagnée pour autant. Le mercure promettant de frôler le point de congélation, les deux femmes avaient chaudement habillé les petits, qui somnolaient déjà, engoncés dans leurs habits d'hiver.

Dans le calme et la pénombre du crépuscule, les deux femmes quittèrent enfin la voie rapide pour s'engager sur une route de campagne aussi déserte que le reste de leur parcours. Les feuilles séchées avaient commencé à s'accumuler sur la chaussée devenue désuète, et les bicyclettes, en y circulant, émettaient un chuintement constant qui avait quelque chose d'hypnotisant. Fatiguée, Caroline était à deux doigts de tomber dans un état de transe à cause de ce bruit lorsque Wahida, d'une voix douce et empreinte de regret, formula une excuse timide :

— Je ne pas aidé toi, là-bas. Je beaucoup désolée.

Caroline devina qu'elle parlait de l'épisode du viaduc. Il est vrai qu'elle n'avait pas été d'un grand secours, mais Caroline ne lui en voulait pas. Elle était contente qu'elles et leur troupe de marmots s'en soient tirées indemnes, le reste lui importait peu. Elle n'avait pas envie de revenir là-dessus, d'analyser comment auraient pu tourner les choses si ceci ou si cela. Wahida ne l'entendait pas de la même façon. Elle n'avait pas bougé. Elle n'avait pas remué le petit doigt pour aider son amie et ses enfants. Elle avait honte et éprouvait le besoin de s'expliquer.

— Moi avoir peur. Beaucoup peur pour mon petit Ali. Personnes comme nous, avec religion et langue différentes, les gens penser nous terroristes. Les gens tuer mon mari pour ça. Moi restée silence tout à l'heure, parce que si je parler, eux penser que je terroriste et faire mal à mon bébé.

Wahida avait posé le pied à terre. D'une main elle tenait fermement son guidon et de l'autre, successivement, elle s'essuyait les yeux puis caressait la petite boule qui dormait paisiblement sur son ventre. Caroline descendit de sa bicyclette et alla enlacer Wahida dans un geste spontané.

— Ça va, ça va. Je comprends. Je ne t'en veux pas. J'aurais fait la même chose, Wahida.

Wahida ne semblait pas la croire, pourtant c'était vrai. Les premiers foyers de l'épidémie étaient apparus en Afrique, quatre ans auparavant. La communauté internationale avait peiné à éteindre ces premiers foyers, mais y était parvenue, avec force d'effectifs, neuf ou dix mois plus tard, avant de replonger dans une crise fulgurante l'été d'ensuite. L'épidémie, cette fois, n'avait pu être contenue. La rumeur, jamais prouvée, voulait que des terroristes, qui se manifestaient de plus en plus violemment à cette époque, en Europe, au Moyen-Orient et en Afrique, aient trouvé dans cette seconde émergence du virus un substitut efficace à la ceinture d'explosifs. On racontait qu'ils avaient envoyé des volontaires au cœur des lieux infectés dans le but avoué de les contaminer. Ces kamikazes biologiques se seraient ensuite impunément baladés dans les lieux publics des grandes villes et auraient réussi à répandre cette peste à la grandeur du monde. L'hypothèse ne tenait pas tellement la route, car on n'avait jamais pu identifier clairement un seul terroriste avec un tel parcours. Ils avaient, de plus, continué à se faire exploser dans des lieux publics, des hôpitaux surtout, car c'était là que les plus grands rassemblements avaient désormais lieu. Au cours de la dernière année, on n'en avait plus tellement entendu parler, de ces actes de violence. Internet avait été bloqué, les médias muselés, les ondes téléphoniques souvent interrompues. Avaient-ils cessé leurs actions destructrices ? Chose certaine, leur entreprise était vraisemblablement comme toutes les autres. Elle avait besoin de main-d'œuvre pour fonctionner et ce n'était pas une ressource abondante en ces temps troublés. Il demeurait toutefois évident qu'on cherchait un bouc émissaire pour toute cette merde qui s'abattait sur l'humanité.

Caroline, qui avait étudié les grandes épidémies de l'histoire en Occident, était plutôt tentée de pointer les problèmes de surpopulation, de promiscuité et d'hygiène dans les grandes agglomérations du tiers-monde, la lenteur effarante des organismes de santé publique qui avaient mis trop de temps avant de prendre la menace au sérieux, le laxisme des gouvernements occidentaux qui n'avaient pas voulu investir un sou avant d'être acculés au pied du mur, l'inaction des compagnies pharmaceutiques qui détournaient sciemment leurs yeux cupides des maladies s'attaquant aux gens pauvres… La majorité de ses contemporains, mal dirigée par des leaders populistes, désinformée, elle, incriminait les terroristes. C'était tellement plus simple que de se pencher sérieusement sur des enjeux litigieux et complexes tels que l'accès à la contraception, l'influence de la religion, la répartition des richesses ou la responsabilité sociale des grands acteurs de la politique et de l'économie mondiale. L'esprit mal entraîné a toujours été tenté par les raccourcis, même les plus discutables et les plus dangereux. Et malheureusement, à partir du même raisonnement bancal, on avait accusé tous ceux parlant la même langue et partageant la même religion que les «terroristes» de faire partie, de près ou de loin, de cette bande de psychopathes. Avant que les informations ne cessent définitivement de circuler, plusieurs personnes issues de ces communautés avaient été la cible des pires violences. La colère du peuple malade s'était tournée vers eux, même si la majorité, la très, très grande majorité, n'avait absolument rien à voir avec ces fêlés poseurs de bombes. Le mari de Wahida avait probablement été abattu sous ce prétexte. Son épouse le croyait en tout cas et elle avait eu peur de subir le même sort, là-bas, sous le viaduc, qu'on s'en prenne à elle, ou pire encore, à son enfant. Elle avait eu raison de le protéger. Elle avait eu raison de se taire, de ne rien faire pouvant trahir son appartenance culturelle. Dans les circonstances, Caroline aurait réagi exactement pareil. Un réflexe naturel. Un réflexe de mère prête à tout pour son bébé. Elle le réitéra à sa compagne, espérant ainsi la soulager un peu du poids de cette culpabilité qui semblait tant peser sur elle.

Wahida laissa échapper quelques sanglots. Du revers de sa manche, elle essuya ensuite ses yeux, ses joues, puis réprima un frisson. Il faisait maintenant nuit noire. Il ne fallait pas s'immobiliser longtemps pour que la fraîcheur s'infiltre jusqu'à la moelle. Les deux femmes, mal vêtues pour la saison, enfourchèrent leurs vélos et actionnèrent leurs pédales, animées d'une vigueur nouvelle. Elles passèrent bientôt devant la station-service qui marquait qu'elles se trouvaient pratiquement à mi-chemin entre l'autoroute et la maison de la sœur de Caroline. Le commerce constituait déjà, en temps normal, un dernier soubresaut de civilisation avant de plonger complètement au cœur de la campagne, mais ce soir, avec son enseigne habituellement criarde se fondant dans les ombres, ses pompes désertées, la fenêtre de sa façade fracassée, le bâtiment avait plutôt l'air d'annoncer le bout du monde.

Dans l'élan d'une idée qui ne lui était jamais venue auparavant, Caroline stoppa sa bicyclette en face de la station-service et demanda à Wahida de l'attendre. D'un pas décidé, elle marcha à la lueur de la lune jusqu'à la porte entrebâillée du commerce. Elle avait visiblement déjà été forcée; c'était presque un signe de bienvenue. Trop facile. Le pied sur le seuil, Caroline hésita. Pas si facile, finalement. Elle s'apprêtait à commettre un vol. Le premier de sa vie. Ça méritait tout de même un instant de réflexion.

C'est quoi le problème? Thomas et Joseph ont à peine eu de quoi se mettre sous la dent ce soir. Et moi, je n'ai rien mangé du tout. On est à court! Oui, d'accord, je compte sur ma sœur pour nous nourrir tous une fois là-bas, mais s'il leur est arrivé quelque chose, à elle et au reste de la famille? Non... Impossible! Il ne leur est rien arrivé. Qu'est-ce que j'en sais, au fond? J'espère qu'il ne leur est rien arrivé, qu'ils vont nous accueillir à bras ouverts, mais qu'est-ce que j'en sais? Merde! S'ils sont tous morts, on fait quoi? On a besoin de vivres. C'est de la survie. Et si je m'en sors, et que le monde redevient vivable, je lui rembourserai, au propriétaire, ses foutus sacs de chips et ses arachides au barbecue!

Caroline poussa la porte. Sous les semelles de ses chaussures de sport, le verre cassé de la porte grinça, craqua. À la lumière de la lampe frontale qu'elle tenait dans une main, elle constata vite que d'autres avant elle n'avaient pas partagé ses scrupules. Les étalages étaient presque vides. Elle grappilla quelques rares oubliés, ici et là, les plaça dans son sac. Rien pour s'offrir un festin. Des calories vides. À peine de quoi faire tenir Wahida et ses garçons une journée de plus. Avant de retourner à sa bicyclette, Caroline s'enfonça dans la bouche trois morceaux de gomme à mâcher saveur citron-framboise-éclatante. Son estomac se contracta de curieuse façon et émit une plainte qui résonna dans la solitude du commerce pillé. Caroline sourit. Elle avait trouvé son repas du soir.

Le petit quartier de lune suspendu dans le ciel sans nuages suffisait aux deux femmes pour voir où elles allaient. Cette route tranquille et sans éclairage était déjà lugubre au temps où Caroline pouvait y rouler en voiture, mais ce soir, on y battait littéralement le record pour la meilleure atmosphère de film d'horreur. Naguère une grande fan de ces réalisations destinées à donner des frissons, Caroline n'était pas tellement heureuse de se retrouver dans ce décor glauque trop parfait. Avec l'imagination dont elle se savait capable, il était préférable pour elle de s'abstenir de regarder autour. Les champs immobiles bordés de forêts opaques où les arbres formaient un mur dentelé à l'arrière-plan commençaient déjà à se couvrir de givre. Les maisons, avec leurs fenêtres noires comme de grands yeux vides et leurs terrains laissés à l'abandon, ressemblaient à des corps sans vie attendant patiemment que le temps vienne perpétrer sur eux son œuvre implacable. Caroline ne voulait pas s'y attarder. Les doigts gelés, un bourdon dans les oreilles, les femmes passèrent rapidement devant les fermes, le lac, traversèrent nerveusement le minuscule village qui donnait son nom à la municipalité où habitait Jenny. On en avait barricadé l'entrée à l'aide de troncs d'arbres et d'objets hétéroclites, dont de vieux pneus de tracteur peints en blanc, mais quelqu'un y avait percé une brèche suffisamment grande pour que les piétons (et les bicyclettes !) puissent se faufiler au travers sans trop de difficultés. Caroline et Wahida s'approchèrent avec précaution de ce barrage routier imposant, redoutant ce qu'on pouvait trouver de l'autre côté, se demandant comment elles allaient être accueillies. Elles s'aperçurent vite que, curieusement, la barricade n'était pas gardée et que le village, composé d'une douzaine de maisons anciennes, d'un centre communautaire, d'une école et d'une église, était complètement désert. Les habitants avaient-ils quitté les lieux ? S'étaient-ils terrés pour la nuit ? Tout ce silence, toute cette immobilité affolaient Caroline. Ce n'était pas naturel, comme lorsqu'à la maison, pendant un moment, on n'entendait plus les garçons, et que la possibilité qu'ils aient fait une bêtise se posait tout à coup comme une évidence. Et ce silence-là dans le village, si lourd, si persistant, que cachait-il exacte-ment?

Caroline comprit un peu plus tard, près de la sortie du village, en passant devant l'église. C'était un petit bâtiment peint de blanc, sur-monté d'un clocher modeste, chichement entretenu et dont les fonda-tions de pierre rustique laissaient présumer un grand âge. La pâleur de l'édifice, accentuée par les rayons obliques de la lune, offrait au regard un halo lumineux de facture surréelle. On aurait dit un phare au milieu de la nuit, une lueur spectrale dédiée à guider les voyageuses perdues et fatiguées. Sur l'enseigne, sous le porche où était auparavant affichée l'heure des messes, on avait écrit : REFUGE. Six petites lettres capitales blanches, sagement alignées sous le verre, parfaitement centrées, sur un fond de velours noir. Un mot lourd de sens à cette époque où la plupart des gens cherchaient à échapper à quelque chose. Un mot qui avait déjà commencé à exercer son pouvoir de séduction sur les deux femmes exténuées qui avaient ralenti leur course, mais que les circons-tances ne permettraient pas d'y voir un attrait bien longtemps. En effet, il y avait, autour du bâtiment, une odeur déplaisante. Caroline songea que cela venait probablement du cimetière qui jouxtait la petite église et elle dirigea le faisceau lumineux de sa lampe frontale dans cette direction, croyant y découvrir un amoncellement de terre, une tombe inachevée ou quelque chose dans cette veine. Rien. Les pierres et les stèles s'alignaient dans leurs angles propres, la terre à cet endroit n'avait pas été remuée depuis un moment. Caroline rangea sa lumière et fit comprendre à Wahida qu'elle ne souhaitait pas demeurer sur place plus longtemps.

Je n'ai pas besoin de savoir ce qui sent ça. Je le sais déjà.

Au moment où elles allaient partir, la porte de l'église s'ouvrit brus-quement dans un bruit de gonds lourds et mal huilés. Les deux femmes sursautèrent et découvrirent tout à coup une silhouette voûtée sous le porche. Comme Caroline dégainait à nouveau sa petite lampe de cam-ping afin de voir à qui elle avait affaire, un souffle putride la submergea et manqua de la noyer, tant c'était corrosif pour ses voies respiratoires. Se couvrant spontanément le nez et la bouche avec la manche de sa veste, elle projeta l'éclat de sa lampe sur la silhouette et découvrit avec horreur le visage d'un homme à l'article de la mort. Se soutenant sur le chambranle de la porte, il avait du mal à se tenir debout et ployait sous le poids de sa propre carcasse malade pourtant extrêmement frêle. Il avait la peau fanée, les yeux creux, le souffle court. Il faisait peine à voir, mais l'instinct de survie prit rapidement le dessus sur la pitié et Caroline recula sa bicyclette avec empressement en songeant aux deux mètres prescrits par l'hygiène publique. Wahida l'imita immédiatement, bien que toutes deux se trouvaient déjà, en théorie, à une distance plus que sécuritaire. L'homme sans âge sur lequel Caroline continuait de braquer sa lumière bougeait les lèvres, regardait les deux femmes dans l'intention évidente de leur dire quelque chose, mais il ne réussissait à émettre aucun son. Après quelques instants d'efforts infructueux, il se résigna et traîna lentement son corps affaibli au-delà du seuil de l'église, posa ses pas incertains, un à un, sous le porche, puis, dans un ultime effort, s'accrocha à l'enseigne pour en soulever le verre d'une main et retirer, de l'autre, les petites lettres blanches qui garnissaient le velours noir. Lorsqu'il eut terminé, que du R au E, toutes les capitales furent éparpillées au sol, le refuge n'était plus. L'homme tourna les yeux en direction des deux femmes et les fixa un instant, comme pour s'assurer que son message avait été entendu. Il reprit ensuite le chemin qu'il avait parcouru en sens inverse, en prenant appui sur le mur de bardeaux rêches contre lequel il pouvait encore se tenir dans une position vacillante, mais presque verticale. Parvenu sur le seuil et au bout de ses forces, le pauvre homme s'écroula, poussant la lourde porte avec le poids de son corps, et s'écrasa avec fracas sur le sol de pierre, à l'intérieur de l'église. Caroline eut un mouvement instinctif pour aller lui porter secours, mais Wahida posa une main ferme sur son avant-bras pour la retenir. Il ne fallait pas. Elle ne pouvait pas. C'était sans appel. Sa lumière encore sur lui, Caroline constata avec effroi que cet homme ne serait pas le seul à pousser son dernier souffle entre ces murs. Aussi loin que le lui permettait le faisceau de sa lampe, Caroline voyait des corps, plus ou moins abîmés par le temps, mais en nombre suffisant pour justifier cette odeur de peste qui devenait absolument insupportable. Les malades, d'un commun accord, étaient venus mourir dans cet endroit symbolique entre tous.

Le dernier refuge. Le village au complet doit s'y trouver. Ça explique le silence.

Caroline eut une pensée pour Diane-la-grande-prêtresse.

Eux non plus, la Force suprême ne les aura pas sauvés.

Caroline éteignit sa lumière. Dans la remorque, un de ses fils commençait à grogner. Elle ne voulait pas qu'il s'éveille et, de toute façon, elle n'avait plus à faire à cet endroit. Avait-elle jamais eu à y faire quoi que ce soit ? Elles s'étaient laissé attirer comme les voyageurs du désert qui rêvent d'un peu d'eau et de fraîcheur ; leur oasis s'était avérée un triste mirage. Les deux femmes traversèrent l'autre barricade, celle pour sortir du village, et s'enfoncèrent plus loin dans la nuit.

La route sinueuse et étroite les mena à travers bois pour commencer, puis sur fond de ciel étoilé se profilèrent encore quelques fermes, des champs délaissés aux clôtures négligées qui se ressemblaient tous. Lorsqu'elles arrivèrent à l'embranchement de la route principale avec le rang de campagne en terre battue qui menait chez sa sœur, Caroline sentit son cœur s'affoler. Le panneau indicateur d'arrêt légèrement en angle, le bungalow défraîchi face à la jonction, la petite grange éventrée un peu plus loin sur la droite, rien ne semblait avoir changé, mais, forte de tout ce qui venait de se produire au cours des derniers jours, Caroline savait les apparences trompeuses. Rien n'était plus pareil. Qu'est-ce qui aurait changé chez sa sœur ?

Pendant qu'elle guidait Wahida sur le chemin en tentant d'éviter les énormes nids-de-poule qui s'étaient formés au gré des dernières saisons, Caroline avait du mal à contenir sa nervosité. Dans tous les cas, une surprise monumentale les attendait dans le détour et c'était intenable de ne pas savoir si elle serait bonne ou mauvaise. Qui les accueillerait là-bas ? Aurait-on de la chaleur et de la nourriture à leur proposer ? Et s'il n'y avait plus personne ?

Les deux femmes passèrent sur un ponceau, au-dessus d'un ruisseau dont le doux babil brisa le silence qui les accompagnait depuis longtemps. Caroline aperçut la boîte aux lettres en forme d'épi de maïs dont elle rêvait depuis si longtemps et son cœur s'arrêta. Elle ne rêvait plus. Au mât de celle-ci, on avait attaché un long ruban jaune, qui rejoignait le poteau de la compagnie d'hydro-électricité de l'autre côté de l'entrée qui menait à la maison de sa sœur.

«Danger!» pouvait-on y lire.

Caroline comprit que les lieux avaient été contaminés. Sous l'emprise d'un grand désarroi, elle descendit de sa bicyclette et s'accouda à l'épi de maïs géant, secouée par des sanglots amers. Derrière, Wahida affichait un air abattu et le ruisseau, plus bas, en sourdine, semblait rire de leur trop grande naïveté.

Chapitre 19

Au Moyen Âge, l'espérance de vie ne dépassait pas de beaucoup les trente ans. Quarante-cinq pour cent des enfants n'atteignaient même pas l'âge de cinq ans.

Outre les conditions sanitaires déplorables, trois grands fléaux étaient responsables des mauvaises statistiques de cette époque : la famine, les épidémies et la guerre.

10-11 septembre

Au bout d'un moment, Caroline prit conscience que ses pleurs avaient un écho dans ceux du petit Ali, qui s'agitait contre la poitrine de sa mère.

— Je dois changer lui. Et donner du lait, s'excusa Wahida en regardant Caroline, qui s'était tournée vers elle, le visage défait.

La mère, bien que découragée, acquiesça. Avec les enfants, c'était toujours comme ça. On n'avait jamais une minute à soi, surtout pas lorsque venait le temps de s'apitoyer sur son sort. Caroline regarda autour d'elle, réfléchit quelques secondes puis se dirigea vers le cordon de sécurité, qu'elle souleva d'un geste de la main. Elle fit signe à Wahida de passer en dessous, puis elle lui emboîta le pas. L'allée qui menait à la maison de sa sœur s'étirait sur quelques centaines de mètres. En hiver, son beau-frère utilisait son tracteur et une immense souffleuse pour dégager une voie qui permettait aux voitures de passer. Ce soir toutefois, Caroline remarqua que les gravillons étaient couverts de végétation. On n'avait pas circulé par là depuis un moment. Après avoir vu le cordon, devait-elle vraiment s'en étonner ? L'allée entourée d'arbres chétifs et d'arbustes enchevêtrés ne semblait mener nulle part, mais Wahida faisait confiance à Caroline qui, de toute évidence, connaissait les aires. Au bout de quelques instants, de fait, une maison se dessina peu à peu sur la gauche, à travers les branches, puis quelques bâtiments de ferme. Dans le calme qui régnait, une petite voix se fit entendre :

— On est arrivés chez tante Jenny ? demanda Thomas, ensommeillé.

— Oui, mon chou. On va dormir dans la grange cette nuit.

Caroline ne pouvait se risquer à dormir dans une maison infectée. Il fallait un lieu sûr pour abriter ses bambins.

— Pourquoi ?

— Parce que je ne veux pas réveiller tante Jenny. On arrive très tard, tu sais…

Caroline détestait raconter des mensonges, mais elle n'était pas prête à tout révéler à son aîné, ne savait pas comment lui dire qu'ils avaient parcouru tout ce chemin pour rien. Devraient-elles faire demi-tour pour regagner la banlieue qu'elles avaient abandonnée ? Trouver refuge en ville ? Dénicher, sur place, de quoi survivre tout l'hiver ? Elle y verrait demain. Quand elle aurait les idées plus claires.

Caroline ouvrit la porte de l'étable, qui n'était jamais verrouillée, et sortit sa lampe de poche. À l'intérieur, rien ne semblait avoir changé depuis sa dernière visite. Il y régnait d'ailleurs la même perpétuelle odeur de crottin de cheval. Curieusement, l'exhalaison apporta à Caroline un soulagement aussi inattendu qu'instantané, de même qu'un étrange sentiment de sécurité, comme si en respirant cet air de ferme, son corps comprenait qu'elle était chez elle, enfin de retour après toutes ces années. Son aîné, habitué à d'autres odeurs, celles de la ville, ne partagea pas l'émotion de sa mère :

— Ouach ! Ça pue ici ! Je veux pas dormir dans un endroit qui sent le caca ! protesta-t-il en se pinçant le nez.

— Ça sent meilleur dans la grange, ne t'inquiète pas, mon lutin, le rassura Caroline en se souvenant cette fois de l'odeur particulière des balles de foin séché qui l'avait accompagnée durant son enfance.

Dans un dédale d'ombres mystérieuses pour Wahida et Thomas, qui n'avaient jamais visité un tel bâtiment, Caroline ouvrit la marche jusqu'au pied d'une échelle faite de planches grossières et invita ses suivants à monter. Elle dut leur procurer un peu d'aide, mais ils se trouvèrent bientôt à l'aise, dans les hauteurs du deuxième étage recouvert d'un épais plancher de bottes de foin rectangulaires entassées les unes contre les autres. Caroline, plus mobile, fit plusieurs aller-retour afin de transporter tout leur matériel, elle rentra les bicyclettes et la remorque dans l'étable, puis monta même la tente pour qu'ils puissent y dormir et y accumuler, peut-être, un peu de chaleur.

Alors que Wahida, Thomas et Ali étaient confortablement installés, Caroline descendit chercher Joseph, qui dormait encore à poings fermés dans la remorque. Elle souleva son petit corps lourd et le porta doucement jusqu'en haut, le coucha auprès d'elle sans lui retirer son habit de neige et posa finalement sa tête contre la sienne, en se félicitant d'avoir réussi l'exploit de ne pas le réveiller, lui qui, d'habitude, avait plutôt le sommeil fragile.

Pauvre bébé, la journée n'a pas été facile, hein?

Se couvrant du sac de couchage, elle décida d'ignorer les pensées dévastatrices qui assiégeaient son cerveau. La nuit allait s'achever dans quelques heures. Elle avait tout donné au cours de cette très longue journée. Il ne lui restait rien d'autre que de la peine pour sa famille perdue et elle savait que de cela, il y en aurait encore le lendemain. Elle concentra son attention sur la respiration de Joseph, qui ronflait un peu, songea qu'elle devait dormir pour lui et Thomas, qui réclameraient toute son attention dès les premières lueurs du soleil, et sombra dans un sommeil profond sans se rendre compte que des larmes traçaient des sillons sur ses joues sales rougies par le froid de la nuit.

Des pleurs.

Ali qui pleure.

Caroline était loin, loin, enfoncée dans un sommeil dont elle n'arrivait pas à se tirer, malgré les pleurs incessants du petit Ali.

Il pleure si fort. Pourquoi Wahida ne fait-elle rien? Il doit avoir faim ou besoin qu'on le change. Il a peut-être froid. Wahida va s'en occuper.

Encore des pleurs.

Et des paupières beaucoup trop lourdes pour être en mesure de se soulever.

— Caroline! Caroline! Réveille-toi!

Caroline entendait, mais son corps protestait, résistait. Le ton avec lequel on l'interpellait était impératif, mais curieusement, il n'avait aucune emprise sur son cerveau.

— Caroline, réveille-toi. Garçon Joseph malade.

Ce mot : malade. Comme un code secret qui a la faculté de faire démarrer une machine enrayée. Caroline ouvrit les yeux et se redressa subitement. À ses côtés, Joseph, dans son habit de neige, était assis en tailleur et régurgitait à grands jets dans le petit espace formé par ses jambes repliées. Il pleurnichait entre les spasmes de son estomac, barbouillant son petit visage pâle de grosses larmes qui lui roulaient jusque sous le menton. Tremblant comme une feuille, il jetait à sa mère des regards désespérés, la suppliant de faire quelque chose pour mettre fin à son calvaire. Interloquée, Caroline réfléchissait à tellement de choses à la fois que les engrenages emballés de son cerveau semblaient broyer ses pensées, en faire une bouillie inutilisable. L'air végétal que cela lui donnait ne dura toutefois pas trop longtemps.

— Thomas, Wahida, lavez-vous les mains, mettez vos gants, vos masques, et sortez d'ici immédiatement.

Lorsque la petite tente fut libérée, Caroline revêtit elle-même son attirail et s'approcha doucement de Joseph qui, entre-temps, avait enfin cessé de vomir. Il y en avait partout : ses vêtements, le sac de couchage, le plancher de la tente, tout était maculé, éclaboussé. Il régnait dans l'espace une odeur infecte contre laquelle Caroline devait lutter à chaque respiration afin de ne pas succomber à la nausée qui la gagnait rapidement elle aussi.

Joseph était mal en point et toujours secoué de tremblements incontrôlables, mais il ne pleurait plus. Il avait l'air au bout de ses forces, avec sa petite tête inclinée vers l'avant, sa respiration rapide et ses yeux clos.

— J'aimerais faire dodo, maman, dit-il dans un filet de voix, tandis que Caroline se questionnait sur la manière de le sortir de cette écœurante flaque visqueuse dans laquelle il était assis.

À nouveau, la jeune mère n'arrivait pas à se concentrer pour diriger ses actions. Elle hésitait, reculait, s'embourbait dans ses gestes. La vérité, c'est qu'elle n'avait qu'une chose en tête, une chose qui enflait, gonflait au fil des minutes, une terreur innommable qu'elle tentait de réfréner sans y parvenir efficacement, une certitude, un clou rouillé qui s'enfonçait dans son cœur, paralysant ses gestes et ses pensées :

Joseph l'a attrapé. Il est malade. Ce salopard qui l'a touché, qui voulait lui trouer la peau, il lui a transmis le virus! Mon bébé va mourir sans que je puisse rien y faire. C'est déjà commencé. Il est en train de mourir...

— Maman! Enlève mon manteau! ordonna Joseph d'une voix plus forte, en levant ses deux bras, l'air de dire «qu'est-ce que tu fabriques?».

Caroline souffla sur le voile sombre qui brouillait ses pensées. Son petit n'était pas encore mort, il la réclamait! Elle passa derrière lui et le souleva par les aisselles. De ses mains gantées, elle défit la fermeture éclair de son manteau et celle de son pantalon, puis retira l'enfant malade de son cocon souillé.

Elle couvrit son fils d'un léger manteau de toile trouvé dans les bagages, qui s'avéra nettement insuffisant à réchauffer le pauvre garçon fiévreux. À bout de ressources, Caroline l'enroula finalement dans le sac de couchage qui n'avait pas trempé dans les vomissures et le sortit de la tente. Elle lui fabriqua une maisonnette à l'aide de bottes de foin et le coucha à l'intérieur, sachant que cet espace restreint serait bientôt habité par une chaleur confortable. Soucieuse qu'il ne salisse pas le deuxième et dernier sac de couchage à leur disposition, elle fila ensuite à l'étage d'en dessous, afin de trouver un récipient dont le rôle serait en tous points semblable aux petits sacs disposés dans les avions, pour les malchanceux sujets au mal de l'air. Caroline trouva rapidement ce qu'elle cherchait: un vieux contenant à crème glacée dont quelqu'un s'était servi pour faire un changement d'huile. L'intérieur était gras, crasseux, mais ça ferait l'affaire. Elle eut à peine le temps d'en expliquer le fonctionnement à Joseph qu'il s'endormit dans son petit lit de foin, bouillant de fièvre, grelottant, épuisé. Caroline demeura un long moment à ses côtés, surveillant sa respiration, guettant un éventuel réveil en catastrophe, le contenant de crème glacée recyclé à portée de main. Le petit dormait maintenant profondément, mais elle ne se sentait pas capable de s'en éloigner.

Je ne pourrai pas supporter qu'il s'éteigne seul. Je veux être là.

Caroline prolongea donc le tête-à-tête silencieux avec son enfant malade. Tantôt en lui tenant la main, tantôt en lui caressant le front, toujours avec cette boule douloureuse au creux de la gorge, elle songeait à tout le bonheur que Joseph avait semé autour de lui au cours des trois dernières années.

Ta naissance, précipitée. On avait tellement hâte de se rencontrer, toi et moi! Ton premier sourire, le jour de mon anniversaire. Tes petits pas hésitants pour aller voir ton père, dans le gazon derrière la maison. Ces mots drôles, ces phrases-surprises, dont toi seul as le secret. Cette facilité que tu as à recommencer à rire après un chagrin, tu tiens ça de qui, au fait?

Caroline y aurait passé la journée, y aurait passé l'éternité, mais Thomas ne le permit pas. Il était bien portant et, malgré la gravité de la situation, ses cinq ans ne le disposaient pas à la même nostalgie que Caroline. Pour lui, il n'y avait pratiquement que l'ici, maintenant. Il s'approcha doucement de sa mère et passa ses petits bras autour de son cou. Lui aussi avait besoin d'elle.

— Maman… est-ce que Joseph va être obligé d'aller à l'hôpital comme papa?

— Non. On est trop loin de l'hôpital ici. On va s'en occuper nous-mêmes. Du mieux qu'on peut.

— Je suis vraiment triste que Joseph soit malade.

— Moi aussi, mon loup, moi aussi.

— Penses-tu que je suis malade? J'ai un peu mal au ventre… Moi aussi je vais pouvoir rester avec toi si je suis malade, hein? Tu vas pas m'envoyer tout seul à l'hôpital, hein?

Caroline secoua la tête. Elle avait l'intention ferme de garder tout son monde auprès d'elle, de s'occuper de ses fils jusqu'à l'épuisement de ses dernières forces. À lui voir l'air, elle soupçonnait que, pour l'instant, Thomas n'était pas atteint du même mal que son frère, que le mal de ventre dont il se plaignait était sûrement dû à la faim. Le souper de la veille avait été frugal. Il ne restait rien à se mettre sous la dent, rien à boire. Il fallait y voir. Caroline demanda à Thomas de veiller sur son petit frère sans trop s'en approcher, puis se leva.

— Je vais chercher de la nourriture, annonça-t-elle à Wahida, qui câlinait son bébé, l'air grave, dans un coin éloigné de la grange. Et d'autres couvertures, ajouta-t-elle avant de s'engouffrer dans le trou qui menait à l'étage inférieur.

C'était un matin frisquet et brumeux. Sur le long de la clôture, chaque piquet de cèdre était décoré d'au moins une toile d'araignée aux brins perlés de fines gouttelettes d'eau. Devant Caroline se dressait la silhouette de la maison de sa sœur, avec ses pignons de tôle rouge. Elle s'en approcha d'un pas décidé et gravit l'escalier. Elle s'arrêta pourtant devant la porte d'entrée, hésitante.

À quel point c'est contaminé, là-dedans?

À quel point on s'en fout, aussi, étant donné qu'on a tous respiré le même air vicié ce matin et fréquenté les mêmes personnes ces derniers jours?

Je n'arrive pas à croire qu'on a tous fini par attraper ce virus de merde!

Caroline poussa un long soupir de rage et secoua la poignée de la porte.

Au diable la contamination! Nos derniers moments seront confortables, au moins. Je vais aller chercher de quoi manger et nous tenir au chaud.

La porte refusa de s'ouvrir. Elle était verrouillée de l'intérieur.

Caroline pesta et entreprit de faire le tour de la maison. Il y avait une autre entrée à l'arrière et elle espérait avoir plus de succès à cet endroit.

Comme elle passait devant la grande fenêtre de la salle à manger, elle s'arrêta et y colla le nez, les mains en coupe près de ses yeux pour atténuer le reflet blanc du brouillard derrière elle. Elle promena son regard sur la pièce où tout semblait à sa place, puis un mouvement sur la gauche attira son attention. Le cœur battant, elle s'empressa d'aller à la seconde fenêtre, celle qui donnait sur la cuisine, et adopta la même position d'observation, pour se reculer dans un cri, une seconde plus tard.

Totalement bouleversée par ce qu'elle venait de voir, elle s'effondra dans le fauteuil à bascule antique qui se trouvait près d'elle et tenta de reprendre ses esprits, sans y parvenir. Les vannes étaient ouvertes. Sa famille était là, à l'intérieur. Sa sœur l'avait tout de suite reconnue et avait prononcé son nom, Caroline l'avait vue articuler et porter la main à son visage, dans un geste qui lui rappelait leur grand-mère, lorsqu'elle était en proie à trop d'émotions.

Caroline entendit des pas précipités sur le bois de la galerie, des pas qui venaient vers elle, la voix de sa sœur, qui pleurait, elle aussi, qui l'appelait. Caroline aurait tout donné pour laisser arriver à elle ceux qui lui avaient tant manqué et qu'elle avait crus morts. Les bras de ses proches autour d'elle, leur chaleur, leur douceur, leurs paroles réconfortantes au creux de son oreille… elle aurait tout donné pour vivre un tel moment d'apaisement, mais elle n'était pas dans un film d'Hollywood, elle avait compris cela depuis un moment déjà. Elle se releva donc d'un bond et, à regret, se plaça derrière la chaise pour ordonner aux siens de rester là où ils étaient.

— On est contaminés. Joseph est malade, expliqua Caroline, d'une voix cassée, sur un ton d'excuse.

Elle était heureuse de revoir sa famille, mais prenait en même temps conscience que le loup venait d'entrer dans la bergerie, par sa faute.

— Et Samuel? Et Thomas? demanda Jenny, les yeux agrandis, sa main toujours posée sur sa joue.

— Thomas va bien pour l'instant, sauf qu'il a faim. Samuel… je ne sais pas. Je suis sans nouvelles de lui depuis une dizaine de jours.

La voix de Caroline se brisa et Jenny étouffa un sanglot.

— Vous avez bien fait de venir, ma Caro. Je suis vraiment content de te voir.

Caroline leva les yeux vers son père, qu'elle trouva vieilli. Une éternité s'était écoulée depuis leur dernière rencontre et son passage avait laissé des traces au visage de celui qui l'avait élevée! Le pauvre avait les yeux humides, son menton tremblait et Caroline sentait jusque dans sa chair cette joie qu'il avait de la revoir après tout ce temps, ces mois d'inquiétudes infinies, et le soulagement du parent qui retrouve son enfant.

— Moi aussi, papa, je suis vraiment heureuse d'être là. J'ai cru, la nuit passée... Quand on est arrivés, au bout de l'allée, il y avait le ruban de la contamination, j'ai pensé que vous étiez tous morts!

Caroline se remit à pleurer de plus belle en évoquant ce moment douloureux. Ah! Quelle frustration de devoir rester à distance! Elle avait tellement envie de les serrer contre elle, de leur dire à quel point elle les aimait! C'était une véritable torture.

Elle apprit, plus tard, que le ruban jaune avait été placé au bout de l'allée afin de décourager d'éventuels rôdeurs. Même aussi loin dans les bois, dans cette campagne reculée, on craignait son prochain, apparemment.

Bien qu'encore sous l'émotion de ces incroyables retrouvailles, Caroline ne tarda pas à retourner à la grange afin de veiller sur son petit garçon malade. Elle lui apporta un médicament contre la nausée offert par sa sœur et il passa ainsi une bonne partie de la journée à somnoler. Pour la première fois depuis longtemps, Thomas, Wahida et Caroline mangèrent à leur faim et eurent même droit à une belle ration de viande en sauce, savoureuse à s'en lécher les doigts. À son réveil, Joseph se contenta quant à lui de pain sec et d'une solution de réhydratation maison qui lui fit plisser le nez. Avant que le soleil ne soit trop bas sur l'horizon, tous descendirent sur le gazon entre la maison et l'étable pour aller rencontrer, à distance, la famille de Caroline. Le petit Joseph, quoique blême et affalé contre l'épaule de sa mère, fit sensation : il n'était qu'un bébé la dernière fois où on l'avait vu. Thomas se montra vite jaloux de toute cette attention et se mit à faire des pirouettes et des cabrioles toutes plus grandioses les unes que les autres afin de prouver à tout le monde combien, lui aussi, il avait grandi depuis le temps. Il s'attira bientôt des rires et des applaudissements. Une vraie douceur pour les oreilles.

Ce soir-là, Caroline s'allongea dans la grange, au fond d'une cabane de paille qu'elle avait aménagée afin de pouvoir y prendre place aux côtés de Joseph, sur lequel elle entendait veiller. Thomas, tout près, ronflait déjà sous une pile de couvertures chaudes, tandis que Wahida et Ali, couchés dans leur propre cabane de paille, échangeaient encore des mots doux, un peu plus loin.

Ils étaient tous destinés à pousser leur dernier souffle dans ce bâtiment et cela avait une saveur étrange pour Caroline, de savoir que ce moment allait arriver plus tôt que tard, comme si, malgré tous les signes, elle ne parvenait pas à y croire totalement. Elle prévoyait s'occuper de ses garçons jusqu'au bout, jusqu'à la dernière goutte de sa propre existence. Elle étendit les bras de chaque côté d'elle-même, et posa doucement chacune de ses mains sur les petits corps chauds et palpitants qui l'encadraient.

Épilogue

Sauvages au IVe millénaire avant Jésus-Christ, en Égypte, les chats étaient des animaux dont les humains toléraient la présence, puisqu'ils protégeaient les indispensables récoltes de blé en chassant les souris dans les silos à grains. Prédateurs naturels des rats, les chats savaient aussi éloigner ces vecteurs de maladies graves. Avec le temps, les Égyptiens se sont mis à apprécier de plus en plus ce félin, et sont même allés jusqu'à le déifier. Ainsi est née Bastet, déesse à tête de chat, symbole de la fécondité de l'homme et de la femme, valeur fondamentale à la pérennité de l'espèce humaine, qui soignait la maladie et veillait sur l'âme des défunts.

Juin

L'hiver avait semblé éternel. Jon Snow lui-même en aurait eu un coup de blues. Il avait neigé jusqu'en mai, gelé jusqu'à la pleine lune de juin. Il avait fallu attendre longtemps avant que la terre se réchauffe suffisamment et devienne cet écrin douillet où déposer graines et semis qui germaient pourtant depuis des semaines dans le confort tiède de la maison familiale.

Peu après la période des fêtes, où les réjouissances annuelles avaient pris une teinte particulière, les survivants avaient reçu de leur gouvernement un présent à saveur douce-amère : des semences de courges, de maïs et de haricots. Inquiétant aveu de faillibilité à fournir encore longtemps des denrées aux citoyens démunis, ces grains charnus étaient en même temps aussi précieux que des diamants bruts pour ceux qui savaient saisir le message derrière ce don. Cet envoi, c'était la bouée des naufragés, le parachute juste avant le saut dans le vide.

Le potager était maintenant en place. Rectangle gigantesque tapissé de terre brune et généreusement engraissée au crottin de cheval, les lignes parallèles de son contour franc s'étiraient jusqu'à l'orée de la forêt. Les semences gouvernementales y avaient été enfouies dans les règles de l'art, de même que celles amassées avec moult soins au déclin de la précédente saison des récoltes. Arrosé d'espoir, le potager promettait variété et abondance. On avait d'ailleurs l'intention d'écouler les surplus auprès des habitants des environs ayant survécu à l'hiver. Pour garantir le succès du projet, l'espace maraîcher avait été clôturé d'un entrelacs efficace de perches et de branches, afin que les chevreuils ne viennent pas y brouter les petites pousses. Personne n'avait parlé de se protéger des rongeurs.

Le soleil était haut lorsque Caroline salua à grands gestes les membres de sa famille, qui travaillaient à l'extérieur, les mains dans la terre. Selon toute probabilité, l'ongle noirci serait encore tendance cette année. La mère de famille venait de mettre son plus jeune au lit : c'était l'heure de sa sieste d'après-midi. Enfourchant sa bicyclette, elle salua Thomas, qui chassait les grenouilles dans la mare avec son cousin, et prit la direction habituelle.

Depuis que le chemin était redevenu praticable, elle partait ainsi, chaque semaine, pour se rendre jusqu'à la grand-route. Là, juste devant l'intersection, elle stationnait son vélo dans la cour du bungalow abandonné et grimpait à pied la colline qui se trouvait derrière. Une fois au sommet, elle sortait son téléphone portable de sa poche et textait des nouvelles à son mari, ignorant les messages « échec de l'envoi » que son iPhone lui renvoyait inlassablement. Elle avait fait cela tout l'automne, lui ayant d'abord raconté qu'elle était enfin parvenue chez Jenny et que Joseph s'en était tiré. Elle aurait aimé lui dire qu'il s'était probablement intoxiqué avec l'eau du ruisseau qu'il avait bue durant leur cavale, qu'il n'avait pas vraiment attrapé la maladie, mais ça aurait été trop compliqué. « Joseph est guéri. » Elle s'était contentée de ces trois petits mots. Ça avait été la meilleure nouvelle de toutes. Elle avait pleuré de joie en l'écrivant. Depuis le retour des beaux jours, plus grand-chose, presque rien en fait, des bribes de leur existence nouvelle, du genre : « Thomas lit des livres tout seul, maintenant. » Ou encore : « Joseph a demandé à ce qu'on lui laisse pousser les cheveux. » Aujourd'hui, elle prévoyait lui dire qu'elle partait ramasser des fraises des champs. Samuel adorait les fraises. Pourtant, il ne lui répondrait pas.

« Échec de l'envoi. »

Était-il toujours en vie ? Son téléphone fonctionnait-il encore ? Et les antennes de transmission ? Caroline doutait de tout, mais elle continuait, ne pouvait faire autrement. Elle avait promis. Samuel ne lui répondait jamais, mais elle voulait qu'il sache, où qu'il soit, qu'elle ne l'avait pas oublié.

Caroline texta, puis dévala la colline. En marchant à côté de sa bicyclette, elle retraversa la grand-route. Elle abandonna son vélo un peu plus loin dans le fossé rempli de quenouilles, à sa droite, traversa la clôture barbelée flétrie qui ne gardait plus aucune bête depuis longtemps et piqua à travers le champ en friche qui s'étendait devant elle, espérant trouver en grand nombre les joyaux qu'elle convoitait.

Le soleil était impitoyable, de même que les affreuses petites mouches qui, malgré le linge à vaisselle qu'elle avait noué sur sa tête, lui vrillaient constamment autour des oreilles, entraient dans ses yeux, son nez et sa bouche à la moindre ouverture. Qu'à cela ne tienne, Caroline avait trouvé son filon et ramassait avec entrain les baies sucrées qui allaient faire le régal de toute la famille après le repas du soir.

Accroupie dans les herbes folles, occupée à cueillir comme une machine et à chasser les hordes de brûlots voraces, elle laissa échapper un petit cri lorsqu'elle sentit soudain une légère pression contre le bas de son dos. Surprise et effrayée, elle se retourna vivement pour découvrir, avec grande consternation, un chat à ses côtés. Blanc, maigre, sale, les oreilles roses pleines de croûtes, le félin miteux y allait déjà d'une deuxième salutation en frottant le côté de sa tête contre le genou de Caroline, qui s'étrangla de stupeur.

— Gaïa ?!? Comment ?...

Caroline avait déjà entendu des histoires à dormir debout à propos d'animaux qui retrouvent leurs maîtres à des centaines de kilomètres de distance et, pendant une seconde, elle crut à un phénomène de ce genre lorsqu'elle eut une tout autre intuition. Sur le coup de celle-ci, elle suspendit sa respiration dans un hoquet bruyant, se releva d'un bond et jeta un regard rapide autour d'elle.

Gaïa n'était pas venue toute seule. Sur le chemin, un peu plus loin, passé la clôture de barbelés et le fossé rempli de quenouilles, avec un lourd sac à dos sur les épaules, la silhouette amaigrie et une part de vulnérabilité nouvelle qui lui donnait un air plus humble qu'auparavant, Samuel était là. Il la regardait.

Paralysée, Caroline resta plantée sur place, tremblante, tenant, serré contre sa poitrine, son récipient presque plein de petites fraises, comme s'il s'agissait d'une bouée de sauvetage. Samuel s'avança lentement vers elle. Ni l'un ni l'autre ne savait quoi se dire, ne se reconnaissait totalement. Par quel bout commencer ? Il fallut un moment pour apprivoiser le fait d'être là, l'un devant l'autre, contre toute attente, après tout ce temps. Et comme la tête ne savait pas, que les yeux n'en finissaient plus de se dévorer malgré les larmes, qu'on ne parvenait pas à trouver les mots et que, de toute façon, les gorges étaient nouées de trop de choses à se raconter, Caroline s'avança jusqu'à son mari et déposa simplement la tête contre son torse.

Lorsque l'étreinte de son époux se referma sur elle, Caroline ferma les yeux, respira son odeur. La chaleur de sa peau, la gestuelle de ses caresses avivèrent au creux de sa poitrine une joie qu'elle pensait éteinte à jamais, lui rappelant du même coup une époque aux allures lointaines.

Éreinté, affamé, son corps pressé contre celui de sa femme comme s'il n'avait plus jamais l'intention de la lâcher, Samuel tentait désespérément de combler le manque le plus souffrant des derniers mois : l'absence des siens. De quoi exactement avait-il été privé ? Toute une vie semblait s'être écoulée depuis leur séparation. Dans peu de temps, il allait le découvrir en retrouvant ses enfants, un peu plus grands, un peu plus matures. Allaient-ils le reconnaître ? Presque un an plus tard, même Caroline n'était plus pareille, il s'en rendait bien compte.

— Tu as changé, on dirait, observa Samuel, ému de constater toute la force qui se dégageait maintenant de son épouse.

— Tout a changé, souffla Caroline entre ses lèvres.

Remerciements

Un merci tout spécial à ma précieuse amie, ma cousine adorée, pour les magnifiques illustrations que tu as bien voulu crayonner pour moi, et une promesse aussi: plus jamais je ne te demanderai de catapulte! Juré!

Merci à Etienne qui, depuis quinze ans, essaie de comprendre l'étrange créature que je suis.

Marie-Noëlle, mon éditrice, merci pour ce travail d'équipe efficace, ton œil critique, ta franchise, ton engagement et tes petits bonhommes-sourire parcimonieusement distribués au fil des pages, comme des étoiles dans le cahier d'une écolière.

MARQUIS

Québec, Canada